KB157726

빛보다 빛나는 어둠을 밀며

빛보다 빛나는 어둠을 밀며

이병철 평론집

새미

1.

김초엽 소설집『우리가 빛의 속도로 갈 수 없다면』에 실린 단편「나의 우주영웅에 관하여」는 매혹적인 작품이다. 간략하게 소개하자면, 48세의 미혼모 '재경'은 인류를 대표해 '우주 터널'을 통과할 우주인으로 선발된다. 우주 터널 저편에 있을 새로운 유토피아를 탐사하기 위해, 척박한 우주에서 생존하기 위해 18개월의 신체 개조를 견뎌낸 그녀는 사이보그 같은 초월적 몸을 갖게 된다. 마침내 우주 터널 프로젝트가 개막하는 날, 재경은 우주로 가는 대신 깊은 심해로 몸을 던져버린다. 엘리트주의가 한 개인에게 과도하게 짊어지운 성공 서사의 굴레를 벗어버리고, 주체적 선택을 통해 우주가 아닌 심해라는 제3의 세계, 인류를 위한 것이 아닌 자기 개인을 위한 완벽한 자유를 개척한 것이리라.

재경은 동양인, 여성, 미혼모, 48세, 왜소한 신체 등 온갖 소수자적 조건을 갖춘 약자이자 비정상인이다. 이러한 재경이 인류를 대표하는 우주인으로 선발된다는 설정은 엘리트주의가 강요하는 '정상성' 개념을 비판하기 위한 작가의 의도일 것이다. 독자들은 우주가 아닌 바다로 뛰어든 재경의 선택을 두고 생각이 복잡해진다. 정상성이라는 왜곡된 신화를 해체하는, 획일화된 성공 서사를 무력화하는 소수자 여성의 주체성으로 읽으면 응원하게 되지만, 우주 터널 프로젝트에 동원된 사회 자본과 수많은 사람들의 노력을 생각하면 한없이 이기적이고 무책임한 행동으로 여겨지기 때문이다.

이 양가적 감정 사이에 김초엽은 우리에게 화두를 하나 던진다. 개인의 신념과 행복 추구가 사회라는 전체와 충돌할 때, 또 소수자의 목소리가 보편다수의 평화에 노이즈를 일으킬 때 우리는 과연 그들의 타자성을 어떻게 수용할 것인가 하는 문제 말이다.

재경에게 지워진 세계의 과도한 기대와 부담, 그것을 저버린 그녀의 주체적 선택은 엉뚱하게도 2018년 평창 동계올림픽 여자 아이스하키 단일팀 논란을 떠올리게 한다. 정부와 진보 지식인들은 '남북 평화', '세계 평화'라는 거대담론을 내세워 선수 개개인에게 남북 단일팀 구성이라는 부당한 희생을 강요했다. 젊은 세대에서 반발이 일자 "어차피 메달권도 아니다", "올림픽 정신도 모르는 이기적 철부지" 따위 막말도 했다. 국가라는 전체주의의 낡은 망령이 개인에게 가한 이 폭력을 보면서 대부분 사람들은 선수들을 응원했지만, 일각에서는 "국민 세금으로 국가가 제공한 시설에서 운동한 선수들이 국가를 위해 희생하는 게 당연하다"는 반응도 있었다.

지난봄, 전국장애인차별철폐연대(이하 전장연)의 시위를 두고 여론이 팽팽했다. "그만큼 절박하기에 저렇게까지 해서 목소리를 들어달라는 게 아니냐"는 옹호 여론과 "아무리 절박해도 시민들에게 피해를 입히는 건 폭력이다"는 비난 여론이다. 나는 전장연의 시위가 벼랑 끝에서 살려달라고 간신히 내뱉는 신음 같아서 안타깝고 아팠다. 그들의 행동이 다 옳은 건 아니지만, 그럴 수밖에 없는 사정을 이해하고 응원하는 입장이었다. 장애인들을 향해 손가락질하는 사람들이 야멸치게 느껴졌다. 그런데 '당사자성'이라는 네 글자가 가슴 깊은 곳에 가 박힌 순간 꽉 막힌 체증이 됐다. 전장연 시위로 인해 중요한 취업 면접에 가지 못했다는 한 청년의 사연이 내 이야기였다면 나는 과연 고상하고 정의로운 척 그들을 옹호할 수 있었을까?

사회의 소수자, 약자들이 절박한 목소리를 낼 때, 그들의 권리 추구가 사회라는 전체, 보편다수의 '정상성'과 충돌할 때, 소수자들을 위해 다수가 자신들이 누리는 이익과 편리와 평화의 일부를 희생해야만 할 때, 그들로 인해 우리가 피해를 감수해야 할 때, 멀리서 쉽게 정의를 노래하다가 내가 피해의 직접 당사자가 될 때 우리는 과연 그들을 수용하고 보듬을 수 있을까?

레비 스트로스가 지적한 대로 인류의 가장 큰 고민은 늘 '타자성'을 어떻게 처리할 것인가의 문제였다. 김초엽 소설집의 또 다른 단편 「스펙트럼」에서 외계인 '루이'는 지구인 '희진'을 처음 본 순간 자신의 노트에 이렇게 적었다. "그는 놀랍고 아름다운 생물이다" 놀라움은 이질적 타자에 대한 본능적 반응이고, 아름다움은 감성, '생물'이라는 단어는 합리적 이성을 지시한다. 소수자의 타자성 앞에서 우리는 감성과 이성의 균형을 지켜야 한다. 어려운 얘기다.

2.

2019년 첫 번째 평론집을 낸 이후 3년 만의 두 번째 평론집이다. 3년 동안 나름 왕성하게 비평 작업을 하다 보니 원고들이 꽤 쌓였고, 원고를 고르는 일이 만만치 않았다.

지난 2년 여 동안 지속된 '코로나 강점기'에서 가장 두려웠던 것은 코로나 자체보다 코로나라는 상황 안에서 여실히 드러나는 혐오였다. 사람이 사람을 병균으로 여겼다. 마스크 쓴 사람들이 안 쓴 사람들을 경멸하고, 안 쓴 사람이 착용을 요청하는 이에게 주먹을 휘둘렀다. 스트레스를 배출할 창구들이 막히면서 분노와 우울함이 여기저기서 폭력적인 방식으로 터져 나왔다. 팬데믹 상황에서 젠더, 세대, 계층, 인종 간 갈등과 약자, 소수자, 타자를 향한 혐오가 더욱 심화되는 걸 보면서, '인간'의 위기를 직시하고 그 위기 속에서도 지속되어야 하는 '삶'을 보듬는 문학적 재현에 관심을 기울이게 됐다.

이번 책의 가장 중요한 키워드는 '타자'다. 팬데믹 상황에서 타자에 대한 혐오와 분리, 갈등이 전염병보다 무섭게 퍼져나가는 것을 보면서 나는 문학이, 시가 사람의 손을 대신해 인간과 세계를 좀 더 나은 상태로 이끌어주길 소망했다. 대면 접촉도, 여행도, 다른 문화권과의 교류도 불가능해진 언택트 시대에 우리는 전부 각자의 격리공간에서 타자와 차단된 채 두려움과 분노, 혐오, 무기력함에 지쳤다. 서로 이질적 타자인 수많은 사람들이 한 곳에 모여 자유, 평화, 인권, 소수자의 더 나은 삶, 정치적 올바름을 한 목소리로 외치고, 함께 울고 웃으며 마음의 온도를 나누던 접촉과 교류를 다시 기억해내는 데 시의 소명이 있으리라고 믿었다. 그래서 '밀실'의 시보다는 '광장'에서 타자를 향해 외치는 시들을 주목하고, 타자에 대한 무한한 희생과 책임이라는 낭만적 윤리를 적용해 최근 우리 시에 의미를 부여하고자 했다.

'타자'와 연계되는 지점에 '자리'가 있다. 이 책에서 또 하나 중요한 키워드다. 이 책은 오늘날 '시'의 자리가 어디인지 확인하는 데 비평의 눈을 기울인 결과물이기도 하다. 최근 우리 시는 어디에 있는지, 시가 무용해진 시대적 모드와 치열하게 싸우며 간신히 외줄 위에 살아남아 있는지, 세계의 부조리함에 저항하며 철탑 꼭대기에서 "이러다 다 죽어"라고 절규하고 있는지, 아니면 어두운 음지에서 묵묵히 인간에 대한 믿음과 연민을 포기하지 않은 채 바닥으로 떨어지는 손들을 붙잡아 끌어올려주려는 몸짓을 지속하고 있는지 탐색하는 과정에서 필연적으로 시의 사회적 효용, 시가 타자를 대하는 방식에 관심이 집중되었다.

'타자윤리'라는 말이 다소 관념적이고 모호할 수 있다. 원고를 꾸리면서 "인간은 문학을 통해, 그것에서 얻은 감동을 통해, 자기와 다른 형태의 인간의 기쁨과 슬픔과 고통을 확인한다"던 평론가 김현과 "문학은 '나는 너를 사랑한다'는 말의 가장 깊고 다양하며 섬세한 변주"라던 내 은사 박철화 선생의 문장을 늘 떠올렸다. '타자윤리'라는 말의 단단한 매듭을 다정하고 아름답게 풀어낸 문장들이라고 생각한다. 인간의 기쁨과 슬픔과 고통을 재현하며 독자에게 감동을 주는 문학, 사랑이 사라진 시

대에 사랑의 기억을 되살려주는 문학…… 책을 묶는 데 있어서 가장 중
요한 기준은 결국 '인간'과 '사랑'이었다.

3.

　서문에서 꼭 밝힐 게 있다. '빛보다 빛나는 어둠을 밀며'라는 책 제목
은 이영주 시인의 시 「기도」(『차가운 사탕들』, 문학과지성사, 2014)의
"빛보다 빛나는 어둠을 밀면서"에서 빌려온 것이다. 원고를 묶으면서 반
드시 이 제목으로 해야 한다는, 신앙에 가까운 확신 같은 게 들었다. 우
리 사회의 약자, 소수자, 아브젝트들은 빛이 들지 않는 어둠 안에 있다.
때로 빛은 너무 환해 물상을 분산시키지만, 어둠은 상과 상, 그림자와 그
림자를 밀착시킨다. 순백의 빛이 설맹(雪盲)을 만드는 데 비해 암흑처럼
보여도 어둠은 늘 암중모색(暗中摸索)의 가능성을 열어둔다. 그렇게 어
둠과 어둠이 서로 끌어안을 때, 새벽처럼 푸르스름한 빛이 부화할 때, 그
빛이야말로 빛보다 빛나는 어둠일 것이다. 타자와 연대하는 것이, 사람
이 사람을 사랑하는 것이 불가능해진 시대일지라도 우리는 불가능의 가
능성을 믿으면서, 빛보다 빛나는 어둠을 온몸으로 밀면서 나아가야 하리
라. 빛보다 빛나는 문장을 흔쾌히 빌려주신 이영주 시인께 진심으로 감
사드린다.

2022년 여름, 안양천변에서

이병철

차례

1부

혐오와 분리의 감각 그리고 타자 윤리

너 신 할래?

오늘날 우리 시가 신을 부르는 방식

"여호와 하나님이 아담을 부르시며 그에게 이르시되 네가 어디 있느냐"(창세기 3:9)
"여호와여 어찌하여 멀리 서시며 어찌하여 환난 때에 숨으시나이까"(시편 10:1)

1. 어느 불경한 유신론자의 고백

"고개 들어 주를 맞이해. 엎드리어 경배하며 찬양 주님께 영광!
왕의 위엄을 신령과 진정한 찬양으로 영광 돌려 만왕의 왕께!"

중학교 3학년 때 처음 교회에 갔다. 좋아하던 이성친구가 교회에 다녔기 때문이다. 첫사랑의 웃는 얼굴 외에는 모든 것이 따분했지만, 날이 갈수록 중고등부 예배와 소모임, 수련회가 즐거워졌다. 부모와 자주 떨어져 지내던 나는 공동체에 속했다는 심리적 안정감을 느꼈다. 형제자매들의 중보기도와 따뜻한 환대에서 어렴풋하게나마 신을 본 것도 같았다.

지극히 인간적인 욕망에서 시작된 종교 활동은 점점 그럴듯한 신앙의 모습을 갖춰서, 20대 시절 나는 제법 큰 장로교회에서 성가대와 주일학교 교사, 청년부 회장으로 신을 섬겼다. 그때 자주 부르던 찬송이 위의 노래다. 눈을 감고 두 팔을 높이 든 채 저 찬송을 부르면 눈물이 났다.

　내가 교회를 떠난 것은, 찬송을 부르며 흘리던 내 눈물이 종교적 파토스의 산물에 지나지 않음을 깨달으면서부터다. 진리와 구원, 아가페적 사랑, 종말론이라는 신비주의가 극적인 장치를 지닌 음악과 결합할 때, 내 안에서 요동친 것은 신에 대한 순전한 믿음과 사랑이 아니라 이해가 결여된 비이성적 정념이었을 뿐이다. 그 사실을 내게 귀띔해준 것은 문학 그리고 합리적 이성이었다. 그때부터 나는 내가 안다고 착각했던 것들을 의심하기 시작했다. 원사이즈 기성복처럼 선택이 배제된 채 얌전히 입었던 기존 교리를 벗고, 신과 알몸으로 마주앉아 변증법적 대화를 통해 그를 내 방식으로 이해하겠다고 마음먹은 것이다. 그러자 그동안 파토스에 가려졌던 교회의 민낯이 보였다. 한국교회가 기득권 집단임을 고발하는 것은 이제 새삼스럽지도 않다. 이 글을 쓰고 있는 2020년 5월 13일 새벽 5시, 인터넷 포털 실시간 검색어 순위에는 '전준구 목사'가 올라 있다. 성범죄 의혹 때문이다.

　그럼에도 나는 여전히 유신론자다. 그것도 강력한 유신론자에 가깝다. 유신론자이지만 신의 전지전능함에 대해서는 회의적이다. 기독교가 상정한 신이 초월신인 동시에 인격신일 때, 나의 가엾고 애처로운 신은 100퍼센트 인격신이다. 그래서 이 글을 쓸 수 있다. 불가지론자나 무신론자의 눈에는 신을 부르는 시편들이 '미친놈의 잠꼬대'로만 보이지 않을까? 나는 유신론자의 관점에서, 요즘 우리 시인들이 나와 같은 유신론자이거나 최소한 '신이 있을 수도 있다'는 쪽으로 조금이나마 기울어진 불가지론자라고 생각한다.

21세기 우리 시에서 신이 어떻게 호명되고 있는지 확인하려면 먼저 오늘날 신의 위상에 대한 합의점부터 찾아야 할 것이다. "신은 죽었다"던 니체의 선언이 과학과 철학, 문학에서 각기 뉘앙스만 조금씩 달리 하며 무수히 동어반복 되어 온 것을 상기하면, 이제 신에게서 초월적 창조주이자 절대자로서의 권위를 발견하기는 쉽지 않아 보인다. <구약성서>의 아브라함에게서 갈라져 나온 세 개의 일신교, 즉 유대교와 기독교와 이슬람교의 유일신은 19세기 찰스 다윈과 니체, 에밀 뒤르켐으로부터 강력한 공격을 받아 치명상을 입었다. 과학이 눈부신 발전을 이룬 20세기에는 더 센 도전에 직면해야 했는데, 칼 세이건과 리처드 도킨스의 후속타에 의해 빈사상태가 된 신을 두고 이제 인간들은 '죽은 신'(슬라보예 지젝), '침묵하는 신'(엔도 슈사쿠), '만들어진 신'(리처드 도킨스)이라 부르기를 주저하지 않는다. "가엾고 애처로운 신"이라는 수사는 오늘날 신의 위상에 대한 한 개인의 독단적 판단이 결코 아니다.

현대에 와서 신이 몰락한 데에는 복합적 요인이 작용한다. 첫째, 사회 공동체의 실재감 상실이다. 에밀 뒤르켐은 종교와 사회가 서로 뗄 수 없는 것이며, 종교는 결국 교회라는 도덕적 사회 공동체를 원천으로 삼는다고 말했다. 사람들은 교회에서 초월적인 신의 현현을 직접 경험하는 것이 아니라 '위로'와 '포용'과 '연대'라는 공동체적 감각을 통해 희미하게 표상된 신의 이미지를 추종하는데, 오늘날 사회 공동체의 해체와 교회라는 도덕적 교사의 타락은 신에게서 위로와 연대의 감각을 마비시켜 버렸다. 지난 십여 년 동안 한국교회가 어떤 정치적 스탠스를 취했는지, 성소수자와 미혼모, 팔레스타인 난민을 어떻게 대했는지 떠올려보면 대한민국에서 종교는 집단유대의 유지라는 사회적 기능을 상실했음이 더욱 자명해진다. 이러한 기성종교의 빈틈을 타고 위로, 연대, 공동체를 강조하며 청년들을 포섭한 신흥종교가 바로 신천지다.

둘째, 기독교 서사의 매력 소진이다. 아인슈타인과 칼 세이건, 리처드 도킨스는 신을 감추어 보호해주던 신비의 어둠을 과학이라는 빛으로 걷어냈다. 과학적 증명에 의해 구약성서는 잘 쓰인 소설로 그 지위가 격하(혹은 격상)되었다. 또 유물론, 변증법, 정신분석학, 인본주의 등으로 무장한 합리적 이성은 초자연적 형이상학으로서의 종교를 '없음'에의 공허한 탐닉으로 규정했다. 이래저래 초라해진 기독교 서사는 그 문학적 가치와 원류의 정통성마저 길가메시 서사시나 태양신 미트라 신화 등에 도전 받고 있다. 이러한 '아우라의 붕괴'가 신의 몰락을 촉발시켰다.

셋째, 신이 침묵한 탓이다. 신은 세계의 온갖 비극을 그저 방관만 해왔다. 전쟁, 전염병, 굶주림, 여성 착취와 아동 학대 가운데 인간의 절규가 "당신은 언제까지나 침묵하고 있느냐고 호소"(엔도 슈사쿠, 『침묵』)했지만 신은 응답하지 않았다. (그 침묵으로 그는 이스라엘의 팔레스타인 침공을 승인했다) 신이 제안하는 부활이나 천국은 모두 내세의 약속일뿐이다. 다시, 에밀 뒤르켐은 "교회가 인정한 성스러운 가치들이 새로운 이성들에 의해 도전을 받게 되었는데, 그 새로운 이상들은 종교적 신앙보다 이성을, 또한 장차 천국에서의 삶에 대한 소망(혹은 지옥의 공포)보다는 이 세상에서의 행복에 대한 욕망을 강조한다"고 했다. 이제 인간은 신에게 영원한 삶이라는 근거 없는 약속 대신 이 삶에서의 구원이 어디 있느냐고 묻는다. 당신이 예비한 천국을 이 땅에서 보여줄 것을 요청한다.

> 미래에 새로운 세대가 등장했다
> 그들은 선과 악을 모르는
> 모든 것이 구분 없는 투명한 세계의 세대라 했다
> 드디어 인류는 오랜 세월 꿈꾸던 것을 이루었다
> 그들은 선악과 열매의 맛을 잊기 위해

여기까지 왔던 것이다

―김학중, 「에덴―미래 일기 7」 전문

(『창세』, 문학동네, 2017)

우리 시에 나타나는 신에 대해서는, 1970~80년대 경제발전과 함께 개신교가 급격히 성장하면서 사회의 보수 기득권 세력이 된 것이나 샤머니즘과 결합한 '기복 신앙'의 형태로 자리 잡은 점, 십일조와 제자훈련 같은 헌신의 강요 등 교회적 특징은 물론 사회 양극화, 공동체의 실재감 상실, 대형 참사의 반복이라는 한국적 특수성 안에서 그 존재 양식을 탐색할 필요가 있다. 이 한국적 특수성을 폭력으로 체감한 청년 세대에게 신은 무력한 방관자일 뿐이다. 신을 무능하고 초라한 인격신, 살부의식조차 추동시키지 못하는 비천한 아버지의 모습으로 묘사하는 데 거리낌 없는 21세기 시인들은 김학중이 말한 "새로운 세대"다. "그들은 선과 악을 모르는/ 모든 것이 구분 없는 투명한 세계의 세대"로서 "선악과 열매의 맛을 잊기 위해 여기까지 왔"다. 그들은 신이 정한 온갖 이분법을 부정하고, '예수천국 불신지옥'이라는 붉은 궁서체 팻말에 함의된 신의 좀스럽고 불공평함에 이의를 제기한다.

2. 의심하고 부정하고 조롱하라

부활한 예수가 제자들에게 모습을 보일 때, 도마는 부활을 의심한다. "내가 그의 손의 못 자국을 보며 내 손가락을 그 못 자국에 넣으며 내 손을 그 옆구리에 넣어보지 않고는 믿지 아니하겠노라"(요한복음 20:25). 그러자 예수가 말한다. "너는 나를 본 고로 믿느냐. 보지 못하고 믿는 자들은 복되도다"라고.

그의 얼굴을 본 적이 있니, 우리는
묻지 않았지 그의 얼굴은 비밀이었으니
그가 주머니에 감추어둔 것도
언젠가 그가 날려버렸던 푸른 저녁도
우리는 묻지 않았네 거기
생이 재잘대는 소리를 듣자고
손을 펼쳤을 때 보이던 들판과 구름들
흘러가고 여린 풀잎들 발돋움하던
그러나 여전히 그것도 아니었지

─유희경, 「우리에게 잠시 신이었던 것들」 부분
(『우리에게 잠시 신이었던』, 문학과지성사, 2018)

그러나 어떻게 보지 못하고 믿을 수 있단 말인가? 합리적 의심과 호기심을 솔직하게 표현한 도마는 믿음 없는 자의 표본으로 박제되었다. 그가 인도에 가서 복음을 전하다 순교한 사실보다 '의심 많은 도마'로 인류에 각인된 것은, 기독교가 신의 구체적 현현에 대한 요청을 금기화하기 위해 도마의 예화를 무수한 설교와 성경공부에 이용했기 때문이다. '의심 많은 도마'는 "그분의 정체를 절대 궁금해 하지 말라"는, 마치 첩보영화 같은 협박의 레토릭으로 여전히 동원된다.

누군가 묻는다. "그의 얼굴을 본 적이 있니?" 그것은 해선 안 되는 질문이다. "그의 얼굴은 비밀이었으니" "우리는 묻지 않았"다. 신의 얼굴을 묻는 것은 인류의 오랜 금기였다. 그 금기 뒤에 숨어서 '그'는 "주머니에 감추어둔" 영생과 천국을 담보로 '우리'에게서 "생이 재잘대는 소리"와 "푸른 저녁"을 빼앗아 갔다. "우리로부터 죽음을 빼앗으면서, 종교는 우리에게 삶도 빼앗는다. 영원한 삶의 이름으로, 종교는 이 삶의 죽음도 확인"(옥타비오 파스)해온 것이다.

인간은 "이 삶의 죽음"을 감내하면서까지 신을 이해하려 해봤지만, 경전의 교리에만 있을 뿐 모습을 나타내지 않는 신을 지식과 이성으로 받아들일 수 없었다. 그래서 의심하기 시작했다. '보이는 신'에 대한 탐색은 "들판과 구름들", "여린 풀잎들" 같은 자연 대상에서 신성을 보려는 애니미즘(animism)을 거쳐 "그러나 여전히 그것도 아니었다"는 범신론으로 귀결되었다. 우주, 세계, 자연의 모든 것이 신이라는 범신론을 쇼펜하우어는 "무신론의 완곡어법"이라고 표현했다.

> 그러나, 매 순간 나를 관통하는 빛
>
> 창이 열리면 의자에 앉았다 빛 닿은 자리마다 얼룩이었다
> 담장 너머 이웃집은 근사한 요새 같았다
>
> 이웃집의 창은 커튼에 가려 보이지 않는다 이웃집의 내부는 환할
> 까 알 수 없었다 내 방은 빛에 갇혀 깜깜하다
>
> 어제는 교회 가는 날 그것도 모르고 방에 있었지
> 오늘 교회에 가면 내일 좋은 곳으로 간다고 했다
> 좋은 곳이 이웃집보다 근사할까 알 수 없었고
>
> 좋은 곳에 가본 적이 없었다 좋은 곳을 상상하지 못했다
> —송승언, 「담장을 넘지 못하고」 부분
> (『철과 오크』, 문학과지성사, 2015)

신의 출현이나 개입을 도무지 경험해보지 못한, 선악과의 맛을 모르는 새로운 세대는 "사랑한다면 행동으로 보여줘"라고 신에게 말한다. 인간을 사랑한다는 신은, 인간에게는 십계명부터 이동식 성전인 성막의 규

격1)까지 엄격히 지킬 것을 명령하면서 "주여 아버지를 우리에게 보여주옵소서. 그리하면 족하겠나이다"(요한복음 14:9)라는 인간의 요청은 묵살한다. 그런 신에게 진력이 난 인간은 모습을 나타내지 않을 거면 당신이 약속한 "좋은 곳"만이라도 이 땅에서 상상할 수 있게 해달라고 요구하지만, 신은 "오늘 교회에 가면 내일 좋은 곳으로 간다"는 두루뭉술한 말만 되풀이할 뿐―수년 째 내년엔 좋은 집으로 이사 갈 수 있다고 가족들을 설득하는 무능한 가장처럼―이다.

신은 이 땅에 천국의 모델을 보여주며 신뢰할 만한 사랑의 교환을 제안하는 대신 디스토피아를 부려놓고 순종하지 않으면 지옥에 보내겠노라 겁박한다. 하지만 새로운 세대는 불분명한 추상에 불과한 "내일 좋은 곳"을 위해 감각되는 구체적 현실인 '오늘'을 제물로 바칠 생각이 없다. 대체 '좋은 곳'이 어떤 곳이란 말인가? 현실의 어둠이 "담장 너머 이웃집"보다 근사한 곳을 상상하지 못하게 하는데도 신은 대책 없는 낙관론 안에만 무력하게 계실 뿐이다. 있긴 있되 "매 순간 나를 관통하는 빛"으로, 너무 환해 인간의 눈을 가리면서, 형태를 갖지 못하고 만져지지도 않는 낡은 상징 권위로만 존재할 뿐이다.

천치창조
여기 선지자의 메모가 있다
　① 야간의 주간화
　② 휴일의 평일화

---

1) "그 성막을 덮는 막 곧 휘장을 염소 털로 만들되 열한 폭을 만들었으니/ 각 폭의 길이는 서른 규빗, 너비는 네 규빗으로 열한 폭의 장단을 같게 하여/ 그 휘장 다섯 폭을 서로 연결하며 또 여섯 폭을 서로 연결하고/ 휘장을 연결할 끝폭 가에 고리 쉰 개를 달며 다른 연결할 끝폭 가에도 고리 쉰 개를 달고/ 놋 갈고리 쉰 개를 만들어 그 휘장을 연결하여 한 막이 되게 하고/ 붉은 물 들인 숫양의 가죽으로 막의 덮개를 만들고 해달의 가죽으로 그 윗덮개를 만들었더라" (출애굽기 36:14~19)

③ 가정의 초토화
　※라면의 상식화

기도합시다 R'Amen 모든 사람이 이러한 평등을 겪는 그날까지

(……)

저 화상
배를 가르고 나온 애비는 흰 종이였다
수술이 끝나도 깨어날 줄을 몰랐다
　아버지가 누운 침대가 자라고 있다 적출된 간의 이야기를 듣고 나의 나머지가 이제야 태어난 것을 알았다 모든 일에 프로가 되라고 하셨지요 나의 장래희망은 프로크루스테스입니다 남은 평생 라면을 먹여 주고 싶은 사람이 있습니다

짜파게티 요리사는 이렇게 말했다
　라면은 요리가 아닙니다 불 앞에 선 나는 요리사가 아닙니다만 무엇인가를 끓이고 있습니다 이것은 시가 아닙니다 시는 죽었다 누군가 말했다 누구나 쉽게 이해할 수 있는 것이 좋은 시 아닙니까 나는 이해라는 말이 웃깁니다 이해라는 말을 이해하는 사람이 세상에 있습니까 사람에게는 자유롭지 않을 자유도 있는 거 아닙니까 너와 내가 뛰놀 때면 두 마리의 돼지를 떠올립니다 나는 신이 잘못 누른 버튼입니다 시는 죽었다 나는 신(身)을 끓이고 있다 이것이 신의 몸이라면…… 나는 속을 끓이면서 눌어붙은…… R'Amen

난 쟁의(爭議)가 쏘아올린 작은 봉(鳳)
　비정규직이라고 합니다 일요일이니까 일을 합니다 용기(用器) 있는 자가 라면을 얻는다 용기도 없어 가방 속에 컵라면이 들어 있는 것입니다 신은 언제나 일요일에만 있다 신이 일을 하고 있지 않기

때문에 어떤 사람들은 일을 한다

－김건영, 「일요일 －사전(蛇傳) 7」 부분

(『창작과비평』 2019년 봄호)

　의심과 부정은 조롱으로 이어진다. 인간의 질문과 요청에 대답하지 못한 신은 이제 수치와 모멸을 견뎌야만 한다. 원본인 신을 우스꽝스럽게 모방하는 패러디는 효과적인 조롱의 방식으로 문학에서 꾸준히 채택되어 왔다. 2000년대 초반에 김민정이 성부와 성모를 "음부와 음모"로 비틀고 '강 같은 평화'를 "염병할 놈의 요강 같은 평화"(「날으는 고슴도치 아가씨」)로 바꾼 것이나 이승원이 "예수가 사지를 늘어뜨리고 냉동 창고 갈고리에 걸려 있다 목자는 피 묻은 앞치마를 두르고 작두를 든다 창세기머리 출애굽기등심 사도행전안심 시편갈비 마태복음양지 고린도 도가니 누가복음사태 요한계시록꼬리 비만의 신도들이 내는 헌금에 알맞게 일용할 복음을 부위별로 자른다"(「정육점의 예수」)고 한 것은 신에 대한 노골적인 텍스트적 조롱이다.

　이미지·서사적 조롱도 있다. 신형철은 이영광의 시 "살다가 살아보다가 더는 못 살 것 같으면/ 아무도 없는 산비탈에 구덩이를 파고 들어가/ 누워 곡기를 끊겠다고 너는 말했지"(「사랑의 발명」)에 붙인 글에서 "하늘을 보고 누워 자신을 서서히 죽이는 일. 이 죽음은 신이라는 가장 결정적인 관객을 염두에 둔 최후의 저항처럼 보인다. 불가능과 무의미에 짓밟힐 때 인간이 무책임한 신을 모독할 수 있는 길 중 하나가 그것이지 않은가"[2]라고 썼다. 산비탈에 구덩이를 파고 눕는 '너'의 행위처럼, 영화 <밀양>에서 신애(전도연)가 교회 장로와 대낮에 불륜 성관계를 맺으며 하늘을 향해 "보여? 보이냐고?" 묻는 것이나 이인성의 단편 「무덤가 열

---

[2] 신형철, 「무정한 신 아래에서 사랑을 발명하다」, 한겨레신문, 2016년 8월 12일자.

일곱 살-철들 무렵(2)」에서 주인공 소년이 옻나무 잎으로 성기를 감싸고 자위행위를 하는 것은 모두 '불꽃같은 눈'으로 우리를 늘 바라보는 신을 향한 모독의 퍼포먼스다.

김건영은 텍스트, 이미지, 서사, 사회문화적 함의, 언어유희 등 문학이 차용할 수 있는 온갖 기교를 동원하여 불가침의 신성을 공격한다. 바비 핸더슨이라는 무신론자가 유신론의 허구성을 조롱하기 위해 만든 신흥종교 '날으는 스파게티 괴물교'3)를 빌려, 문학적 상상력이 기존 종교의 안티테제로서의 패러디 종교를 양산할 수 있음을 역설한다. 화려한 말놀이를 통해 시인은 신이 천지를 창조한 것이 아니라 맹목적으로 길들이기 쉬운 천치를 창조했으며, 이는 민간인을 불법으로 사찰하고 지역감정을 정치 공작에 이용해 국민의 눈과 귀를 가린 한국의 위정자들과 별반 다를 게 없다고 말한다.

"시는 죽었다"는 음가를 활용해 신의 죽음을 선언하거나 "애비는 흰 종이였다"는 패러디로 오직 경전 안에만 존재하는 신의 무력함을 고발할 때, 또 지하철 스크린도어 비정규직 노동자의 죽음을 환기하며 정규직을 가진 이들에게만 안식일을 주는 신의 불공평함에 항의할 때 '날으는 스파게티 괴물교'의 기도 끝말 "R'Amen"(라멘)은 일종의 추임새로 신성모독 텍스트에 흥겨운 리듬과 발랄한 유희성을 입힌다. 스파게티를 숭배하는 종교의 기도 끝말이 '라멘'이라니! "나 이외에 다른 신을 섬기지 말라"던 계명을 우스꽝스럽게 만들면서, "독실한 신성모독자인 그는 매

---

3) 스파게티 면발 뭉치와 촉수처럼 삐져나온 눈, 두 개의 미트볼로 이루어진 '날아다니는 스파게티 괴물'(Flying Spaghetti Monster, 이하 FSM)을 섬기는 신흥종교다. 이 종교에 따르면, FSM은 산과 나무와 난쟁이를 시작으로 세상과 인류를 창조했으며, '신성한 면발'을 움직여 인간을 올바른 길로 인도한다고 한다. 미트볼은 힘을, 소스는 자연과 정신의 충만함을, 면발은 에너지의 유동성을 각각 상징하며, 면식(면 요리를 먹는 식사)의 생활화가 필수 교칙이다.

순간 신을 욕보"(김건영, 「모자이크 드릴」)이는 데 성공한다. 인간이 신에게 행하는 조롱에는 다음과 같은 목적이 있다. 첫째, 신의 권위를 추락시키는 것. 둘째, 신이 저지른 비합리와 부조리를 비판하는 것. 셋째, 신을 약 올려서 반응하게 하는 것. 신은 과연 이 독실하고 불경한 조롱에 뭐라고 응답할까? 지금은 개신교 목사가 "하나님 까불면 나한테 죽어"라고 말하는 시대다.

3. 너 신 할래?

> 보아라, 나의 무능이 너를 살게 하지 않느냐
> 이것이 전능임을 보여주기 위해
> 나는 영생하며 인간이 되려 한다
> 나는 말하지만 너는 침묵할 줄 알고
> 나는 명하지만 너는 노래하지 않느냐
> 요셉아. 인간은 아직도 인간을 사랑하지 않고
> 나는 아직도 신이어야 하므로
> 네가 나를 만들라. 너의 아들로 하여금
> 나를 살게 하기 전까지
> 예비하라
>
> — 김학중, 「요셉의 서」 부분(김학중, 앞의 책)

신은 인간의 조롱에 불 같이 화내는 대신 낙담하여 고개를 떨어뜨린다. "나의 무능이 너를 살게 하지 않느냐"며 자신의 무력함을 고백하는 것이 오늘날 신의 응답이다. 무능한 신은 죄인들을 심판하지 못한다. 선량한 이의 기도를 들어주지도 못한다. 심판, 구원, 부활, 천국, 평화, 사랑…… 소망은 이루어지지 않음으로 소망일 수 있다. 언젠가는 선이 악을, 진실이 거짓을, 사랑이 미움을, 빛이 어둠을 이기리라는 기대가 인간을 살게 한다면, 인간으로 하여금 그 오지 않는 '언젠가'를 계속 희망하게 하기 위해 신은 세상에 존재해야만 한다.

"나는 아직도 신이어야 하므로 네가 나를 만들라"고 인간에게 도움을 요청하는 신은 너무나도 처량해 보인다. 인간의 마음이 자신에게서 점점 멀어지는 것을 알아차린 걸까? 신은 인간의 맹목적인 사랑과 숭배를 필요로 하고, 인간은 죽음의 두려움을 극복하기 위해 신이라는 초월적 존재를 상정해야만 한다. 스튜어트 카우프만은 "신은 인간이 하나의 강력한 상징으로 발명한 개념"이라고 말했다. 종교가 통치의 수단이던 먼 옛날 제정일치 사회부터 '물신'이라는 진짜 신을 감추기 위해 '바지사장'마냥 꼭두각시 신을 세우는 오늘날 자본주의적 기독교까지, 신과 인간은 어쩔 수 없는 공생 관계다.

> 세계라는 무대에 신 역할을 맡은 배우가 걸어 나온다. 심판도 없
> 이. 용서도 없이.
> 관객을 관조하더군요.
>
> ―양안다, 「소극장」 부분
> (『세계의 끝에서 우리는』, 아시아, 2020)

"심판도 없이 용서도 없이" 인간을 관조하는 신은 너무 무력해서 "신 역할을 맡은 배우"처럼 보인다. 그런데 카우프만의 말대로 신은 애초에 만들어진 개념인지도 모른다. 배우처럼 보이는 게 아니라 정말 배우일 수도 있다는 얘기다. 만들어진 신이므로 당연히 전지전능할 수 없다. 신을 필요로 하는 인간은 만들어진 신의 무능이 만천하에 드러나기 전에 신성을 재발명하는 방식으로 신이라는 개념을 유지해온 것이 아닐까?

"세계라는 무대"는 영화 <트루먼 쇼>를 연상케 한다. 주인공 트루먼(짐 캐리)은 가족, 친구, 직장 등 자신의 모든 삶이 리얼리티 TV쇼라는 사실을 모른 채 30년을 살았다. 섬 하나를 통째로 꾸민 세트장이 세계의 전부인 줄 알던 그가 세트장 밖 진짜 세상으로 나아가려는 순간, '트루먼 쇼'의 연출자이자 "신 역할을 맡은" 크리스토프(에드 해리스)는 TV쇼를 계속 유지하기 위해 트루먼을 설득한다. "난 누구보다 자넬 잘 알아. 이 세상은 거짓말과 속임수뿐이지만 내가 만든 세상에선 두려워할 게 없어"라는 그의 음성은 풍부한 에코 효과와 함께 하늘에서 울려 퍼진다. 구약성서에서 아브라함과 모세가 들었다던 신의 목소리처럼 말이다.

크리스토프의 대사는 종교가 어떻게 인간을 설득하는지 잘 보여준다. 종교는 인간의 인정욕구와 심리적 안정 추구의 본능을 이용한다. 우리는 지난 계절, 현실판 '트루먼 쇼'의 실체를 보았다. 단 한 명을 포섭하기 위해 20여명의 사람이 투입되는 신천지의 '모략 전도'는 포섭 대상의 모든 정보를 파악해 그가 걸려들 수밖에 없는 함정을 설치한다. 포섭 대상은 자신의 일상에서 일어나는 일들이 다 신의 계획인 것으로 착각하고, 철저하게 '맞춤형'으로 준비된 위로에 결국 마음을 열게 된다. 신천지라는 무대에서 이만희 교주는 신 역할을 맡은 배우다. 기성 종교라고 해서 다를까? 프로테스탄트 기독교 역시 성서의 세계관이 지배하는 가상 세계에서 '금발의 백인 예수'라는 '만들어진 신'의 이미지를 소비하며 심리적 안정을 얻는 리얼리티 쇼인지도 모른다.

> 이 밤을 사랑하는 건 신과 우리뿐일 거야. 세계가 망가지는 건 우리와 무관한 일. 우리는 우리의 사랑과 서사에 전념하면서. 모든 게 기울어지고 있어. 어쩌면 너의 눈앞에서 춤추던 내가 쓰러질 수도.
> —양안다, 「영원한 밤」 부분(양안다, 위의 책)

신의 무능과 몰락은 역설적으로 신의 범람을 초래했다. 이제는 운동선수, 연예인, 반려동물, 음식, 물건에도 신의 지위와 칭호가 부여된다. 유느님(방송인 유재석과 하느님의 합성어), 갓홍민(God과 축구선수 손흥민의 합성어), 갓냥이(고양이), 마라느님(마라탕) 등 신들이 차고 넘친다. 영화 <영웅본색>에서 "내가 바로 신이야. 자기운명을 마음대로 할 수 있는 사람이 신이지"라던 주윤발의 명대사는 누구나 마음만 먹으면 신이 될 수 있는 신성모독 시대의 표어처럼 보인다.

신이 유일신과 전능자로서의 권위를 잃고 인간의 필요에 의해 여러 모습의 꼭두각시로 만들어지거나 그 지위를 피조물에게 침탈당하는 시대에 어떤 유신론자들은 통탄을 금치 못하며 강력한 분노와 저주를 퍼붓고, 또 어떤 유신론자들은 초라해진 신을 연민하며 그와 함께 비천한 데 머문다. 유신론자이거나 최소 '신이 있을 수도 있다'는 쪽으로 기울어진 불가지론자인 시인들은 후자에 속한다. 아즈텍인들은 패배하고 죄를 짓는 신 켓살코아틀을 숭배하는데, 오늘날 우리 시에 나타나는 신 역시 초월신이 아니라 켓살코아틀 같은 인격신이다.

양안다의 시에는 인간처럼 무능하고, 감정적이고, 흔들리고, 상처 입는 신에 대한 연민의 태도가 나타난다. 시인은 인격신을 측은하게 여기고 그를 위로하려 한다. 신을 위로하기 위해서는 신과 동등한 높이에 서야 하는데, 인간인 시인은 자신이 높아질 수 없으니 신을 끌어내린다. 아니 이미 추락한 신 곁에 그냥 나란히 선다. 구약성서에 기록된 노아의 홍수를 "창밖으로 끊임없이 비가 내리는 날이었어. 나는 보드카와 럼을 자주 헷갈렸지만 들이키기를 멈추지 않았지"라는 개인의 서사로 축소시킬 때, 「창세기」라는 거대서사는 "너를 만나기 전의 나의 세계", "나의 이야기"(양안다, 「나의 노아가 침묵을 멈추었을 때」)가 된다.

니코스 카잔차키스가 『그리스도 최후의 유혹』에서 시도했던 것처럼 시인은 "우리의 사랑과 서사"라는 인간의 생활에 신을 편입시킨다. 신에게서 전지전능해야 한다는 부담감, 인간과 세상을 구원해야 한다는 무거운 책임감을 벗기고 "세계가 망가지는 건 우리와 무관한 일"이니 "모든 게 기울어지고 있"더라도 그저 "이 밤을 사랑하"면서 춤이나 추자고, 몰락한 신과 함께 비천한 데 머물면서 신을 위로한다.

4. 언제나 너무 많은 신들

몸에 든 멍을 신앙으로 설명하기 위해 신은 내 손을 잡고 강변을 걸었다 내가 물비린내를 싫어하는 줄도 모르고

빛과 함께 내려올 천사에 대해, 천사가 지을 미소에 대해 신이 너무 상세히 설명해주었으므로 나는 그것을 이미 본 것 같았다
반대편에서 연인들이 손을 잡고 걸어왔다

저를 저렇게 사랑하세요? 내가 묻자
신은, 자신은 모든 만물을 사랑한다고 말했다
저만 사랑하는 거 아니시잖아요 아닌데 왜 이러세요 내가 소리치자

저분들 싸우나봐, 지나쳤던 연인들이 소곤거렸다

신은 침착하게 사랑에 대해 이야기하고 나는 신의 얼굴을 바라보지 않고 강을 보고 걷는다
강에 어둠이 내려앉는 것을, 강이 무거운 천처럼 바뀌는 것을 본다

그것을 두르고 맞으면 아프지만 멍들지는 않는다

신의 목소리가 멎었다 원래 없었던 것처럼
연인들의 걸음이 멀어지자 그는 손을 빼내어 나를 세게 때린다
　　　　　　　　　－차도하,「침착하게 사랑하기」전문
　　　　　　　　　　　(2020년 한국일보 신춘문예 당선작)

　신이 잃어버린 전지전능함과 강제적 권위를 습득한 것은 오늘날 남성들이다. 리처드 도킨스는 "구약성서의 신은 모든 소설을 통틀어 가장 불쾌한 주인공이라고 할 수 있다. 시기하고 거만한 존재, 용납을 모르는 지배욕을 지닌 존재, 복수심에 불타고 피에 굶주린 인종 청소자, 여성을 혐오하고 동성애를 증오하고 인종을 차별하고 유아를 살해하고 대량 학살을 자행하고 자식을 죽이고 전염병을 퍼뜨리고 과대망상증에 가학피학성 변태성욕에 변덕스럽고 심술궂은 난폭자로 나온다"면서 유대인들의 신 여호와를 신랄하게 비판했다. 거만하고, 지배욕을 지니고, 복수심에 불타고, 여성을 혐오하고, 변덕스럽고 심술궂은 난폭자가 신의 성정이라면, 한국사회의 수많은 남성들은 언제 어디서나 함부로 신이 되는 중이다.

　차도하의 시는 젠더 폭력의 문제를 신과 인간 사이에 설정된 위계 구조로 옮겨온다. '나'에게 연애는 강요된 신앙이다. "몸에 든 멍을 신앙으로 설명하"는 지속적인 가스라이팅(Gaslighting)을 통해 '신'이 된 애인은 '나'를 통제하며 지배력을 강화해왔다. '신'은 "물비린내를 싫어하는" '나'의 의사와는 관계없이 그를 '강변'으로 데려다 놓을 수 있는 위력을 지녔고, 자신의 지배와 폭력이 사랑의 표현 방식임을 세뇌시키며 그 왜곡된 사랑의 말미엔 반드시 "빛과 함께 내려올 천사"가 있다고 설득한다.

　구약성서 「욥기」에는 신과 사탄의 내기에 의해 믿음을 시험당하는 '욥'의 이야기가 기록돼 있다. 어느 날 사탄이 신 앞에 나타나 "의인으로

소문난 욥이 그가 가진 풍요를 다 잃더라도 과연 당신을 경외하겠느냐"고 도발한다. 신은 그 어떤 고통 속에서도 욥이 자신을 원망하지 않을 것이라고 확신하면서, 욥의 자녀들ㅡ일곱 아들과 세 딸ㅡ을 모두 죽게 하고, 재산을 앗아가고, 온몸에 욕창이 생기게 한다. 신은 욥을 너무나 사랑해서 그에게 고통을 준다. 어떻게 해도 욥이 자신을 떠나지 못한다는 것을 사탄에게 과시하기 위해 그를 만신창이로 만든다. 내기에서 이긴 신은 더 많은 자녀와 재물, 장수 등 더 큰 복으로 욥을 위로하지만, 거기에도 '폭력ㅡ복종ㅡ보상'이라는 길들임의 메커니즘이 작용한다. 하물며 10명의 자녀를 잃은 아픔은 그 무엇으로도 치유될 수 없는 것이다.

그럼에도 욥은 "이는 곧 나를 멸하시기를 기뻐하사 하나님이 그의 손을 들어 나를 끊어 버리실 것이라. 그러할지라도 내가 오히려 위로를 받고 그칠 줄 모르는 고통 가운데서도 기뻐하는 것은 내가 거룩하신 이의 말씀을 거역하지 아니하였음이라"(욥기 6:9~10)고 말한다. 이는 학습된 폭력의 피해자가 보이는 전형적인 태도다. '신'과 '나'의 위계 구조로 인해 위 시는 현대판 「욥기」로 읽힌다. 젠더 폭력은 근래에 부각된 문제인 동시에 너무도 오래되어 그 기원을 가늠조차 할 수 없는 까마득한 인습이기도 하다. '나'는 '신'에게 오랫동안 육체와 정신을 지배당해 왔다. "그것을 두르고 맞으면 아프지만 멍들지는 않는다"는 고백은 '나' 또한 욥처럼 학습된 폭력에 잠식되어 있음을 나타내준다. "왜 이러세요"라고 소리쳐 저항해보지만 벗어날 수 없다.

김현은 「폭력의 구조: 르네 지라르 연구」에서 욥의 예를 들어 "신은 때려눕히는 자이다. 신과 대중은 공공연히 희생자를 만들어낸다. 대중의 소리는 신의 소리다. 그 대중은 우선은 세 사람의 친구이며, 그 세 친구의 신은 폭력을 성화한다"고 말했다. 욥의 세 친구는 욥에게 "네가 죄를 지었기 때문에 하나님이 벌을 내리신 것"이라고 정죄한다. '신'은 어디에나 있다. 젠더 폭력은 일대 일 관계에서보다 집단 사회에서 더 강력한 괴물이 된다. 그것은 침묵과 무관심과 왜곡된 성 인식과 가해자 관점의 문제 인식과 온갖 차별적 시선을 먹고 자라난다. 위 시에서 타인의 감시가 사라지는 순간, '신'은 "손을 빼내어 나를 세게 때린"다. 그 손은 '나'를 때리고, "지나쳤던" 사람들인 우리 모두를 때린다.

5. 인간이 인간을 사랑할 때

다시, 엔도 슈사쿠의 『침묵』에서 신은 당신의 배교자들에게 이렇게 말한다. "밟아라, 성화를 밟아라. 나는 너희에게 밟히기 위해 존재하느니라. 밟는 너의 발이 아플 것이니 그 아픔만으로 충분하느니라"라고. 신의 부재와 몰락을 노래하는 시인들의 발에 통점이 생겼는지는 모르겠으나, 저마다 힘껏 밟고 있다는 것만큼은 확실히 알겠다.

아니다. 아플 것이다. 이 글을 쓰면서 나는 아팠다. 시인들도 나처럼 고통스러웠을 것이다. 신이 인간이 만들어낸 강력한 상징, 인간이 발명해낼 수 있는 가장 아름다운 사랑의 형태라면 신의 부재와 몰락은 곧 사랑이 사라진 시대의 비극적 은유가 아닌가? 그러나 앞에 인용한 김학중의 시에서 "인간은 아직도 인간을 사랑하지 않"기에 "나는 아직도 신이어야 한다"던 신의 고백을 뒤집어보면, 인간이 인간을 사랑할 때 비로소 신은 그 존재의 당위를 초월하여 유신론자도 무신론자도 알 수 없는 이름으로 호명되고, 아무도 모르게 간절한 기도들의 수신자가 되고, 마주보는 사람의 얼굴에서 반짝이는 어느 아침빛이 될 것이다. 부활과 구원, 천국은 오직 사랑으로만 닿을 수 있다고…… 나는 사랑을 믿는 유신론자다. 이 시대의 시인들과 같은 종교에 속해 있다.

혐오와 분리의 감각 그리고 타자윤리

코로나 시대의 시 읽기

　　인간은 얼마나 더 무력해질 수 있을까. 끝도 없이 추락하는 무력감, 코로나 시대를 사는 우리들의 공통 감정이다. 아무리 싸워도 이길 수 없는 적에게 농락당하는 듯한 절망적 패배감이 돌림노래처럼 유행한다. 바이러스 확산이 주춤하면서 오래 멈췄던 일상이 작고 소중한 움직임을 겨우 시작했지만, 54일간 하늘을 덮었던 비구름이 걷히자마자 코로나19는 뙤약볕보다 맹렬하게, 밤이 가둘 수 없는 빛처럼 퍼져나가는 중이다. "하나님 까불면 나한테 죽는다"고 신을 겁박하던 개신교 목사가 수천 명의 사람들을 모아 집회를 열었고, 침과 비말 등 타액과 섞인 통성기도는 신에게 닿는 대신 선한 이웃들의 폐혈관 속으로 침투해 수백, 수천의 지옥을 확장하고 있다.

　　지난해 넷플릭스에서 방영된 드라마 <킹덤>은 조선시대 좀비물이라는 독특한 설정으로 큰 인기를 끌었다. 오랜 기근에 굶주린 백성들이 죽은 사람의 시체를 솥에 고아 나눠먹으면서 역병은 시작된다. 카니발리즘에 동참한 이들은 사지가 뒤틀리고 피를 토하며 죽었다가 밤이면 좀비로 변해 산 사람들을 문다. 좀비에 물린 이들은 좀비가 되어 또 누군가를 물고…… 기하급수적으로 확장하는 역병은 최초 발생지인 경남 부산을 넘어 경북 상주와 문경을 완전히 집어삼키더니 결국 한양까지 지옥으로 만들고 만다.

어떤 계시적 직관일까 아니면 그저 우연일까. 전파 경로가 겹치는 건 흥미로운 우연성일 뿐이지만 <킹덤>의 좀비 역병과 코로나19 사이에는 근원적인 공통점이 있다. 인간의 욕망을 숙주 삼아 자라난다는 것이다. 굶주림을 못 견뎌 인육을 먹은 사람들이 좀비가 되었던 것처럼, 코로나 바이러스는 중국 우한에서 박쥐를 잡아먹은 사람들의 몬도가네에서부터 발생했다. 우리나라에서는 지난 1월 최초 확진자가 나타난 후 물류센터와 콜센터 등 노동조건이 취약한 생계의 현장에서 전염병이 집단 유행했다. 먹고사는 일의 엄혹함 앞에 사회적 거리두기는 무용하고 무력했다. 정부가 방역 체계를 완화하고 대체공휴일 지정 및 소비 쿠폰과 외식 환급금 지원 등 내수경제 활성화를 선택한 것 역시 '먹고사니즘' 때문인데, 소비가 적극 장려된 8월 황금연휴 동안 사람들은 밀집했고, 밀접했고, 밀폐된 공간에서 경계심을 풀었다. 당연한 결과, 코로나 바이러스는 2차 대유행을 앞두고 있다.

전염병이 특정 집단 세력에게 정치적 수단으로 이용된다는 점 역시 드라마와 현실이 닮아 있다. <킹덤>에서는 권력을 유지하려는 왕비와 영의정이 좀비 역병을 은폐하려 하고, 나아가서는 일부러 퍼뜨리기까지 한다. 우리나라에서는 신천지와 보수 개신교가 코로나19를 폭발적으로 확산시키는 주범이 되었는데, 이들 종교집단은 종교 활동을 빙자한 정치개입을 위해 방역당국이 금지하는 대규모 집회와 소모임을 강행했다. 종교이기주의에 사로잡힌 신도들은 감염 사실을 은폐한 채 사회시설을 이용해 시민들에게 바이러스를 옮기고, 이만희와 전광훈 등 종교지도자들이 전염병 확산의 책임을 회피하며 '음모론'과 '종교 탄압'을 주장하자 예배 자제를 당부하는 방역 지침을 '사탄의 거짓말'로 여겼다. <킹덤>에서 왕비는 결국 좀비 역병에 걸려 비참한 최후를 맞는데, 사랑제일교회 전광훈 목사가 코로나19 확진 판정을 받은 것도 그저 흥미로운 우연에 지나지 않을지 지켜봐야겠다.

어쩌면 우리는 인간의 탐욕과 이기심, 혐오, 전체주의적 폭력과 싸우고 있는지도 모른다. 탐욕과 이기심이 고개를 들 때마다 전염병이 확산되고, 전염병보다 더 빠른 속도로 혐오가 유행한다. 해운대 해수욕장에 피서객들이 넘쳐날 때 우리들은 패배하고, 광화문에서 보수 개신교도들이 대규모 집회를 열 때 또 다시 쓰러진다. 건강을 자신하는 젊은 세대의 느슨한 경각심, 가짜 뉴스에 미혹된 노년층의 왜곡된 현실인식, 전염병을 정치적으로 이용하려는 권력가들의 교활함, 종교인들의 집단이기주의가 마구 혼재된 2020년 대한민국은 사르트르의 표현대로 '타인이라는 지옥'이다.

코로나 바이러스는 타자윤리가 마비된 곳에서 창궐한다. 타자를 위해 손을 씻고 마스크를 쓰고 외출을 삼가는 것, 예배와 집회를 중단하는 것. 이 간단한 약속을 지키지 않는 이들을 향해 우리는 분노한다. 분노하고 혐오할 힘마저 소진되면 그땐 절망밖에 남지 않을 것이다. 계몽주의나 프로파간다적 글쓰기를 경계하면서도, 아직 남은 우리의 에너지를 타자에 대한 무한 책임, 레비나스가 말한 비대칭적인 관계를 위해 사용하자고 제안하고 싶다. 그것이야말로 이 지옥을 철거할 유일한 방법이기 때문이다. <킹덤>에서 좀비 역병은 자신을 희생하면서까지 백성을 살리려 한 세자와 의녀, 개인보다 공동체를 먼저 생각한 이름 없는 영웅들에 의해 종식된다.

　이 비극적인 시대에 과연 시가 어떤 효용을 가질지 모르겠다. 다만 시가 재현의 한 방법일 때, 코로나 시대의 시는 바이러스 현상 이면에 은닉된 인간의 온갖 불온함과 아직 밝혀지지 않은 세계의 진실들을 기어이 옮겨내려 한다. 2020년 우리 시에는 참혹, 참담, 공포, 광기, 자책, 자멸, 절망의 풍경들이 번져가고 있다.

　　　　아직도 여기가 익숙지 않아서
　　　　잠에서 깨어나면
　　　　나는 울음을 터트리기 직전의 기분

　　　　말없는 창백한 사물들이
　　　　나를 알아볼 때까지
　　　　기다려야 한다

　　　　낮잠에서 깬 아이가
　　　　느닷없이 서럽게 우는 건
　　　　세상이 아직 익숙지 않아서라는데

　　　　잠들기 전의 세계와
　　　　눈을 뜨고 난 후의 세계가
　　　　서로 다른 방향으로 천천히 미끄러져 간다

　　　　황급히 눈을 비빈 사람들이
　　　　머리를 감고 가방을 들고 어디론가 간다

　　　　그곳도 어제와는 다른데

따뜻한 음식을 먹다가
고장 난 기계처럼
뼈만 남은 채로
맞은편 거리를 바라본다

약국 앞 줄지어 서 있는
파리한 사람들
모두 울음이 쏟아지기 직전의 뒷모습

아직도 여기
있습니까
　　　　　—강성은, 「낮잠」 전문(『시로 여는 세상』 2020년 여름호)

　　세계는 지금 '포스트 코로나(Post Covid-19)' 시대를 준비하고 있다.
대면 접촉을 지양하는 언택트(untact) 문화의 일상화와 사회기본시스템
의 온라인화, IT 원격기술의 대중화 등이 '코로나 이후' 달라진 세계의
풍경이 될 것이다. 그런데 과연 '코로나 이후'가 있긴 한 걸까? 전염병이
종식되지 않으리라는 불안감이 엄습하면서, 코로나 이후로 나아갈 수도,
코로나 이전의 삶으로 돌아갈 수도 없으리라는 비관주의가 널리 퍼지고
있다. 더디기만 한 백신 개발 현황이라든가 바이러스의 변이 가능성, 타
자에 대한 윤리를 저버린 인간의 이기심, 그로 인한 방역체계의 위기 등
이 우리를 코로나 이전도 이후도 아닌 '코로나와 함께 살기'에 순치시키
고 있다. 미당이 자신의 친일 행위에 대해 변명한 식대로 말하자면, "코
로나19는 하늘이 이 세계에 주는 운명"이니 그저 체념하며 받아들일 수
밖에 없다는 것이다.

　　위 시에서 화자는 "아직도 여기가 익숙지 않아서/ 잠에서 깨어나면/

나는 울음을 터뜨리기 직전의 기분"을 고백한다. 모든 사물들이 다 마스크를 쓰고 있는 세계, "말없는 창백한 사물들이/ 나를 알아볼 때까지/ 기다려야 하"는 "어제와는 다른" 세계에 우리는 갑자기 던져졌다. 개인적인 사정이지만, 요양병원에 계신 할머니를 못 뵌 지 7개월이 넘었다. 큰 슬픔이다. 내 얘기만이 아니다. 전국 모든 요양병원 면회가 금지되면서 부모를 병원에 모신 수많은 자녀들이 '불효자'라는 자의식으로 괴로워하는 중이다. 코로나가 종식되어 면회가 재개되었을 때, 할머니는 과연 나를 알아볼 수 있을까? 코로나 이전의 세계는 과연 우리를 기억할까?

얼마 전 페이스북 '과거의 오늘' 알고리즘이 내게 알려준 것은, 5년 전 8월에 마스크 없이 많은 사람들과 그리스 아크로폴리스의 석양을 바라봤다는 사실이다. 대면 접촉도, 여행도, 다른 문화권과의 교류도 불가능해진 지금, 5년 전 나와 함께 석양을 보던 이들은 전부 "약국 앞 줄지어 서 있는/ 파리한 사람들"이 되었다. 서로 이질적 타자인 수많은 사람들이 한 곳에 모여 자유, 평화, 인권, 소수자의 더 나은 삶, 정치적 올바름을 한 목소리로 외치고, 함께 울고 웃으며 마음의 온도를 나누던 접촉과 교류를 우리가 끝내 기억해내지 못한다면, 코로나 이후의 세계는 "고장 난 기계처럼/ 뼈만 남은" 디스토피아가 될 것이다. 코로나 이전의 삶이 회복되지 않는 한 코로나 이후도 없다. 하지만 지금은 "잠들기 전의 세계와/ 눈을 뜨고 난 후의 세계"가, 코로나 이전의 세계와 이후의 세계가 "서로 다른 방향으로 천천히 미끄러져 간"다. 우리는 손에서 빠져나가는 그 어떤 것도 잡을 수 없어 "모두 울음이 쏟아지기 직전"이다.

병이 돈다

큰길부터 작은 골목까지 두루 다니며 울려 퍼지는

돌림노래처럼 친숙한 이들부터 생소한 이들까지

감염된다

병은 박쥐를 먹은 사람들에게서 시작되었다 박쥐가
병마에 시달리고 있었는지의 여부는 불분명하지만

박쥐의 맛과 질감과 영양과
박쥐를 섭취함으로써 일어나는 몸의
변화가 궁금한 사람들이

박쥐보다 참혹한 병에 걸린다 박쥐의
모습을 하고 있지는 않지만 박쥐는
참혹하지 않지만

병은 또 다른 병을 깨운다 그것은
박쥐에게 전파되지 않았는데

누군가 기침을 하자 사전에 약속이라도 했었던 듯
시선들이 일제히 벽이 된다 격리된 그가 몸부림치다
제압된다 그와 같은 동네에 살고 같은 언어를 사용하고
피부색이 같으며 동일한 풍속을 지닌 사람들이
영문도 모른 채 손과 발이 묶이고 코와 입이 막힌다

아무도 모르는 사이에 병을 낳고 키운다
형체와 색깔과 냄새가 없으므로 병은
자취를 남기지 않고 움직인다

모두가 병이 되고 있다

입에 피가 묻은 채 병에 걸린 세상과 사람들을
박쥐가 바라보고 있다

─ 오성인, 「코로나」 전문
(『영화가 있는 문학의 오늘』 2020년 봄호)

  오성인의 시는 직접적으로 코로나 바이러스를 호명한다. 전염병이 세
상에 나타난 기원부터 "돌림노래처럼" 유행하게 된 팬데믹(pandemic) 현
상, 그리고 바이러스와 함께 세상을 점령한 인간의 탐욕과 혐오를 날카
롭게 통시한다. 강성은이 코로나 이전과 이후 세계 사이의 단절을 예고
했다면 오성인은 코로나 바이러스가 어떻게 세상을 병들게 하는지, 어떻
게 인간의 존엄을 훼손하는지를 똑똑히 보여주며 우리로 하여금 이 비극
적 현실이 타자화된 사건이 아니라 '나'라는 주체가 내내 감각해야만 하
는 참혹한 햇살과 공기, 비바람임을 환기시킨다.
  "병이 돈"다. "병은 박쥐를 먹은 사람들에게서 시작되었"다. 박쥐는 죄
가 없다. "박쥐의 맛과 질감과 영양"이 궁금했던 사람들의 탐욕이 "참혹
한 병"을 일으켰다. 코로나19는 호흡기 감염질환이다. 이 병에 감염되면
고온과 발열, 근육통, 권태감, 폐 기능 저하 등의 증상이 나타난다. 치명
율도 높다. 특히 기저질환이 있던 환자들이 합병증으로 목숨을 잃는 경
우가 많다. 이 바이러스균은 침과 타액 등 비말을 통해 전염된다. 밀접한
거리에서 대화나 식사를 하거나 재채기 또는 기침을 할 때 주로 전파된
다. 그래서 마스크 착용이 필수적이다. 마스크 착용이 필수 에티켓이 되
자 마스크 쓴 사람들이 안 쓴 사람들을 비난하고, 안 쓴 사람이 착용을
요청하는 이에게 폭력을 휘두르기도 한다. "누군가 기침을 하자 사전에

약속이라도 했었던 듯/ 시선들이 일제히 벽이 된"다. 코로나19가 전파하는 것은 폐렴만이 아니라 타자에 대한 혐오와 분리의 감각이다.

화자가 "아무도 모르게 병을 낳고 키운다"고 했을 때, "자취를 남기지 않고 움직이는 병"은 우리 일상에 "형체와 색깔과 냄새가 없"이 깊이 침투한 타자 혐오를 의미한다. 사람들은 특정 집단이나 개인을 혐오하는 것이 아니라 가족, 친구, 이웃, 시민, 노인, 아이, 남성, 여성, 군중 등 모든 타자를 혐오한다. 더러운 병균을 내게 옮길지도 모르는 바이러스 덩어리로 그들을 인식하기 때문이다. 이제 혐오에 무력해진 인간은 존엄을 상실하고 있다. 코로나19에 걸리지 않더라도 우리는 모두 혐오와 무력함에 감염된 '확진자'다. "모두가 병이 되고 있"다.

우리는 불타는 창고에 있었다

이것은 이미지가 아니다

현실은 합선이고
우리의 뒤통수는 전선으로 연결되어 있다

누군가 덜 마른 합판을 우리 사이에 끼워두었다면
불길이 솟아오르다 겉만 태웠을 텐데

우리는 햇빛 아래서 온몸을 건조시켜 뼈를 드러내는 종족
일하는 종족이다
수분이 부족하지

이것은 은유가 아니고

한동안 창고 안에서 고기처럼 역한 냄새를 풍기며
비틀리다 뒹굴고 기어가다 재가 되고

죽음이란 붉은 빛 속의 혀

물을 마시고 싶었는데

우리는 태양 아래서 온 뼈를 태워
물건을 쌓는 종족
싱싱한 피부가 부족하지

서로 엉키어서 죽었지만
함께 죽는다는 것은 무엇일까
고독은 각각의 죽음 안에

서로가 서로를 뒤덮는 합판이 되어
타오르는 계단이 되어
　　　　　　 ─이영주, 「무늬목」 전문 (『시인동네』 2020년 7월호)

　　코로나 바이러스는 타자에 대한 본능적인 혐오와 분리 욕구를 우리 내면에 프로그래밍하는 데 성공했다. 하지만 사람들은 타자를 혐오하면서도 그 혐오가 올바르지 않음을, 계속 지속되어서는 안 된다는 것을 인식한다. 그래서 타자를 혐오하지 않아도 되었던 코로나 이전의 삶을 끊임없이 희구한다. 함께 어울리고, 군집하고, 스킨십 할 수 있는 코로나 이후를 꿈꾼다. 이영주의 문제의식은 여기서 출발한다. 코로나19의 확산과 대유행은 개인과 개인 사이에 "덜 마른 합판"이 없었기 때문이라고 그는 말한다. 위 시에서 화자가 "우리는 불타는 창고에 있었다"고 진술할 때, '불타는 창고'는 코로나 바이러스가 공기 중에 퍼져 있는 공간의 알레고리가 된다. 시인의 말마따나 "이것은 이미지가 아니"다. 이것은 우리가 생생하게 감각해야 할 현실이다.

다행인지 불행인지 혐오에 기반한 분리가 코로나 확산을 저지하고 있다. 혐오 대신 이타적 정신이 분리의 동력이 된다면 물론 좋을 것이다. 지금처럼 서로 격리된 채 영영 고립무원의 개인으로만 살아서는 안 되겠지만, 인간과 인간 사이에는 애초에 적당한 거리두기가 반드시 필요했다. 그 거리가 지켜지지 않아서 전염병이 창궐했다. 문제는 우리가 "일하는 종족"이라는 사실이다. 우리는 "햇빛 아래서 온몸을 건조시켜 뼈를 드러내"기까지 일해야 하는, "태양 아래서 온 뼈를 태워/ 물건을 쌓는 종족"이다. "한동안 창고 안에서 고기처럼 역한 냄새를 풍기며/ 비틀리다 뒹굴고 기어가다 재가 되"는 운명을 피할 수 없다. 아니, 피할 수 있지만 피하지 못했다. 택배 물류센터와 보험사 위탁 콜센터 등 피할 수 없게끔 강제된 취약 노동의 현장에서 수많은 사람들이 코로나19에 감염되었다. "우리의 뒤통수는 전선으로 연결되어 있"고, 코로나라는 "현실은 합선"을 일으키고 말았다.

사실 우리는 코로나 시대를 양가적 감정으로 살아가는 중이다. 코로나가 가져 온 긍정적인 변화는 역설적이게도 사람의 차단이다. 어쩌면 '사회적 거리두기'야말로 코로나 시대의 축복인지도 모른다. 불필요한 회식과 모임이 사라지고 개인이 자기 시간을 온전히 사용할 수 있게 되었다. 공공장소에서 사람과 사람 사이에 '안전거리'가 생겼다. 그동안 우리 사회에서 집단 안에 개인을 편입시키는 폭력적 스킨십이 얼마나 많았는지 새삼 생각한다. 해병대 체험이나 단체 래프팅 따위 '애사심과 단결력 고취'를 위한 전체주의적 행사는 물론 '술잔 돌리기' 같은 비위생적 회식문화는 진작 구시대 유물이 되었어야 했다. '포스트 코로나' 시대의 과제는 개인과 개인 사이 건강한 간격의 유지다. 우리는 같은 실수를 반복하지 않을 것이다. 하지만 비정규직과 육체노동, 감정노동 등 취약한 생계 현장의 구조적 환경이 개선되지 않는 한 전염병은 다시 불길처럼 솟아올라, 우리는 "서로가 서로를 뒤덮는 합판이 되어" "서로 엉키어서 죽"고 말 것이다.

나는 칼이요 분열이요 전쟁이다
사랑과 통합과 연대의
적이다
나는 찌르고 파괴하고 흩날린다
나는 가장 작고 가장 크며
가장 보이지 않는다
변함없이 따사롭다

피 흘리는 가슴이요 찢어지는 아픔이며
나를 모르는 격투다
나는 가르고 나누고 뜯는다
숨 막히는 사이와
절벽 같은 거리를 짓고
상처와 이별을 생성하며
가장 잘 보이지 않는다

나는 처음처럼 나타난다
나는 병이고 약이며 고통이다
자연이요 문명이요 생명이다
나는 죽이고 살리고 허물며
세운다 규범 없는 세계를,

세계 없는 규범을 세우고,
허물고 살리며 죽인다

나는 폐허이고 천국이다
나는 지옥이며 평화다
성부와 성자와 성령의 이름으로
또한 코로나의 이름으로,
나는 따사로운 저주이다
이름 없는 모든 것으로
이름 아닌 모든 것으로

　　　　　—이영광, 「검은 봄」 전문 (『발견』 2020년 여름호)

　코로나 바이러스는 전 세계에 갈등과 분열을 일으켰다. 서방은 바이러스 발원지인 중국에 분노하고, 중국은 책임을 회피했다. 이후 미국과 중국의 무역 전쟁이 본격화되었다. 트럼프 대통령은 코로나와의 싸움을 "중국 바이러스에 대항한 우리의 전쟁"으로 규정하면서 21세기 신(新)냉전을 예고했다. 독일과 이탈리아도 코로나 팬데믹을 "2차 세계대전 이후 인류 최대의 위기"라고 선언했다. 정말로 세계는 전쟁터가 되었다. 많은 국가들이 군 병력을 투입해 도시를 봉쇄하고 국민들의 이동을 차단하면서 방역 전쟁을 벌이고 있다. 이탈리아에서는 시신을 안치할 시설이 부족해 성당들마저 주검으로 가득 찼다. 에콰도르는 상황이 더 심각해서 최대도시인 과야킬 길거리에 사망자들이 누운 관이 마치 쓰레기처럼 여기저기 널브러졌다. 공장 가동이 중지되고 국가 간 입출국이 금지되면서 생산과 수출이 멈췄고, 항공 산업은 고사 직전에 처했다. 올림픽을 비롯한 스포츠 대회들도, 예술 공연과 전시도 더 이상 열리지 않는다. 교육과 행정과 의료 등 사회기본시스템이 마비되었다. 작은 바이러스균에서부터 초래된 이 파장은 오늘날 세계의 질서와 구조, 인류의 존재 양식까지 뒤흔들고 있다.

한국사회에서도 코로나19는 "칼이요 분열이요 전쟁"이다. 이 바이러스는 이곳저곳 "찌르고 파괴하며 흩날리"게 한다. 보수와 진보 양 진영은 전염병을 정치적 쟁점으로 삼아 연일 싸움을 벌인다. 생명을 구원해야 할 종교가 오히려 질병과 죽음을 확산하면서 비종교인과 종교인 사이의 갈등이 심화되고 있다. 청년들은 광화문 보수 집회에 가는 노인들을 비난하고, 노인들은 이태원 클럽에서 춤추고 노는 청년들을 향해 손가락질 한다. 세대, 지역, 계층, 이념 간 분열이 양극으로 치닫는다. 코로나 바이러스는 "사랑과 통합과 연대"를 허물면서 "숨 막히는 사이"와 "절벽 같은 거리"를 짓는 중이다.

그런데 뜻밖에도 코로나19의 세계적 대유행은 전쟁이면서 곧 평화이기도 하다. 위 시에서 화자가 코로나 바이러스를 가리켜 "자연이요 문명이요 생명"이라고 했을 때, 우리는 전염병이 자연 환경을 회복할 기회와 비접촉 문화라는 새로운 삶 양식을 인류에게 선물했음을 알게 된다. 공장 가동이 멈추고, 항공기 운항이 중단되면서 대기가 깨끗해지고, 오염에 신음하던 땅과 물도 신선한 숨을 쉬기 시작했다.

비접촉 문화의 확산은 인간에게도 평화를 안겨주었는데, 타인의 간섭이 사라진 자기영역 안에서 개인은 온전한 자기 삶을 영위할 수 있게 되었다. 코로나가 종식되더라도 우리 삶에는 개인과 개인 사이 건강한 간격을 위한 사회적 거리두기가 계속 필요하다. 육체의 질병보다 마음의 감염이 더 고통스럽기 때문이다. 이영광은 인간이 인간으로부터 멀어져야만 획득 가능한 평화를 노래하면서, 세계시민으로의 연대 대신 개인으로의 자발적 유폐가 자연에게도 인간에게도 축복이 될 수 있는 코로나 시대의 양면성을 환기시킨다.

우리는 코로나19라는 "규범 없는 세계", "세계 없는 규범" 속에 살고 있다. 이 모순된 현실 안에서 우리는 강제적으로 박탈당하고 있는, 아니 어쩌면 우리가 스스로 포기한 이동의 자유와 연대의 권리를 회복하기 위해 "폐허이고 천국"인. 또 "지옥이며 평화"인 오늘을 반성적으로 사유해야 한다. 더 나아가 개인이 세계의 획일적 질서에 종속되지 않고 자기 존엄을 위해 격리와 연대 중 어느 쪽을 선택하더라도 개인과 세계가 모두 평화로운 시대를 꿈꿔야 한다. 이 과정에서 시는 현실을 재구성하는 언어로서, 삶의 비극들이 유실되지 않도록 색과 윤곽을 입혀 끊임없이 복원하는 고통스런 작업을 수행할 것이다. 비극은 계속 기억되어야 다시 반복되지 않는 법이기 때문이다. 활자는 바이러스보다 전염력이 강하다. 이 활자적 전염이 한국사회 내면의 통각을 찔러서, 마비된 타자윤리를 깨우고 정신의 항체를 생성해주기만을 바랄 뿐이다.

'선한 대상화'와 '대상화하지 않기'

이산하 시집 『악의 평범성』에 부쳐

1.

　지난해 출간된 시집들 중 가장 의미 있는 작업으로 이산하의 『악의 평범성』(창비, 2021)을 꼽고 싶다. 주지하다시피 '악의 평범성'은 한나 아렌트가 아돌프 아이히만의 재판 과정을 기록한 책 『예루살렘의 아이히만』에서 제시한 개념이다. 아이히만은 2차 세계대전 당시 독일군의 장교로 유대인 600만명을 학살한 홀로코스트의 실무 책임자였다. 패전 후 아르헨티나로 도망쳐 정체를 감춘 채 리카르도 클레멘테라는 이름의 자동차 수리공으로 살다가 10년 만에 이스라엘 비밀경찰 모사드에게 붙잡혀 예루살렘 법정에 세워졌다. 아이히만 아닌 클레멘테는 부에노스아이레스에서 누구에게나 성실하고 선한 이웃이었다. 아렌트는 아이히만이 "악마의 얼굴"을 하고 있으리라 생각했지만, 법정에 선 그가 지극히 평범하고 왜소한 한 중년 남성이라는 데 충격을 받았다. 악은 악마의 얼굴이 아니라 평범한 모습으로 온다는 것이 '악의 평범성'의 표층적 함의라면, 그 심층은 보다 복잡하다. 아이히만은 홀로코스트의 실행에 그 어떤 고민이나 반성, 죄의식도 갖고 있지 않았다. '악'이라는 인식 자체가 없던 것이다. 나치 친위대 고위 장교라는 직책에서 자신에게 맡겨진 임무를 그저 열심히 수행했을 뿐이었다.

이산하는 우리가 우리 자신의 삶을 반성적으로 성찰하지 않을 때, 일상의 매너리즘과 소수적·개인적 평화에 젖어 타자와 외부세계에 가해지는 폭력들에 무감각해질 때, 분노하지 않고, 슬퍼하지 않고, 절규하지 않고, 울지 않을 때, 타인의 비극마저도 정치적 성향이나 계층 구조에 따라 자신들의 이익 실현을 위한 도구로 이용할 때 악마가 될 수 있다고 경고한다. 악은 멀리 있는 것이 아니라 가까이에, 우리 안에 있다고 그는 말한다. 예컨대 "약자를 추방시키는 국민청원에 수십만 명이 달려들 때"(「지난번처럼」), "모두 장밋빛 꿈의 복선을 적당히 깔며 정서적 타협을 할 때"(「멀리 있는 빛」), "4.3을 기억하는 일이 금기였고 이야기하는 것 자체가 불온시"(「새로운 유배지」)될 때 우리는 모두 아이히만이 된다. 이산하는 5.18과 세월호 희생자들을 조롱하는 인터넷 게시물에 "사진을 올리고 글을 쓰고 환호한 사람들은/ 모두 한 번쯤 내 옷깃을 스쳤을 우리 이웃"(「악의 평범성 1」)이라는 것을, 그게 곧 나 자신이라는 사실을 환기시키기 위해, "악의 비범성이 없는 것이 악의 평범성"(「악의 평범성 2」)임을 인식시키기 위해 이 세계에 반복되어져 온 무수한 '악'을 고통스런 언어로 재현하고, 민족과 국가, 세계라는 거시 역사가 개인이라는 미시 역사에 가한 폭력들을 날카롭게 통시하면서 인간의 본성과 악의 본질을 탐구한다.

복사꽃 지는 어느 봄날
강가에서 모닥불을 피워 밥을 지었다.

쌀이 익어 김이 모락모락 피어올랐다.
저녁노을 아래 밥이 뜸 들어갈 무렵
강 건너 논으로 물이 천천히 들어가고 있었다.

문득 네팔의 한 화장터가 떠올랐다.
'퍽!'
'퍽!'
여기저기 불길 속으로 머리들이 터졌다.
사방으로 흩어진 뇌수를 개들이 핥아먹었고
아이들은 붉은 잿더미를 파헤쳐 금붙이를 찾았다.
인간이 재로 바뀌는 건 두 시간이면 충분하지만
가난한 집의 시신들은 장작 살 돈이 부족해
절반만 태운 채 강물에 버려지기도 했다.
그들은 언제나 머리를 가장 먼저 불태운 다음
마지막으로 두 발을 태웠다.
나는 한동안 생각을 지탱한 머리와
세상을 지탱한 발을 비교하며
삶의 무게를 저울질하다 재처럼 풀썩이고 말았다.
인간이 어떤 것의 마지막에 이른다는 것
그 지점에 도달해서야 비로소
먼지의 무게를 재며 다시 처음으로 돌아간다는 것

밥이 뜸 들어가는 저녁마다 난 여전히
시를 짓듯 죄를 지었고
죄를 짓듯 시를 지었다.
오늘따라 논물이 강물보다 더욱 깊어가는 것도
단지 먼 길을 돌아온 세월 탓만은 아니리라.

— 이산하, 「먼지의 무게」 전문

이러한 시적 작업에서는 필연적으로 폭력의 피해자들을 대상화할 수밖에 없게 된다. 위 시에서 시인이 "네팔의 한 화장터"의 끔찍한 풍경, "여기저기 불길 속으로 머리들이 터졌고/ 사방으로 흩어진 뇌수를 개들이 핥아먹"는 "가난한 집의 시신들"을 묘사한 것은 '가난'이라는 구조적 폭력이 인간의 존엄을 얼마나 참혹히 훼손하는지 증언하기 위함이며, 풍족한 환경 속에 살면서 "시를 짓듯 죄를 짓고/ 죄를 짓듯 시를 지"은 '도시문명인'으로서의 자기존재를 반성하기 위함이다. 우리가 애써 외면해온 이 세계의 불편한 진실을 똑똑히 보여주는 것이 이산하의 시적 소명이다. 현실을 직시하게 하고, 현실에 비추어 '나'를 성찰하게 하는 과정에서 타자의 대상화와 감정이입은 불가피한 법이다.

　"밤마다 바이올린 선율이 수용소에 울려퍼졌다/ 죄수들은 고향과 가족을 그리워하며 위안했다./ 어느날/ 죄수들은 모두 자기 귀를 의심하지 않을 수 없었다./ 유대인에게는 연주가 금지된 베토벤의 곡이었다./ 모두 눈물을 흘리며 조용히 들었다./ 달빛처럼 은은하게 흐르던 선율이 갑자기 멈췄다./ 다음날 아침 굴뚝 옆의 교수대에/ 어린 소년과 바이올린이 매달려 있었다."(「마지막 연주」)와 같은 시에서도 교수대에 매달려 죽은 어린 소년의 이미지는 독자에게 전쟁의 참상을, 동일성이라는 원리로 타자를 배격하는 순혈주의의 폭력성을 생생하게 감각시킨다. 나는 이것을 '선한 대상화'라고 부르고 싶다.

　그런데 최근 우리시에서는 '대상화하지 않기'가 일종의 캠페인처럼 전파되는 중이다. 타자를 섣불리 시적 대상화해 시인의 주관대로 비참함이니 아름다움이니 페이소스 따위를 부여하지 말자는 것이다. 타자 대신 자기 자신을 대상화하거나 아예 대상이 없이 불분명한 추상으로 발화하는 게 요즘의 경향이다. 이러한 시적 경향에서는 외부세계의 풍경과 고유명의 타자가 사라지고 오직 시인의 자기감정만이 절대화된다. 독자는 시인의 혼잣말 같은 언어와 자신의 감정선이 일치되는 순간 쾌감을 느낀다. 그 제한적인 공감의 시들, 밖으로 향하는 게 아니라 개인의 내면으로만 향하는 시들, 오직 소수만이 향유하는 시들은 어쩌면 타인의 슬픔을, 세계의 폭력을 방관하고 있는 것이 아닌가? 침묵하고 있는 것이 아닌가? 하는 질문을 낳게 한다.

3.

물론 대상화에 반대하는 기조는 기성 시단에 대한 반작용의 결과다. 그동안 기성 시들이 민중이니 양심이니 하는 윤리적 우월감, 또 미적 완결성에 대한 왜곡된 신념에 도취되어 타자를 쉽게 대상화하고, 그 과정에서 특히 여성의 신체나 약자의 고통을 미의 대상으로 사물화, 도구화해온 '비윤리적' 관습에 반대하는 것이다. 그 결과 젊은 시인들에게는 '재현의 윤리'가 창작의 가장 중요한 기율로 자리 잡았다. 그러나 문학이 결국 세계에 대한 인식, 즉 타자와 사물에 대한 감응으로 이루어진 '나'를 토로하는 일이라면 글쓰기에서 대상화란 불가피한 것인지도 모른다. 젊은 시인들의 '대상화하지 않기'는 엄밀하게 어떤 윤리적 고민이나 주저함, 검열 없이 행해지는 무분별한 대상화를 중단하자는 것이다. 그리고 이러한 타자에 대한 대상화 중단은 자기 자신에 대한 대상화, 자기 삶에 대한 대상화로 전환되는 중이다.

기성의 질서에 편입되거나 타자와 연대하지 않는다는 것이 부적응과 패배로 비춰지던 시대를 우리는 힘겹게 헤쳐 왔다. 오늘날 2030세대는 한국 사회에서 처음으로 '자기감정'에 주목한 세대라 할 수 있다. 산업화와 민주화, IMF 등을 통과하면서 내 감정보다는 타인의 감정, 공동체의 감정에 공감하는 것이 중요했는데, 이제는 어떤 집단적 경험이나 이데올로기가 개인의 삶을 압도하지 못하는 시대가 되었고, 자기감정과 개인의 내밀한 취향에 우선순위를 두는 삶의 방식이 통용되고 있다. 자기 삶이 소중한 만큼 타인의 삶도 소중하다는 평등의식과 개인주의도 이미 보편화되었다. '대상화하지 않기'는 소수적 삶에 대한 존중, 소수자에 대한 사회적 인식이 성숙함과 함께 문학장에서 확산되고 있는 것이다.

대상화는 필연적으로 계층을 나누어 권력구조를 발생시킨다. 젊은 시인들이 타자에 대한 대상화를 거부하는 것은 이 계층구조에 반대하는 것이다. '대상화 문학'은 주로 여성, 장애인, 빈민, 병자 등 사회적 약자와 그들의 불행을 소재로 삼곤 하는데, '대상화하지 않기'는 그들의 소수적 삶이 주류사회가 정의하는 대로 불행과 비운의 결과, 또는 자기책임의 부적응, 잉여, 패배, 저주, 형벌이 아니라는 사실을 역설한다. 요즘 시인들은 기성 시단이 행해온 대상화의 폐해, 즉 대상화된 타자를 통해 세계의 구조적 모순과 폭력이 드러나는 대신 '핍진한 페이소스'나 '미학적 성취' 따위가 부각되는 오만함을 경계한다.

오늘날 젊은 시인들 대부분이 우리 사회의 마이너리티이자 언더독임을 상기하면, 대상화를 거부하는 운동은 곧 젊은 시인들이 자신들에게 붙여진 돌연변이, 별종, '버릇없는', '무개념' 따위 수식들을 벗어버리는 일종의 자유 행진이다. 오늘날 청년들은 기성세대의 낡은 감수성에 의해 'MZ'이니 '욜로족' 따위로 마구 대상화되고 있지 않은가? 2022년 오늘, 젊은 시인들은 타자에 대한 대상화를 중단하면서, 자기 자신들에게 가해지는 기성사회의 대상화도 중단해달라고 요청하는 것이다.

그렇다면 타자를 대상화하는 대신 자기 스스로를 대상으로 삼은 요즘 시인들의 시에는 어떤 풍경들이 펼쳐져 있을까? 사소하고 내밀한 일상과 취향, 단편적 사유들, 보편화될 수 없는 개인적 삶의 장면과 유년기의 트라우마 등을 암호나 혼잣말의 형식으로 발화하던 게 얼마간의 경향이었다면, 그 과도기를 지나 이제는 자기 내면과 일상의 풍경들을 공감 가능한 상상력을 통해 환상적으로 표현하는 게 특징이다. 그동안 일상성과 내밀함 안에 자폐적으로 갇혀 있던 '나'가 암호화된 혼잣말이나 넋두리가 아닌 보편적인 소통의 언어로 발화함으로써 자기 일상과 내면을 지극히 구체화된 '현실' 대신 매혹적인 '환상'으로 전환하게 된 것이다. 이 과정에서 젊은 시인들의 시는 기성 시들이 닿지 못한 더 먼 세계로까지 뻗어나갈 수 있는 힘을 획득했다. 타자에 대한 대상화는 현실의 단순 재현에 지나지 않지만, '나'를 대상화하는 순간, 자유로운 상상력과 내면의 비밀스런 목소리들은 초월적 세계를 재현하는 마법적 몽상이 될 수 있다.

올해 신춘문예 당선작들 중에는 자기 자신을 대상화하는 동시에 환상성을 추구하는 작품들이 눈길을 끈다. 현실에 대한 각성이든 망각이든 환상성을 필요로 하는 팬데믹 시대에 젊은 시인들은 "연탄과 소주를 담아 온 마트 봉지를 쓰레기통에 넣"(백가경, 「하이퍼뷰크에 관한 기록」)는 평범하고 권태로운 자신의 일상적 시공간을 "사방이 우주만큼 트여 있"(유진희, 「왜소행성 134340」)는 세계로 전환한다. 그리고 그 낯선 세계로 우리들을 데리고 간다. 그 세계에서 우리는 "갑자기 쏟아지는 풍경에 깜짝 놀라거나" "이 방을 통째로 들어 리본으로 묶을 궁리를 해 본"(김보나, 「상자 놀이」)다. 또 "한 번도 가보지 못한 국가를 떠올리면서"(오산하, 「시드볼트」) "다른 대륙에 이르러 불온함이 되"(채윤희, 「경유지에서」)기를 꿈꾼다. "사과 한 알에도 세계가 있"다는 비밀을 들여다보면서 "풍선껌을 세계만큼 크게 불어 보"(고선경, 「럭키슈퍼」)기도 한다.

결국 "시는 우리를 다른 곳으로 옮겨놓는 몽상"(바슐라르)이다. 우리를 짓누르는 현실원칙의 중력이 아무리 고통스럽더라도 시를 읽는 동안만큼 우리는 매혹적인 다른 곳, 저 너머의 초월적 세계를 여행할 수 있다.

타자를 섣불리 대상화하는 대신 자기 내면의 환상 풍경을 펼쳐 보이는 젊은 시인들의 시 안에서 한 계절 머물다 보면 팬데믹도 어느 지나간 낮잠처럼 희미해지지 않을까? 그러나 어느 한 쪽에서는 여전히 '선한 대상화'도 계속되어야 하리라. 우리가 환상에만 몰두해 현실을 망각하려 할 때, 미학적 욕망보다 인간을 향한 연민, 타자에 대한 이해와 공감으로 쓰이는 선한 대상화의 시들은 사람이 사람의 슬픔을 나누어 짊어지는 뜨거운 사랑의 실천으로 널리 공유될 것이다.

코로나 팬데믹에 대한 미학적 응전

이수익, 나희덕, 안희연의 시

지난 2020년은 전 세계의 비극이자 인류문명사의 한 전환점으로 기억될 것이다. 중국 우한에서부터 시작된 코로나19 바이러스는 지구에서 수백만 명의 목숨을 앗아갔다. 국제사회의 리더를 자처하는 미국과 중국, 유럽의 강대국들은 코로나 확산 초기에 안일하고 무기력한 대응으로 걷잡을 수 없는 재앙을 초래했다. 그 결과 수많은 사람들이 죽고, 국경이 폐쇄되고, 경제활동이 중단됐다. 팬데믹은 모든 사람에게 마스크를 씌우고, 이동과 접촉을 제한하고, QR코드와 신용카드 내역 등 전파 통신으로 위치를 추적하게끔 했다. 그렇게 인간과 인간의 교류가 비접촉, 온라인 방식으로 바뀌었다. SF영화에서나 보던 장면들을 우리는 현실로 살게 됐다.

대한민국은 방역에서 나름대로 선전했지만, 극도의 혼란과 불안, 갈등에서는 자유롭지 못했다. 팬데믹에 지배당하는 공포와 무력감을 더욱 극대화한 것은 한국사회의 여러 부정적 이슈들이었다. 박원순 전 서울시장의 불명예스러운 자살, 대중에게 웃음을 주던 코미디언 박지선과 그 모친의 동반자살, 54일간 이어진 역대 가장 긴 장마와 곳곳에서 발생한 수해, 부동산 대책 실패로 인한 서민들의 주거 불안, 법무부장관과 검찰총장의 지루한 대치, 전직 대통령의 구속, 세월호 생존자 김성묵 씨의 단식투쟁…… 국민 멘토라 불리던 한 승려는 탐욕스런 민낯이 드러나면서 몰락했고, 화력발전소와 물류센터에서는 비정규직 노동자들이 끊임없이 목숨을 잃었다. 이러한 사건 및 사고들은 경제가 침체되고, 생활의 여러 부분이 통제되는 갑갑한 팬데믹 상황 속에서 한국사회를 더 우울하게, 더 분노하게, 더 슬퍼하게 만들었다.

전염병과 도처에 가득한 비극은 우리에게서 현실 감각을 마비시켜 버렸다. 그동안 한 번도 경험해보지 못한 일이 벌어졌기에, 현실을 현실로 받아들이지 못하는 혼란감이 오늘날 세계의 공통 모드가 되고 말았다. 코로나 팬데믹이라는 비현실적 현실은 사람들의 현실 인식을 두 가지 양상으로 나눠 놓았다. 어떤 이들은 이 비극적 시대 상황을 어떻게든 현실로 수용하려 하고, 또 어떤 이들은 아예 초월해서 망각하려 한다. 이때 수용과 초월에는 모두 환상성이 요구된다. 수용하려는 입장에서는 현실을 환상과 병치해야만 일종의 완충 효과를 기대할 수 있다. 소설이나 영화에서 보던 장면 안에 우리가 살고 있다고 생각하면 조금이나마 마음이 편한 것이다. 반면 초월하려는 쪽에서는 현실이 감각되지 않을 만큼 강력한 환상을 탐닉한다. 현실과 괴리된 허구의 세계 안에 머무는 동안만큼은 오늘의 비극을 잊을 수 있기 때문이다.

코로나 팬데믹 속에서 SF문학이 인기를 끈 것은 환상성에 대한 현재의 요구가 반영된 결과라 할 수 있다. 2020년 한국 소설 판매량은 2019년 대비 30퍼센트 증가했는데, 특히 SF장르가 6배 가까이 늘었다. '흥미로운 이야기지만 내겐 일어나지 않을 일'이던 SF소설이 '지금 여기에서 일어날 수 있는 일'로 체감되면서 사람들은 환상을 들여다보게 되었다. 환상을 통해 현실을 감각하거나 환상 안에 들어가 문을 걸어 잠그고 현실의 비극성을 차단하기 시작했다. 환상성은 팬데믹 시대의 문화적 화두인 셈이다.

그렇다면 시는 어떨까? "시는 우리를 다른 곳으로 옮겨놓는 몽상"이라고 한 바슐라르나 "시란 상상력 위에서 환상을 산출해내는 예술"이라던 토머스 매콜리를 인용하지 않더라도 우리는 시가 환상성의 세계임을 잘 알고 있다. 몽상과 상상에의 도취, 감각과 정서의 쇄신이 '코로나 블루'를 극복하는 한 방법으로 제시되면서 지난 한 해 동안 시는 부지런히 읽히고 또 부지런히 쓰였다. 21세기 들어 많은 사람들이 '시의 위기'를 말했지만, 2020년에 한국시는 활짝 날아올랐다. 시집이 활발히 출간되고, SNS에 시구들이 인용되고, 비대면 방식의 낭독회가 수시로 열렸다. 여기저기서 시가 사랑받고, 적극적으로 소비되었다.

하반기에만 황동규『오늘 하루만이라도』, 서정춘『하류』, 강은교『아직도 못 만져본 슬픔이 있다』, 안도현『능소화가 피면서 악기를 창가에 걸어둘 수 있게 되었다』, 최정례『빛그물』, 천수호『수건은 젖고 댄서는 마른다』, 김행숙『무슨 심부름을 가는 길이니』, 유병록『아무 다짐도 하지 않기로 해요』, 유진목『작가의 탄생』, 홍지호『사람이 기도를 울게 하는 순서』 등 노대가부터 중견, 신예까지 무수히 많은 시집들이 쏟아져 나왔다. 문학동네는 1980년대부터 2000년대까지의 문제적 시집들을 복간하는 '문학동네 포에지'를 기획해 김언희, 김사인, 이수명, 성석제, 성미정, 함민복, 진수미, 박정대, 유형진, 박상수의 첫 시집을 독자들에게 다시 선보이기도 했다. 한편 김이듬 시인이 세계적 권위의 전미번역상과 루시엔 스트릭 번역상을 수상한 것은 한국시의 새로운 활황기를 축하하는 무대가 되었다.

　지난해 하반기에 발표된 수많은 시들 중에서 이수익, 나희덕, 안희연의 시를 이곳 지면에 가져와본다. 1942년생인 이수익 시인은 우리 시단의 거장이다. 여전히 무뎌지지 않는 시의 송곳으로 정신의 피를 찍어 쓰면서 후배들의 귀감이 되고 있다. 1966년생인 나희덕 시인은 고유한 세계를 구축한 중견시인으로 지난 30년간 꾸준한 작품 활동을 해왔다. 아직도 청년의 예민한 감수성으로 세계의 폭력을 직시하고 시대의 비극을 아프게 노래한다. 한편 1986년생인 안희연 시인은 지난해 여름 두 번째 시집 『여름 언덕에서 배운 것』을 출간하며 큰 주목을 받았다. 작고 어린 마음들, 소외된 풍경들, 경계 밖으로 밀려난 타자들을 섬세하게 보듬는 언어로 독자들의 공감을 얻고 있다. 이제 이 글은 20년씩의 시차를 둔 세 시인이 코로나 팬데믹이라는 비극적 상황 가운데 물리적 나이와 문학적 경력의 간극을 좁히며 마침내 협화음으로 우리의 영혼을 위로하는 소리에 귀 기울여볼까 한다.

　　　　한 무리의 스케이트 선수들이 스쳐 지나간다 빠르게, 조금 느리게
　　　　빠른 속도는 쾌속 질주를 향하여 엄숙하게 펼쳐져 있고
　　　　조금 느린 속도는 다소의 희극을 연상하듯 빙판 위를 서성거린다

　　　　나는 초보자의 편에 서서 세상을 노려본다 스케이트를 타는 선수
　　　들이
　　　　더욱 속도를 내면서 이웃과의 경쟁에서 차이를 벌리고 있는 지점
　　　이 가깝게
　　　　다가오고 있는 것이다 빨리 더 빨리 적진을 향하여 힘껏 화살을
　　　내던져라

빠른 스케이트 선수는 차츰 왕성한 기운을 얻은 듯 최후의 지점
을 향하여
　진격하며 끝없이 황홀한 지옥의 향기를 피워 올리는데
　조금 느린 속도는 흥얼거리면서 트랙을 따라서 흘러간다 빨리 더
빨리
　적의 등판 위에다 마지막 타격을 입힐 것, 바로 그 순간이
　다가오고 있다

　나는 지금 초보자의 관심을 훨씬 뛰어넘어 거침없는 욕망을 고스
란히
　드러낸다 그러니까 1,500 미터 달리는 거리에서 약 50 미터 정도를
　남겨두고 있는데, 정말 생각지도 못했던 참혹한 사고가 발생한
것이다

　1위와 2위의 아슬아슬한 곡예가 한 순간 엉클어지면서 두 사람의
파국이
　빙판 위를 크게 흔들어 놓았다 그리고 죽음이 가까이 다가와 머
리 위에다
　희디흰 수건을 덮어준 것이다
　보다 느린 속도는 여전히 궤도를 따라 돌면서 천천히, 천천히
　이 세상의 모든 일을 굽어보고 있다
　　　　　　　　—이수익, 「관점」 전문 (『시와시학』 2020년 가을호)

　'코로나 강점기'를 살아가는 우리에게 던져진 과제는 개인위생 관리와
방역수칙 준수, 그리고 팬데믹 상황 속에서 여실히 드러나는 타자에 대
한 혐오를 극복하는 것이다. 코로나19는 폐렴만이 아니라 타자에 대한
혐오와 분리의 감각을 전파했다. 우리는 인간이 인간을 바이러스 덩어리

로 인식하는 시대에 살고 있다. 팬데믹에 의한 우울감과 무력감, 분노에 장기간 노출되면서 혐오 범죄가 곳곳에서 발생하고, 계층 간 갈등이 깊어지고 있다. 모두가 동일한 위협 앞에 놓여 있을 때, 문학은 인간의 존엄과 공동체의 실재감 회복을 위해 세계의 비극적 양상을 직시하고 그것을 미학적으로 재구성함으로써 대중을 설득, 시대의 보편 인식을 전환시킬 수 있어야 한다.

이수익의 시는 연대와 공존 대신 배격과 분리를 앞세운 독존만이 횡행하는 이기주의 사회를 준엄하게 꾸짖는다. 위 시에서 "한 무리의 스케이트 선수들"은 오늘날 한국사회에서 공동체적 감각을 상실한 채 치열한 경쟁에 내던져진 개인들의 초상이다. "빨리 더 빨리 적진을 향하여 힘껏 화살을 내던져라"라고 종용하는 사회에서 사람들은 오직 "빠른 속도"의 "쾌속 질주"를 통해 "이웃과의 경쟁에서 차이를 벌리"는 것만을 욕망한다. 이 속도전에서 "느린 속도는 다소의 희극"처럼 우스꽝스럽게 보일 뿐이다.

과속으로 달리는 자동차에게 늘 사고의 위험이 따르듯 "최후의 지점을 향하여 진격하"는 질주는 "끝없이 황홀한 지옥의 향기를 피워 올린"다. 결국 "1위와 2위의 아슬아슬한 곡예"는 "생각지도 못했던 참혹한 사고"로 이어지고, "파국이 빙판 위를 크게 흔들"며 "죽음이 가까이 다가"온다.

시인은 "보다 느린 속도"가 죽음으로부터, 파국으로부터 우리를 구할 수 있다고 말한다. 빠른 속도의 질주는 오직 앞만 보게 하고, 누구도 옆에서 나란히 달릴 수 없게 한다. 하지만 "보다 느린 속도"는 주변을 두루 보고, 타인과 함께 달릴 수 있게 한다. 코로나 바이러스는 인간의 탐욕과 이기심에서부터 시작됐다. 그 결과 인류는 수백만 명이 목숨을 잃는 참혹한 사고를 겪었지만, 전 세계의 질주가 잠시 멈춘 지금이야말로 무한 경쟁과 이기주의를 반성하고 지구 공동체의 공존에 대해 대자적으로 사유할 수 있는 기회다. 한국사회도 팬데믹이 강제로 부여한 이 정지의 시간을 무기력하게 보낼 것이 아니라 사회 내면의 둔감해진 통각을 아프게 찔러 마비된 타자윤리를 깨워야 한다. "이 세상의 모든 일을 굽어보"는 노시인의 지혜를 배워야 한다.

> 방금 배달된 장미 한 다발
> 장미는 얼마나 멀리서 왔는지
> 설마 이 꽃들이 케냐에서부터 온 것은 아니겠지
>
> 장미 한 다발은
> 기나긴 탄소 발자국을 남겼다, 주로 고속도로에
>
> 장미를 자르고 다듬던 손목들을 떠나
> 냉동트럭에 실려 오는 동안
> 피우고 싶은 욕망을 누르고 누르다
> 도매상가에 도착해서야 서둘러 피어나는 꽃들
>
> 도시의 사람들은
> 장미 향기에 섞인 휘발유 냄새를 눈치채지 못한다
>
> 한 송이 장미꽃을 피우기 위해서는
> 봄부터 소쩍새가 아니라
> 칠에서 십삼 리터의 물이 필요하단다
> 그리고 그보다 훨씬 많은 휘발유가 필요하겠지
>
> 스무 송이의 자연,

조각난 향기,
피어나기가 무섭게 말라가는 꽃잎들,

퇴비더미가 아니라 소각장에 던져질 장미 한 다발

오늘은 보이지 않는 탄소 발자국을 따라가 보자
한 다발의 장미가 피고 질 때까지

―나희덕, 「장미는 얼마나 멀리서 왔는지」 전문

(『포지션』 2020년 여름호)

　나희덕의 시는 우리에게 단도직입적으로 묻는다. 한 다발 장미가 도시인의 일상을 잠시 장식하는 데 얼마나 많은 자연이 희생되어야 하는지, 또 얼마나 많은 자원이 소모되어야 하는지 아느냐고. 장미 한 다발은 "케냐에서부터 온 것"도 아니면서 "기나긴 탄소 발자국을 남긴"다. 장미를 운반하기 위해 고속도로에는 365일 24시간 내내 탄소를 뿜어대는 화물차들이 질주한다. 자연적 개화 대신 온도와 습도가 늘 일정하게 유지되는 인공정원에서 사철 싱그러운 장미꽃을 피우기 위해서는 매일 "칠에서 십삼리터의 물"과 "그보다 훨씬 많은 휘발유가 필요하"다. "피어나기가 무섭게 말라가는 꽃잎들"을 만들어내기 위해, "퇴비더미가 아니라 소각장에 던져질 장미 한 다발"을 잠시 소유하기 위해 인간의 탐욕은 자연을 착취하고, 자원을 낭비하고, 결국 세계를 황폐하게 한다.

　인간이 누리는 즐거움에는 반드시 대가가 따르게 되어 있는데, 인간은 그저 몇 장의 화폐를 지불하면 그만이지만 죄 없는 자연은 끔찍한 절단과 관통, 뒤틀림, 변형, 폐색, 퇴행, 질병과 죽음을 감당해야 한다. 시인은 "오늘은 보이지 않는 탄소 발자국을 따라가 보자"고 우리에게 제안한다. "한 다발의 장미가 피고 질 때까지" 희생되고 버려지는 것들을 생각

해보자고 우리를 설득한다. 탄소 발자국을 추적하는 노력은 우리로 하여
금 우리가 쓰는 물건들이 어디서 왔으며 어디로 가는지, 그것이 유기물
이든 무기물이든 인간과 자연에 어떤 영향을 미치는지를 확인시켜준다.
또 눈에 보이지 않을 뿐 우리 일상의 많은 부분이 자연과의 촘촘한 상호
작용을 통해 구성된다는 사실을 깨닫게도 만든다. 이러한 각성은 내복을
입어 난방기 가동을 줄이고, 플라스틱과 비닐봉지 대신 에코백을 사용하
고, 물을 아껴 쓰고, 일회용품을 줄이는 등의 자원 절약과 저탄소생활로
이어져 '인간의 지구'가 아닌 '공존의 지구'를 그나마 지켜나갈 수 있게
해준다.

뜻밖에도 코로나 팬데믹은 자연에 평화를 안겨줬다. 전 세계의 공장
들이 멈추면서 이산화질소 배출량이 크게 줄고, 여객기 운항이 축소되면
서 탄소 배출량도 감소해 대기질이 향상되었다. 대기뿐만 아니다. 수질
과 토양에도 극적인 변화가 발생했다. 물과 땅이 깨끗해지자 멸종된 줄
알았던 물고기와 새, 짐승들이 돌아오기 시작했다. 야생 동물들의 서식
지를 침범하고, 지구온난화 등 기후변화를 일으킨 죄의 대가로 인간은
전염병을 얻었지만, 자연은 인간과의 접촉 차단을 통해 비로소 휴식과
평화를 얻은 것이다. 코로나가 종식되더라도 인간과 자연의 거리두기는
계속 유지되어야 하고, 자연으로부터 인간의 욕망을 격리시키는 구체적
실천은 "장미는 얼마나 멀리서 왔는지"를 생각하는 일상의 자리에서 시
작되어야 한다.

　　이건 진부한 이야기야
　　영혼에 대한 이야기거든

　　강물에 초를 띄우고

풍등을 날리고
납을 녹여 한 해의 운을 점치고

그게 뭐든, 잃어버린 것이 있어
창가를 떠나지 못하는 사람들에 관한 이야기

동화는 말하지
작고 빛나는 것들은 곧잘 사라진다고
그래서 작은 줄로만 알았어
우리의 영혼이라는 것도

침대 밑을 휘적거리면
딸려나오는 건 먼지 뭉치가 전부였으니까
훨씬 더 작구나
작고 작아서 눈으로는 볼 수 없구나 생각했지

그런데 쿵,
유리창에 부딪친 새를 봤어
투명할 뿐 분명히 존재하는 세계를 봤어

새를 기절시킨 부위
영혼의 엉치뼈거나 무릎께였을지도 모른다고

지금껏 왜 작다고만 생각했을까
올려다봐도 얼굴이 안 보일 만큼 큰 것일 수도 있는데

쉬지 않고 움직이는 구름들
너머의 얼굴을 상상한다

죽은 나무에서만 자라는 버섯들
기억하기를 멈추는 순간, 어둠 속으로 빨려 들어가는 방
어제 놓친 손이 오늘의 편지가 되어 돌아오는 이유를
이해해보고 싶어서

뒤로 더 뒤로 가보기로 한다
멀리 더 멀리 가보기로 한다

너무 커다란 우리의
영혼을 조망하기 위해
　　　　─안희연, 「자이언트」 전문 (『현대시』 2020년 7월호)

　　시인은 "이건 진부한 이야기"라고 겸손하게 말하지만 이 시는 전혀 진부하지가 않다. "영혼에 대한 이야기"를 안희연은 섬세하고 매혹적인 상상력으로 풀어내면서, '인류'라 통칭되는 보편적 인간들에게 지구 생태계의 우점종으로서, 또 지성과 감성과 의지를 지닌 전인적 존재로서 마땅히 가져야 할 반성적 사유를 요청한다. 조곤조곤 나지막이 읊조리는 음성과 세계를 바라보는 다정한 시선 안에 시대를 관통하는 문제의식을 담아내는 '외유내강'의 시적 구조는 안희연 시가 지닌 고유한 매력이다.

　　화자는 "우리의 영혼이라는 것이" "작은 줄로만 알았"다고 고백한다. 그것은 분명한 착각이다. 그러던 어느 날 "유리창에 부딪친 새"를 목격하게 되면서 "투명할 뿐 분명히 존재하는 세계"가 있다는 것을, 우리가 미처 알지 못하는 우리의 거대함이 이 세계를 지배하고 있음을 깨닫게 된다. "올려다봐도 얼굴이 안 보일 만큼 큰 것일 수도 있는" 인간의 영혼, "너무 커다란 우리의 영혼을 조망하기 위해" 화자는 "뒤로 더 뒤로", "멀리 더 멀리 가보기로 한"다. 인간이 인간 존재 스스로를 객관적 또 반성

적으로 바라볼 때, 그렇게 해서 우리 영혼이 얼마만큼의 크기를 지녔는지 가늠하게 될 때 비로소 "작고 빛나는 것들"과의 조화로운 공존이 가능해진다.

우리는 인간이라는 존재가 얼마나 크고 비대한지 잘 모른다. 무심코 휘두른 팔에, 아무렇게나 내딛은 발에 작고 여린 것들이 부서지고 짓밟힌다는 사실을 미처 알지 못한다. 거인은 자신의 크기를 모르기에, 그 거대함이 타자에게 가해지는 폭력이 될 수 있음을 모르고, 반대로 타자를 구원하는 엄청난 힘이 될 수 있다는 것도 모른다. 우리는 우리가 거대하다는 것을 늘 기억해야 한다. 다른 생명체에 비해 월등한 힘을 조심스럽게 사용해야 하고, 때로는 그 강력한 힘을 굳게 믿으면서 곤경에 처한 타자와 공동체를 위해 기꺼이 희생할 수 있어야 한다. 바로 지금, 코로나 팬데믹 시대야말로 인간의 커다란 영혼이 힘을 발휘해 "어제 놓친 손"들을 다시 붙잡고, "작고 작아서 눈으로는 볼 수 없"는 것들을 지켜줘야 할 때다.

팬데믹이라는 낯선 경험을 통해 이 땅의 시인들은 새로운 눈으로 세계를 바라보면서, 강력한 위기 가운데 더욱 소외되는 것들의 목소리에 귀 기울이고 그것을 어떻게든 재현해내려 한다. 시는 "잃어버린 것이 있어 창가를 떠나지 못하는 사람들에 관한 이야기"를 기록하는 데 그 존재의 이유가 있다. "기억하기를 멈추는 순간, 어둠 속으로 빨려 들어가는" 것들이 세상엔 너무나도 많기 때문이다. 시인들은 그 모든 소멸과 망각을 애도하는 자들, 끝까지 기억해내 세상에 다시 불러오는 샤먼들이다.

빛과 기표와 기성품 슬픔과 도시가스를 의심하라

송재학, 홍일표, 서윤후, 이수명의 시

오늘날 한국사회의 가장 큰 병폐는 '욕망의 획일화'가 아닐까 싶다. 규격화된 똑같은 아파트, 무채색의 세단 승용차, 연예인이 입었다는 이유로 유행하는 옷, 돌림노래 같은 댄스음악, 성형수술, 남들 다 하는 거, 남들 보기 좋은 거, 남들이 부러워하는 거…… 페이스북과 인스타그램 등 SNS에는 비슷비슷한 삶의 방식과 취향들이 전시되고, 사람들은 그것을 욕망한다. 사람들이 자랑하기 위해 SNS에 올리는 명품 가방, 브랜드 아파트, 비싼 골프채, 풀빌라에서 즐기는 호화로운 휴가, 명문대 합격, 대기업 입사, 비트코인 수익, 인맥 따위는 모두 사회로부터 학습된, 타자화된 욕망들이다.

고위공직자와 그 자녀들이 학력을 위조하고, 논문을 베끼고, 이력을 부풀리는 것도 남들이 부러워할 만한 '스펙'이 있어야만 존경 받을 수 있다는 믿음 때문이다. 내면보다 외피가 더 중요하게 여겨지는 이 왜곡된 믿음 안에서 개인의 능력과 성품 같은 것들은 희미해진다. 문학도 별반 다르지 않다. 대학 강의를 하면서 보니, 문학을 공부하는 어린 학생들이 이른바 '메이저'로 불리는 대형 출판사의 시집과 소설집 외에는 읽지 않는다. 메이저 출판사에서 책을 냈느냐 못냈느냐로 작가의 문학적 성취를 평가하는 관습은 기성으로부터 물려받은 것이면서 또 새로운 세대가 스스로 답습한 것이기도 하다. 등단이라는 제도가 권위적이고 차별적이라며 제도의 폐지를 주장하던 작가들도 대부분 메이저 안에서 형성된 커뮤니티에 속해 있다.

'메이저'가 문제라는 것은 아니다. 다만 메이저가 선망의 세계가 될 때, 그 세계는 필연적으로 진입 장벽을 세우게 되고, 그 장벽은 동일성의 원리를 내세워 경향을 강요하게 된다. 이름을 가리고 보면 누구의 작품인지 분간할 수 없는 시들, 한 시대의 문학적 유행이라는 것은 그렇게 탄생한다. "시인이 스타일을 획득하면 문학적 인공물을 세우는 자로 전락한다"던 옥타비오 파스의 지적대로 어느 시대나 당대를 주도하는 스타일이 있고, 그것을 열심히 학습하는 기술자들도 있다. 소수의 비평가와 편집위원들 눈에 들기 위해, 또는 대중성에 부합하기 위해 시를 쓰다보면 기술만 남고 예술은 사라진다. 타인의 욕망을 욕망하는 스노비즘은 결국 주체에게서 개성과 취향, 주체성을 앗아간다. 욕망이 비슷해지면 생각도 서로 닮는다. 물신주의가 강한 지배력을 가진 사회일수록 대중들은 자본화된 욕망을 교묘하게 이용하는 미디어나 정치 선전에 쉽게 현혹된다.

2021년과 2022년에 출간된 시집들 중 눈길을 끄는 네 권의 책이 있다. 송재학, 홍일표, 서윤후, 이수명 시인의 신작 시집이다. 독창적이고 확고한 자신만의 시 세계를 가진 시인들이다. 넓이보다는 높이 혹은 깊이를 향해 솟아오르거나 천착해 들어가는 네 시인은 이 세계에 불시착해 현실과 불화하는 이들인지도 모른다. 발터 벤야민은 빅토르 위고와 보들레르를 두고 이렇게 말했다. "위고가 현대 서사시의 영웅으로 대중을 예찬하는 순간, 보들레르는 영웅의 피난처를 대도시의 대중 속에서 찾고 있었다. 시민으로서 위고는 군중 속에 섞여 든다. 보들레르는 영웅으로서 거기에서 떨어져 나온다"고. 송재학, 홍일표, 서윤후, 이수명 시인은 안온한 대중성과의 타협과 상품주의, 집단축제의 획일화된 욕망으로부터 떨어져 나오기 위해 '빛'과 '기표'와 '기성품 슬픔'과 '도시가스'를 탐구한다. 그리고 그것들을 의심한다. 뛰어난 예술가는 비슷하게 키를 맞춰 사이좋은 군중이 되기보다 홀로 높이 솟아올라 영웅이 되려고 몸을 던지는 자다.

1. 부질없거나 사소한 빛

분홍 나비떼 속이며
스크린 안이기도 하다
갈 수 없는 곳까지 왔다
폭설의 입속으로 왔다
들어왔던 입구는 닫히며 스크린으로 바뀌었다
외부가 내부로 바뀌었다
현실과 몽상이 갈마들며
몇 걸음 앞에 산란하는 또하나의 스크린,
너비와 깊이가 희미하다
몸이 점차 굳어가며
굴절의 마음을 삼킨다
그리하여 두 눈을 포함해
수천 번 덧칠한 유화가 완성되는 것이다

부질없거나 사소한 빛을 지닌다

—송재학, 「유화—내부 5」 전문

(『아침이 부탁했다, 결혼식을』, 문학동네, 2022)

　송재학은 한국어로 표현할 수 있는 가장 섬려하고 초극세적인 이미지를 오랜 세월 조탁해온 시인이다. 많은 이들이 그의 시 세계를 두고 색채에 대해 유난한 호기심과 집요하리만큼의 사유적 긴장을 늦추지 않는다고 평한다. 그 말들에 동의하면서도 조금 다르게 생각하는 것은, 송재학은 색채의 시인보다는 빛의 시인에 가깝다. 색채는 빛의 하위 계통일 뿐이다. 그는 빛의 시인이다. '빛의 시인'이라는 말에서 어떤 사람들은 아마도 모네, 마네, 르누아르 같은 인상파 화가들을 떠올릴지 모른다. 빛의 변화에 따라 그 모습을 달리 하는 자연과 사물을 묘사한다는 점에서는 비슷하지만, 내면의 주관과 상징, 감각의 구체성, 현란한 색채감을 중시하는 것으로 볼 때 송재학은 고갱이나 고흐 같은 후기 인상파 쪽에 가깝다. 그러나 그마저도 성급한 오류인 것은, 그의 시가 어떤 그림보다도 선명하고 세밀한 묘사의 미시성을 보여주기 때문인데, 송재학 시인의 시를 읽으면 오히려 이슬람 세밀화가 떠오르곤 한다.

　"흰색은 햇빛을 따라간 질서이지만 그 무채색마저 분홍과의 망설임에 속한다 분홍은 흰색을 벗어나려는 격렬함이다"(「흰색과 분홍색의 차이」, 『그가 내 얼굴을 만지네』, 민음사, 1996)라고 그는 일찍이 노래한 바 있다. 분홍색을 흰색에서부터 파생된 색채로 본 것인데, '흰색'으로 함의되는 익숙함과 관성, 감각의 퇴화나 다름없는 평범함의 상태에서부터 "벗어나려는 격렬함"이 결국 '분홍색'이라는 새로운 감각의 탄생으로 이어진다는 것이다. '일곱 색깔 무지개'라는 안온한 세계 인식을 거부하고, 무지개가 무수한 빛의 파장으로 이루어진 스펙트럼임을 받아들이는 일,

32색의 단조로운 팔레트를 던져버리고 이름 붙일 수도 없는 총천연색과 조혼색, 중간색조들로 이루어진 이 빛의 세계를 자세히 들여다보는 일이 곧 '분홍색'으로의 귀의일 것이다.

위의 시 「유화—내부 5」는 「흰색과 분홍색의 차이」의 연장선상에서 해석된다. '유화'라는 제목에서 인상파나 후기 인상파 화가들의 작업이 연상되기도 한다. "수천 번 덧칠한 유화"는 감각의 끊임없는 갱신을 의미한다. 그에게 색채, 빛은 곧 감각이기 때문이다. 송재학은 빛을 통해 사물과 현상을 파악한다. 「흰색과 분홍색의 차이」에서 '분홍색'은 신생의 감각이다. 하지만 「유화—내부 5」에 와서는 "분홍 나비떼 속"이 더 이상 "갈 수 없는 곳"이 되었다. 한때 "흰색을 벗어나려는 격렬함"이었던 '분홍색'도 익숙한 감각으로 퇴화되어버린 것이다. 여기서 '분홍 나비떼'는 분홍색만을 의미하지 않는다. 무채색과 원색에서 각각 파생된 수많은 갈래의 색채들을 모두 아우른다고 할 수 있다.

"들어왔던 입구는 닫"히고, "외부가 내부로 바뀌었"다. 새로운 감각으로 향하던 입구는 편안함과 익숙함이라는 덧문에 의해 폐쇄되고, 낯설고 척박한 만큼 미지의 색채로 가득했던 '외부'가 '내부'의 안온한 일상성으로 전환되어버렸다. 이제 시인은 '분홍색', 즉 이미 익숙한 것이 되어버린 다채로운 빛의 세계를 벗어나 또 다른 감각의 첨단, 감각의 갱신을 꾀한다. "몇 걸음 앞에 산란하는 또하나의 스크린"이 나타날 때, '빛의 산란'은 곧 "너비와 깊이가 희미하"다고 느껴지는 '어둠'이다. "수천 번 덧칠한 유화"는 바로 '어둠'인 것이다. 색의 덧칠을 거듭하면 결국 '검은색'에 이른다. 2015년에 출간된 그의 시집이 『검은색』이다.

다시, 송재학은 빛의 시인이다. 그의 초기 대표 시집인 『푸른빛과 싸우다』에 이미 나타난 바, 그는 '빛'과의 싸움을 시작(詩作)의 목표로 상정하여, 빛으로 구성된 세계의 윤곽들을 묘파하는 작업을 통해 시인으로서의 항존성을 유지하려 해왔다. 송재학은 이 세계를 '빛'으로 인식한다. 빛을 가지고 사물과 현상을 해석한다. 그가 맹문재 시인과의 대담에서 "사물의 외형은 사물의 내면"이며, "감각이야말로 사물의 본질에 가장 가깝게 다가가는 방식"1)이라고 말한 것에 주목할 수밖에 없다. 그의 말대로라면, 빛은 곧 세계의 전부다. 사물의 외형, 즉 상(象)이라는 것도 빛이 없으면 존재할 수 없기 때문이다. 빛에 의해 선과 점과 색이 태어나고 죽는다. 이 빛이 이루어내는 무수한 상과 다채로운 색채를 정밀한 언어로 그려냄으로써 대상의 외부를 통해 내부의 본질을 투시하는 방법론이 송재학의 '이미지'였는데, 이제 그는 외형을 지우고 색채를 무화시키는, 그 자체로 모든 형상이며 또 모든 색채인 어둠을 향해 눈을 돌리고 있다. 그의 시가 지닌 색채의 '격렬함'과 '섬세함', '화려함'을 기억하는 이들에게는 충격적으로 받아들여질 수도 있는 이 전향은 이미 오래 전에 예고되었던 것이다. 그러므로 전향이 아니라 다음 단계로의 이동이다. 엄격한 자기 갱신이자 협소한 오솔길을 통과해 높은 산정으로 향하는 나아감이다.

2. 여긴 북극이야라고 말할 때

북극에서 가져오지 못한 노래가 있다
고작 사진 몇 장 챙겨 들고 와서
여긴 북극이야라고 말할 때
입안에 날리는 자욱한 먼지들

길게 울부짖던 야생의 어둠들

---

1) 『서정시학(2013년 가을호)』, 서정시학사, 2013.

너무 먼 곳의 사랑이라고
더 이상 부를 수 없는 노래라고
서랍 속에 밀어 넣을 때

내 안에서 퍼지지 않는 밤을 뒤적여 보지만
늑대 한 마리 나타나지 않는
희박한 공기로 삐걱거리는 곳

빨래를 널던 여자는 나무집게 하나 들고
여기 늑대가 있네
주둥이 뾰족한 사랑이 있네
컹컹 짖지도 못하고
거칠게 물어뜯지도 못하는
머리통만 남은 짐승
먹이 하나 물려주면 온종일 조용한,
피 한 방울 남지 않은 늑대

오고 가고
가고 오는
다 닳은 구두 밑창처럼 지루한 나날의 이야기

머나먼 사랑인 척 간신히 눈이 내리는데
갑자기 생각난 듯 드문드문 눈송이 날리는데
　　　　　─홍일표, 「북극」 전문(『중세를 적다』, 민음사, 2021)

　홍일표의 『중세를 적다』는 우리 시단의 은자 시인, 수도자 시인이라고 부를 만한 중견 시인의 근작 시집으로, 기표와 기의 사이의 괴리를 극복하기 위해, 언어의 한계를 초월하기 위해 시적 긴장과 사유의 밀도를 늦추지 않는 열정이 시집 전반에 나타난다.

북극과 '북극'이라는 말 사이에는 좁힐 수 없는 영원한 간극이 있다. "길게 울부짖던 야생의 어둠들"과 얼음 쩡쩡거리는 "노래"는 '북극'이라는 기의이고, "고작 사진 몇 장"의 이미지와 "여긴 북극이야"라는 말은 초라한 기표로서의 '북극'이다. 기표는 언제나 기의의 이데아를 재현하는 데 실패한다. 북극, 이라고 소리 내 발음하면 남는 것은 "입안에 날리는 자욱한 먼지들"이다. 시인은 바람 소리도, 어둠도, 짐승의 울음도 모두 노래가 될 수 있는, 어떤 기표로도 왜곡되거나 굴절되지 않은 영도(零度)로서의 북극을 그리워한다. "너무 먼 곳의 사랑"이라서 "더 이상 부를 수 없는 노래"가 되어버린 북극을 "서랍 속에 밀어 넣"은 채 "내 안에서 펴지지 않는 밤을 뒤적여" "야생의 어둠"을 모방하려 해 보지만, 그 미메시스의 시도는 시인이 처한 현실공간이 "늑대 한 마리 나타나지 않는/ 희박한 공기로 삐걱거리는 곳"임을 확인시켜줄 뿐이다.

"늑대"는 온전히 보존된 최초의 기의, 늑대라는 식육목 개과의 포유류 짐승이 아니라 북극광처럼 또는 불꽃처럼 너울거리는 추상의 춤, 도시문명이라는 운영체제가 인류에 설치되기 전 해와 달과 흙과 피 냄새의 바코드로 프로그래밍된 원초적 생명성이다. 플라멩코 댄서에게 불현듯 '두엔데'가 오듯 시인은 '늑대'를 기다린다. 하지만 늑대는 21세기의 도시 어디에도 없다. 고작 "빨래집게"와 교배해서 "컹컹 짖지도 못하고/ 거칠게 물어뜯지도 못하는/ 머리통만 남은 짐승"이 되고 말았다. 빨래를 입에 문 채 "온종일 조용한" 늑대는 시인의 왜소한 퍼스나, "피 한 방울 남지 않은 늑대"는 곧 "늑대의 피 한 방울 남지 않은" 시인인 셈이다. '북극'이라는 야생과 '빨래'라는 일상성의 대비는 '늑대'의 부재를 더욱 선명하게 나타낸다.

3. 너무 많은 슬픔이 기성품이 되어

슬픔에게서 재주가 늘어나는 것 같아

녹슨 대문 앞을 서성거리는 사람을 글썽거린다고 생각한 적 있었
지 망설이던 말이 발을 절며 다가와 매일 낭떠러지에 있다고 나를
종용하고

이제 등에 몰두하자는 말을 했지 두 눈동자의 주름을 펼치며 바
라보자고 했지 그러나 너무 많은 슬픔이 기성품이 되어 집에 돌아온
다 누구나 붙잡고 말하게 되는

마른 헝겊이 모자란 세계로 출국하고 바닷바람 머금은 손수건을
선물하지 이 모르는 슬픔이 움직이는 이유를 잠깐 떠들고 싶다 비행
운의 연기력처럼

포로의 잠꼬대를 닮은 위로만 해댔지 더이상 나눌 수 없는 슬픔
은 등에 업고 가려고 해 그 끝이 어딘지 모르지만 헤맬수록 정확해
지는 그 주소로 향하려고 해

슬픔의 묘기가 나를 흉내낸다 눈물을 훔치던 네가 어디까지 이야
기했었는지 되묻고, 나는 처음부터 다시 이야기해달라고 간청한다
슬픔이 이렇게 반복된다면
　　　　　　　　　　　　　　　　　―서윤후, 「누가 되는 슬픔」 전문
　　　　　　　　　　　　(『무한한 밤 홀로 미러볼 켜네』, 문학동네, 2021)

'누구'는 잘 모르는 사람, 막연한 사람을 가리키는 인칭 대명사다. 핸
드폰 전화번호부 기준으로 한 사람이 고유명의 타인과 관계 맺을 수 있

는 범위를 대략 천 명쯤이라고 한다면, 또는 인명사전에 등재된 인물이 약 만 명쯤이라고 한다면, 우리는 한국에서만 5천만 명, 전 세계 60억 명의 '누구'와 함께 살고 있다. 그 수많은 '누구'와 관계 맺지 않으면서, 교류하고 연대하지 않으면서 저마다 '누구'인 개별자로 살고 있다. 그러므로 위 시에서 "누가 되는 슬픔"은 곧 아무데나 무수하고 평범하고 일상적으로 존재하는 슬픔의 편재성을 함축한 표현이라 할 수 있다. 서윤후는 너무 보편적이라서 특별하지 않은 슬픔, 어디에나 있어서 잘 모르는 슬픔, 너무 많고 흔해서 타인과 나눌 수조차 없는 슬픔, 늘 반복돼서 시작도 끝도 없는 무한 슬픔에 대해 이야기한다. "너무 많은 슬픔이 기성품이 되어 집에 돌아오"는 시대에 슬픔의 편재성, 확장성, 반복성을 두고 "슬픔에게서 재주가 늘어나는 것 같"다고 말한다.

서윤후가 감지하는 슬픔은, 이 세계의 '아름다움'이 이미 종료된 사건인 데서 연유한다. "심벌즈 크게 치며 기쁨까지 모조리 쫓아내던 그대들은 나의 좋았던 날", "지워지지 않는 얼룩도 사랑해 마지않던 그대들은 어김없이 슬펐던 날"(「그대들은 나의 좋았던 날」)이며, 삶은 결국 "부정할 수 없는/ 돌이킬 수 없는/ 나아질 리 없는 불행한 시리즈"이자 "지루한 비극", "다 해진 플롯", "이제 시시하게 소멸해가는 것"(「초절기교」)이므로 슬플 수밖에 없다. 모든 것은 소멸한다. 미래의 관점에서 오늘의 우리는 잠시 존재했다가 사라진 허상들이다. 생물의 법칙이라는 강제성에 의해 속수무책으로 수용할 수밖에 없는, 세계의 온갖 소멸들을 시인은 연민하며 끌어안는다.

시인은 마땅한 기념도, 의미화도 하지 못해 마음의 부채가 되어버린 무수한 지난 순간들을, 지나온 시간마다 편재한 타인의 슬픔들을 온전히 수습해 "이 무대를 끝내기 위해/ 처음부터 다시 시작한"다. "이제 아름다운 퇴장을 보여주"(「폐막식을 위하여」)기 위해, 부재와 소멸, 상실을 충분히 애도하기 위해 "내가 되지 않"(「내가 되지 않는 것들」)고 '누구'가 되기로 한다. '누구'가 되어 그 자신 스스로 '슬픔'이 되기를, "내가 누군가의 기분이 될 수 있"기를, "노랫말처럼 살다 간 사람"(「무한한 밤 홀로 미러볼 켜네」)이기를 소망한다.

"서로가 서로에게 난간이 되어주던 이 벼랑이 참 좋았습니다"('시인의 말')라는 고백을 시작으로, 서윤후의 시를 읽으면 슬픔 뒤에 맞이하는 휴일의 감정이 된다. 멀리 도망쳐 온 휴가지에 너그럽게 쏟아지는 빛, 머리맡으로 용서처럼 밀려오는 물소리, 빛과 물 사이에서 겨우 태어나는 몽상들, 잠깐이어서 무한한 마음들…… 그의 시에는 순간에 머물려는 따뜻한 나른함과 가장 늦게 붉어지는 장미를 기다리는 마음과 사랑을 위해 성실한 망설임이 만져진다. 호밀밭 아래로 아이들이 떨어지지 않도록 팔을 벌리고 선 홀든 코울필드처럼, 벼랑을 사랑으로 바꿔내는, 타인의 슬픔과 끝까지 연대하려는 난간의 힘이 느껴진다.

4. 도시가스 보급이 전국으로 확대되었다

맨홀 뚜껑에는 도시가스라 씌어져 있다. 뚜껑을 열지 않는다.

가스가 있다. 우리에게는 가스가 있다. 가스는 색깔이 없고 냄새가 없고 무게가 없고 가스는 소리가 없고 보이지도 않고 그러나 가스는 부드럽고 가스는 온화하고 가스는 은은하게 순조롭게 우리에게 흘러들어오고 가스는 우리를 어루만지고 우리의 생각은 온통 가스로 가득 차 있다. 도시가스 보급이 전국으로 확대되었다. 그래서

산책 같은 건 필요 없다. 산책길에 해가 떨어지는 것을 바라보는 것은 소용없다. 해는 우리가 인사도 하기 전에 빨리 떨어지고

저기 광장의 끝이 벌써 보인다. 끝을 향해 제대로 나 있는 길 반듯한 길을 따라 걷는다. 썩은 광장에 당신은 서 있어요 입에서는 태만한 노래가 흘러나오고

너는 반듯한 이마를 들고 이번에는 제발 좀 가만히 있으라고 말한다. 화면을 두드리지 말라고 썩은 손가락을 사용하지 말라고 한다. 나는 사용하지 않는다. 새로 나온 게임을 배우지 않는다.

— 이수명, 「도시가스」 부분
(『도시가스』, 문학과지성사, 2022)

이수명은 2018년에 발간한 시집 『물류창고』에서 일상적이고 익숙한 풍경들을 돌연 낯설고 이질적인 세계로 바꿔내며 묵시록적인 분위기를 연출해낸 바 있다. 『물류창고』에 등장하는 인물들은 평범하고, 그들의 행동 또한 평범하다. 그런데 이상하게도 무서울 정도의 이질감이 느껴진다. 길을 잃고, 울고, 토하고, 왔다 갔다 하고, 따라 하고, 웅성거리고……그 평범한 행동들이 '물류창고'라는 공간 안에서 이뤄지는 순간, 물류를 분류하는 노동에 참여하는 인간이 주체로서의 지위를 상실하고 물건들과 함께 '물류'가 되어버리는 물류창고는 우리가 사는 현실의 은유가 된다. 물건들이 분류를 위해 잠시 머물다가 사라지는 곳, 물류가 없으면 성립될 수 없는 곳, 물류의 분류를 위해 인간이 도구로 사용되는 곳이 물류창고라면, 우리가 사는 이 세계 역시 모든 사물들이 잠시 머물다가 사라지는 곳, 사물들이 없으면 성립될 수 없는 곳이다. 『물류창고』는 인간이 사물에 이름을 붙이고 의미를 부여해 분류하는 도구적 존재로 소모되고 있다는, 우리 자신이 물류로 처리되고 있다는 섬뜩한 진실을 환기시킨 시집이다.

'물류창고'에 이어 이번엔 '도시가스'다. 시인이 4년 만에 낸 신작 『도

시가스』는 "색깔이 없고 냄새가 없고 무게가 없"는 가스를 현대인들의 내면에 침투한 획일화된 욕망의 메타포로 그려내고 있다. 시집에는 같은 제목의 '도시가스' 연작은 물론 '물류창고' 연작도 있다. 이수명은 우리 문학에서 에피파니(Epiphany)를 가장 잘 활용하는 시인이라 할 수 있다. 제임스 조이스가 말한 에피파니는 평범하고 일상적인 순간이 갑자기 그 외피를 벗고 진리의 얼굴을 보여주는 '현현(顯現)'을 의미하는데, 이수명의 시는 문학적 공작성을 철저히 배제한 채 건조하고 담담한 일상어로 그저 읊조린다. 현란한 수사나 중층적 은유, 해석적 잠언도 없이 독백처럼 펼쳐지는 행간을 따라가던 독자는 시를 다 읽는 순간 어떤 불안한 예감에 휩싸이게 된다. 그 불안한 예감은, 우리의 무의식은 알고 있지만 의식이 애써 망각하려 해온 한계적 실존의 문제이거나 세계의 불편한 진실과 내통한다. 이수명의 시는 마치 가스처럼, 우리가 인식하지 못하는 사이 무색무취의 시어로 우리를 중독시킨다.

가스는 치명적인 환각물질이자 흡입할 경우 혈액의 산소 운반 능력을 상실시켜 질식 상태에 빠지게 하는 기체다. 강력한 폭발력 또한 지니고 있다. 이처럼 위험한 물질이지만 "가스는 부드럽고 가스는 온화하고 가스는 은은하게 순조롭게 우리에게 흘러들어"온다. '도시가스'는 도시의 일상에서 가장 중요한 에너지 자원이다. 집집마다 보급된 도시가스로 우리는 난방을 하고, 음식을 조리한다. 그러므로 도시가스는 '편리함'이다. 또 '보편성'과 '획일성'이다. 위 시에서 화자가 "우리의 생각은 온통 가스로 가득 차 있다"고 말할 때, 가스 불을 켜놓고 나왔을까봐, 가스 밸브 잠그는 것을 잊고 나왔을까봐 외출 내내 불안해하는 어느 평범한 도시가스 사용자만 떠오르는 건 아니다. 온통 편리함에 길들여진, 보편적이고 획일화된 욕망에 사로잡힌 현대인들에게 더 이상 "산책 같은 건 필요 없다. 산책길에 해가 떨어지는 것을 바라보는 것은 소용없"다. 보들레르의 산책자(flâneur)가 근대의 새로운 풍경들 가운데서 영원성을 발견하는 영웅이었음을 상기하면, 산책할 줄도 모르고, 산책길에 나와서도 가스에 대한 생각으로 가득 차 있는 현대인들은 주체적으로 사유하는 능력을 상실한 채 몽롱한 환각 상태에 마비되어버린 가스 중독자들이다.

가스 중독자들이 모여 이룬 "썩은 광장"에는 "태만한 노래가 흘러나온"다. 제임스 조이스의 단편 「두 한량」에는 술집 현관에서 권태롭게 하프를 튕기는 한 연주자가 등장하는데, 타성에 젖은 채 무기력하고 경솔하게 연주되는 하프는 당시 아일랜드의 도덕적 마비 상태를 암시했다. 그 하프처럼, 태만한 노래가 흘러나오는 광장에서 사람들은 "새로 나온 게임"에 몰두한다. 그리고 그 게임을 배울 것을 화자에게 강요한다. 모든 사람이 동시에 참여하는 스마트폰 게임은 곧 현대사회의 획일화된 욕망을 의미한다. 화자는 "새로 나온 게임을 배우지 않는" 것으로 그 획일화와 보편화의 행렬에서 이탈한다. 가스 중독에서 벗어나 스스로 호흡하는 주체가 된다.

사유하는 주체로서의 인간을 포기한 채 획일화된 욕망에 편입되고자 "무턱대고 이 낮은/ 단조로운 허밍을 따라가"다 보면 우리의 자화상은 "나무 아래로 환자복을 입은 환자들이 여럿 앉아 있"는(「도시가스」, 32~33쪽) 우울한 풍경이 되고 말 것이다. 빛과 기표와 편재하는 슬픔과 가스는 우리를 맹목적인 노예가 되게 한다. 빛에 의해 파악되는 육안의 세계만을 확신하고, 기표에 의해 왜곡된 형태로 확정된 의미만을 신봉하고, 타인의 슬픔에 무감각한 채 자기감정에만 집중하고, 또는 세계를 둘러싼 슬픔의 배후를 모른 채 기성품 우울에 쉽게 잠식당하고, 소리도 냄새도 없이 틈입하는 가스의 편리함에 길들여진 우리들을 구해내기 위해 어둠에서, 극지에서, 호밀밭 벼랑에서, 가스가 보급되지 않은 산책길에서 저마다의 심연을 건너오는 시인들이 있다.

빛보다 빛나는 어둠을 향한
망명의 기록들

이영주의 시 세계

이영주는 2000년 『문학동네』로 등단한 후 다섯 권의 시집을 세상에 내보였다. 『108번째 사내』(2005)를 시작으로 『언니에게』(2010), 『차가운 사탕들』(2014), 『어떤 사랑도 기록하지 말기를』(2019)을 경유해 『여름만 있는 계절에 네가 왔다』(2020)까지 오는 동안 "그녀는 독하고 무자비하다. 그녀는 한없이 연하며 다정"(김행숙)한 양가적 언어로 그로테스크와 비참의 미학을 성취해왔다. 2000년대 '미래파'의 파도 속에서 유난히 창백하고 푸른 섬이었고, 주도적 경향이 부재해 오히려 다양성의 시대였던 2010년대에도 돌올하고 외로운 절벽이었다.

"20세기와 21세기 사이를, 푸르게 방황하고 유려하게 왕복하는 시인, 저무는 사람 곁에서 함께 저물며 빛나는 시인"(김소연)인 이영주는 "깨진 거울에 얼굴을 비추고, 깨진 거울의 금을 이후 자기 얼굴의 상처로 간직하는 언어"(조재룡)로 기어이 "제 창조의 주인"(황현산)이 되어 왔다. 1980년대부터 2010년대까지, 불구적 아름다움을 지닌 세기말과 환희도 비극도 모두 불가해한 새로운 시대를 통과하면서 그의 시 세계는 상처들, 트라우마를 원료로 가동되는 슬픔의 공장을 여럿 세웠다.

슬픔의 공장. 나는 이영주의 시에서 강렬하고 독특한 공간성을 발견한다. 시인이 쓰는 문장들은 기억을 지닌다. 그리고 기억들은 저마다 공간을 갖는다. 그러므로 시란 시인이 살아온, 견뎌온 공간들의 내밀한 독백이자 밖으로 터지는 부르짖음이다. 첫 시집과 근작 시집에 실린 시인의 산문에는 그가 유년기에 겪은 끔찍한 사고가 기록되어 있다. "브레이크가 고장난 동네 오빠의 자전거가 내 눈을 통과해 놀이터 밖으로 튕겨나간"(『108번째 사내』 시인의 말), "거대한 어둠의 세계가 내 몸을 완벽하게 덮어버린 순간"(「안경을 썼지」, 『여름만 있는 계절에 네가 왔다』)을 증언하면서 그는 "부실시공으로 군데군데 금이 간 아스팔트 바닥"과 "아파트 공터"로 형상화된 산업화시대의 병든 도시를 자기 육체로 치환시킨다. '브레이크 고장난 자전거'가 속도와 질주, 멈출 수 없는 위태로움의 이미지로 고속성장기 산업화의 알레고리가 될 때, 자전거가 관통한 시인의 몸, 부러지고 찢겨진 뼈와 살은 부실시공된 철근과 콘크리트, 획일화와 규격화의 압력을 견디지 못해 부서지고 튕겨나간 아브젝트가 된다.

시인이 열아홉 살 일기에 "이 세계는 고통으로 가득 차 있다"고 적은 것을 들여다본다. 몸속으로 찔러 들어오는 날카로운 금속성 충격, 빛을 뭉개버리는 단단하고 둔중한 암흑에 평화롭던 한 세계가 침략당한 후 그는 오직 고통 속에서 존재해왔으리라. 저 문장을 한 음절씩 천천히 소리 내어 읽다보면 실비아 플라스가 1950년, 마찬가지로 열아홉 살 때 "나란 존재는 내가 느끼고 생각하고 실천에 옮기는 것들의 총합이다. 나는 내 존재를 극한까지 표현하고 싶다"고 쓴 일기의 한 구절이 떠오른다. 이영주의 시적주체에게 '나'란 존재는 그가 느끼고 생각하고 몸으로 앓는 고통들의 총합이며, 그는 자기가 겪은 고통을, 고통을 안긴 세계의 폭력을, 그 폭력에 분절되고 뒤틀린 무수한 몸들을 극한까지 표현한다.

이 글은, 시인의 몸속으로 고장난 자전거가 들어오면서부터 빠져나가기까지 처절하고 끔찍한 관통의 기록을 감히 따라 걷고자 한다. 첫 시집부터 근작 시집까지 뼈아픈 관통의 세월 동안 시인이 견뎌낸 육체로서의 공간들에 가서, 고통이 야경처럼 불 밝힌 풍경들을 눈에 흑점이 생기도록 오래 바라보려 한다. 그렇게 흐리고 캄캄한 눈으로 독하고 무자비한 시인의 슬픔들을 오독하면서, 한없이 연하며 다정한 이해를 겨우 구해볼 생각이다.

1. 『108번째 사내』(2005)

'고장난 자전거와의 충돌'이라는 원체험은 첫 시집에서 낭자한 뼈와 살, 구멍의 이미지로 형상화된다. "골목 끝에서 질주해온, 아이의 동공을 뚫고 놀이터 밖으로 사라지는 자전거"(「재미있는 놀이」) 이후 "토막난 은빛 살들이 어지럽게 흩어진"(「만선」) "세상은 둥근 회색 구멍일 뿐"(「뚱뚱한 코끼리가」)이라고, 비극적 사건을 겪은 주체가 그 체험 장소를 자신의 몸과 동일시하는 일종의 '장소 트라우마'가 시집 전체에 짙게 드리워져 있다. 쇠와 체인벨트와 공업용 고무와 바퀴로 이뤄진 산업화의 질주에 치인 1980~90년대 도시를 시인은 절단되고 뒤틀린 불구적 육체로 치환시킨 것이다.

"공장의 기계음이 흘러들"고 "뜨거운 공중에는 컨베이어 벨트가 돌아가"(「밀입국자」)는 도시는 "목이 잘린 나무"(「집 앞의 나무를 잘라낸 사

내」)와 "담장에 박힌 종양들"(「내 몸을 빌려줄게」)과 "까맣게 물들어가
는 하늘의 흉터들"(「화장」)과 "마당에 널린 끈적끈적한 뼈의 무덤"(「네
크로폴리스 축구단」)으로 가득 찬 "거대한 카타콤"(「집으로 가는 길」)이
다. 그곳에서 주체는 "뼈마디를 타고 흐르는 차가운 공기"(「고궁에서 본
뱀」)를 감각하고, "살갗을 뚫고 혈관이 광채에 불타오른"(「골목에서 축
제를」) 죽음의 열감과 "수만 개의 구멍 속에 걸쳐 있는 뼈를 모두 뽑아"
(「홈쇼핑에서 염소를 주문하다」)내는 고통에 몸서리친다.

이제 배수관 따위에 말하는 것도 지겨워
그녀는 차가운 얼굴을 타월에 비빈다
이 시기가 지나면 박쥐들은 떠나갈 거야
날개를 접듯 처진 가슴을 웅크리고 그녀는
천천히 몸을 기울인다 마모된 배수관이
아무렇게나 심장 속에서 구른다
이런 집, 태양이 없는 곳에서도 달이 뜨는지

(중략)

밤은 아프고 잔인한 체위
낡은 배수관에서 물이 넘쳐요
새까만 얼굴을 하수구에 파묻고
그녀가 구루룩거린다

이 지하에 숨어 있는 동굴
좁은 욕실에 쪼그리고 앉은 검은 박쥐가 조용히 운다
한 생애를 흘려보낸다

　　　　　　　　　　　　　　　　―「그녀가 사랑한 배관공」 부분

"거대한 카타콤"으로 전체화된 도시 안에서 고통 받는 주체가 개별적으로 머무는 곳은 "방", "옥탑", "장롱", "욕실", "집", "지하방" 등 폐쇄적이고 협소하며 어두운 공간들이다. 특이한 것은 이 비슷한 유형의 공간들 안에 "염소", "말", "코끼리", "뱀", "거미", "박쥐", "고양이", "자라", "새", "소", "쥐" 같은 짐승들이 부려진다는 점이다. 짐승 이미지들은 어떤 암시나 상징이라기보다 시적주체의 투영체이거나 구체적 또는 추상적 대상으로 기능한다. 이영주 시의 화자는 동물화한 자아 및 타자와 대화하며 "아무렇게나 심장 속에서 구른"다. "조용히 운"다. "한 생애를 흘려보낸"다. 인간만으로는 부족해서, 짐승을 빌려야만 가까스로 표현할 수 있는 고통이 있다.

짐승들의 등장으로 좁고 어두운 방들은 축사나 우리 같은 사육 공간을 연상시킨다. 비좁은 우리 안에서 짐승들은 자기존재의 본성을 잃고, 제한된 환경에 길들여지기를 강요당한다. 철창에 갇힌 채 채찍질에 학대당하는 짐승, 그 살풍경이 알레고리라면 이영주는 산업화라는 폭력에 강제로 순치되어버린 1980~90년대 도시인들의 권태와 우울을 재현하고 있는지도 모른다. 하지만 좀 더 내밀한 층위에서, 지하방과 옥탑 등 폐쇄적 공간 이미지들은 자전거가 몸속을 관통하면서 남긴 참혹한 '구멍'의 형상화이며. 그 안에서 피 흘린 채 울부짖는 짐승들은 모두 '로드킬'에 찢겨진 시인의 페르소나다. 사람의 것인지 짐승의 것인지 분간할 수 없는 고통에 찬 울음소리, 그 "길게 그어진 불길한 신음"이 "뱃속에서 부글거"(「방갈로의 연인들」)릴 때, 시인은 나지막이 읊조린다. "나는 황홀한 피 속에 잠기네"(「나쁜 피」)라고. 이것은 개인의 고통이 세계의 고통을 압도할 때에만 쓰일 수 있는 시가 아닌가.

2. 『언니에게』(2010)

　첫 시집이 유년기의 비극적 원체험에 뿌리를 두고 있다면 두 번째 시집은 성장기의 트라우마와 깊게 결부된 것으로 보인다. 빈도는 줄었지만 뼈, 살, 구멍 이미지와 절단, 파괴, 변형의 동작들, 그리고 상처 입은 짐승 이미지가 군데군데 선명한 것으로 보아 자전거는 여전히 달리는 중인데, 그 상징성에 변화가 생겼다. 들뢰즈가 "개인은 엄격한 비개성화 연습을 거쳐, 자신을 온통 가로지르는 다양함, 자신 속을 헤집는 강렬함들을 향하여 스스로 열린 상태가 될 때 비로소 진정한 자기 이름을 얻게 된다"고 했을 때의 자발적 비개성화 연습이 아닌, 강요된 비개성화라는 폭력이 브레이크 고장난 자전거로 청소년기 시인을 온통 가로지르고 속을 헤집었으리라. "나는 많은 것이 되었다가, 많은 것으로 흩어졌다"는 자서(自序)의 문장을 "나는 많은 것이 되고 싶었으나, 많은 것으로 흩어졌다"라고 오독해본다.

　두 번째 시집에서도 매우 특징적인, 서로 비슷한 유형의 공간들이 제시된다. "성산중학교", "교문", "교무실", "교실 밖 복도", "학교 옥상" 등은 모두 규율과 법칙이 주체를 억압하는 장소들이며, 그곳들에서는 "생물 시간", "교련 시간", "자율 학습 시간", "성인식", "고해" 같이 통제된 유형의 성장 서사만이 작동한다. 첫 시집에서 시인은 시적주체를 부실시공된 산업화 도시로, 또 폐쇄적 공간에 갇힌 짐승으로 은유화했는데, 두 번째 시집에서는 보다 구체적인 투영체를 입힌다. 바로 '인형'이다.

> 학교를 가려고
> 시체가 떠내려온 천변을 지날 때마다
> 다리가 점점 투명해졌다

나는 매일 거슬러 오르느라
나를 알아보지 못했다

천변의 하류 족에 아버지는 집을 지었다
비가 오면

발바닥에서
두꺼운 지느러미가 자라났다

ㅡ「물고기가 된다는 것」 전문

비개성화를 강요하는 공교육의 현실원칙은 『언니에게』의 주체로 하여금 스스로를 인형, 공산품으로 자각하게 한다. "태어나면서부터 우린 비린내를 풍기는 물건들"(「저무는 사람」)이라고, "연기처럼 굴뚝에서 생성된다"(「굴뚝의 성장담」)고, "생물과 무생물 사이로 우리는 흘러갔다"고, "세상의 모든 물과 똑같은 원자가 되었다"(「폐교의 연혁」)고 체념하는 주체들에게 생이란 "공산품 같은 여행"(「벨라지오 모텔」)일 뿐이다. 규격화, 획일화에 의해 자기 주체성을 상실하고 마트에 진열된 공산품들처럼 자본주의의 상품으로, 사유하지 못하는 인형으로 소비될 운명을 예감하는 것이다.

"우리는 매일 무너지는 사람들./ 안쪽의 장기를 만져보지 못하고 사라지는 사람들./ 너의 손가락 끝에서 분류되는 사람들./ 자신을 상상만 하다 살을 더듬는 짐승들"(「무덤 파는 남자」)이라는 고백은 얼마나 서글픈가. "학교"와 "천변"의 강물로 함의된 일방적인 질서에 순응하느라 '나'는 "나를 알아보지 못하"고, "발바닥에서/ 두꺼운 지느러미가 자라나"는 일률적 진화를 받아들여야만 했다. "물고기가 된다는 것"은 곧 원치 않는 무엇이 되는 일이다.

하지만 이영주 시의 주체들은 순종 대신 끝끝내 원치 않는 '나', '나' 아닌 '나', 공산품인 '나'를 파괴하는 저항을 택한다. "보잘것 없고 선량한 인형을 오릴 때마다 나는 목을 잘라 버리"(「종이인형」)고, "자율 학습 시간이면 나무 책상에서 손 모양을 커터 칼로 파내"(「자율 학습 시간」)고, "수학 시간 옆자리에서 동맥 끊기 놀이를 하"(「미래안」)고, "매달 태어나는 아기를 어떻게 죽여야 할지"(「자살법」) 탐구하면서 "목 잘린 인형"(「벨라지오 모텔」)을, "나무인형처럼 버려"(「마트료시카 나이테」)진 스스로를 파멸시키는 방식으로 현실원칙에 대항하고 복수하는 것이다.

시적주체가 "가슴 근처에서는 검은 손톱이 자라나" "까맣게 타오르는 손으로 제 유방에서 돋아난 수많은 손들을 잡"(「성인식」)는 몸의 변화를 겪으며 자신의 성(性)을 자각하고, "엄마는 지문이 없어질 때까지/ 잘린 몸을 이어 붙이는 난쟁이"(「왼쪽 뺨을 내밀라」)라는 사실을 확인함으로써 여성 젠더의 암울한 운명을 예감할 때, '인형 파괴'라는 저항에 함께 참여하는 이들은 가부장적 기성사회에서 억압된 여성들로 범주화된다. "이 전쟁에서 남은 것은 저 숲으로 기어가는 수많은 소녀들"(「자살법」)이지만, 이영주의 "언니"는 젠더에 국한되지 않는다. 그는 유형화, 표준화될 수 없는 무수한 감정과 정서와 정동들을, 물질이 되지 못하는 꿈들을, 직업도감 따위 세상의 목록에 없는 모든 소수자들을, "방바닥에 늘어놓은 축축한 냄새들"과 "축축하게 썩어 들어가는 안쪽"처럼 정의될 수도 분류될 수도 없는 세계를, "성에 낀 202호 창문을 언니라고 부르기 시작한"(「언니에게」)다.

3. 『차가운 사탕들』(2014)

성장 연대기적으로 읽자면 『차가운 사탕들』의 시적주체는 어른이 된 시인이다. 놀이터와 학교를 지나, "거대한 카타콤"과 "발전소 굴뚝"을 통과하며 성인식을 치른 그는 자기존재가 시인이라는 독특한 창조적 인간으로 완성됐음을 분명하게 자각한다. 시 쓰기에 관한 시가 여러 편 수록돼 있다는 사실도 주목할 만하지만, 그가 시인의 정체성을 단호하게 규정하고 있다는 점을 기억해야 한다. 시집에는 '보다'라는 동사가 반복적으로 쓰인다. 이영주의 시인은 '보는 사람'이다.

"손가락 사이로 보"(「얼음광산 노동자」)는 사람, "천체망원경으로 들여다보면 마음이 고요해지"(「관측」)는 사람, "너무 가깝게 다가가면 파멸을 보"(「우기」)는 사람, "바라본다는 것이 어떤 불행일지 몰라 허공을 만지"(「시각장애인과 시계 수리공」)는 사람, "아무리 닦아도 너의 눈 속이 보이질 않"(「동굴」)음을 슬퍼하는 사람, "태어나는 순간에는 왜 나를 볼 수 없을까"(「둥글게 둥글게」) 안타까워하는 사람인 그는 "자기 시신을 볼 수 있는 절벽"(「신년회」)을 찾아 헤맴으로써 결국 '죽음'을 보는 사람이 된다.

죽음을 본 사람의 눈에는 죽음의 잔상이 남는다. 하물며 죽음이 들어왔다가 나간 사람의 눈은 어떻겠는가. 무한한 암흑 속에서 자전거는 여전히 달려온다. 죽음의 바퀴 소리를 내면서, 죽음의 냄새를 풍기면서, 죽음의 온몸으로, 온몸의 죽음으로. 『차가운 사탕들』에 가장 많이 등장하는 단어는 '죽음'이다. 황현산 평론가는 해설에서 "그는 죽음을 어떤 논리에 의해서가 아니라 그의 삶에서 경험하고 있다"면서 이영주의 시를 "탄생을 말하건 죽음을 말하건 자신이 쓰고 있는 시구가 곧바로 자신의 몸으로 체험되는 언어적 상상력"이라고 말한 바 있다. '죽음'이라고 쓰면 죽음이 몸으로 체험되는 시인, 바꿔 말하면 이영주는 몸으로 체험한 죽음을 그대로 옮겨 적는 시인, 죽음을 보고, 죽음을 보여주는 시인이다.

"나는 죽음을 좋아하는 것일까"(「어린 밀수꾼」), "내가 너를 좋아하는 것은 죽어 있기 때문일까"(「사막 노동자」) 스스로에게 묻는 그는 "매일 아침 시체가 되는 욕망"(「B01호」)을 품고, "죽는 꿈을 꾸고 살아가"(「마흔」)는 '죽음 애호가'다. 그는 "죽은 뼈가 이렇게 부드러울 수 있"(「미라의 잠」)음을 감탄하고, "무연고 시신은 누구나 사랑할 수 있"(「서쪽 여관」)다고 노래한다. 시인이 죽음에 천착하게 된 것은 "눈이 없어지고 말은 흘러간" "단 한 번의 붕괴"(「라푼젤」) 때문이리라. 유년기에 겪은 사고로 한쪽 눈이 회복불능의 상태가 된 이후 그는 그 단 한 번의 붕괴가 차라리 죽음으로 완성되었으면 어땠을까를 상상하며 죽음에 매혹을 느꼈을 것이다. 아직 태어나지 않거나 이미 죽은 것들은 피 흘리지도 않고 아파하지도 않는다. 생의 미온적인 불완전함보다 죽음의 차가운 완벽함이야말로 그가 욕망하는 '존재─비존재의 온도'가 아니었을까.

　　　홀로 죽는 사람
　　　함께 죽는 일이란 없다

　　　천천히 늙어가던 나는 집에 남을 수밖에 없었지
　　　집이란 무엇인가

　　　적색 담요를 목까지 끌어당겨 잔다
　　　백발이 흩어지며

　　　태어나기 이전의 일들이란
　　　어디에 담겨 있는 걸까

누군가가 담요를 끌어당겨 운다
맨발로 차가운 입김이 번져간다

부서진 그릇
나뒹구는 손발
죽은 뒤에도 계속 싸워야 하는 걸까

혼자이지 않기 위하여
혼자이기 위하여

—「문상이 끝나고」 부분

시인의 시선은 줄곧 죽은 사람, 죽음을 앞둔 사람들을 향해 있다. "노인"이 자주 등장하는 것도 같은 맥락이다. 이 시집에서는 앞선 시집들처럼 특정한 공간이 부각되는 대신 대상으로서의 죽음을 관찰하는 거리, 주체와 죽음 사이에 놓인 간격이 '유리'라는 이미지로 나타난다. 보는 존재이자 보여주는 존재, 이영주는 시인이라는 자기존재를 "유리창을 만드는 사람"(「유리창을 만드는 사람입니다」)에 동일시한다. 이때 유리창은 '눈'의 은유이자 시인의 손에서 탄생한 창조물이므로 '시'의 메타포가 된다.

시인은 "처참하게 무너지는 순간을 예감하는"(「활선공」) 저주 받은 존재라서 "세계의 모든 괴물 중에서 내가 제일 큰 괴물"(「마흔」), "나는 너에게 양쪽 눈 때문에 무서운 사람"(「겨울 목수」)이 되었다. 죽음을 보고, 죽음을 보여줘야만 하는 이 천형을 두고 그는 "모든 죄는 눈빛에서 시작되었"(「현기증을 앓는 고양이」)다고 말한다. 죽음을 애호하는 이에게 자기 죽음은 욕망의 대상이 되겠지만 타자의 죽음은 그에게도 상실의 고통이자 어찌할 수 없는 불가항력이다. 죽음 애호는 결국 죽음에 대한 연민인 것이다.

"너의 눈이 타는 냄새"마저 "잘 보인다"(「불에 탄 편지」)는 시인은 "안에서 밖을 통과하는 수많은 눈빛을 만든"(「유리창을 만드는 사람입니다」)것을 슬퍼한다. 자신의 시가 안에서 밖으로, 밖에서 안으로 죽음을 생생하게 재생하는 유리창이라면, 차라리 "불투명한 유리창이 되고 싶"(「저녁밥을 먹는 시간」)다고 절규하기도 한다. 그러나 시인은 "이 끝나지 않은, 고되고 비밀 같은 노역"(「생장의 방식」)을 결코 포기하지 않는다. "함께 죽는 일이란 없"는 "홀로 죽는 사람"들을 위해, "죽은 뒤에도 계속 싸워야 하는" 이들을 위해, "어둠 속에서 떨고 있는 마음"(「마흔」)들을 위해 기꺼이 죽음을 끌어안고 입 맞추는 사제가 되려 한다. "죽음의 세계에서도 빛이 자랄"(「엎드려서」) 수 있다고, 빛을 반사하는 유리창으로 외롭고 쓸쓸한 저쪽의 죽음들을 비추면서, 때로는 "빛보다 빛나는 어둠을 밀면서" 그는 "땅을 걷는 천형"(「기도」)을, "모든 것이 무너져도 우리는 살아 있"(「잠」)는 분노와 슬픔을 끝까지 살아내고자 한다. 산 사람으로서 타자의 죽음과 연대하려 한다.

4. 『어떤 사랑도 기록하지 말기를』(2019)

당연하게도, '타자의 죽음과 연대하기'는 구체적 타자와의 관계 맺음을 전제로 한다. 관계가 깊고 내밀할수록 죽음이라는 상실의 크기도 거대해져 애도하는 이는 견디기 힘든 고통을 받겠지만, 죽음의 순간, 또 죽음 이후에도 자신을 뜨겁게 간직해주는 마음이 있다면 죽은 자는 영원한 어둠 속에서 홀로 떨지 않으리라. 그곳에도 빛이 자라나리라. 남겨진 사람이 자기존재를 눈물과 혼절로 다 쏟아 애도할 수 있다면, 그 슬픔 또한 떠난 이가 그의 영혼에 새겨준 뜨겁고 찬란한 각인이리라.

관계에는 여러 형태가 있지만, 글의 편의를 위해 타자와의 관계 맺음을 '사랑'이라고 통칭한다면, 네 번째 시집에서 이영주는 마침내 사랑을 노래한다. "우리가 아름다움으로 기우는 것은 약하고 슬프기 때문일까"('시인의 말')라고 물으면서, 그는 이전과는 사뭇 다른 아름다움으로, 여리고 슬프게 떨며 "세상에는 없는 각도"(「영토」)로 기울어진다. 부서진 뼈와 구멍의 고통, 현실원칙의 폭력, 저주와 천형, 그리고 죽음을 이야기하던 그의 시에 "영원히 걸어갈 수 있을 것 같은"(「은, 멈추지 않는 소년—오은 시인에게」) 어떤 환함이 생겨난 것이다. 그 환함 속에서 시인은 사랑의 구체적 대상으로서 만지고 감각할 수 있는 몸, 몸으로 실재하는 타자와 마주선다.

이 전향에는 세 가지 요인이 작용한다. 하나는 실패의 예감이다. 「유리 공장」이라는 시를 『차가운 사탕들』에 실린 「유리창을 만드는 사람입니다」의 연장선상에서 읽어본다. '유리'는 투영과 반사를 통해 관조의 세계가 되고, 관조에는 늘 실물과의 좁혀지지 않는 간극이 발생한다. 시인은 "뛰어난 유리 제조공"이지만 "매번 실패하는 것"은 "수건으로 유리 찬장을 닦는 어렵고 긴 마음", 유리를 만들면서도 불투명해지고 싶은 양가감정, "무늬로 뒤덮인 불멸의 강화 유리가 되고 싶"은 방어기제 때문이다. "무엇을 쓴다는 것이 고통을 줄 수도 있다면. 수많은 글자로 가득찬 이곳에서 어떻게 마음을 써야 하는지"(「이집트 소년」) 고뇌하던 시인은 불투명한 강화 유리를 깨고 밖으로 나오기를 택한 것이다. 타자와의 간극을 좁혀 마침내 "서로의 침과 피를 주고받는"(「숙련공」) 것이 사랑이라면, 그는 이제 "생각에서 걸어 나와 사랑받으려고 한 것"(「아홉 걸음」)이다.

또 하나는 사랑의 기억, 사랑의 감각이다. 죽음을 경험한 사람에게 죽음의 잔상이 남듯 사랑을 받아본 사람에게는 사랑의 습관이 생긴다. 『어떤 사랑도 기록하지 말기를』의 주체는 "사라진 너의 다리가 내 다리에 와 닿고 너의 손이 내 손 위에 포개어지던"(「아침 식탁―유형진 시인에게」) 살의 감각과 "우리는 우리를 벗고 침대에서 꼭 껴안고 있"(「첫사랑」)던 평화로운 체온과 "우리는 순서 없이 섞여버린/ 따뜻한 물이 스며드는 삶 안에서/ 서로 부둥켜안고 있"(「해변의 조우」)던 합일의 기억을 소환한다. 그리고 "부서지는 손가락으로 내 병상 일기를 대신 적고 있었"(「오래전 홍당무」)던 '너', "나의 손을 잡고 함께 버려지고 있었"(「우물의 시간」)던 '너'를 호명한다. 자신의 슬픔과 비참을 기꺼이 감당해준 "너와 같은 것을 무엇이라 부르는가. 빛이 떨어지는 마음은 같은 것이겠지. 나라고 부른"(「친구를 만나러」)다. '너'를 '나'라고 부르는 순간, '너'와 '나' 사이의 영원한 간극은 무화된다.

사랑이 죽음을 압도하면서 죽음에 깊이 결부되었던 '뼈'는 '날개'로 진화한다. "나는 견갑골이 날개 뼈가 되는 이야기에 중독되었"(「첫사랑」)다. "자꾸만 날아오르려는 힘 때문에"(「잔업」) "모서리가 없는 세계"(「축구 동호회」)로, "아무도 가본 적 없는 외딴곳. 그 나라로 천천히 걸어 들어"(「독서회」)간다. "사람이 사람에게 건너가는 일은 집을 다 부숴야만 가능하다는 걸" 깨달은 그는 자신을 둘러싼 유리벽을 부수고 "내가 가보고 싶은 북쪽의 맑은 숲"(「양조장」)을 향해 "운동화를 신고 무너진 담장을 뛰어넘었다. 여름 바깥으로 달려가"(「열대야」)기 시작한다. "우리의 혼혈은 어떤 언어일지 생각"(「외국 여행」)하면서, "우리에게 구원이 무엇인가 생각"(「광화문 천막」)하면서 "우리 집을 떠나 새로운 집으로 갈 수 있"(「손님」)기를 소망한다. 사랑은 현실 너머의 세계를 꿈꾸게 하는 힘이기 때문이다.

세 번째 요인은 세월호 참사의 트라우마다. "슬픔을 시작할 수가 없다/

너의 몸을 안지 않고서는/ 차갑고 투명한 살을/ 천천히, 그리고 오랫동안 쓸어보지 않고서는 (…) 우리는 슬픔도 없이 모여 있다/ 진정한 애도는 몸이 없이 시작되지 않는다"(「슬픔을 시작할 수가 없다」)는 사실을 '유리'라는 실패를 통해, 살과 살이 닿는 사랑의 감각을 통해 알게 된 시인은 슬픔의 대상, 애도의 대상으로서 텅 빈 '죽음'의 자리에 구체적 '몸'을 채워 넣으려 한다.

　　너니까, 너라서, 너 때문에 지옥에 있었지. 우리의 싸움이 검고 어
　두워질 때 너라는 사실 하나로 모든 시간은 꿈이 되었지 (…)

　　아무것도 쓰지 마. 무관한 것들을 쓰지 마. 돌아올 수 없는 것들에
　대해서 쓰지 마. 이제는 쓰지 마.

　　아름다운 것들은 기록되면 파괴되지.
　　사라질 수가 없지.

　　그는 연애편지를 이렇게 건네네요. 어떤 사랑도 기록하지 말기를.
　영원히 느끼고 싶다면 그저 손이라는 물질을 잡고
　　　　　　　　　　　　　　　　　　　　　　　　ㅡ「병 속의 편지」 부분

'그'는 '나'에게 건네는 연애편지에 "아무것도 쓰지 마. 무관한 것들을 쓰지 마. 돌아올 수 없는 것들에 대해서 쓰지 마"라고 적는다. 이 당부를 시인은 '몸'이 아닌 것들, '몸'을 잃어버린 존재들, 돌아와야 하지만 돌아올 수 없는 '몸'들, '몸' 없이 아름답게 기록될 수 없고 기록돼서도 안 되는 그 많은 죽음들을 함부로 의미화하지 말라는 뜻으로 읽어낸 듯하다. '몸'을 찾기 전까지는, 진실을 끌어올리기 전까지는 뼈와 살 없는 추상으

로, 또 실체 없이 공허한 관념으로 "어떤 사랑도 기록하지 말"라는 '그'의 간절한 호소에 '나'는 응답한다. "너니까, 너라서, 너 때문에 지옥에 있"을 수 있다고, "우리의 싸움이 검고 어두워질 때 너라는 사실 하나로 모든 시간은 꿈이 될" 수 있다고 말하며 '너'로 함의되는 희생자들, '몸' 없는 존재들과 끝까지 함께 할 것을 다짐한다. 돌아오지 못한 몸들을 "썩지 않는 사람으로 만들어주고 싶"(「엄마의 과일청」)다고, "나는 망가진 마음들을 조립하느라 자라지 못하고 밑으로만 떨어지는 밀알"(「연대」)이 될 거라고, "영원히 느끼고 싶다면 그저 손이라는 물질을 잡"을 거라고, 살을 건지기 위해, 그 몸을 안고 쓸어보기 위해 차가운 바다에 손을 뻗을 거라고…… 몸으로, 온몸으로 소리쳐 약속한다.

5. 『여름만 있는 계절에 네가 왔다』(2020)

그러나 사랑하는 이의 죽음을 겪으며 애도의 자리에 오래 머물다 삶으로 복귀한 이들에게는 거대한 상실의 아픔이 새겨진다. 일종의 외상 후 스트레스 장애(PTSD)라고 할 수 있는 그 고통은 시도 때도 없이 떠오르는 죽음의 이미지로, 죽은 자를 보는 환영으로, 악몽으로, 허무와 두려움으로 주체에게 '살아남은 자의 슬픔'을 끊임없이 감각시킨다. 다섯 번째 시집 『여름만 있는 계절에 네가 왔다』는 상실 후 남겨진 자들의 이야기다. 앞선 시집들에서 죽음의 당사자들을 연민하느라 "빛보다 빛나는 어둠"이 되었던 시인의 눈이 이번 시집에서는 죽음의 주변인들이 겪는 고통을, 죽음 바깥에 있어서 상실의 당사자가 된 사람들의 괴로운 잠 속을, 그 자신의 지옥을 응시하는 불꽃이 된다. 남겨진 자들은 전쟁이 끝난지 오래인데도 여전히 전장에서 임무를 수행 중인 것으로 착각하는 군인처럼, 계속 싸운다.

이 시집의 주체들은 "외할머니는 돌아가신 다음 내게 나타나/ 흑발이 자란다고, 알 수 없는 이야기를 하"(「문 닫은 정육점」)는 걸 듣는다. 또 "잠 속을 돌아다니며 죽음을 파는 사람 이야기"(「히스토리」)를 듣는다. "죽은 가수의 노래만 듣"고, "죽은 시인의 노트를 꺼낸"(「싱어송라이터」)다. "이미 죽은 작은아버지와 함께/ 열대식당에서 맵고 뜨거운 국수를 후루룩 먹"(「열대 식당」)는다. "불타오르던 형의 머리통을 떠올리"면서 "슬픈 장면을 반복하고 있"다. 그렇게 "순간 때문에 죽지 못하는 운명"(「눈물집—제주 4.3 사건에 부쳐」)이 된다. 남겨진 자들의 세계란 삶도 죽음도 아닌 혼돈의 자리, 분열과 불안, 몽환이 지배하는 "가장 큰 악몽"이다. 그들에게 "시간은 악하고 환영적인 것"(「성장기」)이다. "상상은 죽은 자들의 얼굴 같아서 전부 뭉개버리고 싶"(「사랑하는 인형」)다.

상실을 견디는 삶이 고통스러워 스스로를 상실시키려 하지만 "인간은 자꾸만 죽는 일에 실패하"고, "세상에 남겨진 것은 푸른 중독"뿐일 때 그는 묻는다. "신은 무엇인가"(「염료공」)라고. 그 질문은 무능한 신, 무책임한 신, 없는 신을 향하고 있다. 신은 무엇인가? 신은 전쟁, 전염병, 집단 참사, 무수한 부조리들을 그저 방관할 뿐이다. 신이 제안하는 부활과 천국은 과연 있는 것일까? 신은 응답하지 않는다.

"신은 무엇인가?"라는 질문은 시인이 첫 시집 『108번째 사내』에서 제시했던 "고약한 냄새가 퍼지는 신전"(「네게 향유를」), "더러운 사원"(「푸른 눈」), "무너진 사원"(「사진」), "무너진 교회"(「골목에서 축제를」) 등 인간의 기도를 수용할 수 없는 종교 공간, 상징으로만 남은 무력한 신성(神性)의 이미지와 대응한다. 그때 시인은 "너무 많은 기도가 넘쳐나는 행성"(「푸른 눈」)인 산업화 자본도시에서 물신(物神)에게 절대자의 지위를 빼앗기고 몰락한 신을 그렸는데, 2020년의 신은 더 비참하다. 지금은 개신교 목사가 "하나님 까불면 나한테 죽어"라고 말하는 시대가 아닌가. 인간은 초월적인 신의 현현을 직접 경험하는 게 아니라 위로, 포용, 연대라는 공동체적 감각을 통해 회미하게 표상된 신의 이미지를 추종한다. 하지만 오늘날 종교이기주의는 성소수자와 미혼모, 팔레스타인 난민을 차별하는 데 앞장섰고, 세월호 희생자와 유족들을 외면했으며, 코로나 팬데믹 가운데 그 민낯을 여실히 드러냈다. 우리 사회에서 종교는, 신은 집단유대의 유지라는 사회적 기능을 완전히 상실한 것이다.

죽지 않는 세계에 대해서 써보자고 했을 때 너는 종교의 붕괴를 먼저 썼다

(중략)

나는 흩어져 있는 바닥의 돌들을 천천히 더듬었다. 삶만 영원히 계속되다니. 죽음이 없다는 충격. 우리는 점점 더 낮게 엎드렸다. 죽지 않는 서로의 이름을 쓰자. 너는 한참 동안 보이지 않는 펜을 꾹 움켜쥐고 있었다. 빛이 떨어질 때까지.

아무것도 쓰지 못하고 너는 내게 말했다. 얼마나 아프길래 너는 내 꿈에 나온 거니. 죽지 않으니 영원히 아픈 자. 절뚝거리며 내 꿈에서 나가줘. 네 옆에서 웅크리고 있던 나는 천천히 사방으로 뒹굴었다. 배가 아팠다. 낮게 떨어지는 것 없이는 빛도 어둠도 이름을 잃을까. 숲에서는 알 수 없는 것들이 계속될 텐데. 이럴 수가, 너무 당연한 말이잖아.

(중략)

붕괴해봤자 영원한 붕괴란 없다. 우리는 죽지 않고 신이 사라지
고 신 아닌 것들만 남아 있다. 너는 그림자처럼 일어나 긴 장화를 신
고 쓰레기를 밟았다. 네가 걸을 때마다 우리의 지하실은 점점 넓어
졌다. 우리는 어떻게 될까. 우리의 영혼이 다른 몸으로 갈아탄다면
　　　　　　　　　　　　　－「시인에게는 시인밖에 없다는 말」 부분

　위 시의 화자는 "신이 사라지고 신 아닌 것들만 남아 있"는 "종교의 붕
괴"가 "죽지 않는 세계"를 초래했다고 말한다. 종교의 붕괴란 결국 공동
체의 붕괴를 의미한다. 위로와 포용, 연대의 감각이 둔화된 소시오패스
사회에서 신은 이미 죽었다. 그러면 "우리는 어떻게 될까?" 기도해도 들
어줄 귀가 없고, 피 흘리는 손을 내밀어도 잡아줄 손이 없다. 종교의 붕
괴는 공동체의 붕괴를 초래했고, 이제는 사람이 사람에게 더는 위로와
연대를 기대할 수 없는 세상이다. 모든 종류의 희망을 '신'이라고 부른다
면, 신이 사라진 세상은 그 무엇도 소망할 수 없는 절망의 지옥이다.
　화자는 "삶만 영원히 계속되"는 고통에 몸서리친다. 상실의 고통이 계
속되는 삶, 상실을 채워줄 신이 부재한 세계에서 그는 "죽지 않으니 영원
히 아픈 자"다. 옥타비오 파스가 "우리로부터 죽음을 빼앗으면서, 종교
는 우리에게 삶도 빼앗는다. 영원한 삶의 이름으로, 종교는 이 삶의 죽음
도 확인한"다고 했을 때, "이 삶의 죽음"이란 죽지도 못한 채, 그렇다고
사는 것도 아닌 채 어떤 희망이나 기대도 없이 공허하게 눈 뜨고 숨만 쉬
는 상태, '죽은 삶'이라는 역설적인 존재양식을 의미한다. 살아도 사는 것
같지 않은 삶, 죽고 싶어도 죽어지지 않는 삶이란 얼마나 고통스러운 것
인가. 시인이 4.3 사건에 관해 쓴 시를 읽다가 나는 "살암시난 살앗주 사
난 살앗주"라는 제주어를 떠올렸다. 1931년생 부순녀 할머니가 2007년
3월 <4.3증언 본풀이마당>에서 한 말이다. 그는 1949년 1월, 제주 용

강에서 토벌대의 총에 다리를 맞고 평생 후유장애인으로 살았다. "살암 시난 살앗주 사난 살앗주"라는 말은 "살아지니까 살았지. 사니까 살았 지"라는 뜻이다.

다시, 시인이 열아홉 일기에 쓴 문장을 소리 내어 읽어본다. "이 세계 는 고통으로 가득 차 있다. 매일매일 망명을 생각한다." 이영주는 시집에 수록된 에세이에 "나는 고통으로 가득 차 있지만 고통을 벗어나기를 매 일매일 꿈꾼다. 행복해지고 싶다. 행복을 질병으로 분류해야 한다는 의 학계의 의견도 있다고 하는데, 그런 질병이라면 갖고 싶다. 그렇지만 행 복은 순간일 뿐이고, 쓰는 일은 계속된다. 언제까지일까? 쓰는 일. 무엇 인가를 쓰면서 늘 망명을 한다. 시는 나를 망명자로 만든다. 시는 망명자 에게 길이 된다"고 썼다.

이영주에게 삶이란 써지니까 사는 것, 쓰니까 사는 목숨이다. 세상의 고통을 압도하고도 남는 그 자신의 끔찍한 고통과 비참 속에서도 그는 끝내 타자의 손을 잡고 등을 쓸어주던 '언니'였다. 죽음으로 기울어지다 가도 타자를 사랑하는 쪽으로 방향을 바꿔 슬프고 약한 것들을 향해 기 꺼이 표류해온 아름다운 망명자였다. 망망대해에서 그가 의지한 "빛보 다 빛나는 어둠"은 바로 시였다.

나는 그를 한 번도 본 적 없다. 한 대학교에서 짧은 시간 같이 근무했 지만 마주치진 못했다. 학생들에게 한없이 다정한 분으로 알고 있다. 그 의 따스한 품에 기대 쓰는 일과 사는 일의 용기를 얻은 친구들이 많다고 들었다. 시가 시인을 망명자로 만든다면, 그의 다음 행선지는 행복의 나 라가 되기를, 고장난 자전거가 멀리 사라져 다시는 안 보이는 곳이기를, 나는 "시인에게는 시인밖에 없다"고 중얼거리면서 기도한다. 그가 정말 행복했으면 좋겠다

죽어가는 것들을 버리지 않는 저항의 마음

김승일 시 읽기

"공포와 대상은 하나가 다른 하나를 억압할 때까지 함께 전진할 것이다"
—줄리아 크리스테바

이것은 문제작이다. 사람을 불편하게 만들기 때문이다. 20년 전쯤 "시 따위나 쓰는 병신 새끼"(「즐거운 박 병장」)는 그런 말을 많이 들었을 것이다. "너는 왜 사람을 불편하게 만드냐"고. 20년이 지났지만 그는 여전히 불편하게 한다. 읽는 사람이 불편하면 쓰는 사람은 고통스럽다. 아니, 통쾌할지도 모르지. 이 시들은 씻김굿이니까. "그날의 기억으로부터 제대가 안 되는"(「그가 먼저 열고 갔으니 나는 문 밖으로」) "개새끼 씨발 새끼 개좆같은 새끼"(「폭력의 여유」)를 씻어주는 칼춤이니까. 그런데 씻기지가 않는다. 그가 씻지 않기 때문이다.

"개좆같은 새끼"는 칼로 제 배를 갈라 피에 젖은 내장을, 펄떡거리는 심장을 꺼내 보여준다. 마치 "아직도 상처 받을 수 있는 쓸모 있는 몸"(신기섭, 「나무도마」)임을 증명하듯이. 피가 낭자한 상처 앞에서 우리는 폭력의 민낯을 본다. 폭력의 형태가, 폭력의 방식이, 폭력의 표정이 이토록 다양함에 새삼 놀란다. 처음 마주한 세계인양, 잘 모르는 남의 이야기인 양 미간을 찌푸리다가 이것이 우리 모두에게 드리워진 '불편한 진실'임을 자각하는 순간 연민, 동정, 분노, 죄책감, 정의감, 공범의식 따위로 복잡해진다.

귀에 묻은 빨강은

배꼽에 칼집을 낸 이층집 누나를 그리는 데 꺼내 쓰고

가랑이에 묻은 주황은

바지를 내리게 하고 성기를 만지작거린 옆집 형을 그리는 데 꺼내 쓰고

가슴에 묻은 노랑은

마음이 죽은 아이들과 복도에 처연히 서 있는 데 꺼내 쓴다

(…)

울음 없는 자들이 고문과 감금을 용서하라고 한다
울음을 모르는 자들이 화해하라고 한다
화해라는 말은 역겨워

―「Vantablack」부분

다시, 이 시집은 문제작이다. 어째서 문제작이냐면 '우리는 모두 피해

자이면서 공범자'라든가 '그들은 가해자인 동시에 힘의 질서에 의해 폭력을 학습한 구조의 피해자'라는 식의 섣부른 화해, 손쉬운 데우스 엑스 마키나(Deus ex machina)를 비웃기 때문이다. 현상에 의미를 입히기 좋아하는 지식인들이 가해와 피해를 뭉뚱그려 '폭력'이라는 하나의 자장 안에 밀어 넣을 때, 김승일은 가해와 피해를 함부로 희석시키는, 터무니없게 후려치는 그 개소리들을 향해 갈가리 찢긴 제 상처를 내보인다. 상처 자국이 있는 한 피해자는 영원히 피해자이고, 가해자는 오직 가해자일 뿐이다.

김승일의 시는 의미가 아닌 감각의 시다. 통각이 먼저 오고, 의미는 나중에 온다. 사람 손만 올라가도 깨갱거리며 몸을 뒤트는 학대당한 개의 시다. 피멍과 소름과 통증과 홍조와 빈맥과 울음과 치욕스런 발기의 시다. 김승일의 시에서는 두려움이 입술을 열고, 상처가 노래한다. 수치심과 무력감이 말한다. "이해한다고? 공감한다고? 집어치워, 당신들은 아무것도 몰라." 분노와 적개심이 외친다. "당신들도 다 똑같아." 더 망가질 것도 잃을 것도 없는 이의 악다구니가 김승일 시의 화자다.

화가의 언어가 색채라면, 시인의 색채는 언어다. "귀에 묻은 빨강"과 "가랑이에 묻은 주황"과 "가슴에 묻은 노랑"은 모두 시인이 체감한 폭력이 색채 이미지로 정신에 각인된 PTSD(외상 후 스트레스 장애)라 할 수 있다. 얼굴을 맞으면 번갯불이 번쩍거리고, 눈을 얻어맞으면 망막에 검은 바다가 고이고, 코를 맞으면 땅바닥으로 떨어지는 코피가 붉은 폭죽을 터뜨린다. 김승일은 그가 겪은 모든 폭력의 색채를 언어로 바꿔내고 있다. 얼마나 고통스러운 작업인지, 감히 안다고 말을 보탤 수 없다. 사람들은 끔찍하게 찢어진 상처를 차마 못보고 눈을 감지만, 귀를 찌르는 비명소리에 귀를 막지만, 나를 포함해 이 시집의 독자들은 똑바로 봐야 한다. 귀를 가까이 대야 한다. 단지 그것만으로도 연대가 가능한, 한없이 작고 부드럽고 깨지기 쉬운 세계가 있기 때문이다.

1. 폭력을 행사하는 건 남자

발가벗고 서 있었다 불 꺼진 부식창고 안에서 모든 울음을 새어 나오게 하는 기술이 발명되었다 통증과 수치를 삽처럼 쥐고 희망을 토막 내 죽였다 우리 사이에 수십 가지의 비밀이 만들어졌다 끈끈이에 들러붙은 쥐, 승일아 손으로 뜯어내봐 고통이 흘러나왔고 맨손으로 만졌다 더러운 새끼, 뼈도 없는 새끼 엎드려 이 씨발 새끼야 (담배에 불붙이는 소리) (담배가 타들어가는 소리) 시랑 콩이나 깠었다며? 대답하라고 이 개새끼야 생산과 착취와 재분배의 이름으로 잔인한, 그의 이름이 새겨진 화이바로 내 머리를 내리쳤다 허락도 없이 옷속으로 손이 들어와서 폭력을 행사하는 건 남자였다 어떤 식으로든 계급이 높은, 남자였다 내 관물함을 뒤져 읽었던 그가 다시 물었다 시랑 콩이나 까고 있었다며? 응? 나는 점점 주체가 되어간다고 생각했다 나는 점점 모욕이 가능하도록 벌거벗은 주체가 되어간다고 생각했다 쓰는 나는 명령하는 잠이 쏟아지고 쓰는 나는 시키는 대로 엎드리고 쓰는 나는 귓속으로 아무 소리나 들어오는 평생을 안고 죽을 자리를 파고 있었다 귀가 마음대로 쑤셔 박히는 날이 많았다 욕설처럼 오고가는 극적인, 온몸으로 저항하는 온몸의 거부 반응 팔다리에 붉은 반점이 돋아나서 내게서 떠나지 않는 가혹한 꽃들이 영원처럼 빠른 기차를 타고서도 영원처럼 이어지는 철로, 아무것도 할 수 없는 순간이 있었다 고개를 틀고 통증이 어디서 비롯되는지를 놀라 돌아보는 일과 속에서 미친 꽃들이 검은색으로 지나갔다 나는 미치지 않기 위해 웃었다 나는 죽지 않기 위해 울었다 죽고 싶지 않아요 죽고 싶지 않아요 새겨진, 나는 죽지 않기 위해 다시 울음을 멈추었다 살고 싶지 않은 모든 순간이 나의 얼굴 윤곽에서 거미새끼들처

럼 쏟아져 나오는 것을 말없이 보았다 내가 결정적인 순간에 왜 담
배 피는지 알아? 너 같은 새끼를 진짜 죽일까 봐

무수한 주먹을 다 받아들이면 그게 마침표였다 오늘의 문장이
완성되었다
— 「김 병장의 제안」 부분

이 시집을 최근 화제가 된 넷플릭스 드라마 <D.P.>와 연계해서 읽는
건 시의성 면에서 적절하다. 드라마는 군대 내 가혹행위와 성폭력, 온갖
부조리함을 생생하게 묘사하면서 군대를 경험한 남성 시청자들의 트라
우마를 건드렸다. 드라마에서 조석봉 일병은 폭력의 피해자다. 입대 전
순박한 미술학원 선생님이었던 그는 선임들의 가혹행위에 시달리면서
점차 폭력을 학습한다. 폭력에서 벗어나는 방법은 역설적이게도 폭력 안
으로 들어가는 것이다. 부당한 힘에 동조하는 것, 그것이 양심과 정의에
반하는 일이라도 구조에 편입하는 것만이 폭력의 피해자가 스스로를 구
원하는 길이다.

조석봉은 후임 병사들을 집합시켜 얼차려를 준다. 그러자 이등병 중
고참인 안준호 이병이 만류하고 나선다. 폭력의 대물림을 끊자는 안 이
병의 말에 조석봉이 답한다. "네가 뭘 얼마나 맞았다고. 디피라서 부대에
있지도 않았으면서"라고. 조석봉의 이 대사는 군대의 위계질서, 나아가
폭력의 메커니즘이 어떻게 구동되는지를 잘 드러내준다. 군대에서 남성
들은 함께 구타당하면서 공동체의 유대감을 획득한다. "맞아야 정신차
린다"는 말을 당당하게 할 수 있으려면, 후임들에게 권위 있는 선임이 되
려면 먼저 충분히 맞아야 한다. 군대 내 구타와 가혹행위는 일종의 통과
의례 성격을 띤다. '마음의 편지'를 쓰거나 탈영을 해서 학대를 회피하는

것은 낙오자가 되는 일이다. 맞아야 때릴 수 있다. 폭력을 계속 유지시키는 메커니즘이란 결국 '폭력을 특별하게 하기'다.

폭력 없는 온실에서 자라난 남성과 적당한(?) 폭력을 겪으며 자라난 남성을 바라보는 남성 지배질서 사회의 시선은 그 온도차가 극명하다. 얼마 전 국방부의 홍보 영상이 논란을 일으켰다. 문제가 된 건 "군대라도 다녀와야 어디 가서 당당하게 남자라고 이야기하지"라는 대사. 군대에 다녀오지 않으면, 혹은 군대를 갔다 하더라도 '제대로' 군 생활을 해내지 못하면 남자가 될 수 없다는 게 국방부의 논리다. 이것은 우리 사회의 보편 통념이기도 하다. 한국 남자들은 어릴 적부터 '용인된 폭력'을 배운다. 합법적 폭력이라는 말은 모순이지만, 관습 안에서 폭력은 얼마든지 합법적이고 순수할 수 있다. 동생이 두드려 맞고 오면 보복해줘야 한다. 어떤 상황에서도 여자 친구를 지켜야 한다. 이때 폭력은 정당화된다. 보복하지 못하면, 지키지 못하면 "씨발 듣보잡 새끼"(「대학원, 김뱀이 먼저 와 있었다」)가 되는 게 페니스 파시즘의 세계다.

오늘도 군인들은 "아름다운 이 강산을 지키는 우리. 사나이 기백으로 오늘을 산다. 포탄의 불바다를 무릅쓰고서 고향땅 부모 형제 평화를 위해. 전우여 내 나라는 내가 지킨다. 멸공의 횃불 아래 목숨을 건다"(군가 '멸공의 횃불')고, "겨레의 늠름한 아들로 태어나 조국을 지키는 보람찬 길에서 우리는 젊음을 함께 사르며 깨끗이 피고 질 무궁화 꽃이다"(군가 '전우')라고 노래한다. '사나이 기백'과 '늠름함'은 '아들'의 필수조건이며, 지키고, 목숨을 걸고, 젊음을 사르는 것이 곧 보람찬 길이다. 군대는 '보복할 수 있는 남성', '지킬 수 있는 사나이'를 양성하는 곳이다. '적'을 응징하고 도륙하는 합법적 폭력을 체화한 '전사'를 길러내기 위해 교육적 폭력, 순수한 폭력이 적극 권장된다. 김현은 『르네 지라르 혹은 폭력의 구조』에서 "순수하고 합법적인 폭력과 불순하고 비합법적인 폭력 사이에는 차이가 있으며 합법적 폭력의 초월성은 나쁜 폭력의 내재성을 이겨낼 수 있다고 믿어야 한 사회는 유지될 수 있다"고 말했다. 군대는 불순하고 비합법적인 폭력을 순수하고 합법적인 폭력으로 만들면서 초월성을 부여하는 집단이다.

이 초월적 폭력의 피해자로 남지 않으려면 방관자, 가해자, 투사 중에서 선택해야 하는데, 방관자는 피해자이자 가해자이기에 이중으로 괴롭고, 투사는 아무나 할 수 있는 게 아니다. 특히 군대라는 폐쇄적 조직에서는 더욱 힘들다. 가장 쉬운 게 가해자 되기다. 방관자도 결국은 가해자 쪽으로 기울어진다. 조석봉은 가해자가 되는 쪽을 택했으나 가해의 질서에 적응하지 못한 채 투사로 전환한다. 부대를 탈영해 전역한 선임을 찾아가 복수하지만, 투쟁의 결말은 비참한 총기자살로 맺어진다. 폭력의 대물림에서 이탈하고, 폭력의 구조를 깨뜨리기 위해 몸부림치며 저항했지만, 결국 스스로를 가장 끔찍한 폭력의 과녁으로 만들며 죽을 수밖에 없던 것이다.

예기치 못한 반작용에 구조는 잠깐 흔들리겠지만, 아무 일도 없었다는 듯 이전보다 더 견고해질 것이다. 그것이 "아버지의 아버지의 아버지가 회번덕거리는 역사"(「살래와 샬레―영외자 숙소, 손자와 아들과 아버지 그리고 작은 방」)이므로. 이 역사 안에서는 결국 가해자와 가해자가 되어가는 피해자만 남게 된다. 가해자로의 변태를 거부하고 피해자로 머물거나 감히 투사가 되기를 선택한다면, 남성 지배질서는 그를 희생양으로 삼아 먹어치우거나 뱉어낸다. 구조에 저항하거나 편입하는 대신 피해자로, "시 따위나 쓰는 병신 새끼"(「즐거운 박 병장」)로 남은 김승일 시의 주체는 "모욕이 가능하도록 벌거벗은 주체", "밟아 죽여도 되는 벌레(「일등병, 세헤라자데」)"로 신나게 희생된다.

속죄양은 공동체를 통합시킨다. "상호적 폭력에서 일인에 대한 만인의 폭력으로의 이행이 바로 모든 문화의 기원"이라는 김현의 말을 상기하면, 한 사람에 대한 다수의 폭력이 "연대하여 자꾸자꾸 더 큰 개새끼의 무리를 차출"(「울음의 역사」)하는 군대는 폭력 그 자체이자 우리사회에 내재된 모든 형태의 폭력을 함의하는 은유이기도 하다. 상급자들의 성폭력과 피해 사실을 은폐하는 내부의 거대한 부조리함을 견디지 못하고 스스로 목숨을 끊은 이예람 중사를 비롯해 군대에서 남성에게 짓이겨진 여성들의 사례를 추가하자면, 군대라는 집단의 특수성은 한국사회를 지배하는 남성중심의 젠더 권력으로 확장된다. 이 남성중심 젠더 권력, 즉 페니스 파시즘이 속죄양의 배를 갈라 피를 받는 섬뜩한 제의를 우리는 자주 목격한다. 故변희수 하사에게 쏟아진 댓글의 십자포화, 일인에 대한 그 만인의 폭력은 참으로 잔혹하지 않았나.

2. 긴 뱀이 뱀을 물고

주민증을 받은 학생들이 차례로 兵이 된다 病이 된다 毒이 된다 꼬리에 꼬리를 문 뱀은 참으로 길구나 자살자들이 가로수처럼 박혀 있어 내가 거쳐 온 학교, 복도에서 외친다 지금 공부보다 중요한 것들이 있어요 교과서보다도 더 오래, 새까만 가슴을 들여다보고 있는 학생들이 있어요 그 학생들이 들들들 작동을 멈추면 어디로 갈까요? 쉬는 시간에 교실을 다녀보세요 괴롭힘을 당하는 학생들이 자꾸 생겨나요 돈을 빼앗기는 학생들이 해마다 늘어나요 내 눈에는 보이는데… 바쁘다는 선생, 바쁜 일이 있어서 그만, 동료 선생과 함께, 계단을 내려가면서 내 이야기를 비웃는다 나를 보고 힐끔, 웃는다 어디서 많이 본 웃음 참으로 길다 뱀은 토막을 내도 플러스 마이너스 플러스 마이너스 물고, 강제로 주입되는 전류, 학생들의 독기에 불이 켜진다 군사교육과 입시교육은 다른 뱀이다 어디에서 갈라져

나왔나 김뱀은 지금 어떤 뱀의 아가리에 물려 있나 나를 때린 친구는 어떤 꼬리에 박혀 있을까 교실에서 외친다 특강 시간에, 한 학생이 손들고 나에게 질문한다 그런데 교육을 사정없이, 아니 사족 없이 받아온 선생님도 혹시 뱀이 아닌가요?

—「김뱀이 김뱀을 물고, 긴 뱀이 긴 뱀을 물고—
우린 언젠가 다시 만나」 부분

시인은 폭력의 기억을 "자살자들이 가로수처럼 박혀 있어 내가 거쳐온 학교"로 옮겨온다. 그는 한 매체 기고문에 이렇게 썼다. "나는 학교폭력을 넘어 군대폭력의 피해자이기도 했다. 내 인생에 왜 그렇게 많은 폭력이 끼어들었을까. 내 인생에는 예상치도 못한 폭력들이 허락도 없이 벌컥 들어왔었다. 나는 그래서 폭력적인 것에 예민한 반응을 보일 수밖에 없는 사람이 되었다"[1]고. 어떤 이는 그에게 이렇게 말할 지도 모르겠다. "네가 예민하기 때문에 폭력을 잘 감지하는 거"라고, "그 정도는 폭력이 아닌데 네가 폭력으로 받아들이니까 폭력이 된다"고, "네가 약하니까 폭력 아닌 것도 폭력"이라고.

과연 약하고 예민한 그의 세계에서만 폭력이 생육하고 번성하는 것일까? 위 시의 화자가 "내 눈에는 보이는데…"라고 말할 때 그는 뭐에 씐 사람처럼 실체가 없는 허깨비로서의 폭력을 보는 것일까? 그렇지 않다. 폭력은 어디에나 존재한다. 공기처럼, 빛처럼 모든 시간 속에, 모든 공간 안에 항존한다. 그런데 우리가 보지 못할 뿐이다. 폭력을 폭력이라 인식하지 못하도록 가르치고 배워왔기 때문이다. 학교는 때때로 폭력의 고등교육기관이다. 밀양 여중생 집단 성폭행 사건, 故홍성인 군 폭행 살인 사

---

1) 김승일, 「'학폭' 피해자인 시인이 교문 앞에서 시를 낭독했습니다」, 오마이뉴스, 2020년 9월 22일.

건 등은 모두 학교 안에서 이뤄졌고, 학교는 피해자의 절규가 담장을 넘지 못하도록 덮고, 찍어 누르고, 묻었다.

폭력이 순환한다. 폭력은 제 꼬리를 삼켜 무한의 원을 이루는 뱀 우로보로스처럼 처음도 끝도 없이 이어진다. 군대 밖에도 군대가 있다. 제대했지만 여전히 군대다. "그날의 기억으로부터 제대가 안 되는"(「그가 먼저 열고 갔으니 나는 문 밖으로」) 트라우마의 문제가 아니다. 군대 밖에는 학교라는 이름의 군대, 사회라는 이름의 군대, 국가라는 이름의 군대가 있다. 그곳들은 모두 "긴뱀이 긴뱀을 물고, 긴 뱀이 긴 뱀을 무"는 순환의 세계다. '뱀'은 "병장님"을 빠르게 발음하는 군대 은어다. "군사교육과 입시교육은 다른 뱀"이지만 결국 한 마리 뱀이다. 이 뱀은 쌍두사다. 문단에도 뱀 대가리가 있고, 대학원에도 뱀 대가리가 있다. 교회에도, 아파트단지에도, 심지어 어린이집에도 뱀 대가리가 새빨간 혀를 날름거린다. 메두사의 머리카락 같은, 개별이자 총체인 이 수천, 수만의 뱀들은 어디서 기어오는 걸까? 지긋지긋한 뱀들의 돌림노래, 끝이 없는 이 돌림폭력은 왜 되풀이되는 걸까?

"공포가 신을 만들어 낸다"(「우리, 미안하다고, 하자」)는 아포리즘에 주목할 필요가 있다. 이 문장에는 비의가 있다. 그래서 다시, 이렇게 읽는다. "(비정상에 대한) 공포가 (정상성이라는) 신을 만들어 낸다"라고. 레비 스트로스는 역사 이래 인류의 가장 큰 고민이 타자성을 어떻게 처리할 것인가의 문제였다고 지적한 바 있다. 폭력은 결국 정상성 개념에 의해 발생한다. 동일성의 원리로 만들어진 정상성은 타자의 본질적인 이질성을 '비정상성'으로 규정해 배척한다. 먹어치워 동화시키거나 뱉어내 추방한다. 학교든 군대든 한 집단의 구조화된 정상성 개념이 동일성의 질서를 이탈하는 소수자들을 억압할 때 학살이 발생한다. 다수가 소수를 구타하는 것을 정의롭고 성스러운 싸움으로 여기면서 만장일치로 한 사람을 단죄한다. 시인은 "시 따위나 쓰는" 게 비정상이라서 맞은 것이다. "남자 새끼가 젖가슴이 있"(「폭력의 여유」)는 게 정상성을 위반하는 비정상이라서 맞은 것이다.

정상성 개념이 신화가 될 때 폭력이라는 괴물은 거대한 공장을 세운다. 각각의 설비는 획일화, 구조화, 동일화, 전체주의, 아브젝시옹 등으로 세분화된다. 폭력의 컨베이어벨트가 끊임없이 순환할 수 있는 것은 정상성이라는 왜곡된 신화를 지키기 위해 침묵, 방관, 은폐, 왜곡이 유기적으로 톱니바퀴를 이루기 때문이다. 한 사람을 희생시켜 기어이 체제의 톱니바퀴에 갈아 넣는 것. 그것이 나머지 다수를 덜 피곤하게 하는 효율이다. 효율의 다른 말은 "좋은 게 좋은 거"다. 그 좋은 게 좋은 거를 위해서, 군대가 군대일 수 있게, 학교가 학교일 수 있게, 대학원이 대학원으로 계속 가동될 수 있게 비명소리, 신음소리, 절규, 호소 따위는 절대 끼어들면 안 된다. 그래야 톱니바퀴가 계속 돌아가므로.

폭력 공장의 관리자에게는 설비의 작동을 멈출 수 있는 힘이 있지만, 그들은 하지 않는다. "괴롭힘을 당하는 학생들이 자꾸 생겨나"고 "돈을 빼앗기는 학생들이 해마다 늘어나"도 관리자인 교사들의 관심은 오직 입시라는 생산성에만 있을 뿐이다. "바쁘다는 선생", "바쁜 일이 있어서 그만" 외면하는 선생, "동료 선생과 함께" 방관하는 선생, "내 이야기를 비웃는" 선생은 모두 폭력의 마름이다. 이건 점잖은 말이다. 그들은 폭력의 하수인, 폭력의 개다. 아니 그냥 개새끼들이다. 그렇다면 그 개들에게 길들여져 전체주의에 순응한 나는? 당신은? 우리는? 시인은 묻는다. "너도 방관했잖아 씹새끼야 (…) 너는 아닌 것 같니?"(「내러티브 욕조—射路에서」)라고. "아버지… 씹새끼 너는, 입이 열 개라도 말 못해"(이성복, 「그 해 가을」)라던 이성복의 절규에서 "아버지 씹새끼"는 직접 주먹을 휘두른 폭군이지만, 우리는 방관과 침묵이라는 칼로 죽어가는 이를 확인

사살한 비무장의 무장군인이다. 공범자이고 똑같은 씹새끼들이다.

학교라는 이름의 군대, 군대라는 이름의 학교, 대학원이라는 군대, 뱀, 뱀, 뱀들…… 기성 체제의 충실한 시민으로 순응의 논리를 내세우는 이들이 절대다수인 사회에서 폭력의 순환구조는 계속 유지될 것이다. 제도권에서 행해지는 모든 형태의 '교육'은 결국 획일화된 집단적 정상성 안에 개인을 순치시키는 과정이다. 거기서 소수자를 지지하고 그들과 연대하려는 노력은 속된 말로 "인생 조지는" 지름길이다. 그게 두려워 다들 방관하는 동안 아무것도 바뀌지 않는다. 조석봉 일병은 말한다. "저희 부대에 수통 있지 않습니까. 거기 뭐라고 쓰여 있는지 아십니까? 1953년. 6·25 때 쓰던 수통도 안 바뀌는데 무슨."

3. 널 혼자 두지 않을게

실패를 풀어놓고 있었다

출구를 상상하고 있을 때

실패를 꼭 쥐고 있었다

나는 나의 실패가 그린 그림을 헤아리면서

울음의 포화 속을 걸어나와야 한다

시작과 끝이 다 다른 키스

시작이 끝에 다다른 키스

모든 도망과 탈출과 증발과 비로소
구원까지 사라지고

입구와 출구가 다 다른 키스

입구가 입구에 다다른 키스

나는 나의 폭력을 폭력이라고 처음 발음해본다

나는 나의 사랑을 사랑이라고 처음 갈음한다
　　　　　　　　　　　　　─「나는 미로와 미로의 키스」 전문

시인은 "그날의 기억으로부터 제대가 안 되는 생존 병사"다. 그날의
기억으로부터 제대하지 못했지만, 중요한 건 그가 '생존 병사'라는 사실
이다. 그가 제 발로 트라우마를 향해 재입대하는 것은 두려워하고, 아파
하고, 외로워하고, 주저하고, 망설이는 그때의 '나'를 혼자두지 않게 하려
함이다. 그날의 기억을 직면하고, 집단 폭력의 희생양인 그 시절 자신의
눈망울을 들여다보면서, 아직도 떨고 있는 '나'와 연대하려는 것이다. 과
거의 '나'를 향해 손을 뻗을 때, 공포는 더 이상 그를 억압하지 못한다. 이
제는 오히려 그가 그의 공포를 억압한다.

앞에 인용한 매체 기고문에서 김승일은 "그 시절 나에게 없었던 것은
저항의 마음이었다. 도대체 어떻게 그렇게 무지막지한 심리적, 물리적
폭력을 향해 저항할 마음을 가질 수 있었겠는가. '제발, 그만 좀 해줄 수
없을까?'라고 개미만 한 목소리로 애원하는 것마저 더 큰 모욕으로 다가
와 가슴을 치는, 피해자만 사람인 현장에서, 어떻게 저항이란 개념을 떠
올릴 수 있을까"라고 말한다. 그러면서 "저항의 정신은 생활 속에서 내

재화되"어야 한다고 주장한다. 소수자와 약자들이 저항의 마음을 가지려면, 저항의 정신을 생활 속에 내재화하려면 "폭력을 폭력이라고 처음 발음해보"는 용기가 필요하다. "사랑을 사랑이라고 처음 갈음하"는 연대와 손잡아야 한다. 그 어려운 용기를 북돋기 위해서, 홀로 고립되어 있지 않음을 알려줄 연대의 감각을 위해서, "살리는 세계를 만나"게 해주기 위해서 김승일은 약속한다. "우리는 결코 우리를 막 다루지 않을 거야"(「Vantablack」)라고, "널 혼자 두지 않을게"('시인의 말')라고.

"나를 팼던 선배… 나를 죽일 뻔 했던 선배는/ 사람들 사이로 아무렇지 않게 돌아와 있다/ 사람들 바깥에서 방관자 둘과 함께"(「수학의 정석」) 있는 "그들을 다시 만나야 한다면/ 그들을 다시 만나러 가야지"('시인의 말') 말하는 시인의 용기는 단호하다. "내가 응시할 때만 모욕은 모욕처럼 행동한다"(「이중슬릿실험」)는 것을 이제 알기에, 때로는 훈육이라는 이름으로, 때로는 사랑이라는 거짓말로 저질러진 학대와 착취, 가스라이팅의 민낯을 똑바로 보겠다는 것이다. 폭력의 가해자와 방관자들에게 진짜 모욕과 수치를 돌려주겠다는 것이다. 폭력이 얼마나 잔인하고 비열한 짓인지, 얼마나 쓰레기 같은 짓인지 깨닫는 순간, 그날의 기억으로부터 제대가 안 되는 것은 이제 그들이다. 과거의 악행 속에서, 죄책감과 후회 속에서 평생 괴로워하리라. 그러나 극한까지 독하지는 못한 시인은 "두려움이 썩어 혐오가 되지 않게/ 태양을 맨눈으로 보"(「심장이 뛰는 곳, 여기가 조금씩, 변하고 있다는 걸 알았니?」)려 한다. 인정하기 싫지만, 때로 가장 통쾌한 복수는 용서다. 처절한 응징보다 "나는 너희처럼 하지 않겠다"는 반면교사의 성숙한 관용이 끝내 승리하는 것이다. 공포가 아니라 오직 사랑이 신을 만든다.

연약해지는 이에게 강함을 강요하는 세계는 너무 낡고 오래되었다. 시인은 "내가 연약해지는 만큼 함께 연약해지는 세계"를 개척하는 중이다. 그 세계에서 "부서지기 쉬운 것들"(「1541 콜렉트콜」)을 끌어안으려 한다. '1541 콜렉트콜'은 수신자 부담 전화다. 상대방이 완전하게 수용해 줘야만 교류가 가능한 비대칭의 관계망이다. 타자에 대한 무한 수용과 무한 책임, 그것이 바로 타자 윤리다.

> 시는 힘센 것들을 따르지 않는다
> 연약한 것들을 더 연약하게 할 때
> 시는 죽어가는 것들을 버리지 않는다
>
> (…)
>
> 지금, 여기서 사라져가는 시의 영향력
> 여기서 끈질기게 살아남는 시라는 이름의 영향력
> ─「시는 시를 짓밟지 않는다」 부분

타자 윤리 실천의 뜨거운 방법론으로 김승일은 시를 제시한다. "시는 시를 짓밟지 않는다"는 믿음, 시에는 어떤 폭력도 억압도 착취도 공포도 없다는 순정한 신앙이 그를 여기까지 걸어오게 한 힘이다. "힘 센 것들을 따르지 않는" 시만큼은 위계, 경력, '짬' 따위 세속 권위와 정상성 개념에 점령되지 않기를 바라는 시인의 소망은 위태롭기만 하다. "지금, 여기서 사라져가는 시의 영향력"을 지켜보는 것은 괴롭지만, 끝끝내 "끈질기게 살아남는 시라는 이름의 영향력"을 향해 우리가 손을 모을 때 "시는 죽어가는 것들을 버리지 않는"다. 이 무모하고 가없는 순수한 운동을 위해, "사랑을 사랑이라고 갈음하"면서 "죽어가는 것들"을 살리는 슈퍼 히어로 시인을 위해 나도 두 손을 든다. 어디선가 <드래곤볼> 속 손오공의 대사가 들리는 듯하다. "지구인들아, 나에게 기를 조금만 나눠 줘!"

뼈가 되어 돌아온 사람들

신용목, 송승언, 황인숙의 시

개인적인 이야기로 글을 연다. 엄마는 부모를 일찍 여의었다. 6남매 맏딸로 가장이나 다름없었다. 엄마와 이모들, 외삼촌은 부모 없이 형제끼리 끈끈해져선지 고향을 떠나서도 한 동네에 살고 있다. 그런데 얼마 전 외할머니 묘지 이장 문제로 형제끼리 다툼을 벌였다. 다들 어려운 형편에 비용도 부담스럽고, 누구 한 사람이 땅끝 해남과 완도까지 오가며 작업을 주도하기도 쉽지 않았을 것이다.

서로 마음 상하기도 했지만 결국 뜻을 모아 합장을 잘 마친 듯하다. 외할머니는 전남 완도의 도로변 야산에 묻혀 계셨는데, 외할아버지가 계신 해남의 양지바른 묘역으로 옮겨 누워 다시 긴 잠에 드셨다. 이장을 위해 묘를 파보니 물이 차 있고 나무뿌리가 유골을 감고 있더란다. 그땐 너무 어린데다 먹고사는 일이 캄캄해 합장은 생각도 못하고 그냥 가까운 곳에 묻어드렸는데, 그대로 40년이 지났다며 엄마는 안타까워했다.

외삼촌으로부터 이장 작업하는 사진을 몇 장 받았다며 스마트폰을 내밀어 내게 보여주었다. 조금도 훼손되지 않은 틀니 사진에 한참 눈이 멈췄다. "40년 전에 해드린 건데 썩지도 않고 그대로 있다"며 엄마가 아이처럼 환하게 웃었기 때문이다. 우리 세대는 스마트폰에 부모님 사진 저장해놓고 아무 때나 볼 수 있는데, 엄마는 널브러진 뼈 몇 점과 오래된 틀니 사진으로만 엄마를 추억하는 것이다. 흙 묻은 채 흩어진 뼈들을 보면서 엄마는 "우리 엄마" 했다.

뼈를 품에 안고 울거나 웃는 사람을 생각한다. 언젠가 봤던 5.18 관련 다큐멘터리에서, 17년 만에 망월동 신묘역으로 희생자들의 유해를 이장하던 날, 한복을 곱게 차려 입은 노파가 아들 무덤가에 앉아 살아있는 손발을 어루만지듯 마른 뼈를 쓰다듬으며 솔질하던 장면이 잊히지 않는다. 울면서 아들 이름을 부르다가, 목욕시켜 새 집에 눕히는 게 좋다고, 노파는 웃었다.

세월호 인양 작업 중 희생자 유해로 보이는 뼈가 발견됐으나 돼지 뼈로 판명된 해프닝이 있었다. 뼈가 발견됐다는 소식에 유가족들은 물론 미수습자들이 돌아오길 바라는 많은 국민들도 함께 긴장했지만, 돼지 뼈라는 것이 밝혀지자 다들 허탈해 했다. 작은 뼈 하나에도 울고 웃으며 삶이 솟구쳤다가 추락하는 사람들이 아직 저 바닷가에 있다.

아담이 이브에게 처음 한 말이 "너는 내 뼈 중의 뼈"다. 뼈는 평범한 물질이 아니라 존재 자체다. 살은 썩어 없어져도 뼈는 수 세기 지나도록 그대로 남기 때문이다. 커다란 슬픔이나 트라우마, 회한을 두고 "뼈아프다"고 하는 것은 하나의 은유로서, 치료하면 낫는 살, 즉 육체의 고통이 아닌 자신의 전존재가 뿌리째 흔들리는 아픔을 의미한다.

낮 동안
낮게 끌려다니던 그림자가
밤이 되자, 나를 커다란 보자기로 싸서
들고 간다.

그림자는 어느 생에서 내가 절벽으로 밀어버린 연인이었을 것이
다. 어느 날,
몸을 잃고 흘러다니는 물일 것이다.

너무 부드러워

손을 저어도 느껴지지 않는 어둠의 살,
차가운

잠의 구멍으로 나는
꿈을 본다.

물속에 빠져도 낮은 낮이고 밤은 밤인데, 사람은 왜 시체일까? 잠
속에 빠져서
꿈은 시체의 삶일까? 꿈속에 빠져서

어둠 속에서도 모두가 색깔을 가지고 있는 것이 신비로웠다. 만
지지 않는데도 느낌이 남아 있다는 것이
죽은 후에도 이름을 가지고 있다는 것이
아름다웠다.

삶은 시체의 꿈일까? 불을 켜듯
누군가 그의 이름을 부르고……

언제나 부르는 사람의 바닥이 가장 깊어서 그 아래 낮에도 고여
있는 밤처럼,

꿈처럼
그의 대답이 들리고…… 어디야? 물에서 빠져나오듯 잠을 깨 두
리번거리면,
미처 물에서 빠져나오지 못한 목소리처럼
듣는

빗방울,

빗방울에도 얼굴이 있다는 것이 신비로웠고, 목소리에도 해변이
있다는 것이 아름다웠다.

─신용목,「그림자 섬」전문
(『시인동네』 2017년 5월호)

마침내 세월호가 물 위로 떠올랐다. 수색 작업을 통해 단원고 허다윤
양과 고창석 교사의 유해가 수습되어 가족 품으로 돌아갔다. 희생자 유
해 수습은 시인들에게도 큰 감각적, 관념적 인상을 준 듯하다. 지난 계절
에 읽은 시들 중에 삶과 죽음을 육체 형상의 존재와 부재로 의미화한 작
품들이 눈에 띄었다. 형체의 변형이나 소멸을 '죽음'이라고 명명할 수 있
을까. 형체를 잃고 전혀 다른 모습, 다른 물질이 되어 돌아온 '존재'를 통
해 지옥처럼 캄캄한 '부재'를 비로소 메우게 된 사람들을 보며 다행이라
고 해야 할지, 비극이라고 해야 할지 섣불리 말하기가 어렵다.

위의 시에서 '그림자'를 '뼈'로 바꿔 의도적인 오독을 해본다. 그림자와
뼈 모두 육체라는 '형상'의 '하위체계'에 해당한다. 거칠게 말하자면 몸이
거느린 '부속'들이다. 차이가 있다면 그림자는 비물질이고 뼈는 물질이

라는 점이다. 그러나 둘 다 '몸'이라는 원관념의 은유로 기능한다. "몸을 잃고 흘러다니는 물"이라든가 "손을 넣어도 느껴지지 않는 어둠의 살"이라는 진술은 그림자를 잘 형상화하고 있지만 뼈의 이미지로도 충분하다. "물속에 빠져도 밤은 밤이고 낮은 낮인데 사람은 왜 시체일까?"라는 물음은 날카롭게 숨골을 파고든다.

"만지지 않는데도 느낌이 남아 있"고, "죽은 후에도 이름을 가지고 있다"는 것이 그림자와 뼈의 속성이다. 뼈는 만질 수 있던 '살'이 사라지고 남은 것이지만 그것을 만지면 여전히 본래의 질감이 느껴지는 듯하고, 예전의 형상은 온데간데없으나 바라보고 있으면 늘 부르던 이름이 외쳐진다. "미처 물에서 빠져나오지 못한" 뼈가 마침내 빠져나왔을 때, 뼈를 보며 이름을 "부르는 사람의 바닥이 가장 깊"었을 것이다. "빗방울에도 얼굴이 있다"고 느껴지던 오랜 기다림이 이제 좀 편안해질는지 모르겠다.

> 반쯤 파괴된 동상
> 모두 사랑했던 동상
>
> 사랑하던 사람들 다 가고 손가락질하던 사람들 다 가고 그 후손
> 들 다 가는 이후에도
>
> 반쯤 파괴된 채 남은 동상
> 아주 파괴되지는 못한 동상
> 동상에게 동상의 외로움 있겠지
> 동상에게 동상의 슬픔 있겠지
>
> 그러나 피도 눈물도 없는 동상
> 그러나 핏자국은 눈물 자국은 있는 동상

이전을 아는 사람들이 만든 이전은 모르는 동상
이후를 사는 사람들에게 자신도 모르는 이전을 가르쳐주는 동상

이제 가르칠 사람이 없는 동상
친절한 동상 슬픈 동상

없는 시간을 사는 동상
아닌 시간을 사는 동상

있어볼 만큼 있어본 동상
슬슬 없어도 되겠지만 없어질 수 없는 동상

사라진 누군가를 모델로 한 누군가의 모델인 동상
누군가가 잊힌 뒤에도 잊힌 누군가의 모델인 동상

그런 동상이 나 본다
반쯤만 인간인

　　　　　　　　　　　　　　　－송승언, 「반쯤 인간인 동상」 전문
　　　　　　　　　　　　　　　　　　（『현대시』 2017년 4월호）

　동상은 "이전을 아는 사람들"이 "이후를 사는 사람들"에게 "이전을 가르쳐주"려고 세우는 것이다. 과거의 어떤 일을 기억하기 위해, 기억시키기 위해 사람들은 동상을 만든다. 그러나 정작 동상은 "이전은 모르는 동상"이다. 후대의 사람들에게 "자신도 모르는 이전을 가르쳐주는 동상"이다. 이는 동상에 대한 탁월한 해석이자 잠언이다.

　이 시에서도 '동상'을 '뼈'로 바꿔본다. "반쯤 파괴된 뼈", "모두 사랑했던 뼈"로 읽으니 온전치 못한 상태로 발견됐다는 희생자 유해가 떠올라

마음 아프다. 학생들을 뼈로 만든 건 어른들의 탐욕과 국가의 부재와 사회의 부조리함이다. 결국 사람들이 그들을 뼈로 만들었다. 정작 학생들은 왜 자신이 뼈가 되어야 했는지, 자신을 뼈로 만든 게 누구인지 알지 못한다. 그러므로 "이전을 아는 사람들이 만든 이전은 모르는 뼈"다.

우리는 뼈로 돌아온 학생들을 잊지 않기 위해, 그들을 뼈로 만든 자들을 기억하기 위해 다양한 방식으로 추모하고 기념하고 분노한다. 기억교실, 노란 리본, 304 낭독회, 세월호 진상규명, 릴레이 단식 등이 그러하다. 그 세리모니들은 다 무형의 동상들이나 마찬가지다. 가까운 훗날 구체적 형태를 지닌 동상도 분명 세워질 것이다. 사람들이 기억하는 한 뼈들은 끊임없이 이름 불리며 "사람들 다 가고 그 후손들 다 가는 이후"에도 "없는 시간을 사는" 뼈가 될 것이다. 결코 잊혀서는 안 되기 때문에 오히려 '잊힐 권리'를 잃고 편히 잠들 수 없는, 그런 뼈가 지금 우리를 보고 있다.

돌아갔니?
아직 돌아가는 길이니?
괜찮다고, 괜찮다고, 괜찮다고,
가라고
나도 갈 거라고
토닥토닥
네 눈을 감겼지만
괜찮지 않았다
괜찮지 않다

허공 말고
흉부 속에서
네 심장이 뛰던 시간으로
여기

저기
돌아가 본다
어디면 너를 안고
돌아올 수 있었을까
이 때? 저 때?
어느 때? 그 어느 때?

다 끝났어!
허공에 흩어진 심장
되돌릴 수 없네
여지없이
어이없이
입을 떠억 벌리고

잘 가라
아니, 가지 말아라

속수무책
너무 너무 그리워

— 황인숙, 「너는 숙제를 마치고, 나는」 전문
(『릿터』 2017년 5월호)

3년여 만에 희생자들의 유해가 수습됐다는 뉴스 기사에 많은 이들이 "이제 집으로 돌아가자"고 댓글을 썼다. 천일주야를 차갑고 캄캄한 물속에 갇혀 있던 뼈가 가족들의 품으로 돌아왔다. "돌아갔니? 아직 돌아가는 길이니?"라고 뼈에게 물으면서, 유가족들은 "나도 갈 거라고" 넋을 다독이며 희생자의 감지 못한 "눈을 감겼지만", "괜찮지 않"다. '너'가 돌아왔음에도 돌아온 것은 '너'가 아닌 너의 '뼈'이기 때문이다.

뼈가 돌아오기 전에는 품에 안을 것이 '허공' 밖에 없었지만, 이제는 뼈를 안은 채 "흉부 속에서 네 심장이 뛰던 시간으로 여기 저기 돌아가 본"다. "어디면 너를 안고 돌아올 수 있었을까? 이 때? 저 때?"라는 물음은 '뼈'가 아닌 온전한 '너'를, 살아있는 '너'를 지키지 못한 것에 대한 회한이다. 뼈를 육체로, 죽음을 삶으로 되돌릴 수 없는 줄 알면서도 뼈 앞에서 잠시나마 미련을 가져본다. 그러나 이내 "다 끝났어!"라고 체념하며 외친다. "허공에 흩어진 심장 되돌릴 수 없"다는 것을 받아들여야만 한다. 결국 허공과 뼈는 별반 다르지 않다.

마침내 품으로 돌아온 뼈를 안고 눈물로 토해냈을 유가족들의 말이 시인의 입을 통해 생생히 재생된다. 시인은 대언자이자 영매다. "잘 가라 아니, 가지 말아라"라고, 보내야하나 보낼 수 없는 자들의 불명료한 작별 인사가 엄숙한 의식처럼 행해지고 나면, 속수무책으로 슬픔이 밀려온다. "너무 너무 그리워"라는 혼잣말은 뼛속까지 박혀들어, 평생을 반복하며 되뇌어야 할 형벌의 문장이자 기도문이다.

억울하게 죽은 사람들은 뼈로 발견된다. 그 뼈마저 찾지 못해 애태우는, 한 조각의 뼈라도 찾아 안도하는 이들의 마음을 나는 감히 헤아릴 수 없다. 그러나 뼈를 바라보는 일은 얼마나 고통스러운가. 뼈는 음성과 눈빛과 체온이 다 사라지고 남은 최후의 것이다. 엄마였고 아들이었고 딸이었고 연인이었던 눈과 코와 입, 미소와 찡그림, 표정들, 촉감과 냄새, 소리, 형상을 잃어버린 저 유기질과 무기질, 수분의 물체를 보며 사랑하는 이의 이름을 부른다는 것은 너무 비극적이다. 그래서 어떤 시인은 "너의 뼈를 사랑할 수 있을까"(이혜미, 「지워지는 씨앗」)라고 묻기도 한다. 우리는 대답해야 한다. 그럼에도 사랑할 수 있다고, 뼈를 보면서 당신의 이름을 부르고 끝내 기억할 것이라고.

웃픔의 미학, 아브젝트들을 위하여

강백수 시 읽기

1. 블랙 코미디의 귀환

영화 <우아한 세계>에서 '생계형 조폭' 강인구(송강호)는 가장의 책임을 다하기 위해 열심히 깡패 일에 종사한다. 그는 수압이 약해 목욕 중에 물이 멈추는 낡은 아파트에서 가족들과 함께 산다. 아내는 큰 집으로 이사하자고 조르고, 딸은 학교에 와 담임교사에게 유흥주점 이용권을 촌지로 내미는 아빠를 경멸한다. 세 식구 생활비에 캐나다로 유학 보낸 아들 학비까지 버느라 인구는 허리가 휠 지경이다. 그러다 마침내 '큰 건'을 해결해 꿈에 그리던 대저택을 구입하지만, 아내와 딸마저 캐나다로 떠나고 만다. 이 영화의 마지막 장면을 기억하는가? '기러기 아빠'가 된 인구는 아무도 없는 집에서 홀로 라면을 끓여 먹으며 가족들의 이국 일상이 담긴 비디오를 본다. 행복해 보이는 가족들의 모습에 미소 짓다가 문득 설움이 북받쳐 라면 그릇을 집어 던진다. 이내 후회하며 속옷차림으로 쪼그려 앉아 바닥에 흩어진 라면찌꺼기와 깨진 그릇 조각을 주섬주섬 주워 담는 인구의 처량한 모습은 영화의 백미다. 관객들은 웃음을 터뜨리지만 그 웃음에는 블랙커피처럼 씁쓸한 맛이 배어 있다. 이 장면을 통해 영화는 '웃픔'('웃기고 슬픔'이라는 뜻의 인터넷 신조어)의 미학을 완성한다.

1940년대 앙드레 브르통은 『블랙 유머 선집』에서 역설적인 상황을 통해 웃음을 유발하는 방식의 유머를 '블랙 코미디'라고 명명했다. 비극적 상황에 대한 풍자와 패러디, 희화화에서부터 유머가 발생하는 순간, 관객은 실컷 웃으면서도 그 웃음 속에서 세계의 모순과 부조리함을 감지한다. 그 불유쾌한 예감은 곧 희화화된 비극의 주체가 자기 자신이라는 객관적 성찰로 이어진다. 영화 속 가상 인물이 처한 상황이 나의 현실임을 자각할 때 관객이 짓는 쓴웃음이 바로 블랙 코미디 무비의 정수다.

문학작품에서도 블랙 코미디는 꽤 유효한 전략이 된다. 하지만, 서사를 갖춘 소설에서 블랙 코미디가 일상적으로 사용되는 데 비해 시에서는 좀처럼 시도되지 않는다. 진술보다는 이미지, 서사보다는 정서가 중요한 시의 유전 형질 때문이다. 가끔 풍자와 해학을 내세운 '이야기 시'라든가 대중문화의 통속성을 수용한 '키치(Kitch)' 시에서 블랙 코미디를 발견할 수 있는데, 1980~90년대 황지우와 유하, 2000년대 김민정과 황병승, 2010년대 서효인 정도가 블랙 코미디를 능숙하게 구사한 시인들로 꼽힌다. 이들 이후 우리 시에서 블랙 코미디는 철 지난 경향쯤으로 여겨지는 듯하다. 요즈음 시인들은 비극에 웃음을 입히기보다는 비극을 더욱 비극적인 이미지로 형상화하는데, 세월호라는 압도적인 비극 체험이 한 시대를 애도와 분노의 심연으로 가라앉혔으니, 그럴 만도 하다.

여성과 약자, 소수자에게 가해지는 폭력의 양상들을 적시하거나 집단적 비극에 희생된 타자의 고통을 대언하는 것이 최근 우리 시가 수행하고 있는 과제로 보인다. 이러한 문제의식을 '지금, 여기'의 시대적 부름에 대한 우리 시의 응답이라고 봐도 무방할 것이다. 또 다른 경향으로는 외부와 단절된 채 자기감정을 절대화하는 시들을 들 수 있는데, 이들 시에는 타자도 대상도 없고 때로는 주체마저도 나타나지 않는다. 불분명하고 모호한 정서가 안개처럼 자욱해 세계의 풍경이 잘 보이지 않는 것이다.

강백수의 시는 최근 우리 시의 문법에서 멀찌감치 떨어져 있다. 이는 낙오가 아니라 시인이 스스로 선택한 시적 전략인데, 자기 목소리를 가장 잘 낼 수 있는 위치를 현명하게 점유한 경우라고 할 수 있다. 강백수의 시에는 오늘날 한국 사회의 소외계층이 겪는 구조의 폭력들이 거친 질감으로 그려져 있다. 멀리서는 거칠지만 가까이서는 매우 구체적으로 묘사되는 '밑바닥'의 세계는 현재적 비극성과 미래적 절망으로 인해 암울한 디스토피아로 보인다. 강백수는 이 디스토피아에 유머를 입힌다. 전력 공급이 끊어진 잿빛 도시 곳곳에 불이 켜지듯 세계의 비극적 풍경들이 희화화되며 환해지는 순간, 평범한 일상어로 쓰인 그의 시는 예사롭지 않은 블랙 코미디를 달성한다. 강백수의 블랙 코미디에는 외부 세계의 풍경과 고유명의 타자들과 주체의 체험적 현실이 확실하게 존재한다. 하고 싶은 말을 분명하게 한다는 것이 시의 미덕이 될 수 있는 시대다.

> 그녀가 떠난 후 그는 우울증에 시달렸다
> 우울증의 증상은 불면증으로 나타났고
> 불면증은 또 다른 우울을 유발하는 악순환
>
> 잠이 들고 싶었던 그는 자살을 감행하기로 마음먹었다
> 은행 영업시간이 되자마자 그는 적금을 깼다
> 그렇게 아등바등 모은 게 씨발 겨우 2천이라고?
>
> 갖고 싶던 롤렉스 시계를 샀고

중고차 시장에 가서 2010년식 쿠페를 한 대 뽑았다
엽서를 사서 고마웠던 이들, 미안했던 이들에게 유언을 적어 우
체통에 넣었다
이래저래 신세를 많이 지고 살았나보다, 다 적고 나니 해가 졌다

가장 친한 친구 놈들을 불러 가라오케에 갔다
좋아하는 노래를 잔뜩 부르고, 비싼 술을 마시고 계산을 하고

호텔방을 잡았다
그래 꽤 괜찮은 마지막 날이었어
그는 준비해둔 수면제 수십 알을 털어 넣고
잠이
들었
다

그리고 너무나도 개운하게 기상하여
정말 오랜만에 단잠을 자고 새로 태어난 듯 기상하여
호텔 조식을 먹고 체크아웃을 하고
아홉시에 맞추어 우체국으로 내달렸다
부디 엽서들이 아직 발송되지 않았길 바라며

— 「안녕히」 전문

우울증에 시달리던 '그'가 자살을 결심하고, 그것을 실행에 옮기고, 끝
내 실패하는 과정을 시간 흐름에 따른 서사 형식으로 진술하고 있는 이
시는 강백수 블랙 코미디의 구성 원리를 잘 보여준다. '그'는 비극적 현실
에서 벗어나기 위해 자살을 시도한다. 죽기 전에 돈이라도 한번 펑펑 써
보자며 전 재산을 털어 롤렉스 시계와 2010년식 쿠페 자동차를 구입한

다. 가라오케에서 즐기는 음주가무는 죽음이라는 축제의 전야제 성격을 띤다. 현실의 고통에서 벗어날 유일한 방법일 때 죽음은 축제가 되기 마련이다. 유언을 적은 엽서를 여기저기 보내는 것을 끝으로 "꽤 괜찮은 마지막 날"을 마감한 '그'는 "수면제 수십 알을 털어 넣고 잠이 들"지만 다음날 아침 "너무나도 개운하게 기상"한다. 불행인지 다행인지 수면제가 치사량에 못 미쳤기 때문이다. '그'의 자살 시도가 "단잠을 자고 새로 태어난 듯 기상하"는 정반대 결과를 낳을 때, 독자들은 실패된 죽음이라는 역설 앞에 안도와 연민이 뒤섞인 복잡한 감정을 느끼게 된다. 애처롭긴 한데 웃기고, 그렇다고 마냥 웃을 수도 없는 '웃픔'에 직면하는 것이다. 죽음을 확신하고 생애 처음이자 마지막 과소비로 전 재산을 탕진한 '그'는 이제 어떻게 해야 할까? "부디 엽서들이 아직 발송되지 않았길 바라며" "우체국으로 내달리"는 '그'의 허둥거림은 <우아한 세계>에서 바닥에 널브러진 라면 찌꺼기를 수습하는 '강인구'—시인의 본명이 강민구라는 것은 그저 우연이다!—의 초라한 뒷모습과 어딘지 닮아 있다.

강백수의 시는 문학적 인공물인 동시에 입체적 르포르타주라는 모순된 형식으로 독자를 설득시킨다. 문학이 지닌 본래의 허구성을 활용해 이야기 속으로 독자를 끌어당기고, 독자가 이야기에 포섭된 순간, 시에 펼쳐진 모든 사건들이 실제 사실의 원본 또는 지극히 핍진한 사본임을 주지시킨다. 강백수 시에서 '주체의 비극적 현실 인식→현실로부터의 탈주 시도→실패→더 비극적인 현실에 유폐'로 이어지는 불행의 메커니즘은 시적 장치에만 구동되는 것이 아니라 시의 바깥에서 시에 제시된 가상의 비극 세계를 관조하는 독자의 현실에도 이미 작동하고 있다. 강백수는 그 서늘한 사실을 유머로 포장하여 독자에게 전한다. 유머라는 보온재가 없으면 그동안 망각해 온 현재적 디스토피아의 풍경들이 너무도 차가워 비현실적 이계(異界)인양 감각될 수 있기 때문이다. 신자유주의 소비사회의 표층적 화려함이 짙은 그늘을 만들어, 녹슨 금속과 금 간 콘크리트가 여전히 지탱하는 심층 곳곳의 사각지대에는 빛과 온기가 들지 않는다.

2. 금속, 콘크리트, 아브젝트

삼십 년 된 콘크리트 건물
반지하에 관짝같은 원룸들이 드글거린다
이곳의 유일한 입주 자격요건
:인생이 잘 안 풀리는 자에 한함
한 칸 한 칸을 채우는 모든 이들은 평등하게
서른 살이건 쉰 살이건 칠순이건 홀로 살고
하루와 세월의 잔인성을 끼니마다 마주한다

월세 삼십과 고독한 세끼를 벌다 한주가 가고
옷가지처럼 아무렇게나 던져놓은 일요일의 몸뚱이들
고단하면 씨발, 좀 쉬면 좋을 것을 허구헌 날 싸워댄다
몸뚱이와 몸뚱이는 서로 마주치기만 하면 금속처럼 불꽃을 뿌려대고
방마다 칸칸이 가연성 가스처럼 낮고 자욱하게 깔려있던
낡아빠진 분노들은 쉴 새 없이 폭발음을 낸다

(…)

266—6
두 층짜리 낮은 건물
반지하에 관짝같은 원룸들이 드글거리고

위층은 건물주 영감 내외가 통으로 쓴다
밑에서 올라오는 지독한 삶의 냄새를 견디다 못한
건물주 영감은 세입자들에게 몇 십 만원씩을 쥐어주고
올 봄에 건물을 새로 올릴 예정이니 나가달라고 말했다
자욱하게 모여있던 분노들은 또 어디로 흩어져 갈 것인가
어느 눅눅한 지하에서 또 다른 분노들을 만나 도사리고 있을 작
정인가

―「266―6」 부분

지그문트 바우만은 『액체근대』에서 "크기 그리고 양질의 하드웨어에 입각한 부와 권능은 그 움직임이 대단히 느리고 꿈쩍할 수 없을 정도로 황당무계하게 무거운 편이었다. 강철과 콘크리트로 꽁꽁 매여 부피와 중량으로 측정된 공간들은 그들의 온실인 동시에 요새이자 감옥이 되기도 하였다"[1]고 말한다. 금속과 콘크리트는 산업화시대의 뼈와 살이었지만 하드웨어적인 무거운 근대가 종식되고 소프트웨어 자본주의의 가벼운 근대가 도래하자 처치 곤란한 폐기물이 되어버렸다. 자본논리의 위계에서 상부에 자리한 이들은 강철과 콘크리트로 이뤄진 낡은 집을 버리고 경량철골트러스와 초고강도섬유보강콘크리트 등 신소재로 지은 집으로 일찌감치 이주했다. 신소재의 특징은 가벼움, 유연함, 무공해성, 부드러운 견고함이다. 넓이와 높이를 점유하기 용이하고, 균열에 강하고, 인체에 무해하며, 외부의 물리적·비물리적 자극을 효과적으로 차단한다.

김초엽은 『우리가 빛의 속도로 갈 수 없다면』에 실은 단편 「순례자들은 돌아오지 않는다」에서 새로운 문명의 세례를 받은 이들을 '신인류'로, 구식 문명에 머무른 이들을 '비개조인'으로 각각 칭했는데, 육중한 산업

---

1) 지그문트 바우만, 이일수 옮김, 『액체근대』, 강, 2009, 185쪽 참고.

화 근대를 '앙시엥 레짐(Ancien Régime)'으로 호명한다면, 금융자본주의의 경제적 풍요라는 입장권을 들고 가벼운, 새로운 근대에 입성한 이들을 신인류로, 그들이 버리고 떠난 금속과 콘크리트 더미 속으로 (마치 소라게처럼) 비집고 들어간 이들을 비개조인으로 부를 수 있을 것이다. 잔혹하지만 지극히 현실적인 명명(命名)이다.

신인류들이 사용하던 온실은 이제 감옥으로 용도변경 되었다. 반지하, 원룸, 다세대주택, 구축 아파트 등 "삼십 년 된 콘크리트 건물"에는 "인생이 잘 안 풀리는 자"들이 입주(혹은 입소)해 살아간다. "삐걱이는 철제 침대"는 "나쁜 꿈"(「도미토리」)만을 꾸게 하고, "콘크리트 벽 너머 큰 방에서 들려오는 섹스하는 소리"는 "세입자의 세입자"를 "죽은 것처럼 살"(「세입자와 세입자의 세입자」)게 한다. 낡은 금속과 콘크리트는 개인의 '인간답게 살 권리'와 기본적인 의식주를 보호하지 못한다.

"복도에는 다른 숫자가 적힌 똑같은 방 문들이 정확한 간격으로 나열되어 있"는 다세대주택에서 비개조인들은 "한 명 한 명 모두 나처럼 오줌을 누러" "공동화장실로 가"(「휴대폰 공습」)는 강제된 공유생활을 한다. 필연적으로 "몸뚱이와 몸뚱이는 서로 마주치기만 하면 금속처럼 불꽃을 뿌려대"고 "낡아빠진 분노들은 쉴 새 없이 폭발음을 낸"다. 그들은 "중고거래"(「중고나라」)를 하거나 "유사 휘발유"(「보혈」)를 차에 넣으며 잘 안 풀리는 생을 어떻게든 풀어보려 안간힘 쓴다. 중고와 모조를 '아나바다'하며 "무조건 버티"다가 운 좋으면 "집을 팔고 분당으로 가"(「10동」)는 '상승'에 성공할 수도 있다. 낡은 콘크리트 더미 안에도 계급이 있어, "위층"에 사는 "건물주 영감 내외"는 세입자들을 쫓아내고 새 건물을 짓고자 한다. 신축 건물은 신소재로 지어질 것이다. 건물주 영감 내외는 인생 말년에 간신히 신체제로 들어갈 입장권을 손에 쥐고, 세입자들은 "어느 눅눅한 지하에서 또 다른 분노들을 만나" 폐철근처럼 뒤엉켜 살아가야 할 것이다.

줄리아 크리스테바의 '아브젝시옹(Abjection)' 개념을 빌려 사회공동체를 하나의 육체로 가정했을 때, 이 '몸'은 신체제가 요구하는 적절한 성장과 발육을 이루기 위해 이질적이고 불편한 것들을 자신의 바깥으로 분리 및 추방한다. 이 분리와 추방의 심리가 아브젝시옹이고, 경계 밖으로 버려진 것들이 '아브젝트(Abject)'다. 각질, 손톱, 발톱, 머리카락, 대변 같은 것들이 몸에서 추방된 아브젝트에 해당한다. 강백수의 시에 등장하는 인물들 사이에는 빈부에 의한 위계가 반드시 설정되는데, 근소한 비교우위만 점해도 강자는 약자에 대한 아브젝시옹의 태도를 보인다. 위 시에서 건물주 영감 내외가 "밑에서 올라오는 지독한 삶의 냄새를 견디다 못"해 세입자들을 쫓아내는 것도, "오빠"의 무능함에 환멸을 느낀 연인이 "루이비똥백을 들고" 자리에서 일어나며 이별을 통보하는 것(「담백한 나날들」)도, 중학교 동창에게 "인터넷 뱅킹으로 만원을 부"친 '나'가 "이 정도면 충분할거야"(「18cm」)라고 냉소하는 것도, 타인에게 "너는 그 절망이 매력적이야/ 너는 참 불쌍해서 사랑스러워"(「프로필사진의 해부학」)라고 말하는 것도 모두 아브젝시옹적 행위다.

약자들은 "장대하게 도래할 4차 산업혁명의 시대에서/ 애랑 나랑은 그냥 깍두기 하면 안 될까요?/ 조용히 가만히 여기 우주의 은밀한 복판에서 죽은 듯이 살다가 죽어갈게요"(「한파주의보」)라며 아브젝시옹의 유예를 애원하지만 "패배의 피가 흐르"(「나는 행복합니다」)는 그들은 끝내 승리만이 요구되는 시대의 경계 바깥으로 추방된다. 그렇게 버려진 아브젝트들은 좁고 어두운 추방공간에서 점점 식물화한다. 강백수의 시는 아브젝트들이 식물이 되어가는 자본사회의 음지를 조명한다.

3. 식물화하는 기생충

최근 한국 사회의 아브젝트적 존재들에게는 자괴감과 모멸감을 일으키는 멸칭이 붙었는데 바로 '기생충'이다. 봉준호 감독의 영화 <기생충>에는 아브젝시옹과 아브젝트 사이의 위계가 숙주와 기생충의 관계로 환유되어 나타난다. 박 사장(이선균)은 운전기사 기택(송강호)에게서 나는 '빈곤의 냄새'를 역겨워 한다. 그의 아내인 연교(조여정)는 아들의 미술교사 기정(박소담)이 차에 벗어둔 싸구려 속옷을 오염물질인양 위생장갑 낀 손으로 겨우 집어 폐기하고, 가정부 문광(이정은)이 활동성 결핵 증세를 보이자 가차 없이 해고한다. 그럼에도 '기생충'들은 "부자니까 착한" '숙주'에 어떻게든 들러붙으려 하고, 숙주는 그 기생을 한시적으로 허용하나 "선을 넘는 순간" 그들을 분리하고 추방하려 한다.

이 영화가 아카데미와 골든글러브, 칸 등 국제 영화제의 주요 경쟁부문을 휩쓴 것은 구조가 만든 양극화의 문제가 비단 한국만이 아닌 세계적 현상임을 확인시킨 사건이라 할 수 있다. 봉준호는 대저택과 반지하의 수직적 대비를 통해 한국 사회의 계층 구조를 상승과 하강의 이미지로 미장센 안에 담아냈다. '봉테일'(봉준호와 디테일의 합성어)이라는 별명답게 반지하, 입시 과외, 짜파구리, 필라이트 맥주, 기사식당, 수석(水石) 등으로 한국적 특수성을 표현했는데, 뉴욕, 런던, 시드니, 로마, 도쿄, 하노이, 베이징, 바르셀로나에 사는 사람들이 열렬히 공감했다. 영화를 본 사람들은 자신이 곧 기생충(parasite)이 된 것 같은 '새삼스러운' 불편함과 마주해야 했다.

자, 여기는 <기생충>이 상영되는 극장이다. 관객들 중 어떤 이들은 계층 피라미드의 상층부에 살고, 어떤 이들은 하층부에 산다. 그들은 상영관 안 동일한 질감의 어둠 속에 앉았으나 스크린 속 풍요와 빈곤의 풍경이 극명하게 대비될 때 저마다의 형편대로 어둠을 다르게 감각한다. 상부의 사람들에게 어둠은, 장난꾸러기 아들이 인디언 텐트에서 캠핑 놀이를 하는 동안 젊고 매력적인 부모는 고급가죽소파에서 섹스를 하는 유희의 환경이고, 하부의 사람들에게는 기택 가족과 문광 부부가 서로 '계단'을 기어올라 거실을 차지하려 육탄전을 벌이는 냉혹한 생존의 차원으로 실감된다.

> 지하철역에서 내려 집까지 버스를 타면 오 분
> 일부러 이십 분을 걸어서 왔건만
> 초인종을 눌러도 문은 곧바로 열리지 않고 잠깐만을 외친다
> 웃통을 벗은 룸메이트가 문을 열면 나는
> 최대한 빨리 작은 방으로 들어가야 한다
>
> 보증금 이천에 월세 칠십
> 작은 부엌과 친구의 큰 방 작은 방
> 무보증 월세 이십만 원에 작은 방을 분양받아 산다
> 눈치라는 것이 굳이 줘야 받는 것이던가
> 죽은 것처럼 살 수밖에
>
> 방에 들어와 가방을 내려두고 겉옷을 벗으면
> 콘크리트 벽 너머 큰 방에서 들려오는 섹스하는 소리
> ―「세입자와 세입자의 세입자」 부분

강백수의 시와 <기생충>은 모두 자본주의 사회의 계층구조를 이미지화하면서 비슷한 문제의식을 공유한다. 시와 영화가 오버랩되는 대목들이 여럿 있는데, 특히 「세입자와 세입자의 세입자」는 '박 사장→기택→근세'로 이어지는 영화의 3단 수직 구조를 연상시킨다. 친구의 월셋집

에 세 들어 사는 "세입자의 세입자"인 화자는 <기생충>의 기택과 근세 (박명훈)의 중간쯤에 위치한다. 기택이 운전기사직 수행이라는 노동을 통해 대저택의 일부 공간을 드나들 수 있는 최소한의 권리를 획득하듯 화자 역시 "무보증 월세 이십만 원"을 지불함으로써 "작은 방"에 대한 점유권을 보장 받는다. 그러나 "룸메이트"의 애인이 방문하는 날에는 오직 그 작은 방에만 갇혀 있어야 한다. 숙주에게 성가신 기생충으로 전락해 버리는 것이다. 화자는 "콘크리트 벽 너머 큰 방에서 들려오는 섹스하는 소리"를 들으며 "등에서 땀이 나고 사타구니가 뻐근해진"다. 아브젝시옹에 대한 불안 심리의 표출이다. 화자는 "그 여자"가 집에 머무는 동안에는 영화 속 지하 공간의 근세와 같이 "죽은 것처럼 살 수 밖에" 없다. 존재감을 나타내는 순간 추방될 수 있기 때문이다.

후반부의 폭발적인 캐릭터 전환이 있기 전까지, 영화에서 가장 무력한 인물은 비밀 지하 공간에 스스로 유폐된 근세다. 기택의 가족들이 반지하의 빈곤에서 벗어나기 위해 사기극을 꾸며 박 사장 집에 과외 교사와 운전기사, 가정부로 취업하는 반면 근세는 빛이 아예 차단되어 반지하보다 더 어둡고 습한 지하실에서의 삶을 불만 없이 수용한다. 박 사장의 대저택은 기하학 구조를 통해 수직적 양극 사회의 공간 알레고리가되는데, '그들'만의 내밀하고 아늑한 삶이 영위되는 2층이 유산계급의 성(城)이라면 1층은 고용과 피고용의 형식으로 부르주아와 프롤레타리아가 공존하는 일종의 광장이라 할 수 있다. 그리고 은폐된 지하 공간은 부르주아의 식탁에서 떨어진 빵 부스러기를 주워 먹는 인간 이하 존재들, 그러니까 쥐나 바퀴벌레의 은신처나 마찬가지다. 박 사장이 퇴근해 귀가할 때마다 "리스펙!"을 외치며 이마로 조명 스위치를 찧어 대저택에 불을 밝히는 근세는 자신이 기생하는 대저택의 최하층부에 기택 가족이 침입하자 "그냥 여기서 계속 살게 해달라"고 애원한다. 쥐처럼 음식찌꺼기를 갉아먹고, 바퀴벌레처럼 숨어 지내는 삶에 안주하는 것이다. 비극적 현실에서 벗어나려는 의지와 여지를 모두 폐기한 채 그저 현상 유지만을 바라는 근세의 존재 양식은 확실히 동물보다는 식물적 기제에 가깝다.

> 집에 누워 있으면 돈이 굳는다
> 교통카드도 돈 김치찌개도 돈
> 커피 영화 책 술 물 겸 사람
>
> **빠듯한 생활비**
> 그대를 만나면 커피 아니면 술
> 나는 오늘 집에 가만히 누워
> 그대를 한번 만날 기회 팔아 푼 돈 벌었다
> 내일은 또 누군가와의 만남을 팔고
> 모레는 영화를 한 편 팔아 볼까
> 패밀리 레스토랑을 팔고
> 유원지를 팔고
> 서해 바다를 팔아도
> 집에 누워만 있어도 팔 것은 무궁무진
> 이거야 말로 거저먹는 장사
>
> 침대 위의 기타연주
> 찬장 속의 짜파게티
> 불법 다운로드 받은 최신영화
> 거저 얻은 친구와의 전화통화
> 오늘 하루 아무리 누려도 통장 잔고는 그대로
>
> 수입 없는 남자의 유일한 낙원에서
> 수입이 생기는 그날까지

나는 대문 밖의 모든 기회들을 매물로 내 놓고
이 거저먹는 장사를 계속해야한다
권태는 덤이다

　　　　　　　　　　　　　　　　－「즐거운 재택근무」 전문

　강백수의 시에 등장하는 '기생충'들은 지하실의 근세처럼 식물화한다. 알렉상드르 코제브는 인간이 사회적 관계를 통한 인정 욕망을 갖는 데 비해 동물은 타자의 인정이나 질투를 바라지 않고 오직 먹고 싸고 흘레 붙는 생리적 욕구만을 가질 뿐이라며, 타자와의 커뮤니케이션 없이 상품의 소비―패스트푸드, 온라인 쇼핑, 상품화된 성(性) 구매 등―를 통해 욕구의 결핍을 즉시 해소하는 미국식 소비주의 사회를 '동물화'의 전형으로 보았다. 아즈마 히로키는 이러한 코제브의 개념을 일본 사회에 적용하여, 타자와의 관계를 피해 만화나 애니메이션 등 가상적 자폐의 세계 속에 스스로를 가두는 '오타쿠'들을 포스트모던 시대의 동물화 양상으로 읽어낸 바 있다.

　강백수 시의 주체들은 자본 계층구조의 위력에 의해 '인간'을 가장 먼저 포기하고, 그 다음으로 '동물'을 버리고, 어쩔 수 없이 '식물'이 된다. 그들의 고립된 유폐 공간에는 타자와의 교류나 연대를 향한 욕망도, 식욕과 성욕 등 일차적인 욕구도, 유토피아라 할 만한 초현실적 세계를 향한 갈망도 없다. 처음부터 그랬던 것은 아니다. 생산 활동에 참여할 수 없게 되면서, 경제적 빈곤이 비생산적 활동인 사교 모임, 여행, 외식, 공연 관람 등을 금지시키고, 패스트푸드를 사 먹거나 게임, 애니메이션을 구매할 능력마저 전부 소진시키자 "집에 가만히 누워" 있을 수밖에 없게 된 것이다. 무기력함이 임계점을 돌파하는 순간 마침내 너무 많은 결핍들은 아예 결핍을 무화시켜서 주체로 하여금 그 무엇도 바라지 않는 욕망 불구의 상태에 머무르게 한다. 그것만이 "통장 잔고는 그대로" 유지하는 "거저먹는 장사"이기 때문이다. 무언가를 욕망하기 시작하면 "누워만 있어도 팔 것은 무궁무진"한 "유일한 낙원"마저 상실하게 될지 모른다. 그들은 "설레는 순간이 쌓여가는 만큼 내일의 풍경은 비참해"(「고소공포증」)진다는 사실을 너무 일찍 깨달았다.

이 식물화 양상은 오늘날 젊은 세대에게 보편적으로 나타나고 있다. '수저계급론'이 심화된 불평등 사회에서는 '배경' 없이 혼자 아무리 노력해도 기득권의 장벽에 가로막힐 수밖에 없다. 그래서 아예 취업, 연애, 결혼 등을 포기하고 냉소적인 태도로 세상을 살아간다. 패배를 수용하고, 더 나은 삶을 향해 나아가려는 의지 없이 '지하실'에 머무른다. "아무것도 하지 않고 그것을 부끄러워하지도 않는"(「세입자와 세입자의 세입자」) 식물들은 "내게는 패배의 피가 흐르"(「나는 행복합니다」)는 것을 순순히 인정하고 "누가 우릴 읽겠냐"(「출판기념회」)며 자조(自嘲)한다. 강백수는 그들을 향해 "소리치고 싶"어 한다. "이렇게 고군분투 악전고투 하는 한 사나이가 있"으니 "누구라도 좋다 응답하라 응답하라"(「우주영웅」)고, "끔찍한 상상으로는 아무것도 막을 수 없"(「고소공포증」)으니 그만 일어나자고, 함께 "내일 해장국을 처먹든 컨디션을 처먹든 제 몸 챙기"(「소멸을 꿈꾸는 밤」)고 "어쩌면 그대로 어쩌면 조금 망가진 채로"(「꿈속의 광장」) 어떻게든 살아보자고 말이다.

4. 그러거나 말거나 키스를

> 그날 하늘에 떠 있던 건
> 우리가 태어나기도 전에 죽어버린 별들의 유서
> 그러거나 말거나 키스를 했다

먼 옛날 먼 바다에 누가 빠져죽을 때 태어난 파도가
그제야 발치에 닿기 시작했다

너는 뭐라 말을 하는데 도무지 들리지 않았다
그러거나 말거나 키스를 했다
서로 등을 돌린 채 잠이 들었던 밤에
진작에 닿았어야 했을 말들은 여정을 떠났다

숨막힐듯 느리고 낮게 말이 기어오는 동안
등과 등의 간격은 은근하게 멀어지고
그 사이로 낯선 바람이 불었다

어째서 너를 더 이상 볼 수 없는 것인지
이해하지 못하고 있었던 어느 날에야
그 섬에서 네가 했던 말이 도착했다
대답을 하기에는 이미 늦었고
그러거나 말거나 또 다른 키스를 했다

한참을 멍하다가 한 시절이 지나다가
그제야 나는 문득 소리 내어 울기 시작했다
그러거나 말거나 그 시각 먼 바다에는 또 누가 빠져 죽고
어느 별은 유서를 쓰고 있었다

— 「레이턴시」 전문

레이턴시(latency)는 자극에 대한 반응이 생기기까지의 시간, 흔히 '지연속도'라고 일컬어지는 통신용어다. 주로 음향 녹음 시 오디오 인터페이스에서 실제 소리의 발화보다 녹음이 늦게 되거나 영상 송출 과정에서 비디오 화면과 음향 싱크가 맞지 않는 것을 레이턴시라고 한다. 시인인

동시에 "가수 기타리스트 작곡가 작사가"(「폐기물 신고」) 즉 '싱어송라이터'로 활동 중인 강백수에게 레이턴시는 무척 익숙한 현상일 것이다. 위 시에서 시인은 레이턴시를 "그날 하늘에 떠 있던 건/ 우리가 태어나기도 전에 죽어버린 별들의 유서"라는 천문학적 상상력으로 풀어내고 있다.

밤하늘에 빛나는 별들은 사실 수억 광년 전에 소멸한 별들의 잔상이다. 그것은 실시간으로 빛나는 현재적 광채 같이 보여도 이미 죽어버린 과거의 빛일 뿐이다. 빛의 속도는 유한하기에 빛이 은하계에서 지구까지 아득한 거리를 이동하는 데에는 영원처럼 캄캄한 레이턴시가 늘 발생하게 된다. 우리가 육안으로 보는 세계의 물상들에도 레이턴시가 작용한다. 엄밀히 따지면 우리 눈에 들어오는 모든 장면들은 과거의 모습이다. 가까이 있는 물상의 경우 레이턴시의 시차가 매우 짧을 뿐이다.

"그날 하늘에 떠 있던 건/ 우리가 태어나기도 전에 죽어버린 별들의 유서"에 불과하다. 현재를 구성하는 불행의 요소들, '지금, 여기'에 작용하는 온갖 불평등과 부조리들은 우리가 태어나기도 전에 죽어버린 기성의 관습일 뿐이다. 강백수는 젊은 세대에게 이렇게 말하고 있는 듯하다. 너희 잘못이 아니라고, 지금의 절망은 곧 사라질 허깨비라고, 그러니 쫄지 마, 주눅 들지 마, "그러거나 말거나 키스를 하"자고!

영화 <월터의 상상은 현실이 된다>에서 주인공 월터 미티는 일상을 벗어나는 어떤 모험도 해본 적 없는 평범한 직장인이다. 'LIFE' 잡지사의 사진인화기사로 일하는 그는 표지 사진으로 쓰일 필름이 분실되는 사고가 발생하자 필름을 찾으러 그린란드로 날아간다. 그저 자기 일에 최선을 다하려는 것뿐인데, 자신도 모르는 사이 생애 가장 특별한 모험에 몸을 던지게 된 것이다. 세상은 그런 그의 순정한 노력과 열정을 알아주지 않는다. 그는 이미 회사로부터 정리해고 통보를 받았다. 하지만, 예정된 아브젝트인 월터가 출장 가방을 들고 달려가는 동안 영화는 라이프지 과

년호들, 공항 전광판 문구와 활주로 표지 등을 통해 인상적인 메시지를 관객에게 전한다. "세상을 보고 무수한 장애물을 넘어 벽을 허물고 더 가까이 다가가 서로를 알아가고 느끼는 것. 그것이 바로 우리가 살아가는 인생의 목적이다"라고.

강백수는 우리와 무관한 어제로부터 비롯된 오늘의 우울과 학습된 패배감에 함몰되는 대신 너와 나, 우리, 지금 이 순간에만 집중하면서 키스를 하자고, 주어진 순간들을 그저 살아내자고 북돋우고 있다. 그에 따르면 우리의 젊음은 아직 불붙지 않은 장작이라서, 그는 "타지 않은 것들을 다시 모아다가 불을 붙인"다. "어떤 것들은 이번에야 말로 활활 타오를 것이고/ 어떤 것들은 기어이 이번에도 살아남을 것"(「모든 것은 조작되었다」)을 끝까지 믿으면서 말이다.

육중한 시멘트와 금속이 지배하던 산업화 이데올로기의 망령들이 아직까지 '한강의 기적'과 '새마을운동' 운운하며 "안 되면 되게 하라"고 말하는 시대에 우리는 살고 있다. 자신들이 걸어온 길을 따르라고 굴종을 강요하면서, 후속 세대가 정형화된 궤도를 벗어나 새로운 길을 만들면 바로 길을 폐쇄해버리는 지독한 아브젝시옹으로 인해 오늘날 한국 사회는 계층의 양극화와 청년 세대의 절망이 극에 달한 디스토피아가 되었다. 강백수는 그 망령들을 향해 "전쟁 얘기 잘 나갔던 얘기 좆같은 얘기 세상 절단 나는 얘기"(「게이트 웨이」) 집어 치우라고 일갈한다. 기성의 어떠한 유행에도 물들지 않은 개성적 목소리로 2020년 한국 사회를 중언한다.

제 자식에겐 아프지 말라고 하면서 남의 자식에겐 "아프니까 청춘"이라고 함부로 말하는 자들의 천 마디 '명언'보다 지금 이 순간 우리와 함께 쓰러지고 "소리 내어 울"며, 그럼에도 일어나서 바보처럼 웃고 키스하고 다시 노래하면서 "사랑이 아니면 길이라도 벗어두고 가"(「뺑」)겠다는 강백수의 시야말로 격의 없이 우리를 위로하고 격려한다. 이제 우리는 "한 방향으로 가다 보면 어떻게든 되겠지"(「길치」)라고 말하는 한 시인이 우리 곁에 있음을, "이렇게 고군분투 악전고투 하는 한 사나이가 있다는 걸"(「우주영웅」) 늘 기억해야 할 것이다. 그와 함께 우리는 어떤 절망 가운데서도 유머가 사라지지 않는, 이토록 우아한 세계에 살고 있다.

지네들의 직립보행

2020년에 읽는 유하의 『무림일기』

　2000년대 한국시문학의 가장 뜨거운 화두는 '미래파' 논쟁이었다. 권혁웅은 2005년 『문예중앙』에 발표한 「미래파—2005년 젊은 시인들」이라는 글에서 "새로운 세대가 생산하는 시들은 결코 요령부득의 장광설이거나 경박한 유희의 산물이 아니다. 그들에게서도 시는 여전히 생생한 체험의 소산이며, 감각적 현실의 표명이며, 진지한 고민의 토로다. 세대가 바뀌면 그 세대에 통용되던 미학과 세계관이 바뀐다. (…) 이들의 작품이 가까운 미래에 우리 시의 분명한 대안이라는 것을 인정할 날이 올 것이다"라고 말했다. '미래파' 시를 두고 새로운 시의 등장이라며 열광하는 이들과 문학적 가치가 없는 난해한 요설에 불과하다며 평가절하하는 이들로 나뉘었다. 뜨겁던 논쟁은 점차 유야무야해지더니 2020년인 지금에선 이미 낡은 추억이 되었다.

　식은 땔감에 다시 불을 붙이려는 것은 아니다. 다만, 비평적 시선에서

난해함과 모호에의 취향, 불온하고 파괴적인 공상적 상상력으로만 치부되던 '미래파' 시가 권혁웅의 믿음대로 당시 새로운 세대의 미학과 세계관을 반영한 "감각적 현실의 표명"이었다는 것만큼은 분명한 사실로 인정되어야 한다는 말을 하고 싶다. 전통적 문학 읽기의 독법에서 '미래파' 시는 불가해한 타자로 영영 머물겠지만, 2000년대에 통용된 대중문화, 특히 하위문화적 관점으로 읽으면 충분히 이해 가능한 대화 상대가 된다.

'미래파' 시인들의 시에는 1990년대와 2000년대에 젊은 세대가 향유한 인터넷 문화, 공포영화, PC 게임, 일본 애니메이션, 만화책 등을 차용하거나 2차 변용한 양상들이 나타난다. 스토리보다 캐릭터가 강조되고, 작품을 아우르는 심층의 메시지 대신 표층에서 어휘마다 파편적으로 부유하는 개별화된 의미들이 마구 부려지는 식이다. 아즈마 히로키가 정의한 대로 "만화, 애니메이션, 게임 등 일군의 서브컬처에 탐닉하는 사람들"[1]이 '오타쿠'라면, 영화, 애니메이션, 게임의 캐릭터와 장면이 시에 등장하거나 스너프 필름, S.F, 성소수자 문화 등 다양한 하위문화들이 시적 언어로 형상화되어 있는 '미래파'의 시에는 오타쿠적인 요소가 다분하다고 할 수 있다.

그런데, 2000년대 '미래파' 시의 하위문화적 상상력과 오타쿠적 감각이 그들보다 앞서 대중문화의 통속성을 수용한 1980~90년대 시에서부터 파생되었다는 사실은 쉽게 간과되곤 한다. '미래파'라는 시의 육체는 날 때부터 완성된 게 아니라 1980~90년대에 '키치(Kitch)' 미학을 시에 구현한 황지우와 장정일, 유하로부터 양분을 공급 받아 불온한 피와 살을 키운 것이다. 이들 시인들은 전자오락이나 스포츠신문 연재만화, 성인영화, 텔레비전 광고 등 하위문화와 통속예술을 소재로 삼아 문학적

---

1) 아즈마 히로키, 이은미 옮김, 『동물화하는 포스트모던』, 문학동네, 2007, 17쪽.

의미를 생성해냈다.

특히 유하의 경우 1989년 첫 시집 『무림일기』에서 '저질 통속문학'으로 여겨지던 무협지의 문법(마치 검법 같은!)을 시적 전략으로 채택하는 파격적인 전위성을 선보였다. 이 시집에서 유하는 무협지, 도시 유흥문화, 영화 등 하위문화와 대중예술의 통속성을 재료로 삼아 풍자와 패러디라는 방법론으로 당대 한국 사회의 특수성을 탐색했다. 무림의 검법을 빌려온 쾌도난마의 펜 끝으로 정치권력을 비판하거나 소시민적 삶의 리얼리티를 핍진하게 그려냈다. 1989년에 발간되었다가 오랜 시간 절판 상태였던 이 시집은 2012년에 복간되었는데, 당시 문학 및 대중문화 트렌드에서는 이미 뒤로 밀려난 키치 미학과 무협지가 세월을 뛰어넘어 다시 현역으로 복귀한 사건이었다. 1980년대에 통용된 무협지의 문법이 20여 년이 지나서 재등장한 것은 과거 한국 사회의 구조적 모순이 2012년 '지금 여기'서도 여전히 비극을 발생시킨 까닭이다. 80년 광주는 용산 참사로, 87년 6월 항쟁은 한미 FTA 반대 촛불 시위로, 평화시장 봉제공장 노동자는 쌍용자동차 노조로 그 외피만 갈아입었다. 유하의 「武林일기」 연작에 등장하는 '광두일귀(光頭一鬼)'는 전 재산이 29만원밖에 없는 알츠하이머 환자임에도 골프도 치고 5.18 유가족들에게 호통도 치며 여전히 건재하다. 복간은 시대적 호출이었던 셈이다.

하지만 복간으로부터 8년이 더 지난 2020년 지금, 『무림일기』를 1980년대부터 2010년대까지를 관통한 정치·사회적 맥락으로 읽는 것은 더 이상 유효하지 않다. 오히려 시와 장르문학의 결합이라는 형식적 시도에 주목할 때 새로운 의미를 찾아낼 수 있다. 김현은 「키치 비판의 의미: 유하 시가 연 새 지평」[2]에서 "결국은 기어 다니지 못하고, 좁은 공간

---

2) 김현, 「키치 비판의 의미: 유하 시가 연 새 지평」, 유하, 『무림일기』, 중앙일보사, 1989.

속에 폐쇄되어 엎드려 있어야 할 지네, 벌레…… 그 벌레가 평면 위를 기어 다니며 즐기는 예술이 키치다. (…) 그 예술이 자율성을 획득하게 되는 것은 자기 기원을 반성하면서부터이다. 키치도 이제 그런 단계에 와 있다"라고 했는데, 이때 "좁은 공간 속에 폐쇄되어 엎드려 있어야 할 지네, 벌레"는 2000년대에 등장할 오타쿠들을 암시하며, "키치도 이제 그런 단계에 와 있다"는 진단은 1980~90년대 키치가 '폐쇄성'을 통해 "자율성을 획득하게 되는", 즉 타자와의 관계를 필요로 하지 않으며 자기 세계의 문을 걸어 잠근 채 서브컬처 콘텐츠의 소비로 욕구를 충족하는 오타쿠 문화의 모태가 될 것이라는 뛰어난 통찰이다.

유하는 순문학과 통속문학의 경계를 무너뜨리면서, 장르문학의 위상은 물론 '대본소'를 은밀히 드나들며 무협지를 읽던 이른바 '방구석 백수'들까지 함께 양지로 끌어올렸다. 『무림일기』 읽기는 곧 순문학 독자의 장르문학 독서이자 장르문학 독자의 순문학 독서가 되었다. 유하는 오타쿠의 전형인 자기폐쇄적 인간들에게 주류사회가 덮어씌운 패배자의 혐의를 벗겨내고자 했다. 이 유의미한 시도는 훗날 서브컬처 소비가 '덕질'이라는 일상적이고 보편적 문화로 자리 잡는 데 기여했으며, 장르문학이 순문학의 하위개념에서 독자적 위상을 지닌 문학으로 점차 해방되는 데에도 영향을 미쳤다.

> 체중계의 바늘이 0을 가리키는 내 몸무게에
> 깜짝 놀라, 당장 시작한 벤치 프레스
> 하나 하나 늘려가는 바벨의 중량 덕분에
> 풍선 바람 나가듯, 빠지는 살도 살이지만,
> 신기하여라 그 무심한 쇳덩어리들이
> 손 시린 인생 공부를 시킨다

새로운 무거움을 접하며
비로소 나는 새로운 세계를 보게 된다
전 단계의 무게에서 깔짝짤짝 역기를 농락하던 난,
얼마나 초라한 비곗덩어리에 불과했던가

―「인생 공부」 부분

유하는 스스로를 "세상의 온갖 따라지性을 사랑하는 삼류"(「파고다
극장을 지나며―80년대의 끄트머리에서」)라 칭했다. 과연 시집에는 온
갖 따라지와 삼류의 양상들이 펼쳐지는데, 김용, 용대운, 야설록, 일주
향, 검궁인 등의 무협소설을 패러디한 「武林일기」 연작부터 '크로커다
일 던디', '13일의 금요일', '돌아온 외팔이', '빠삐용', '로보캅' 등 영화 장
면을 차용하거나 2차 변용한 시들, 그리고 "이태원, 라이브러리 디스코
텍"(「교묘한 닭똥집」), "심야다방 만홧가게"(「파리애마」), "박통 터지게
티브이 앞에 몰려들던 프로레슬링"(「프로레슬링은 쑈다!」) 등 당대의 통
속문화를 통해 한국 사회의 시대상을 그려낸 작품들이 실려 있다.

「인생 공부」는 시집의 첫 번째 시다. 위 시에서 유하는 이미 새로운 시
대가 왔음을, '따라지'와 '삼류' 등 당대의 오타쿠들이 현대사회의 새로운
인간 존재 양식임을 예언하고 있다. "체중계의 바늘이 0을 가리키는 내
몸무게"는 무게와 부피가 지배한 근대적 세계관 안에서는 계량되지 않
는 "새로운 무거움"이다. 유하는 1980년대 후반에 벌써 디지털 문명과
온라인 시대의 도래를 예측한 것이다. 오늘날 디지털과 온라인의 가벼
움, 이동성, 편리함, 확장성을 통해 장르문학은 웹소설 시장에서 널리 소
비되고 있다. 소프트웨어 세상에서 "손 시린 인생 공부를 시키"는 "무심
한 쇳덩어리"들은 힘을 잃는다. 이미 몰락해가는 '쇳덩어리' 근대에서
전체주의와 이데올로기를 학습하던 자기 자신이 "얼마나 초라한 비곗덩

어리에 불과했던가"를 깨닫는 순간, "비로소 나는 새로운 세계를 보게 된"다.

김현이 유하의 시를 두고 말한 '키치의 자기 기원 반성'이란 곧 폐쇄적 개인이 자신의 소수적 삶을 주류사회가 정죄하는 대로 자기책임의 부적응, 잉여, 돌연변이, 별종으로 여기는 게 아니라 '꼰대' 문화의 폭력적 이분법에 의해 하위개념으로 규정된 것임을 깨닫는 성찰이다. 이 반성이 선행될 때 키치는 더 활달하고 더 전위적이고 더 유쾌한 방식으로 순수와 통속의 경계를 무화하며 '키치'라는 자기 이름마저 지워버린다. 그것이 유하가 시와 무협지의 결합을 통해 꿈꾼 이상이다.

유하의 도전으로부터 31년이 지난 지금, 마침내 '지네'들은 직립해서 활보한다. 웹소설 시장은 순문학 시장만큼 성장했고, '오타쿠'는 친숙한 대중문화가 됐다. 2019년 가장 '핫'한 작가였던 김초엽은 SF 소설집 『우리가 빛의 속도로 갈 수 없다면』으로 '오늘의 작가상'과 '젊은 작가상'을 받았다. 그는 신춘문예나 문예지 출신도 아니다. 이제는 '장르문학'에 씌워진 '비주류', '통속', '하위' 따위의 차별언어를 벗겨낼 때가 됐다. 그리고 곧 '장르'라는 별호도 떼어내야만 하리라.

2부

빛나는 의심, 눈부신 균열

이탈과 탈출, 응전 또는 화해

박지일, 차유오, 김건홍의 시

당신은 신춘문예에서 무엇을 기대하는가? 능숙함을 찾는가? 세련됨을 보기 원하는가? 안정감 있는 구조와 호흡으로 전통적 시의 미학을 계승한 작품에 박수를 보낼 것인가? 매년 보는 비슷한 경향, '복사—붙여넣기'가 의심되는 심사평, 십년 넘게 똑같은 심사자들의 이름, 답습, 제자리걸음 또는 후퇴…… 신춘문예 지면을 보는 일은 양가적 감정으로서의 흥분을 일으킨다. 설렘과 실망, 환희와 분노가 교차적으로 발생한다.

오늘날 청년 세대를 절망적 '헬조선'에 주저앉힌 것은 취업시장의 기형적 구조 탓이 크다. 기업들은 신규 채용에서도 경력자만 뽑는다. 아무리 실력을 갈고닦아 스펙을 잘 쌓아도 사회초년생에게는 아예 지원할 기회조차 주어지지 않는다. 이러한 양상은 문학에도 만연하다. 문학상이나 지원사업에서 중견과 신진, 기성과 신인, 등단과 미등단을 나누는 것도 꽤나 전근대적인 관습인데, 신인을 뽑는 신춘문예에서 미완의 새로움보다 잘 다듬어진 원숙함의 손을 들어주는 것은 더욱 이해하기 어렵다. 시에 대한 전통적이고 보수적인 신앙에 사로잡혀 시를 마치 구약시대 레위 족속의 성막처럼 규칙과 형식이 지배하는 신성한 영역으로 여기고 있는 것은 아닌지, 심사자들께 묻고 싶다.

이번 신춘문예 당선작들을 읽어 보았다. 어떤 시인들은 교복을 입고 사이좋게 키를 맞춰 서는 쪽을 택했고, 그렇게 어떤 경향들은 죽지도 않고 또 왔다. 1990년대와 2000년대의―심지어 1970년대의―교복을 물려 입은 시들도 있었다. 반면 어떤 시인들은 군집에서 떨어져 나와 이단이 되는 쪽을 택했다. 다행스럽게도 그들이 훗날 영웅이 될 수도 있으리라 예감한 눈 밝은 심사자들이 있었다. 이탈의 기록은 언제나 아름다워서, 나는 몇 편의 시를 읽으며 가슴이 뛰었다.

새로움을 찾아 경향과 유행의 대열에서 이탈한 시인들은 미메시스가 더는 불가능한 인공 자연의 세계에서 끝내 새로운 '대상'을 찾아내고 있었다. 원본의 아우라가 사라진 시뮬라크르 현실에서 자기감정과 체험의 물성을 신뢰하고 있었다. 더 이상 두엔데가 오지 않는 합리와 이성의 글쓰기 공간에서 촛불처럼 순수하게 타오르는 시의 정념을 밝혀두고 있었다. 시의 위상을 독차지한 채 온갖 악습과 폐단만 물려주려는 문단 앞에서 상속을 거부하고 있었다. 구조로부터 강요된 온갖 폭력에 찢기고 상처 입으면서도 맞서 싸우며 탈출하고 있었다.

특히 눈길을 잡아 끈 것은 세 편의 시다. 이 시들은 저마다 뚜렷한 자기 목소리를 내며 기성의 그 어떤 경향에도 물들지 않은 개성을 보여주고 있다. 2020년의 시인들은 개인을 향한 세계의 구조적 폭력과 모순을 고발하고 고통스러운 피해를 증언하는 방식으로 맞서 싸운다. 때로는 싸움에서 한발 물러나 타자의 본질적인 이질성을 수용하며 세계와의 화해를 시도하기도 한다.

세잔의 몸은 기록 없는 전쟁사였다
나는 용석을 기록하며 그것을 알게 되었다

세잔과 용석은 호명하는 방법의 차이만 있을 뿐
하나의 인물이었다

나는 세잔을 찾아서 용석의 현관문을 두들기기도 하고 반대로 용
석을 찾아서 세잔의 현관문을 두들기기도 했다

용석은 빌딩과 빌딩의 높이를 가늠하는 아이였고
세잔은 빌딩과 빌딩의 틈새를 가늠하는 아이였다

세잔과 용석 몰래 말하려는 바람에 서두가 이렇게 길어졌다
(세잔과 용석은 사실 둘이다)

다시,

세잔의 몸은 기록 없는 전쟁사였다
나는 세잔과 용석을 기록하며 그것을 모르게 되었다

세잔은 새총에 장전된 돌멩이였다
세잔은 숲의 모든 나무를 끌어안아 본 재였다
세잔은 공기의 얼굴 뒤에 숨어있는 프리즘이었다

용석아
네게서 세잔에게로 너희에게서 내게로
전쟁이 유예되고 있다

용석아
네 얼굴로 탄환이 쏘아진다 내 배후는 화약 냄새가 가득하다

세잔과 용석은 새들의 일회성 날갯짓, 접히는
세잔과 용석은 수도꼭지를 타고 흐르는 물의 미래, 버려지는
세잔과 용석은 공중의 양쪽 귀에 걸어준 하얀 마스크, 아무도 모
르는

나는 누구를 위해 세잔을 기록하나
용석을 기록하나

도시의 모든 굴뚝에서
세잔과 용석이 솟아난다 수증기처럼 함부로
　　　　　　　　　　　—박지일, 「세잔과 용석」 전문 (경향신문 당선작)

　먼저 경향신문 당선작을 읽어보자. 이 시는 기성 시에서 볼 수 없던 낯선 화법과 새로운 상상력으로 현대인의 이상과 우울, 인간 존재의 다중성에 대한 고찰을 시도하고 있다. 첫 문장부터 호기심을 일으키는 잠언으로 출발해 구체적 진술과 해석적 은유를 자유롭게 오가며 시의 스케일과 볼륨감을 확장시킨다. 얼핏 난해한 사적 진술로 보일 수도 있겠지만, 이 시는 개인으로만 파고드는 것이 아니라 바깥을 향해 분명히 외치고 있다. 독특한 리듬감과 탄탄한 시적구조는 시인이 전하려는 메시지가 단조로운 구호가 되지 않게끔 미학적 완결성을 입힌다.
　화자가 "세잔의 몸은 기록 없는 전쟁사였다"고 진술할 때, 기록 없는 전쟁사는 '세잔'이라는 한 특수한 개인의 체험이 아닌 모든 현대인들의 보편 체험이 된다. 세잔이 이상을 추구하는 낭만적 자아라면 용석은 현

실을 수용하는 합리적 자아이고, 현대인들에게 이 이중자아의 길항과 갈등은 불가피한 것이기 때문이다. "빌딩과 빌딩의 높이를 가늠하는" 용석은 육안으로 보이는 물질세계를 신뢰하고, "빌딩과 빌딩의 틈새를 가늠하는" 세잔은 육안으로 볼 수 없는 비가시적이고 비물질적인 세계를 지향한다. 세잔과 용석은 별개의 인격이면서 신체만 공유하는 샴쌍둥이와 같다. 그러나 한 몸에서 이뤄지는 둘의 동거는 지속 불가능한 것이어서, 세잔과 용석은 "새들의 일회성 날갯짓", "수도꼭지를 타고 흐르는 물의 미래", "공중의 양쪽 귀에 걸어준 하얀 마스크"의 운명을 피할 수 없다. 수도꼭지에서 흐르는 물은 마르고, 공중에 던져진 마스크는 땅에 떨어질 것이다. 현실원칙은 끊임없이 둘 중 하나의 절단, 분리를 강제한다. 제거되는 쪽은 세잔이다. "새총에 장전된 돌멩이"이자 "숲의 모든 나무를 끌어안아 본 재"인 세잔은 얼마나 아름다운 감수성인가. 하지만 "도시의 모든 굴뚝"은 세잔을 허용하지 않는다.

이 시는 읽을수록 복잡한 수수께끼 같지만, 그래서 많은 질문을 가능하게 한다. 매혹적이지 않으면 궁금하지도 않다. 시인이 펼쳐놓은 이미지들의 연속적인 전환과 변주를 따라가다 보면 우리는 우리 안에서 사라진 세잔과 만나게 된다. 그리고 그때 반갑거나 서글퍼서 눈물을 흘릴 수도 있다. 내가 그랬다. 한 개인의 특수성을 인간이라는 보편성으로 수렴하는 깊은 사유와 "공기의 얼굴 뒤에 숨어있는 프리즘"을 향한 미학적 열망은 박지일의 또 다른 시편들을 읽고 싶게 만드는 힘이다.

물속에 잠겨 있을 때는 숨만 생각한다

커다란 바위가 된 것처럼

아무것도 하지 않아도

손바닥으로 물이 들어온다

나는 서서히 빠져나가는 물의 모양을

떠올리고

볼 수 없는 사람의 손바닥을 잡게 된다

물결은 아이의 울음처럼 퍼져나간다

내가 가지 못한 곳까지 흘러가면서

하얀 파동은 나를 어디론가 데려가려 하고

나는 떠오르는 기포가 되어

물 위로 올라간다

숨을 버리고 나면

가빠지는 호흡이 생겨난다

무거워진 공기는 온몸에 달라붙다가

흩어져버린다

물속은 울어도 들키지 않는 곳

슬프다는 말을 하지 않아도 모든 걸 지워준다

계속해서 투명해지는 기억들

이곳에는 내가 잠길 수 있을 만큼의 물이 있다

버린 숨이 입안으로 들어오려 한다
                                    ─차유오,「침투」전문 (문화일보 당선작)

문화일보 당선작인 차유오의 「침투」는 우리가 발 디딘 현실 세계를
'물속'으로 비유하면서 '익수자'의 발화법이라는 독특한 상상력을 펼쳐
보이고 있다. 이 시는 간결한 진술과 묘사를 통해 범주가 큰 이야기를 함
축하는 동시에 독자의 해석이 '침투'할 여백을 생성하고 있다. 이는 전통
적인 시 작법에서 미덕으로 장려되는 기교이기도 하다.

누구나 "물속에 잠겨 있을 때는 숨만 생각한"다. 산소통을 짊어 메고
물속에 들어가지 않은 이상 구조되기를 희망하는 사람은 숨을 얻으려고
하고, 자살을 기도하는 사람은 숨을 버리려고 할 것이다. 물속에 잠긴 사
람은 오직 생존 또는 죽음만을 욕망한다. 그런데 화자의 경우, 그 욕망의
양상이 조금 특이하다. 처음에는 숨을 얻고자 하지만 나중에는 숨을 버
리려고 하기 때문이다.

시인은 '바위'를 자기존재의 양태로, 나아가 오늘날 한국 사회를 살아
가는 보편 인간의 양태로 제시한다. 여기서 바위의 물성에 주목할 필요
가 있다. 바위는 움직이지 않는다. 아무것도 할 수 없이 그저 놓여 있을
뿐이다. 바위는 오직 '존재하는 존재'에 지나지 않는다. "아무것도 하지

않아도/ 손바닥으로 물이 들어오는" 것을 막을 도리가 없다. 무색무취의 '물'은 눈에 보이지 않으면서 물에 잠긴 것들의 생존을 위협한다. 가만히 있어도 우리는 온갖 구조의 폭력, 어디에나 도사리고 있는 사회적 죽음에 늘 노출될 수밖에 없다. 그렇게 비정규직 노동자 김용균 군이, 민간잠수사 김관홍 씨가, 세월호 희생학생의 아버지가, 이주노동자들이, 연예인 설리와 구하라가, 수많은 여성들이 죽임을 당했다.

"물속은 울어도 들키지 않는 곳"이다. 내 슬픔에 아무도 관심을 기울이지 않고, 나 또한 타인의 슬픔에 무감각하다. 물은 "모든 걸 지워준"다. 한 개인의 존엄과 행복, 추억들은 물속에서 "계속해서 투명해진 기억들"이 될 뿐이다. 이 절망적인 물속에서 더 이상 살고 싶지 않은 화자는 숨을 버리려 하지만, 그마저도 허락되지 않는다. "버린 숨이 입 안으로 들어오려 하"고, 세상은 다시 꾸역꾸역 '살아 있음'을 강요한다. 그저 물에 잠긴 바위처럼 "가만히 있으라"고 겁박한다. 이 폭력의 양상을 화자는 물속에서 두 눈을 부릅뜨고 지켜보고 있다. 물속에서 큰 소리로 외치며 고발하고 있다. 소리는 진동의 전달이므로 입자 사이의 공간이 좁을수록 더 빨리 퍼진다. 공기보다도 오히려 물속에서 소리는 더 빨리, 멀리까지 퍼져나간다. 차유오의 시가 '물속' 바위들을 흔들어 깨우는 소리가 되길 기대해본다.

그 집의 천장은 낮았다.
천장이 높으면 무언가를 만드는 데 도움이 될 것이라 했다.

그 집에 사는 목수는 키가 작았다.
그는 자신의 연인을 위해 죽은 나무를 마름질했다.

목수보다 키가 큰 목수의 연인은 붉은 노끈으로 묶인 릴케 전집을 양손에 들고 목수를 찾아갔다.

책장을 만들려고 했는데 커다란 관이 돼버렸다고
목수는 자신을 찾아온 연인에게 말했다.
천장에 머리가 닿을지도 모르겠다고 연인은 답했다.

해가 가장 높게 떴을 때 마을의 무덤들이 흐물흐물 무너져 내렸다.

목수는 연인이 가져온 책 더미를 밟고 올라서 연인과 키스를 했다.
목수의 입에서 고무나무 냄새가 났다.
　　　　　　 ─ 김건홍, 「릴케의 전집」 전문 (한국경제신문 당선작)

　마지막으로 살펴 볼 작품은 한경신춘문예 당선작인 김건홍의 「릴케의 전집」이다. 이 시는 마치 동화처럼 아기자기한 상상력으로 출발한다.
　천장이 낮은 집에 키가 작은 목수가 살고 있다. 키 작은 목수는 자신의 키에 맞춰 협소한 공간에서 살아간다. "천장이 높으면 무언가를 만드는 데 도움이 될 것"이라는 사실을 알면서도 천장을 높이려는 시도를 하지 않는다. 천장이 높아봤자 목수는 자기 키만 한 물건밖에 만들 수 없기 때문이다. 사다리를 타거나 줄에 매달리는 방식의 작업은 여간 불편한 게 아니다. 목수가 자기한계를 인정하고 운명을 받아들일수록 천장이 낮은 집은 자폐적 고립의 세계로 점차 봉쇄되어 간다.
　목수에게는 애인이 있는데, "그는 자신의 연인을 위해 죽은 나무를 마름질"한다. '죽은 나무'는 목수가 매일 만지는 것이고, 목수의 삶은 죽은 나무에 예속되어 있다. 연인을 위해 해줄 수 있는 일이라곤 오직 나무로 무언가를 만들어주는 것뿐이다. 그런데 "키가 큰 목수의 연인"은 목수가 필요로 할 망치나 톱 대신 엉뚱하게도 "붉은 노끈으로 묶인 릴케 전집을 양손에 들고 목수를 찾아"온다. 유용성만을 추구해온 목수의 보수적 세계관을 연인은 책이라는 '무용한' 선물을 통해 새롭게 전환시키려 하는 것이다. '죽은 나무'로 상징되는 물질의 세계에 고립되었던 목수는 대뜸 '릴케 전집'이라는 정신의 연장을 받아들게 된다.

연인이 책을 들고 목수의 집에 방문한 것은 이번이 처음은 아닐 것이다. "책장을 만들려 했는데 커다란 관이 돼버렸다"는 목수의 고백이 힌트를 준다. 목수는 책이, 책으로 함의된 정신성의 세계가 낯설고 어색하지만 익숙해지려는 노력을 조금씩 해나가는 중이다. 사랑이란 서로 다른 두 존재가 타자의 본질적인 이질성을 수용하면서 새로운 존재로 거듭나는 과정이다. 목수는 이제 "천장에 머리가 닿을지도 모르겠다"는 연인을 위해 지붕을 높일 게 분명하다. 세계와 불화하던 한 존재가 마침내 세계와의 화해를 시도하는 것이다. 사랑은 자기존재의 근원적 한계인 죽음마저 두렵지 않게 한다. 목수가 사랑하는 연인을 바라볼 때, "마을의 무덤들이 흐물흐물 무너져 내린"다. 시인은 오후의 눈부신 햇빛에 무덤들이 하얗게 지워지는 풍경을 감각적 비유로 묘사하고 있다.

"목수는 연인이 가져 온 책 더미를 밟고 올라서 연인과 키스를 한"다. 이 과감한 행동이 시를 읽는 이들을 미소 짓게 한다. 책은 꼭 읽는 데만 그 효용이 있는 것이 아니다. 냄비받침이 될 수도 있고, 파리채나 망치로 쓸 수도 있다. 하물며 키스를 위한 계단이라니, 얼마나 유용하고 낭만적인가? 목수의 연인은 책을 사랑하지만 책에 함몰된 고리타분한 인간이 아니다. 목수가 책 더미를 밟고 올라 입술을 내미는 것을 기꺼이 허락한 걸 보면 알 수 있다. 그것도 무려 릴케의 전집을 말이다. 둘이 키스를 나누자 "목수의 입에서 고무나무 냄새가 난"다. 평생 '죽은 나무'를 만지고 살던 목수에게서 살아 있는 나무의 생기가 돌기 시작한 것이다. 연인의 사랑이 '죽은 나무'의 우울에 갇혀 지내던 한 사람을 살렸다. 목수는 나무로 만든 가장 아름다운 것이 책이라는 사실을 알게 됐으리라.

이 시에 대한 심사평에서 심사위원들(송재학·손택수·안현미)은 "간결하고 압축적이면서도 비의와 상징이 풍부하다는 점, 열린 서사 구조가 다양한 해석을 가능케 하고 긴 여운을 남긴다는 점"을 높이 평가했다. 심사평에 전적으로 동의하는 바 이 시를 올해 신춘문예가 발견해낸 돌올한 개성 중 하나로 꼽고 싶다. 김건홍은 적은 말로 다채로운 이미지를 만들어내며, 그 이미지들은 저마다 풍성한 이야기를 거느린다. 관념은 함축하고 이미지와 서사는 증폭시키는 언어의 경제적 운용이 김건홍 시의 미덕이다.

신춘문예는 극소수만이 선택되고 대다수가 배제되는 냉혹한 검증 제도다. 그런데도 축제의 성격을 띤다. 새해 첫날 화려한 스포트라이트를 받으며 세상에 이름과 얼굴을 알리는 건 평생 한 번 있을까말까 한 황홀한 일이다. 모두가 그 꿈을 꾼다. 그러나 기대와 설렘, 희망은 아주 잠시뿐, 호명되지 못한 이에게는 지옥이 열린다. 매년 겨울마다 조울증, 증오, 오기, 좌절, 절망, 망상, 상처, 처연한 마음 졸임, 초조함, 술병, 억지웃음, 거짓축하, 겨우 뱉어내는 괜찮다는 말, 심장병, 눈물 같은 것들과 부둥켜안고 한뎃잠을 자는 이들을 나는 잘 알고 있다. 나도 십여 년 떨면서 불면의 겨울을 보냈기 때문이다. 그들을 계속 도전하게 하거나 차라리 일찍 포기시켜 다른 길로 가게 하려면 공정하고 권위 있는 심사가 필요하다. 대부분 뽑힐 만한 작품이 뽑혔지만, 일부 지면에는 도저히 납득할 수 없는 수준 이하의 글들이 당선작으로 실렸다. 그것은 심사자와 당선자, 매체, 한국문학 모두에게 가하는 자폭테러나 다름없다.

새로움, 오직 새로움뿐이다. 먼저 난 길들을 불러 모아 흩어버리는 시, 줄이란 줄은 다 끊거나 꼬아버리는 시, 허물고는 다시 짓지 않는 시, 무엇이 되어보려고 하지 않는 시, 불화하는 시, 길 아닌 곳으로 걸어가는 시, 멀리서 여기로 오는 시, 여기서 멀리로 가는 시를 읽고 싶다. 나는 매년 신춘문예에서 새로운 목소리들을 듣기 원한다. 이제껏 없던 상상력을 보기 희망한다. 처음 맞닥뜨리는 파격과 충격 앞에 당혹스럽기를, 호기심이 솟구치기를 기대한다. 능숙함, 세련됨, 안정감은 좋은 시가 가져야 할 중요한 미덕이다. 순수 서정성과 리얼리티의 핍진성 등 우리 시의 전통적 미학을 이어나가는 것 또한 꼭 필요한 작업이다. 하지만 새로움이 없는 능숙함은 그저 기술에 머물 뿐이다. 신춘문예에서만큼은 세상에 없던 것을 내어 미는 새로움의 손이 번쩍 들려야 한다. 새로움, 새로움 외에 유의미한 것은 없다.

자기존재와 언어의 근원적 한계를
극복하는 방법론

김금란, 최지인, 김유태의 시

  우리는 살면서 죽고, 죽으면서 산다. 지금 이 순간에도 존재는 끊임없이 소멸 중이다. 우리는 모두 자신의 의지와 상관없이 세상에 태어나고, 태어나는 순간부터 소멸을 향해 가기 시작한다. 절대적 한계인 죽음을 극복하는 방법은 없다. 다만 생과 멸이라는 두 사건 사이에서 인간은 '살아 있음'의 상태를 유의미하게 만들고자 노력할 뿐이다. 타인과 관계 맺고, 직업을 갖고, 사회의 구성원이 되고, 가정을 꾸리고, 아이를 낳고, 책을 읽고, 음악을 듣고, 스포츠를 즐기고, 먹고 마시고 여행하고, 사랑한다. 이러한 가치 추구 행위들을 통해 존재는 자신의 실존을, 살아 있음의 상태를 확인하며, 살아 있음의 상태에 필연적으로 발생하는 결핍을 해소한다. 우리는 '살아 있음'이라는 자각이 고통이 아닌 만족감으로 결부될 때를 '행복'이라고 일컫는다. 행복하다고 느끼는 순간에 삶은, 죽음이라는 예정된 결과에도 불구하고 살아볼 만한 과정이 되는 것이다.

그런데 이 행복감이 매우 드물게 찾아온다는 데서 인간의 실존적 고뇌가 생겨난다. 인간은 자기존재의 충만감보다 결핍을 더 자주 지각하는 동물이다. 결핍은 여러 형태로 나타나는데, 궁극적 결핍은 물론 죽음이다. 하지만 결핍은, 실존의 한계는 죽음과 노화, 질병 등 육체적이고 물리적인 제한에만 국한되는 게 아니다. 신체의 부자유 못지않게 사유의 부자유는 인간을 위축시킨다. 사유의 부자유는 현실원칙의 간섭과 구속에서부터 비롯된다. 우리는 타자와 관계 맺으며 사회적 기준에 스스로를 맞추는 '규격화' 인간이 되어버렸다. 멋대로 살 수 없다는 것, 하고 싶은 대로 할 수 없다는 것이 주체를 끊임없이 슬프게 한다. 유년기의 무궁무진한 상상력은 학교라는 제도권 교육의 통제에 그 영토가 침탈되고 축소되고 분할된다. 개인의 취향과 개성은 보편과 획일성, 몰개성으로 대체되고, 주체적 자아는 사회제도와 관습에 의해 수동적, 피동적 초자아가 되고 만다.

이 현실원칙의 구속을 극복하기 위한 한 방법론이 예술 창작이다. 쇼펜하우어는 실존이라는 권태를 견디는 데 있어 예술을 통한 심미적 해탈이 그나마 유의미한 방법론이라고 말한 바 있다. 예술은 현실을 초월한다. 그 현실 초월성이 바로 예술의 속성이자 존재 목적이다. 현실원칙의 어떠한 간섭과 구속도 받지 않은 자유로운 사유와 표현의 세계야말로 의식적 존재인 인간이 근원적 한계를 극복할 수 있는 낙원인 셈이다. 시인들은 언어로서 그 초월 세계에 도달하고자 한다. 그런데, 그 세계는 쉽게 열리는 법이 없다. 인간의 실존이 죽음과 타자성이라는 한계를 벗을 수 없듯 언어 또한 현실원칙의 온갖 금기들을 좀처럼 이겨내지 못한다. 의미 이전의 의미, 팽창 직전의 우주처럼 무수한 해석의 가능성으로 충만하던 최초의 영감은 언어화되는 과정에서 굴절, 왜곡, 절단, 변형, 가공,

검열을 겪으며 파편화되고 왜소해진다. 기표는 언제나 기의의 무덤에 놓인 묘비가 되고 만다.

인간이라는 실존에서도 늘 한계를 체감하는 시인들은 사유와 언어 사이의 낙차라는 항구적 한계 앞에 또 한 번 좌절한다. 범인들보다 몇 겹 더 두꺼운 절망과 마주해야 하는 운명은 스스로 선택한 천형이자 저주다. 지난 계절 우리는 현실원칙의 폭력에 의해 죽음으로 내몰린, 혹은 현실이라는 한계를 벗어나기 위해 스스로 죽음을 택한 한 연예인의 비극을 목격했다. 예민한 감각을 지닌 시인들은 그 비극을 더욱 선명하게 봤을 것이다. 자기존재의 한계와 언어의 불가능성을 고백하는 시편들이 눈에 띄었다. 이들 시편에서는 현실원칙에 주저앉아 한계와 패배를 수용하기보다 절망과 고통을 자신만의 독특한 에너지로 전유하여 현실의 중력을 극복하고자 하는 힘이 느껴졌다.

미로의 숲 앞에 서서 생각해요
이곳에서 길을 잃으면 어떻게 해야 할까

세상의 길은 수많은 사람들만큼이나 복잡하고 난해했어요
사람들은 더러 길을 포기하고 새의 발자국을 따라가기도 했어요
날개도 없이 마치 새처럼 날아올랐죠

나는 지금도 자주 길 위를 서성거려요
어디로 가야 하는지 이젠 아무도 알려주지 않죠
미로의 숲 앞을 서성이고 있을 때
저만치 앞에서 누군가 웃으며 인사를 건네요

(중략)

바람 같은 표정으로 눈인사를 건네던 사람들이
어느새 미로의 숲속으로 사라졌어요

나도 가끔 새처럼 날아오르는 꿈을 꾸기도 하지만
눈인사를 건네던 그들의 발자국을 따라가 보기로 했어요
아직은 이름을 부르지 못하지만
　　　　　—김금란, 「나는 지금 미로의 숲길을 걷고 있어요」 부분
　　　　　　　　　　　　　　　（『인간과 문학』 2019년 가을호）

　　김금란의 시는 '미로'라는 혼란과 착시, 고난의 장소에 대해 이야기한
다. 미로는 흔히 혼돈과 우연으로 이루어진, '한치 앞도 알 수 없는' 인생
의 은유로 말하여지곤 한다. 위 시의 화자는 지금 "미로의 숲 앞에 서서
생각"한다. "이곳에서 길을 잃으면 어떻게 해야 할까"를 고민하며 미로
의 숲으로 들어서기를 망설이고 있다. 3연의 진술로 미루어봤을 때 '미
로의 숲' 앞에 도착하기 전까지는 "어디로 가야 하는지"를 친절하게 알
려주는 길잡이들이 있었던 모양이다. 그런데 "이젠 아무도 알려주지 않"
는다. 독자적으로 길을 찾아 나서야 하는 것이다. 선택도 스스로 하고,
책임도 스스로 져야 한다. '어른'의 삶이 그러하다.

　　그렇다면 위 시의 화자가 서 있는 '미로의 숲'은 온갖 어려움과 예측불
가능한 일들로 가득한 인생을 의미하는 것일까? 미로가 인생의 은유로
쓰였다면 이 시는 평범하고 단조로운 계몽 문구에 지나지 않았을 것이
다. 하지만 시인의 사유는 중층적이다. 위 시에서 '미로'는 생존이 최우선
목적인 인간 삶을 의미하는 동시에 시인이라는 자기존재의 정체성을 찾
아나가는 가치 추구적 삶의 메타포이기도 하다. 등단이라는 등용문을 통
과해 습작기와 작별한 시인은 이제 스승이나 기성 시인을 길잡이로 삼지
않고 오직 자신만의 힘으로 시업을 일궈 나가야만 한다. 이 과정에는 "길

을 포기하고 새의 발자국을 따라가"는, 보편적 삶의 포기가 반드시 선행된다. 훌륭한 예술은 세속적 삶의 성공과는 언제나 반비례하기 때문이다.

화자는 먼저 '미로의 숲'으로 들어간 "그들의 발자국을 따라가 보기로 한"다. "아직은 이름을 부르지 못하지만"이라는 독백은 아직 무명에 가까운, 이름을 얻지 못한 시인인 자기 자신에 대한 관조적 태도다. 미로의 숲에서 그는 "새처럼 날아오르는 꿈을 꾼"다. 이는 훌륭한 시인이 되겠다는, 자기존재의 비상을 향한 염원이기도 하지만, "날개도 없이 새처럼 날아오"르는 시적 언어의 무한한 가능성에 대한 소망이기도 하다. 통념이나 기성의 관념, 의미 언어의 한계를 초월한 최초의 기의 그 자체로 자신의 시가 자유롭기를 꿈꾸는 것이다. 시인에게는 "어떻게 살 것인가?" 보다 더 중요한 고민이 "어떻게 쓸 것인가"이다.

두 눈 감으면 창문 앞에 내가 있고 나는 조금 망설이다가 창틀 위에 섰다 벌인 일도 밀린 일도 그대로 두고 펑 하고 기둥에 차를 박았다 닦는다고 나아지는 것도 아닌데 쪼그려 앉아 찌그러진 범퍼를 문질렀다 좋은 일은 하나 없었다 곰곰 생각하면 나쁜 일도 하나 없었다 어디에 있는 걸까 나는 우편함에 꽂힌 청구서를 보는 게 소름 끼쳤다 검은 연기가 하늘을 뒤덮었다 침대 끝에 한 아이가 앉아 있었다 누가 네 과자를 빼앗아 갔니? 아이는 외눈박이 당나귀 인형처럼 입을 조금 벌렸다 무너지는 집 불타는 사람 나는 전부 말하고 싶었다 그 애는 금방 자랐다 커다란 여행 가방 끌고 집을 나섰다 미래는 늘 약속한 시간보다 늦었다 매표소에는 사람들이 늘어서 있었다 열차를 탄 사람도 표를 구하지 못한 사람도 말하지 않고 불행이 가능했다 저기요 하는 말소리에 까무러치게 놀랐다 나에겐 시간이 없다 더 나은 사람이 되어야 한다 나는 가끔 누군가의 곁에 있었고 슬펐다 고주망태가 될 때까지 살 판과 죽을 판을 오가며 술을 퍼붓고 휘

파람을 불었다 벌써 귀신이 된 기분으로 춤을 추는 내가 있었다

　　　　　　　　　—최지인, 「겁」 전문 (『서정시학』 2019년 가을호)

　최지인의 시 제목은 '겁'이다. 무엇인가를 무서워하는 마음을 뜻하는 단어다. 시인은 무엇에 두려움을 느끼는 걸까? 그 '겁'의 대상을 추적해 보자. 위 시에서 화자는 육안이 아닌 심안의 풍경 가운데 있다. 두 눈을 감는 순간 현상세계의 즉물적 풍경 대신 의식 세계 또는 무의식 세계의 추상적 풍경들이 펼쳐진다. 화자가 창문 앞에 있다가 창틀 위에 섰다가 갑자기 기둥에 차를 박고, 찌그러진 범퍼를 문지르고, 우편함에 꽂힌 청구서를 보는 등의 비약적 위치 이동과 장면 전환은 무작위적인 의식의 흐름이다. 화자의 내면에 저장되어 있는 욕망들과 과거의 체험들이 연속적인 이미지의 전환으로 나타나는 것이다.

　이 내면 풍경의 전환 과정은 수면의 메커니즘을 연상케 한다. 깨어 있는 것과 거의 유사한 상태의 얕은 잠을 '렘(REM)수면'이라고 하는데, 렘수면 상태에서 인간은 뇌의 활발한 알파파 활동으로 인해 꿈을 꾸게 된다. 일상 활동 동안 의식에 의해 억제되었던 무의식이 조금씩 깨어나기 시작하는 것이다. 창문, 창틀, 차량 충돌사고, 파손된 차량 범퍼 수리, 우편함의 청구서로 이어지는 이미지들의 파편적인 나열은 화자가 꿈을 꾸고 있는 상태임을 짐작하게 한다. 장면과 장면의 극심한 비약과 난데없는 전환이 꿈의 속성이기 때문이다. 이 무의식적 몽상 상태에서 화자는 큰 의미를 지니지 않는 몇 개의 장면들을 통로처럼 지나 마침내 핵심적인 이미지에 도달하게 된다. "검은 연기가 하늘을 뒤덮"는 순간, 의식은 캄캄해지고 화자는 더 깊은 무의식의 공간으로 들어선다.

　그 안에서 화자는 "침대 끝에 한 아이가 앉아 있"는 광경을 본다. 아이는 당연히 화자 자신이다. 그는 보통의 아이들과는 달리 "외눈박이 당나

귀 인형"을 닮았으며, 누군가에게 과자를 빼앗기는 폭력을 당한 경험이 있고, '무너지는 집'과 '불타는 사람'의 비극적이고 잔혹한 풍경도 목격한 적이 있다. 이어지는 장면에서 화자인 아이는 어느새 자라나 여행 가방을 끌고 집을 나선다. 여기까지는 개인적이고 구체적인 지난 삶의 체험이 화자의 내면에서 이미지화된 결과라고 할 수 있다. 그런데 다음부터가 중요하다. 아직 오지 않은 미래에 대한 묵시적 직관, 즉 '예지몽'이라고 할 만한 장면들이 펼쳐지기 때문이다.

'외눈박이 당나귀 인형'이 범인과 구별되는 독특한 존재로서의 시인을 상징한다면, '무너지는 집'과 '불타는 사람'은 문득 불꽃처럼 떠오른 매혹적인 시적 영감일 것이다. 그것을 "전부 말하고 싶었"지만, 아이의 언어는 의미화 과정을 거치며 최초의 활달한 힘을 잃고 만다. 그 의미화, 기성화 과정을 위 시는 아이가 어른이 되는 것으로 묘사하고 있다. 그러나 화자는 그 언어의 한계에 굴복하지 않고 "더 나은 사람", 즉 더 나은 시인이 될 것을 다짐한다. 언어 한계를 극복하기 위한 시작(詩作)의 여정에는 "가끔 누군가의 곁에 있"는 것만 간신히 허락되는 고독과 슬픔, "고주망태가 될 때까지 살판과 죽을 판을 오가며 술을 퍼붓고 휘파람을 부"는 방황과 예술에의 광기어린 몰두가 동반된다. 그것들을 다 지나야만 비로소 "벌써 귀신이 된 기분으로 춤을 추는 나"를 완성할 수 있게 된다. 귀신처럼 춤을 추는 '나'는 곧 상투적 관념과 기성 의미체계의 간섭에서 벗어난 시인의 자화상이다. 이쯤 되면 시인이 겁내는 게 무엇인지 자명해진다. 몽상적 언어, 상상력의 언어를 재단하는 관념과 의미의 가위질이 바로 '겁'의 대상이다.

'외눈박이 당나귀 인형'을 남다른 세계관과 개성을 지닌 한 개인으로 바꿔 해석에 적용해보면, 최지인의 시는 존재론적 아포리즘이 된다. 최지인은 꿈의 형식을 빌려 기의와 기표 사이의 낙차라는 언어의 한계, 그리고 '주체적 자아'와 '사회적 인간' 사이의 간극이라는 자기존재의 한계에 대한 이야기를 은유적으로 부려놓고 있는 것이다.

그대 망각의 일기를 후생의 도서관에 대신 써둔다 벽의 내부에 거꾸로 적은 구불구불한 악필이 그대가 발견할 전생이다 그대가 발음하지 않은 외줄의 자막 사이로 질주하는 개의 언어를 해독하지 않고도 그대는 이미 안다 그대로 기억되는 건 그대가 잊은 벽 안쪽의 지옥이라고 현생에서 후생으로 관통하는 거대한 가시 달려가는 개의 목구멍에 걸린 손톱 시간의 허공에 비끄러맨 미늘 그대 목에서 울컥 뿜겨져 나오는 몇 방울의 피 참혹의 징표였던 시간을 질질 끌며 그대는 검은 정원正圓의 테두리를 걷고 있다 이형의 검붉은 선을 외벽에 긋고 현생에 저항하는 전조처럼 기울어진 시계는 소리를 내지 않고 불타버린 의자에 앉은 그대 쾅 후생의 책상을 내려치며 혀를 망각하는 날이 올 것이다 검붉은 페인트칠이 벗겨진 책장 옆에서 컹 한쪽 눈을 실명한 개가 허공을 향해 짖고 아무것도 읽을 수 없는 저녁마다 투신하는 석양을 쳐다보며 그대는 매일 갸우뚱 고개를 숙이다 슬픈 목이 비로소 부러지고 말 것이다 그대가 기대는 벽 느리지만 분명하게 움직이는 초침 정지한 시간의 박명에서만 그대와 나는 시작할 수 있다 그대가 끝나는 벽으로 질주하며 나는 부서지겠다 뜨거운 벽의 외부에서 그대는 발견되지 않는다 나는 발견되지 않는다

— 김유태, 「사인칭四人稱」 전문

(『현대시』 2019년 10월호)

시는 텍스트 바깥의 사회적, 시대적 현실 속에 침투해 유의미한 자리를 지켜야하기도 하지만, 시 안에서 스스로 머물 곳을 항구적으로 탐색해야하기도 한다. 탐미주의적으로 말하자면, 시의 자리는 오직 시 안에 있는 것이다. 이러한 믿음을 자신의 시 세계 안에 탄탄하게 구축하고 있

는 시인이 바로 김유태다.

김유태의 시는 시 쓰기 과정에서 시인이 절감하는 언어의 한계를 "벽 안쪽의 지옥"으로 상정해두고 주체가 그곳을 빠져나가는 과정을 은유적이고 묵시적인 레토릭으로 그려내고 있다. 곳곳에서 고난 극복과 성장에의 예감이 포착되어 이 시는 한편의 엑소더스(Exodus), 일종의 영웅서사처럼 읽히기도 한다. 김유태는 2018년 등단 이후 깊은 사유와 진중한 언어 운용으로 정신성에 대한 탐구와 존재론적 성찰을 끊임없이 시도하는 시인인데, 그의 시를 읽으면 장중한 바로크 음악을 듣는 듯한 짙은 떨림이 느껴지곤 한다.

"그대가 발음하지 않은 외줄의 자막 사이로 질주하는 개의 언어"는 어떤 왜곡과 변형도 거치지 않은 순도 높은 '온전한 느낌'이다. 그렇다면 "현생에서 후생으로 관통하는 거대한 가시", "달려가는 개의 목구멍에 걸린 손톱", "허공에 비끄러맨 미늘", "그대 목에서 울컥 뿜어져 나오는 몇 방울의 피"는 "개의 언어"라는 최초의 영감에서 확장되고 파생된 보다 구체적인 시적 몽상들일 것이다. 그런데 이 충만한 잠재태의 기의들은 "참혹의 징표"인 '시간'에 의해 "검붉은 선"이 그어지고, "소리를 내지 않고 불타버리"고, "혀를 망각하"면서 결국 "한쪽 눈을 실명한 개"가 되고 만다. 이 '개'는 불구적 기표의 은유다.

화자는 이 언어의 한계라는 숙명을 담담하게 받아들인다. 그의 시는 "허공을 향해 짖"는 공허한 메아리로 전락하고, "아무것도 읽을 수 없는 저녁마다" "슬픈 목이 비로소 부러지고 말" 운명을 피할 수 없을 것이다. 그럼에도 불구하고 화자는 그 운명과 끝까지 맞서 싸우겠다는 의지를 고백한다. "정지한 시간의 박명에서" 새롭게 시작하겠다고, "벽으로 질주하며 부서지겠다"고, 그리하여 마침내 "발견되지 않는" 무엇이 되겠다고 다짐한다. 롤랑 바르트는 『글쓰기의 영도』에서 '영도(零度)'를 어떤 주장도 부정도 없이 순수 언어에 다다른 이상적인 상태, 즉 작가의 주관적 개입이 없는 '에크리튀르(ecriture)'라고 말했다. 사전적 의미로는 "온도, 각도, 고도 따위의 도수(度數)를 세는 기점이 되는 자리"다. "정지한 시간"은 기성 의미체계의 어떠한 개입도 없는 순백의 세계, 모든 문장이 다 최초의 해석이 되는 '창조(Genesis)'의 순간이 아닐까? 그곳에서 화자는 자신의 언어가 벽에 부딪쳐 부서지는 추락의 고통을 감내하면서, 결국 언젠가는 이 세상에서 아직 발견된 바 없는 새로운 문장을 빚어내고야 말 것이다. 이 시 역시 '일기'를 한 개인의 생으로, '개의 언어'를 타자와 구별되는 주체의 개성으로 읽을 경우 현실원칙이라는 한계를 극복하려는 자아의 존재론적 고백이 된다.

> 의자는 와해되었다 등받이 내부가 식어간다 정황증거는 불충분하다 창문 없는 외벽 아까 했던 말을 반복하는 개의 목덜미를 잡고 출구를 추궁한다 짐승의 목구멍에 맹렬한 금속피리 개는 개가 아니어도 좋다 주머니 속의 가위에서 손목의 냄새가 난다 우리의 주소는 죽음에도 이르지 못하는 병이겠지요 내연기관에 굴뚝은 없고 재가 소복소복 쌓이는 폐 철골과 목재를 실은 낡은 트럭이 외벽 바깥을 지나고 유일한 목격자는 한 줌의 못을 맨손으로 주무르며 걷는다 소음 속에서 들리는 온순한 아이의 희미한 노래 아무도 보이지 않는데 이미 눌려 있던 가설 승강기 버튼
>
> ─김유태, 「임시 가설 통로」 전문
> (『인간과 문학』 2019년 가을호)

이번에 발표한 신작들에서도 김유태는 일관된 메시지를 전하고 있다. "창문 없는 외벽"은 벗어나야만 하는 어떤 한계의 상태를 의미한다. "아까 했던 말을 반복하는 개"가 새로움이 없는, 자기복제와 기성 답습의 낡

은 언어를 뜻한다면 시에 제시된 '가설 통로'는 시적 몽상이 활자화되기까지 통과해야만 하는 사유의 터널일 것이다. "개는 개가 아니어도 좋다"라든가 "주머니 속의 가위에서 손목의 냄새가 난다"와 같은 진술이 위 시가 한편의 '메타시'임을 증언해준다. 시인은 원관념과 보조관념 사이, 본질과 해석 사이, 기표와 기의 사이, 개념과 직관 사이, 풍경과 언어 사이에 발생하는 낙차에서부터 문장을 건져 올리는 자다. 개는 개가 아니고, 주머니 속의 가위에서 금속이 아닌 손목의 냄새가 나는 이상한 세계, 그곳이 바로 개념과 직관 사이, 대상의 실제 본질과 시적 해석 사이에만 존재하는 '가설 통로'다.

이곳에서 화자는 "죽음에도 이르지 못하는 병"을 앓는다. 키에르 케고르가 말한 '죽음에 이르는 병'은 부활의 믿음이 없는 절망적 상태를 뜻한다. 절망이 절망인지도 모르는 자기 상실의 상태가 죽음에 이르는 병이라면, "죽음에도 이르지 못하는 병"은 부활의 희망도, 죽음의 절망도 없는, 삶과 죽음 어디에도 속하지 않는 초탈의 상태, 즉 예술을 통한 심미적 해탈을 의미한다. 그곳에서 화자는 "소음 속에서 들리는 온순한 아이의 희미한 노래"를 듣는다. 삶, 죽음, 부활, 신, 절망 따위 '이데아'의 소음에 물들지 않은 '모르는 자'이자 '질문하는 자', '순진무구한 자'인 '아이'의 언어를 획득하는 것이다.

    그 일 말고는 아무 일도 일어나지 않았다

    죽어 해안에 추락한 새 한 마리, 해골 조각을 마른 목으로 삼켜 울음 같은 긴 트림을 내뱉고 다시 죽어갔다

    제 안에서 피 쏟고 새가 죽으면
    아무도 부르지 못했던 새의 이름이 뼈에 새겨진다고도 들었다

자기존재와 언어의 근원적 한계를 극복하는 방법론   183

나는 아주 오래 전에
내가 잊은 나의 이름 하나를 찾으러 새가 죽었거나 죽어가던 종
말의 바다에 서 있었다

죽은 새의 배를 갈라
덜 부패한 이름의 왕국을 밟으면서
내가 기억하는, 나의 이름들이 새겨진 뼈는 아무래도 부러뜨리고
잃은 이름 하나를 찾아 죽은 새를 헤맸다
　　　　　　　　　　　　　— 김유태, 「죽지 않는 마을」 부분
　　　　　　　　　　　　　　　　(『인간과 문학』 2019년 가을호)

　　"죽어 해안에 추락한 새 한 마리"는 아무도 닿지 못한 높이까지 힘차
게 날아올랐다가 의미와 활자의 횡포에 의해 바닥에 떨어져 "제 안에서
피 쏟고" 죽어버린 최초의 느낌, 최초의 사유일 것이다. 로르카가 '두엔
데(Duende)'라고 말한 그 절정의 영감 말이다. 그 영감은 비록 활자가 되
지 못했지만, "아무도 부르지 못했던 새의 이름이 뼈에 새겨"져 시인은
언젠가는 반드시 "잃은 이름 하나를 찾아"내고야 말 것이다. "내가 기억
하는, 나의 이름들이 새겨진 뼈"들은 이미 쓰인 바 있는 낡은 언어, 새로
움이 없는 기성의 의미들이므로 "아무래도 부러뜨리고" "죽은 새의 배를
갈라" 그 아름다웠던 착상에 걸맞은 이름을 찾아내는 동안 그는 언어의
한계는 물론 죽음과 현실원칙이라는 자기존재의 한계마저 초월하게 될
것이다. 시가 곧 시인에게는 구원이기 때문이다.

빛나는 의심, 눈부신 균열

박유하 시 읽기

　세계가 모두에게 세계일까? 시간이 모두에게 시간일까? 박유하에게
'세계'란 때때로 세계이지만 세계가 아닌 세계다. 시간 또한 그러하다. 박
유하의 시적주체가 속한 시간은 대개 "냉장고 문을 왜 열었는지 기억나
지 않을 때"이거나 "설거지하다가 어느 순간 설거지가 끝나있을 때"다.
그렇게 "생활의 맥락을 자주 놓치"(「머리카락」)는 시인에게 시간은 연속
적인 질서가 아니라 분절되고 파편적인 우연과 혼돈이다. 여기에는 인과
가 없다. 박유하의 시에서는 '나'와 세계가 불일치하는 순간도, 예기치 않
게 주파수가 일치하는 순간도 모두 인과 없는 우연이다. 우연은 인식의
차원 바깥에서 작동하며, 의미의 중력으로부터 간섭 받지 않는다. 인간
의 사유는 명료한 의식 속에서 구성되는데, 박유하의 시는 의도적으로
명료함을 벗어나 주체가 인식할 수 없는, 그래서 뭐라 말해야 할지 모르
는 현상들을 직면한다.

이불 밑에는 어둡고 따뜻한 허공이 맴돈다
무엇이든 맴돌다 보면 허공이 되는지 모른다

손톱 끝 냄새, 식은땀의 온도, 드문드문 살 긁는 소리
회끄무레한 숨소리가 이불 속에서 돌고 돈다는 것

나는 어딘가 오래 고여 있는 느낌으로
허공을 알아차린다

허공은 바람이 되지 못해서
이불 밖으로 구출될 수 없다

나는 이불 속에 고여 있다가
매일 아침 해변으로 밀려나듯 깨어나는 생활을 실천한다

이불은 계절에 따라 두께를 달리하며
지상에 허공의 흔적들을 내어놓는다

　　　　　　　　　　　　　　　　　ー「이불」 전문

　시인은 인식할 수 없는 그 모든 우연들을 '허공'으로 명명한다. 시집『
탄잘리교』에는 '허공'이라는 단어가 자주 등장한다. 허공은 불분명하기
에 자유로운 세계, 박유하에게 세계란 무한히 증식하는 허공이다. "무엇
이든 맴돌다 보면 허공이 되는" 세계는 정착하지 못하는 성질을 가진 다
양체로서의 공간이다. "허공은 바람이 되지 못"하는 것처럼, 명료한 의
미가 되지 못한 채 무의미의 광활한 공백을 떠도는 말과 마음과 생각과
행위들이 박유하의 시에서 "허공의 흔적들을 내어놓는"다.
　시인은 현실과 꿈의 중간쯤에서, 인식과 착란 사이 어딘가에서 시적

주체가 '미선이', '다영이', '조', '민', '젠', '엄마', '당신' 등 고유명의 타자들과 함께 부유하고 있는 허공으로 독자를 안내한다. 그곳은 대상과 의미, 확신과 의심, 의식과 무의식, 크로노스와 카이로스가 만들어내는 아득한 낙차의 세계다. "내가 죽었다는 것일까, 살았다는 것일까"(「안마」) 확실치 않고, "집에 있는 형광등이 네모인지 동그라미인지"(「머리카락」) 불분명한 그곳에서 주체는 "모든 것이 의심스러워"(「인간관계」) "꿈에서 깨기 위해/ 꿈에서 잠을 자"(「회로」)야 할 만큼 혼란감을 겪는다. 그 혼란감은 시인으로 하여금 "표류인"(「표류인」)이라는 자의식을 갖게 한다. 세계는 분명 그대로인데, 내가 알던 세계가 아닌 것만 같은 미시감(자메뷰·jamais vu) 속을 표류하면서, "어딘가 오래 고여 있는 느낌으로/ 허공을 알아차리"는 바로 그때, 박유하는 "쏟아지는 현기증을 따라"(「늙은 소파의 귀」) '세계 아닌 세계'라는 매혹적인 역설을 파헤친다. 그리고 그 과정에는 현란한 시적 기교나 언어유희 대신 건조한 진술과 대화체의 활용이 두드러진다. 문학적 공작성을 철저히 배제한 채 평범하고 일상적인 장면의 묘사만으로 독자에게 깨달음을 주는 에피파니(Epiphany)는 박유하 시의 중요한 특징이다.

십, 구, 팔, 칠
'지금이라도 뛰쳐나갈까'
삼, 이
나는 두 눈을 꾹 감고
일

두 눈을 떴다
폭발물이 터졌는데
방이 무사하다

그렇게 죽고 싶던 나는
죽지 않은 것이 자랑스러웠다

밖에 나오자
사람들이 나를 쳐다봤다

"무슨 일 있었어?"
"나도 모르겠어
분명 이곳이 폭발했고 나는 여기 있어"

나는 미연이와
차를 타고 도로를 달렸다
갑자기 살아 있는 것이 의심되는 순간
차가 도롯가로 떠밀려가듯이 멈추어 섰다

"왜 이러지?"
"미선아, 미안해 나 때문이야
나는 아무래도 죽은 것 같아"

미선이는 겁을 먹었고
나는 차에서 내렸다

심지어 나는 나를 짓누르는 무게감 때문에
한 발짝도 움직일 수 없었다
미선이는 정지한 나를 경이롭게 여기며
폭발 사건을 믿었다

"그런데 이 일을 어떻게 하지?"

"방이 무사하잖아"

우리는 환하게 웃었다

―「폭발물」 전문

위 시의 화자는 폭발 사건을 겪는다. "두 눈을 떴다/ 폭발물이 터졌는데/ 방이 무사하다"는 진술로 미루어보아 폭발은 아마도 꿈속의 사건인 듯하다. 그런데 꿈에서 깨어나 외출한 화자는 "무슨 일 있었어?"라는 '미선'의 질문에 "나도 모르겠어/ 분명 이곳이 폭발했고 나는 여기 있어"라고 대답한다. 꿈과 현실을 혼동하는 이 몽환상태는 급기야 "갑자기 살아 있는 것이 의심되는 순간"으로까지 확산된다. "분명 이곳이 폭발했"다는 말을 의심하던 미선은 화자가 "나를 짓누르는 무게감 때문에/ 한 발짝도 움직일 수 없"을 때 비로소 "폭발 사건을 믿"게 된다.

크리스토퍼 놀란의 영화 <인셉션>에는 중력에 대한 매혹적인 상상력이 펼쳐져 있다. 인간이 수면 중에 경험하는 꿈의 세계를 무중력 공간으로 표현한 것이다. 꿈을 무의식의 우주 공간이라고 한다면, 꿈과 중력 사이에는 확실한 연관성이 생긴다. 우리는 불과 5분 남짓 짧은 낮잠 동안에도 꿈을 꾸는데, 그 꿈에서는 과거 혹은 미래로 수십, 수백 년 시간이 흐르곤 한다. 시간의 경계가 무화되고, 공간 개념 또한 사라져서 꿈에서 우리는 시공을 자유롭게 넘나든다. 공중을 날아다니기도 한다.

박유하의 시적주체가 폭발 사건을 경험한 꿈속은 현실원칙이 작용하지 않는 무중력 허공이다. <인셉션>은 수면을 세 단계로 나누는데, 1단계가 선잠이고, 2단계는 숙면, 3단계는 깨나지 않을 수도 있는 깊고 캄캄한 잠이다. 등장인물들은 각 단계마다 꿈을 꾼다. 2단계에서는 꿈속에서 꿈을 꾸고, 3단계에 가서는 꿈속의 꿈속에서 꿈을 꾼다. 단계가 깊어질 수록 중력으로부터 자유롭다. 우리가 선잠 중에 티브이 소리나 창밖에서 사람들이 대화하는 소리를 귀로 듣는 걸 떠올려보면, 잠의 단계에 따라 중력이 다르게 작용한다는 영화의 설정은 그저 허구적 공상만이 아니다.

영화의 가장 매혹적인 상상력은 잠든 사람이 3단계 꿈에서 2단계, 1단계로 순차적인 귀환을 하지 못한 채 꿈속에서 어떤 사건에 의해 죽을 경우, 잠에서 깨어나도 평생토록 꿈에 갇힌 채 현실로 돌아오지 못하게 된다는 것이다. 영화에서는 그 영구적인 현실감 상실의 상태를 '림보(Limbo)'라고 칭한다. '경계' 혹은 '가장자리'를 뜻하는 라틴어 'Limbus'가 어원으로, 가톨릭 신앙에서 구원을 받지도 못한, 그렇다고 심판을 받은 것도 아닌 이들이 머무는 고성소(古聖所)를 의미한다. 그곳은 무의식 그 자체라고 할 수 있으며, 현실의 완전한 대척점에 존재하는 세계다.

"나는 아무래도 죽은 것 같아"라고 토로하는 화자는 어쩌면 림보에 갇혔는지도 모른다. 꿈속의 폭발 사건을 현실로 받아들이는 '나'와 거기 동조된 '미선'의 믿음은 인식도 아니고 착란도 아니다. 여기까지 읽은 독자는 이 시를 꿈과 현실을 혼동하는 몽유병자들의 대화 정도로 여길 것이다. 하지만 "그런데 이 일을 어떻게 하지?"라는 미선의 물음에 화자가 "방이 무사하잖아"라고 대답하는 순간, 시는 몽상에서 빠져나와 서늘한 현실을 독자에게 환기시킨다. 평범하고 일상적인 장면이 평범함이라는 외피를 벗고 진리의 얼굴을 보여주는 현현(顯現)이 일어나는 것이다.

꿈속 폭발은 화자의 온 존재를 뒤흔드는 강렬한 사건이지만, 현실공간인 '방'은 아무렇지도 않다. 세월호 참사도, 용산 참사도, 수많은 산업현장의 재해들도, 여성을 대상으로 한 혐오범죄도 모두 꿈속의 폭발보다 훨씬 끔찍하고 두려운 충격들이지만, 세계는 늘 무사하기만 하다. "모두 병들었는데 아무도 아프지 않았다"(이성복, 「그날」)던 1980년대 보편적 주체와 은폐된 세계 사이의 괴리가 박유하의 시에서 지금, 여기의 윤리

적 문제로 소환될 때, 우리는 집단적 트라우마를 겪었음에도 그것을 꿈
속의 일처럼 여기며, 그저 '방'이 무사함에 안도하면서 "환하게 웃"는
몽유병자들이 된다.

동생이 울자
느닷없이 장난감에서 동요가 나온다

내가 동생을 안아주고 있는 동안
장난감은 "hello, hello" 말을 건넨다

나와 동생은 눈을 마주 보며 웃는다
동생이 더 이상 울지 않자
나는 장난감 뒤쪽에 있는 전원 버튼을 내린다

그때 거실에서 "쾅!" 소리가 나고
장난감은 "좋은 아침이에요" 말을 건넨다

"내가 볼륨 버튼을 내렸나 봐"

우리는 다시 장난감 뒤쪽으로 가보았지만
전원 버튼은 내려져 있다

— 「이상한 고장」 전문

꿈과 현실 사이, 의식과 무의식 사이에서 박유하 시의 주체는 "길을 잃
은 것처럼/ 어디로 가야 할지 망설"이면서 '세계'를 의심한다. 그가 세계
를 의심할 수밖에 없는 것은, 분명 자기 집에서 잠들었는데도 "누군가 나
를 흔들며 깨워" "당신은 누군데 우리 집에서 자고 있지?"(「귀가」)라고

묻는 식의 기묘한 상황에 자주 놓이기 때문이다. 위 시에서도 '나'는 동요와 말소리가 나오는 장난감의 전원 버튼을 내린다. 그런데도 장난감은 "좋은 아침이에요" 말을 건넨다. 혹시나 전원이 아닌 볼륨 버튼을 내렸을까봐 장난감 뒤를 확인해보지만 "전원 버튼은 내려져 있"다.

엄밀하게 말해서 박유하의 시적주체는 세계를 의심하는 것이 아니라 세계에 대한 자신의 '인식'을 의심하는 것이다. 세계에 대한 나의 인식과 세계라는 실재가 불일치하는 순간의 위화감이 "오빠, 민들레 꽃씨를 불면 이곳이 꿈속 같아"(「민들레 꽃씨」) 라든가 "나는 그를 향해 웃으며/ 모든 것이 의심스러웠다"(「인간관계」)와 같은 진술을 통해 토로된다. 박유하는 우리에게 경험을, 경험의 산물인 인식을, 인식을 통해 형성된 세계를 의심하라고 말한다. 마치 데카르트의 형이상학적 사유처럼, 기존하는 모든 사물과 현상들을, '나'라는 자기존재마저도 부정하고 의심하라는 것이다.

"네가 빌려 간 접시는 언제 갖다줄 거야?"
나는 젠에게 접시를 빌려 간 적이 없었다

"기억이 나지 않아, 젠
난 집안의 접시들을 다 보여줄 수 있어"

우리는 찬장과 선반을 샅샅이 살펴보았고
나는 낯선 접시들을 여러 개 발견했다

"혹시 이 중에 있니?"
나는 젠에게 낯선 접시들을 보여주었고
젠은 이 중에 없다고 말했다

"바로 이거야!"
그 순간 젠은 내가 매일 쓰는 접시를 들고 외쳤다
"젠, 그거야말로 내 접시야"
나는 당황스러웠지만 젠은 확신에 차있었다

나는 접시를 빼앗으려 하고
젠은 접시를 지키려다가

그만 접시가 바닥에 떨어져 깨지고 말았다

나와 젠은 웃음이 나왔다
마치 둘 다 접시 주인이 아니라는 듯이

　　　　　　　　　　　　　　　　　　—「접시 주인」 전문

　　박유하의 시에는 인식을 확신하는 타자와 그 확신을 끊임없이 의심하는 '나'가 자주 등장한다. 그런데 위 시는 국면이 조금 다르다. 확신과 의심의 대립이 아닌 확신과 확신의 충돌이 일어나고 있기 때문이다. 접시를 두고 벌이는 '나'와 '젠'의 실랑이는 요즘 인터넷 용어로 '자강두천(자존심 강한 두 천재)'의 싸움을 연상케 한다. 시의 내용은 단순하다. 두 사람이 한 접시를 두고 서로 자기 것이라고 주장하면서 "나는 접시를 빼앗으려 하고/ 젠은 접시를 지키려다가" "그만 접시가 바닥에 떨어져 깨지고 말았"다. 접시가 깨져버린 순간, '나'와 '젠'은 마주보고 웃는다. "마치 둘 다 접시 주인이 아니라는 듯"이.
　　접시가 바닥에 떨어져 깨졌을 때, 형태를 가진 사물이었던 것이 형태를 잃고 더는 사물로 존재할 수 없게 되었을 때, 접시라는 존재가 '없음'이라는 부재가 되어버린 그 순간 '나'와 '젠'은 둘 다 접시 주인이 아니게 된다. 플라톤 식으로 말하자면 깨진 접시는 진짜 접시가 아니고, 진짜 접시는 이데아에 있다. 플라톤의 관점에서 '나'와 '젠'은 처음부터 접시가 아닌 것을 가지고 다툰 것이다. 플라톤의 이데아론에 반대한 아리스토텔레스 식으로 말하자면 접시는 접시라는 형상과 접시를 이루는 질료로 이루어졌다. 아리스토텔레스의 입장에서는 깨진 접시는 접시라는 형상을 잃고 오직 질료만 남게 되었으므로 더는 접시가 아니다. 이 시는 플라톤을 적용하면 인식과 관념의 불완전함을, 아리스토텔레스를 적용하면 형상의 유한함을 환기시킨다. 더불어 '나'와 '젠'이 궁극적 가치로 믿었던 '접시'라는 근본을 깨뜨리면서 "둘 다 접시 주인이 아니라"는 상실감, 허무감을 발생시킨다는 점에서 니힐리즘(Nihilim)적이기도 하다. 이 대목에서도 역시 박유하의 에피파니가 빛을 발한다.

버스는 높은 방지턱을 여러 번 넘고 있었다
나는 넘실거렸고 금방 넘칠 것 같았다

길은 굽이쳐 흘러가는 힘으로 수평을 이루었다
방지턱에서 평지로 이동하는 동안

나는 그곳으로 이어지는 물결 같았다
서서히 눈이 감겼다

순간 버스가 급정거했고
마침내 나는 그곳에 다다르고 있었다

빠르게 지나치는 전깃줄의 수평처럼
정지가 흔들렸다

제자리는 물결이 가장 센 곳이다
구름이 멈추자 하늘이 움직였다

버스가 다시 출발했고
나는 적잖이 엎질러져 있었다

끝내 비울 수 없는 극소량의 잔뇨감으로
나는 여전히 흘러넘칠 것 같았다

그곳은 이미 지나쳤는데
나는 아직 그곳을 향하는
버스를 타고 있었다

                               ─「표류인」 전문

    박유하는 시종일관 '나'와 세계가 불일치하는 다양한 국면들을 시로 형상화한다. 위 시는 이번 시집에서 '나'와 세계의 불화가 가장 극적인 형태로, 긴장감 넘치게 묘사되고 있는 작품이다. 화자는 버스에서 심한 요의를 느낀다. "나는 넘실거렸고 금방 넘칠 것 같았다"고 하는 걸 보니 더는 참기 힘들 만큼 다급한 상황인 듯하다. 화자가 "순간 버스가 급정거했고/ 마침내 나는 그곳에 다다르고 있었다"고 할 때, '그곳'이란 더는 방뇨를 지연할 수 없는 인내의 한계점을 의미한다. 결국 화자는 "버스가 다시 출발"하는 순간, "적잖이 엎질러"지고야 만다. 도저히 참을 수 없어서 옷을 입은 채로 소변을 흘려버린 것이다. 외부적 충격에 의한 강제적 방뇨는 화자에게 배설의 쾌감 대신 불쾌감만을 안겨준다. 시원하게 소변을 배출해내지 못하고, 그야말로 찔끔찔끔 소변을 흘린 화자는 "끝내 비울 수 없는 극소량의 잔뇨감으로/ 나는 여전히 흘러넘칠 것 같았다"고 고백한다.

흥미로운 지점은 마지막 연이다. "그곳은 이미 지나쳤는데/ 나는 아직 그곳을 향하는/ 버스를 타고 있었다"는 화자의 안쓰러운 진술에 주목해 보자. 육체적 인내의 극점을 이미 지나쳐 "적잖이 엎질러"졌음에도 "극소량의 잔뇨감"에 의해 또 한 번 한계점으로 치닫는 이 곤란한 상황이야 말로 '나'와 세계의 완벽한 불화가 아니겠는가. 기왕 엎질러진 거 시원하게 다 쏟아내 카타르시스라도 만끽하면 그나마 덜 억울하기라도 할 텐데, 잔뇨감으로 인한 여전한 요의에 더불어 수치심과 자기모멸감, 축축한 찝찝함까지 떠안은 채 "버스를 타고 있"는 화자의 모습은 한 편의 비극이다. 화자는 최악의 방식으로 이미 그곳을 지나쳤지만, 버스는 목적지인 '그곳'으로 계속 달려간다. 화자가 이미 지나친 그곳, 어쩔 수 없이 다시 향하는 그곳, 그리고 버스의 목적지인 그곳이 서로 어긋나 불화하는 국면 속에서 화자는 수많은 '그곳'들에 닿았다가, 거기서 버려졌다가, 어디로도 갈 수 없는 "표류인"이 된다.

숨을 오래 참았다 가슴 속으로 가느다란 균열이 생겼다 균열을 따라 몸이 조금씩 쪼개졌다 나는 숨을 들이쉬며 몸이 다시 붙는 기분을 즐겼다 그날도 나는 숨 참기 놀이를 하며 균열이 생기는 것을 경험하고 있었다 균열은 가속도를 즐기듯이 깊고 빠르게 자라나 푸른 사과의 꼭지와 이어졌다 푸른 사과는 무호흡의 시간 속에서 단단하고 새콤한 과육을 자랑하고 있었다 푸른 사과에게 균열은 영양분을 나르는 탯줄 같았다 나는 푸른 사과를 한입 베어 물고 싶었지만 숨을 쉬어야만 입을 움직일 수 있다는 것을 깨달았다 결국 나는 푸른 사과를 먹기 위해 입을 벌리는 순간 푸른 사과를 잃어버렸다 몸이 봉합되는 오 초가 흐르는 동안 하늘을 둥둥 떠다니는 적막이 천국의 문을 활짝 열고 있었다 어쩌면 내가 푸른 사과를 한입 베어 물

었는지도 모른다

—「푸른 사과」전문

'표류인' 박유하의 시가 매력적일 수밖에 없는 것은 그녀가 '균열'을 사랑하는 시인이기 때문이다. 앞에 인용한 「표류인」에서 이미 보았던 것처럼, 그녀는 세계와 '나'가 불화함으로 발생하는 균열을 기꺼이 삼켜 제안에서 더 크고 깊게 키워내는 시인이다. 위 시 「푸른 사과」는 한 편의 매혹적인 메타시로 읽힌다. 화자는 "숨 참기 놀이를 하며 균열이 생기는 것을 경험"한다. 호흡이 세계와 화합하고 동조하는 행위라면 "숨 참기"는 세계와 일부러 불화하려는 시도다. 세상의 무수한 시들이 세계와 화해하고 합일하는 서정의 순간을 노래하는 데 비해 박유하는 세계의 모든 것을 의심하고 부정하면서 인식의 균열, 일상성의 균열, 관념과 의미의 균열을 도모한다.

균열은 상처다. 예술이 타성과 관습에 젖은 정신을 찢어 거기서 새로운 감수성을 끄집어내는 행위일 때, 정신에 새살을 돋게 하기 위해 상처는 불가결 요소가 된다. 숨 참기를 통해 세계와 불협화음을 발생시켜 얻은 균열 끝에서 새로운 시적 감수성인 "푸른 사과"가 자라난다. "푸른 사과는 무호흡의 시간 속에서 단단하고 새콤한 과육을 자랑하고 있"다. 화자는 "푸른 사과를 한입 베어 물고 싶었지만 숨을 쉬어야만 입을 움직일 수 있다는 것을 깨닫"는다. '언어'라는 약속된 체계를 통하지 않고는 푸른 사과를 표현할 수 없다는 사실을 인정하고 수용하는 것이다. 하지만 이는 세계와의 전면적 화해가 아닌 선택적 합의일 뿐이다. 이제 박유하는 균열의 단단하고 새콤한 과육인 푸른 사과를 "푸른 사과"로 표현해내기 위해 언어의 불가능성에 도전할 셈이다. "푸른 사과를 먹기 위해 입을 벌리는 순간 푸른 사과를 잃어버"리는, 시니피에와 시니피앙 사이 낙차에서 추락하는 아픔을 기꺼이 견뎌내면서, 계속 오르고 오를 것이다. 추락하고 또 추락할 것이다. 그렇게 끊임없이 싸워나갈 것이다. 균열과 불화를 자처한 생이 고독하고 외롭겠지만, 괜찮다. 그녀는 "누구도 나를 쳐다볼 수 없다고/ 느낄 때 나는 가장 눈부시다"(「더블」)는 사실을 이미 알고 있으니까.

세계의 윤곽을 문지르는 나비 날개

이향란 시 읽기

"박쥐의 눈이 낮의 섬광을 의식하지 못하는 것처럼,
우리 영혼의 이성은 세상에서 가장 명확한 것을 의식하지 못한다."
―아리스토텔레스, 『형이상학』

물상(物象)은 끊임없이 움직이면서 변화하는 것이기에 시적 이미지는 사진이 아니라 동작이며 찰나적 순간들의 연속이어야 한다. 우리가 사물의 형태를 언어로 본뜨는 순간 그것은 이미 박제화 된 사진이자 종료된 사건이 되어버린다. 빛에 따라 시시각각 모습을 달리 하는 풍경들, 빛이 만들어내는 다채로운 물상을 시로 이미지화하기 위해 시인은 판단하고 확정하는 자가 아니라 유보하고, 조심스레 예언하는 자가 되어야만 한다. 시는 세계의 과거형이 아니라 미래형이며, '된 것'이 아니라 '될 것'을 보여주는 까닭이다. 시는 대상의 전모를 한 번에 드러내지 않는 은유를 통해 아름다움을 획득한다. 은유는 아직 오지 않은 것, 나중에 오는 것이다.

다시, 사물은 움직인다. 눈에 띄지 않을 뿐 사물의 형태는 계속해서 변화한다. 어린아이가 어른으로 자라나고, 늙을수록 피부를 상실하며 뼈에 가까워지듯, 모든 사물은 처음 형태로부터 아득히 멀리 떠나온 마지막 형태를 갖는다. 그 최후의 형태를 우리는 소멸이라고 부른다. 먹고 마시고 말하던 생생한 육체에서 한줌 흙이 되는 인간은 섬광을 모르는 박쥐처럼, 사물의 형태가 변한다는 가장 명확한 사실을 알지 못한다. 그래서 형태에 집착한다. 형태가 곧 권능이라는 듯이, 바벨탑을 쌓아 하늘로 오르던 옛 사람들과 같이, 쌓고 짓고 세우고 만든다. 욕망을 형틀에 넣어 거상(巨像)으로 주조해낸다. 그리고 그것을 신봉하고 추종한다. 형태는 현상세계의 종교다. 형태는 신이다. 헛되고 헛되고 헛되도다.

박상륭이 빚어낸 문학적 영원이『죽음의 한 연구』라면, 이향란의 이번 시집을 '형태의 한 연구'라 부르고 싶다. 이향란은 육안으로 파악되는 사물의 형태, 존재의 형태를 집요하게 탐구한다. 그녀의 시에서 사물들은 과거형과 현재형, 미래형으로 다채롭게 나타나는데, 이는 물상이 움직이며 변화한다는 사실을 시인이 잘 알고 있는 까닭이다. 이향란은 사물의 고정된 형태를 변화 가능한 유동적 형태로 바꾸거나 형태를 갖지 못한 것들에 형태를 부여한다. 또 어떤 견고한 것의 형태를 해체시켜 무형으로 만들기도 한다. 이렇게 시인의 '형태의 한 연구'가 결국 '형태의 한 재편'임이 분명해질 때, 우리는 이향란이 물상으로 이루어진 현상세계, 즉 의미와 상징이 질서를 이룬 상징계를 의심하고 부정하는 시인임을 눈치 채게 된다.

플라톤은 침대를 가리켜 "이 침대는 진짜 침대가 아니다. 진짜 침대는 이데아에 있다"고 말했다. '이 침대'는 상징계의 불완전한 기호일 뿐 '진짜 침대'는 언어로써 결코 닿을 수 없는 실재계에 있다는 플라톤처럼, 이향란 역시 이 세계의 모든 '침대'들을 불완전한 것으로 인식한다. 아니, 침대를 '침대'라고 지시하는 언어의 불가능성을 체감한다. 상징계에 속한 우리는 옥타비오 파스를 빌리지 않더라도 사물들이 곧 언어라는 사실을 알고 있다. 즉 형태는 언어다. 그러므로 형태는 곧 의미와 관념이다. 이번 시집에서 이향란은 언어로 이미 표현된 '형태'들을 해체해 형태에 갇힌 사물의 본질을 자유롭게 풀어주려 하고, 또 언어로 표현할 수 없는 것들에 형태를 입혀 누구도 열어보지 못한 실재계의 내부를 재현코자 한다. 이 불가능을 향한 주이상스적 시도가 이향란의 시를 견인하는 힘이다.

갈 데까지 갔다, 라는 말을 좀
빌려도 되겠습니까
닳고 닳아서라든가 끝까지 가서 더 이상은, 이라는 문장을
꺼내 써도 되겠습니까

피골이 상접했다, 라고 쓴 만장이
공중에서 개별문장으로 흩날리는 겨울

매섭게 추운 그 문장 아래 꼿꼿이 서 있다가
한순간 성냥을 화악, 그어버리고
멀리 아주 멀리 달아나도 되겠습니까

찢기고, 찔리고, 터지고, 썩어버린
살의 투실투실한 후일담에 대해서는 정말
말하고 싶지 않습니다

겁 없이 살집이 오르던 그 시절은 야위고
뼈아픈 후회만 남았다는 말을
툭툭 분지릅니다

한 삽 두 삽 던지는 흙속에서

뼈가 솟구칩니다

다행히 부드러운 흙의 일가라도 이룬다면
얼마나 좋겠습니까

　　　　　　　　　　　　　　ー「뼈를 위한 레퀴엠」 전문

　형상들, 즉 언어로 이루어진 이 세계에 대한 이향란의 의심과 부정은 이번 시집 곳곳에서 날카롭게 번뜩인다. 시인은 첫 번째 시에서부터 "빙벽 속은/ 보거나 듣거나 만질 수 없는 것들의 거처"임을 노래하면서 그 안의 "단단한 고독"(「빙벽봉함」)을 독자에게 꺼내 보인다. 이는 고정된 형태를 지닌 '고체'에 대한 형이상학적 탐구라 할 수 있다. 아리스토텔레스에 따르면 모든 사물은 형상과 질료로 이루어져 있는데, '빙벽'의 형상은 보거나 듣거나 만질 수 없이 굳어버린 '얼음'이고, 그 내부의 질료는 '고독'이라고 시인은 말한다. 이때 얼음이 물의 변화된 형태라는 데 주목할 필요가 있다. 본래 물은 공간을 영속적으로 차지하거나 하나의 고정된 형태를 갖지 않는다. 물은 늘 같은 모습인 것 같아도 쉼 없이 형태를 바꾼다. 지그문트 바우만이 "액체는 공간을 붙들거나 시간을 묶어두지 않는다"고 말한 것을 상기해보면 액체와 반대되는 고체의 성질을 유추할 수 있다.

　고체는 공간을 차지하면서 시간마저 결박시킨다. 이집트 피라미드나 인도의 타지마할을 떠올려보라. 고체는 무겁고, 부피가 크며, 뿌리가 박힌 고착의 상태다. 고체는 일정한 형태를 오래 유지한 채 변화를 거부한다. 하루가 다르게 새로워지는 세계에 적응하지 못하고, 타자와 동화되거나 합일될 수도 없다. 그래서 고독하다. 고체화된 언어는 관념적이고, 상투적이며, 경직된 '이즘(ism)'이 되기 마련이다. 유연하게 형태를 바꾸는 액체와 달리 고체는 "찢기고, 찔리고, 터지고, 썩어버린"다. "겁 없이 살집이 오르"는 부피의 팽창, 확장으로 공간을 점유하며 영속할 것 같지만 끝내 "닳고 닳아" "부드러운 흙의 일가"로 스러진다. '뼈'는 육체의 최종 단계이자 형태를 잃은 형태, 덧없는 소멸의 기호이다. 시인이 뼈를 위한 진혼곡을 부르는 것은 뼈에 대한 연민이자 이 세계의 모든 고정된 형태들에 대한 애도인 셈이다. "시인이 스타일을 획득하면 문학적 인공물을 세우는 자가 된다"던 옥타비오 파스의 경고처럼, 이향란은 언어와 사유의 고체화를 경계한다. 특정한 형태로 시대를 장악하는 경향과 유행을 거부한다. 그녀는 우리에게 형태의 한 최종단계인 '뼈'의 고독한 슬픔을 보여줌으로써 형태를 신봉하는 집단축제에 사이렌을 울린다.

> 햇빛 아래 싱글싱글 맺히는 과일의 본명은 포도이고요
> 촛불 앞에서 머뭇머뭇, 그러나
> 군침 도는 고백의 가명은 와인이에요.
>
> 드디어 완성됐나요? 그럼 깨지지 않게 조심해서
> 어둡고 서늘한 침대에 뉘여 주세요.
> 껍질 속 바람과 햇빛이 마음껏 뒤척일 수 있도록
> 약간 기울여서요.
>
> 왼쪽으로 석 달 오른쪽으로 석 달
> 탱글탱글 꿈의 석 달 정신없이 와 닿을 입술의 석 달
>
> 빨간 오토바이를 타고 먼지 날리며 달리던 소년의
> 부릉부릉 심장박동소리에 비록 짓이겨지고 으깨졌지만
> 또르르 동그란 의지와 눈물은 더욱 투명해졌답니다.

아무도 모르게 은밀하게 바라보되
향이 새어나오면 윙크해주세요.

해 저물녘

빙글 돌리고,
빙글 바라보고,
빙글 마시고,
빙글빙글 추는,

물방울들의 춤

너무 크게 움직이지는 않으려고요.
여태 녹지 않은 햇빛을 천천히 녹이는 중이거든요.
새하얀 귀를 붉게 붉게 물들이는 중이거든요.

무덥고 긴 그해 여름을 쪼르르 잔에 따르면
재즈와 치즈의 얼룩이 묻어나는,

스위트하거나 드라이한 와인의 이 오묘한 체위를
혹시 아세요?

　　　　　　　　　　　　　　　　－「와인의 체위를 아세요」 전문

　형태에 집착하는 이들을 향해 이향란은 "뮤즈는 빛이라서/ 아니 어둠
이라서 볼 수가 없"(「뮤즈의 담배에 불을 붙이며」)다고 말한다. 겉모습
으로 대번에 쉽게 파악되는 것은 뮤즈가 아니다. 시가 아니다. 형태에 대
한 부정과 저항은 계속 된다. 시인은 "내가 누군지 모르겠다면/ 벗겨봐

홀홀"(「리버시블 코트」)이라며, 형태라는 외피를 제거하고 그 내부의 본질을 통해 대상을 파악할 것을 요청한다. 그러면서 그녀는 상징계에 기존하는 정형화된 형태, 기성의 형태 대신 형태를 갖지 못한 것, '형태 없음'으로 간주되던 것, 그래서 눈으로 볼 수 없던 것들에 형태를 입혀 이제껏 없던 새로운 형이상학을 탐구하려 한다. 오래 지속되어 온 관념과 상투성의 형상 세계를 새롭게 재편하려 한다. 이러한 작업을 추상의 구체화, 무형의 형상화라고 할 수 있을 것이다.

"어제의 텁텁한 피곤과 눅눅한 우울, 지난밤의 불투명하고 삐걱대던 꿈들"에 형태를 입히려는 시인은 고정적이며 불변하는 고체 대신 무수한 가능성으로 꿈틀대는 동체를 부여한다. 동체(動體)는 움직이는 물체이자 기체와 액체를 아울러 이르는 말이기도 하다. "한손으로 꾸욱 누르면 한 세계가 흩어짐 없이 밀려 나와요. 촉촉이 버무려진 향이 고개를 들고 기지개를 켜요"(「나는 민트 향의 치약을 썼어요」)라고 시인이 말할 때, '향'이라는 무형의 감각이 '기지개'라는 움직임으로 형상화되는 마법이 일어난다. 민트 향기가 기지개를 켜는 장면은 초현실적이다.

위의 시에서도 시인은 "스위트하거나 드라이한" 맛과 향에 '체위'라는 형태를 입힌다. 이때 체위는 어떤 고정된 형태가 아니라서 "오묘하"다. 그것은 "빨간 오토바이를 타고 먼지 날리며 달리던 소년의/ 부릉부릉 심장박동소리"이고, "또르르 동그란 의지"이며, "빙글빙글 추는/ 물방울들의 춤"이자 "무덥고 긴 그해 여름"이다. 미각과 후각을 이미지로 형상화하는 시인의 작업은 일차원적인 감각을 구체적이고 입체적인 운동의 세계로 편입시킨다. 그 순간 포도는 '포도'라는 고착된 이름을 벗고 의미 이전의 상태, 즉 "햇빛 아래 싱글싱글 맺히는 과일"로 돌아가며, '와인' 역시 "군침 도는 고백"이라는 무한한 가능태의 은유를 입게 된다.

당신은 총 나는 칼
당신은 뱀 나는 나는 새
당신은 삶 나는 죽음 아니 내가 삶 당신은 죽음
당신은 천사 나는 악마 아니 우리 둘 다 허접한 유령
아니아니 당신은 사이비종교지도자 나는 찢어진 경전

전원이 켜지면 당신과 나는 회로를 잃고 버릇처럼 고장이 나네요.
깜빡 거리다가 꽃을 피우고 비가 오다가 달이 뜨네요. 맛있게 서로
를 뜯어먹으며 가위 바위 보를 하다가 심심해서 같이 죽기도 하네
요. 꿰맞출 수 없네요. 뒤틀려 버렸네요. 알람이 울리지 않네요. 잘못
되었네요.

—「설정을 바꿔주세요」 부분

이향란은 이 현상세계를 이미 설정이 완료되어 고정된 차원으로 인식
한다. 그래서 그 따분하고 강요된, 폭력적인 설정을 바꾸려 한다. 세계를
재편하기 위한 시인의 시도는 '회로'라는 기존 설정값을 일부러 상실시
키는 '고장'에서부터 출발한다. 기존의 의미망에서 이탈하는, 기존 설정
값에서는 기능 불량이자 무용함으로 진단되는 낯설고 독특한 상상력을
통해 "맛있게 서로를 뜯어 먹"는 형태의 해체를 도모하는 것이다. 기존
의 형태가 사라진 자리에서 "당신은 총 나는 칼/ 당신은 뱀 나는 나는
새", "우리 둘 다 허접한 유령", "나는 찢어진 경전" 등 새로운 가능태들
이 탄생한다. '당신'과 '나'라는 익숙한 관계 양상 대신 칼과 뱀과 새와 유
령과 사이비종교지도자와 경전으로 다채롭게 변화하는 이 연애는 "꿰맞
춤" 대신 "뒤틀림"을 지향하는 엉뚱한 방식으로 기존 세계의 설정을 새
롭게 바꿔버린다.

자세를 바꿔가며
낯설고 낯익은 이야기로 서로를 엮었다

뒤에 오거나 아예 오지 않을 시간에 대해
조곤거리며

나무로 자라버린 나무와
사람으로 살아버린 나는
숲이 떠난 자리에서
나무의 일가를 이루었다

　　　　　　　　　　　－「나무속으로 들어갔다」부분

설정을 바꾸는 것은 결국 기존의 형태를 바꾸는 것인데, 그것이 자기
존재에 적용될 때는 '나' 중심의 세계관에서 벗어나는 과정을 전제로 한
다. "나무로 자라버린 나무"와 "사람으로 살아버린 나"는 각자의 세계에
서 각각 '나무'와 '사람'이라는 고정된 형태로 존재해 왔다. 옥타비오 파
스가 말하는 시적 순간은, 존재의 본질적인 이질성, 즉 타자성을 포용하
려는 시도이다. 파스는 이것을 '치명적 도약'이라고 불렀다. '나'가 '나무'
를 사랑해서 '나'의 '인간됨'을 내려놓는 순간, 치명적 도약이 일어난다.
'나무'가 가진 기존의 타자성이 '나'의 내부에서 전혀 뜻밖의 것으로 변화
하며, '나' 역시 자기존재의 본성이 '나무'에 가깝게 전환되는 체험을 하
게 된다. 이렇듯 서로에게 이질 대상인 두 타자가 동화되는 과정에는 "자
세를 바꿔가"는 형태의 포기, 형태의 변화가 선행된다. 이 과정을 통해
"서로를 엮"어가면서, 둘은 마침내 "숲이 떠난 자리", 즉 '숲'으로 상징되
는 기존의 의미 세계가 해체된 자리에서 "나무의 일가를 이루"게 된다.
형태라는 허상을 벗고, 자기존재의 윤곽을 포기한 채 타자에게 동화되는

사랑이 완성되는 것이다.

> 서로가 서로를 문질러대는 꽃밭
> 그곳을 들여다보던 나는 말할 수 없는 향을 뒤집어쓰고 나비가
> 되었다. 공중의 한가운데를 날개로 문질렀다. 한바탕 비를 쏟고야말
> 겠다는 듯 회색구름이 웅성거렸다.

> 그러나 나는 몰랐다. 여전히 알지 못했다. 아주 천천히 그리고 조
> 용히 문질러야하는 그 무엇에 대해. 그러므로 멈추지 않고 서두르지
> 도 않고 끝까지 알 수 없는 것들을 계속 문질러댔다.
> —「문지르다」부분

오늘날 현상세계는 고체가 지배하지만, '나'와 '타자'가 어우러져 섞이
는 상응의 우주는 고체보다 액체와 기체가 점유하는 곳이다. "서로가 서
로를 문질러대는 꽃밭"은 '나'와 '타자'가 서로의 고체화된 형태를 지우
고 무형의 상태, 즉 무수히 새로 태어날 액체와 기체의 상태로 서로를 환
원시키는 장소다. 이곳에서는 '앎'보다 '모름'이 요구된다. 안다는 것은
의미의 확정이므로 새로운 해석이 돋아날 수 없는 판단 완료의 상태를
뜻한다. 위 시의 화자는 "여전히 알지 못"함으로, "알 수 없는 것들을 계
속 문질러댄"다. 그러자 "한바탕 비를 쏟고야말겠다는 듯 회색구름이 웅
성거리"기 시작한다. "언젠가 번개에 불을 켜야 할 사람은 오랫동안 구
름으로 살아야 한다"던 니체처럼, 화자는 '구름'이라는 미지와 몽상의 베
일 안에서 기성 세계의 온갖 형상들을 계속 문질러댄다. 그 결과 "그곳을
들여다보던 나"는 "말할 수 없는 향"을 뒤집어쓰고 "나비"가 된다. 장자
의 '호접몽(胡蝶夢)'에서 '나'는 내가 나비인지, 나비가 나인지 분간하지
못한다. '나'가 '나비'로 변신하는 '그곳'은 상징계의 강요된 의미 체계와

현실원칙이 개입하지 못하는 이데아, 환상과 현실의 경계가 무화된 실재
계, 우리가 오래전에 잃어버린 바로 그 상상계다.

이젠 돌려달라고 해야 하나
아니면 그만 돌아가겠다고 해야 하나

나는 아직 내게 돌아오지 않았네

빛은 빛에게 그늘은 그늘에게 시간은 시간에게 돌아가
다시 빛나고 푸르고 소란스럽게 째깍이는데
나는 차마 묻지 못하겠네

왜 내가 돌아오지 않는지
왜 돌아갈 수 없는지

가끔의 너는 나를 구름 속 깊숙이 묻어놓았다가
어느 날 문득
맑게 씻긴 말들을 건네며 나를 꺼내네
　　　　　　　　　　　　　　　　　　　　　　―「나는 아직 돌아오지 않았네」 부분

상상계, 즉 실재계란 어떤 곳일까? 기존 세계 설정이 작동하지 않는
곳, 상징계의 협소한 기준에서 고장 난 것들, 뒤에 오거나 아예 오지 않
을 것들, 잘못된 것들, 끝까지 알 수 없는 것들로 가득한 곳, "꿈에서조차
넘겨지지 않는 이곳은/ 불가능이 가능처럼 수런거리는 곳"이다. 시인은
"수인번호가 없어서 탈옥이 어려운/ 인간의 밖에 갇혀보지 않을래?"(「유
리감옥」)라고 제안한다. '수인번호'가 기성 세계의 질서와 체계를 뜻한
다면, 수인번호가 없는 '인간의 밖'이란 환상과 무의식에 아무런 구속과

제한이 없는, 그 어떤 현실원칙과 확실성도 간섭하지 못하는 자유로운 초현실 세계일 것이다. 그곳에 "갇힌다"는 것은 역설적인 표현으로, 그곳이 그만큼 벗어나기 싫은, 영원토록 머물고 싶은 유토피아라는 반어적 의미로 해석된다. 그곳에서 "빛은 빛에게 그늘은 그늘에게 시간은 시간에게 돌아간"다. 모든 존재가 원래의 상태로 환원되는 상상계를 노래하면서 시인은 "나는 아직 내게 돌아오지 않았"다고 고백한다. "왜 내가 돌아오지 않는지/ 왜 돌아갈 수 없는지"를 안타까워한다. 그러면서 자신이 속한 이 현실 세계를 향해 "이젠 돌려달라고", "그만 돌아가겠다고" 선언한다. '나'와 세계가 하나였던 시절로, 언어를 학습해 의미의 세계에 진입하면서 영영 잃어버린 그 옛날 충만한 몽상과 꿈의 세계로, 대체된 가짜 욕망이 아닌 내 진짜 욕망이 살아 숨 쉬는 세계로 돌아가려는 시인의 불가능한 도전은 기성 세계의 형태를 지우고, 형태 없는 것에 새로운 형태를 입히고, 합일할 수 없는 타자와 조화를 이루고, 그리하여 마침내 세계를 재편하는, 아니 이 세계를 떠나 그 옛날 우리가 영영 잃어버린 상상계로 돌아가는 여정이 될 것이다. 나는 그 나비 날개에 새겨진 아름다운 문양을 오래 바라보고 싶다. 그 문양에 내 눈을 문지르면서, 내게 입력된 세계의 낡은 형태들을 깨끗이 지워내고 싶다.

벙커 속의 시인

한정원 시 읽기

> *어제 계단 위에서*
> *거기 없었던 사람을 만났다.*
> *그는 오늘도 거기에 없었다.*
> *제발 그가 가버렸으면 좋겠다.*
> *(중략)*
> *어젯밤 나는 계단 위를 보았다.*
> *거기 없었던 난쟁이가 있었다.*
> *그는 오늘도 거기에 없었다.*
> *하아, 제발 그가 사라졌으면 좋겠다*
> *―윌리엄 휴즈 먼스, 「안티고니시(Antigonish)」, 1899*

제임스 맨골드 감독의 2002년 영화 <아이덴티티(Identity)>는 다중 인격, 특히 해리성 정체감 장애를 다룬 스릴러물이다. 폭우가 쏟아지는 밤, 네바다 사막 도로변의 한 모텔에 10명의 사람이 모여들면서 이야기는 시작된다. 여배우 수잔, 그녀의 운전기사로 위장한 채 범죄자를 쫓는 형사 에드, 살인범 로버트와 그를 호송 중인 교도관 로즈, 매춘부 패리스, 신혼부부인 루와 지니, 조지와 앨리스 부부, 부부의 어린 아들 티모시, 그리고 모텔 주인 래리까지 총 11명의 인물들은 폭우로 인해 모텔에 고립된 상태에서 하나 둘씩 의문의 살해를 당한다. 스토리는 두 갈래로 전개되는데, 모텔에서 등장인물들이 죽음을 맞는 동안 화면이 전환되면서 판사와 정신과 의사가 대화를 나누는 법정 신(scene)이 펼쳐진다. 정신과 의사는 사형을 앞둔 연쇄 살인범 말콤 리버스를 변호한다. 해리성 정체감 장애로 '악한 인격'의 지배를 받아 저지른 행위임을 감안해달라는 것이다.

두 스토리는 영화 후반부에 가서 충격적인 반전을 통해 하나의 이야기로 합해진다. 모텔은 실재하는 장소가 아니라 말콤의 내면 공간이다. 거기 모인 11명의 인물들은 다중인격 장애를 지닌 말콤의 여러 자아들이고, 그곳에서 발생한 연쇄 살인은 말콤이 자기 내면의 해리된 다중 인격들을 하나씩 지워가는 과정이었던 것이다. 폭우, 네바다 사막, 모텔 등은 말콤의 무의식이 설정한 가상 배경이며, 11명은 모두 생일이 5월 10일로 같다.

정신과 의사는 말콤이 현실에서 살인을 저질렀을 때 어떤 인격을 입고 있었는지 추적하기 위해 말콤의 자기분열적 혼잣말이 여러 인격을 번갈아 표출하는 것을 유심히 관찰한다. 일종의 무의식 실험인데, '살인마 인격'에 의해 말콤의 다른 인격들이 제거되고, 살인마 인격으로 유력해 보이던 형사 에드가 교도관 로즈와의 총격전 끝에 사망하자 말콤에게서 악한 자아가 소멸됐다고 결론짓는다. 유일한 생존자인 매춘부 패리스는 농장에서 오렌지를 재배하며 새 삶을 산다. 그녀는 말콤에게 남은 단 하나의 '선한 인격'이지만, 오렌지 농장에서 누군가가 휘두른 쇠스랑에 처참히 살해당하고 만다. 살인범의 정체는 극중 존재감이 전혀 없던 어린 아이 티모시였다. 살인마 인격인 티모시는 우연을 가장해 모텔의 사람들을 죽이고, 조지와 앨리스 부부가 차량 화재 사고로 죽었을 때 함께 죽은 것으로 위장하면서 말콤 내면의 다른 인격들과 현실의 정신과 의사를 완벽히 속인 것이다. '연쇄 살인마 티모시의 인격'만 남게 된 말콤은 현실에서 정신과 의사를 살해하고, 영화는 말콤이 티모시의 음성으로 윌리엄 휴즈 먼스의 시 「안티고니시」를 읊으면서 막을 내린다.

한정원의 시를 말하기에 앞서 스릴러 영화 이야기를 꺼낸 것은 시집 『석류가 터지는 소리를 기록했다』가 말콤의 내면처럼, 폭우가 쏟아지는 네바다 사막의 모텔처럼 여러 인격들이 한 데 모여 있는 해리적 (dissociation) 세계이기 때문이다. 그녀의 시에는 "거기 없었던 사람"과 "거기 없었던 난쟁이"가 끊임없이 등장한다. 문학에서 페르소나(persona) 라고 부르는 '인격'이 수없이 모습을 바꾸면서 시간과 장소를 초월해 독자를 낯선 세계로 데리고 가는 시적 비약이 한정원 시의 독특한 매력이다. 이러한 시적 방법론은 시인이 자기 내면에 무의식과 상징의 세계를 열어놓고 그 안에서 자기존재를 여러 페르소나로 분열시킬 때 가능해진다.

해리성 정체감 장애란 두 개 이상의 분리된 인격이 각각의 정체성, 특성 및 기억을 지니는 정신의학적 질환을 의미한다. 한 사람 안에 둘 이상의 각기 다른 정체성을 지닌 인격이 존재하는 경우를 말하는데, 시인에 한해서는 그것이 장애가 아니라 아름다운 자질이 된다. 내가 '나'로 말하는 건 문학이 아니라 일기 또는 자기소개서에 지나지 않기 때문이다. 백편의 시에서 백 개의 페르소나를 통해 말하는 것이 시다. 시체, 개, 성전환자, 태아, 유령, 새, 물고기, 해, 달, 별, 돌멩이, 구두, 라면, 전봇대, 칠판, 장미꽃 등등 시인은 사람, 동물, 식물, 사물 그 무엇이라도 될 수 있어야 한다. 해리성 정체감 장애를 겪는 환자라면 "제발 그가 가버렸으면 좋겠다"고, "제발 그가 사라졌으면 좋겠다"고 애원하겠지만 시인은 제발

'그'가 오기를, '나'이면서 '나' 아닌 수많은 '그'들이 내면에서 사라지지 않기를 바랄 것이다.

　다채로운 페르소나들이 발화하는 한정원의 시는 마치 쉬르 레알리즘(surrealism) 그림을 보는 듯한 느낌을 불러일으킨다. 이미지의 비약과 변주의 폭이 넓고, 시에 제시된 공간과 시간이 환상적이기 때문이다. 다루고 있는 주제 또한 육안으로 보이는 평범한 일상이나 자연이 아닌, 비가시적이고 미시적인 인간 내면에 관한 것이다. 이번 시집에서 한정원은 의식과 무의식에 대한 낯선 상상력을 보여주는 한편 심층언어와 표층언어 사이에 발생하는 사유의 굴절을 메타시의 형식으로 나타내며 그 자신 시인으로서의 존재적 숙명과 누구나 겪을 수 있는 다중의 정체감에 대해 고찰하고 있다.

　겉으로 보기에 한정원의 이미지들은 서로 단절되어 흩어져 있지만 결국 하나의 맥락을 이룬다. 비동일성을 통해 동일성에 도달하는 그녀의 시적 방법론은 자동기술법이나 무의미시, 비대상시와도 어느 정도 닿아 있다고 할 수 있다. 시에 뚜렷한 대상이나 전면에 내세운 메시지 같은 것이 보이지 않고, 상징을 주로 사용하는 특징 때문인데, 이는 소통을 거부하는 난해시로 오해받을 수 있다. 그러나 한정원은 단순한 보편 공감과 이해의 자리보다 좀 더 심층적인 차원에서 독자와 수수께끼 게임을 한다. 부조화와 비대칭의 불편한 풍경들을 조금만 지나 한 층 깊은 내부로 들어오면, 낯선 상상력과 섬세함으로 세공한 언어의 금촛대들이 환하게 밝혀 놓은 초현실 세계와 만날 수 있다.

　　시계 반대 방향으로 어둠이 지나갔다

　　어둠의 보폭은 한 뼘, 두 뼘 조금씩 환해지는 것

벽을 짚고 헤드폰을 쓰고

우리는 흙의 자세로 바닥에 누워

석류가 터지는 소리를 기록했다

비밀이 있던 자리에 빛을 침투시키면

백 개의 물이 금빛으로 흘러갔다

흑연을 껴안고 서있는 시간의 기둥

지우개밥보다 가볍게 흩어지는 죽은 약속의 입자들

사과 꽃은 벽 속에서 말문이 트였다

옹알이에서 나온 첫 말, 눈부셔

캄캄한 에코로 집을 지으며 빗소리도 들었지만

곤충도 절지동물도 자라지 않았다

천장은 낮고 전깃줄은 스물두 개

입구와 출구를 찾는 법은 햇빛 냄새를 따라가는 것

녹슨 자물쇠를 더듬으며 나비를 풀어주고

어둠보다 더 어두운 그림자를 밟으며

우리는 새벽까지 수맥을 따라갔다

바닥은 빛을 다 드러냈다

―「벙커」 전문

한정원은 시집에서 '벙커'라는 폐쇄 공간과 '날짜 밖의 요일들'(「날짜 밖의 요일들」)이라는 초월적 시간을 제시한다. 먼저 '벙커'라는 공간에 주목할 필요가 있다. 벙커는 적의 사격이나 관측으로부터 보호 받기 위해 구축하는 지하 요새다. 어둡고, 폐쇄적이고, 비밀스러우며, 안전하다. 시집에는 '어둠'이라는 단어가 14번이나 등장한다. 한정원의 벙커는 "시계 반대 방향으로 어둠이 지나가"는 시간 역행의 장소이자 "곤충도 절지동물도 자라지 않"는 무중력 공간, 현실 세계의 질서가 적용되지 않는 초현실 세계다. 화자는 벙커 안에서 "녹슨 자물쇠를 더듬으며 나비를 풀어준"다. 자물쇠가 상상을 억압하는 초자아의 상징이라면, 자물쇠를 열어 '나비'를 풀어주는 행위는 자유로운 시적 몽상의 은유다. "비밀이 있던 자리"이자 "석류가 터지는 소리를 기록"하는 벙커는 상상과 무의식으로 이루어진 시인의 내면세계인 것이다.

시집에는 벙커가 다양한 장소 이미지로 변주되어 나타난다. '도서관'(「사라진 도서관」, 「에포케」), '미술관'(「시립 미술관」, 「라퀸타」, 「에포케」, 「컵」, 「모든 도시의 빛깔은 서울의 사본 같다」), "밀폐된 방"(「라퀸타」), "암회색 성채"(「머리칼의 행방」), "출입 금지된 방"(「스태프 온리」)은 모두 현실원칙으로부터, 초자아로부터 시인의 무의식과 몽상과 다중의 페르소나들을 지켜주는 내면세계의 은유다. 말콤이 11명의 인격을

'모텔'이라는 장소에 부려놓았듯 한정원은 도서관, 미술관, 사구(沙丘) 등으로 변주된 벙커들에 남자, 군인, 관계자, 물고기, 그림자 연극의 조종자, 거품, 눈사람 부인, 타탄족의 족장, 게으른 동물, 아스피린의 종족, 차모르족 여인, 노마드, 낙타 등 자신의 여러 페르소나들을 등장시킨다.

벙커의 다채로운 변주 공간들에서 시인의 여러 인격들은 "시베리안 허스키의 귀를 빌려/ 세상 너머의 소식을 듣"(「야상 점퍼」)고, "물고기가 되어 거실에서 베란다로 유영하"(「창백한 푸른 점」)고, "1800년대로 들어가"(「시립 미술관」)는 등 초현실적인 행동을 한다. 또 "숨어있는 꿈"과 "고요 속에 잠자고 있는/ 책들, 슬리퍼들, 지갑들, 박스들, 통장들"(「스태프 온리」) 같은 상징들을 통해 각각의 정체성을 나타낸다. 이러한 상징의 세계, "컵 아래 식탁이 있고 불어터진 모유가 있고 서른 살의 남자가 있고 스물아홉 살의 여자가 있"는 기괴한 시적 공간은 일상적인 오브제를 뜻밖의 공간에 제시하여 새로운 의미를 부여하는 "마그리트의 미술관"(「컵」)의 언어적 재현이다.

두 명의 당신이 서있습니다 오후 두 시와 14:00 시 사이에는

복숭아나무는 숨을 멈추고 바람은 우회전으로
면회시간보다 짧게 꽃을 데우는 햇살
오늘 두 시는 과수원이 됩니다

중세기에서 날아온 암갈색 도토리 몇 알
새들이 과거를 입에 물고 광장을 날아갑니다
암호를 해독하지 못하는 늙은 당신이
귀가 대신 귀대하던 풀잎 색 모자 아래서
키를 낮추고 적막해집니다

오후 두 시의 시침은 짧고 14:00 시의 시침은 아득합니다

위병소의 거울이 태양을 향해 빛을 쏘아올리고
대합실 유리벽에 사선으로 몸을 부딪치는 은빛 비둘기 떼
카프카는 오후 두 시에 퇴근해 잠들도록 글을 썼다는데
14:00 시는 낮잠을 자고 있는 겁니까

피는 꽃과 지는 꽃 밖에서 기침을 하는 당신
아득한 확실, 이 시계를 봅니다
일요일이 눈을 깜박입니다 무거운 구두를 신고

서쪽으로만 질주하던 군용차 한 대가
잠시 문을 열고 수밀도가 보이는 공중에 물을 뿌리는

오후 두 시는 문 밖에 있고 14:00 시는 보초를 서며
직립으로 슬픔을 피해갑니다

— 「조치원」 전문

한정원이 자기 내면의 은밀한 세계에 벙커를 짓는 이유는 무엇일까?
그녀는 왜 현실과 괴리된, 초현실적 세계에서 다채로운 페르소나의 가면
을 쓰고 발화하는 것일까? 위의 시 「조치원」을 살펴보자. 시인은 "두 명
의 당신"이라는 해리된 두 인격을 등장시킨다. "암호를 해독하지 못하는
늙은 당신"과 "피는 꽃과 지는 꽃 밖에서 기침을 하는 당신"은 모두 한
사람의 인격이다. 두 인격은 동일한 시간 안에 있으면서도 각기 다른 시
간을 살고 있다. 한 사람이 "오후 두 시"에 있을 때 또 다른 한 사람은
"14:00"에 있다. "귀대", "위병소", "군용차"라는 단어들이 환기하는 바
14:00에 있는 사람은 군인이고, 오후 두 시에 있는 사람은 민간인이다.

군대에서는 24시간제를 사용한다. '당신'은 현재의 자신과 과거 군인이었던 자신 사이에서 혼란감을 느낀다. 민간인의 오후 두 시와 군인의 14:00 사이에서 '귀가'와 '귀대'를 오가며 두 개의 삶을 산다.

'당신'이라는 이인칭대명사로 호명하고 있지만, '당신'은 곧 시인 그 자신일 것이다. 민간인과 군인으로 함의된 이중자아의 혼란감을 시인은 현실에서 자주 느껴왔으리라. 과거가 현실의 시간에 생생하게 재현되거나 한 번도 경험해보지 못한 일인데도 이미 경험한 듯한 기시감을 더러 겪기도 했을 것이고, 과거와 현재와 미래라는 시간의 수직적 경계가 수평구조로 무화되는 체험을 했을 수도 있다. 그녀가 다중의 해리성 정체감이나 혼재된 시간성에 대해 고백할 때 현실원칙은 그녀를 이상한 사람, 허언증자, 헛된 공상을 즐기는 몽상가로 규정해 현실의 질서에 복종시키려 했을 것이다. 범인들의 몰이해와 외면, 따돌림, 손가락질에 위축된 시인이 향할 수 있는 곳은 오직 자기 내면의 무한한 상징 세계고, 그 무의식 세계는 현실원칙의 위협과 공격으로부터 시인을 보호해주기에 '벙커'의 이미지를 입게 되었다. 시인이 '군인' 화자를 시에 종종 등장시키는 것역시 '벙커'로 상징된 내면세계가 '현실원칙', '초자아'라는 외부의 적으로부터 반드시 지켜져야만 하는 시의 비밀기지이기 때문이다.

난조인에 가자고 했다. 왕복 티켓을 끊은 것은 다시 돌아올 겨울이 있기 때문.

삼나무 언덕을 내려와 바닷가를 달리다가 나는 볼펜으로 발바닥 티눈을 뽑았다. 티눈에서 혹연 냄새가 났다. 옥수수처럼 숨어있는 알갱이를, 뿌리 뽑히지 않는 몸 속 중얼거림을, 오후 내내 기차는 레일로 연주했다.

내가 남장원에 갔다 온 봄을 잊었나보다. 남장원에서 본 꽃을 지웠나보다. 금빛 와불 발바닥에 눈을 맞추고 수국이 문 여는 소리를 듣는 동안 가시바늘 문양의 물고기들이 하늘을 향해 긴 잠을 자고 있었다. 바고의 와불에서 글자들이 기어 나와 베개 밑으로 누웠다.

내 발바닥은 햇빛을 흡착하고 둥글게 말아 올라 수면 위 아치가 되었다. 백 여덟 개의 화살이 다리를 건너갔다. 내가 남장원에 갔다 온 것은 난조인에 갔었다는 말. 입장권에 구멍이 뚫려있었다. 그걸 모르고 난조인에 또 갔었다. 오른손을 오른쪽 머리에 받치고 대리석 바닥에 누워 왼쪽에서 불어오는 바람을 잊었다.

하늘 한 번 바라본 적 없는 바간 쉐딸라웅 발바닥에 금빛 주물을 붓고 옥수수 알갱이와 티눈을 밀어 올렸다. 전각 칼에서는 새의 울음소리가 들리고 바람은 맨발로 낭하를 걸어갔다. 고체가 된 바람이 벽을 세울 때까지 남은 삼 개월을 헤아렸다.

—「난조인에 갔었다」전문

한정원이 벙커 안으로 들어가 현실이라는 외부 세계로부터 스스로를 유폐시킨 까닭은 또 있다. 그녀는 현실 세계의 언어가 지닌 '의미'라는 한계를 극복하기 위해, 대상을 관념에 종속시키는 의미의 폭력을 초월하기 위해 기존 언어의 규칙과 질서가 작동되지 않는 벙커 안에서 언어의 해방을 도모한다.

시인은 언젠가 일본 '난조인'에 다녀온 일을 회상한다. 후쿠오카에 있는 난조인은 청동 와불로 잘 알려진 명사찰이다. 그녀는 일행과 함께 기차를 타고 "삼나무 언덕을 내려와 바닷가를 달리다가" 난조인에 도착해 "금빛 와불 발바닥에 눈을 맞추고 수국이 문 여는 소리를 듣"는다. 그때까지도 아무런 수상함을 감지하지 못하던 시인은 "입장권에 구멍이 뚫려있"는 것을 확인한 순간에야 비로소 '난조인'이 '남장원'임을, "내가 남장원에 갔다 온 것은 난조인에 갔었다는 말"임을, "그걸 모르고 난조인에 또 갔"다는 사실을 깨닫게 된다.

일본어 히라가나 '난조인(Nanzoin)'과 한자어 '남장원(南蔵院)'은 동일한 장소의 이명, 엄밀히 말해선 같은 이름의 다른 표기임에도 시인은 "남장원에 갔다 온 봄을 잊었"다. "남장원에서 본 꽃을 지웠"다. "오른손을 오른쪽 머리에 받치고 대리석 바닥에 누워 왼쪽에서 불어오는 바람을 잊었"다. 청동 와불을 흉내 내며 대리석 바닥에 누웠을 때 그에게로 불어온 청량한 바람부터 "새의 울음소리가 들리고 바람은 맨발로 낭하를 걸어가"던 '난조인'에서의 풍요로운 감각적 감응은 '난조인'과 '남장원'이 같은 장소임을 자각한 순간 거품처럼 사라져버린 것이다. 시인이 입장권에 적힌 '남장원'이라는 글자를 보지 못했다면 오직 '난조인'의 새로움만 감각됐겠지만, '남장원'이라는 기표가 '난조인'에 덮여 씌워진 순간, 새로움은 익숙함으로 바뀌고, 시인은 의미로서의 언어가 지닌 치명적 한계에 좌절하고 말았다.

그 좌절의 경험이 한정원으로 하여금 의미로부터 언어를 해방시키는 모반을 꿈꾸게 했으리라. 그녀는 벙커 안에서 표층언어의 폐쇄성을 심층언어의 확장성으로 바꿔내는 작업에 몰두한다. 기표에 구속된 기의를 활달하게 풀어놓음으로써 기표의 가능성까지 확대시키는 것이다. 기표에 얽매인 기의를 풀어주어 의미의 활로를 확장시키는 한정원의 작업은 "컵은 오른손입니다. 하얀 심장입니다. 붉은 넥타이입니다. 감은 가슴 위에서 날아다니는 방패입니다"(「컵」)와 같은 환유를 통해 낯선 상징들을 발생시키거나 "갈비탕 신선로 삼계탕 순두부찌개 훈제오리 어복쟁반 팟타이 만두국 냄비우동 짬뽕 감자탕 주먹밥 타코야키 쌈밥정식 피자 딤섬 탄두리치킨"(「미슐랭을 위하여」) 등 무작위로 떠오르는 음식 이름들을 나열하는 자동기술법을 활용하거나 "나는 몸무게를 잃어버렸어요"(「손님」)나 "내가 터미널을 데리고 다녔다"(「터미널 2」)에서처럼 대상의 성질과 행위의 주체를 바꾸는 상식 문법의 파괴 등을 통해 이뤄진다. 그녀는 "앞으로도 발음해보지 못할 언어를 찾아서"(「비자, 비자림」) "암회색 성채의 비밀문서"(「머리칼의 행방」)를 열람하는 언어의 탐험가, 언어의 인디아나 존스다.

> 모든 도시의 빛깔은 서울의 사본 같다
> 낮에는 사라졌다가 저녁이 되면 말승냥이처럼 나타나
> 낯선 방에서 웅크리고 앉아 울음소리를 낸다
> 내 안의 타인들은 혀를 내밀고
> 화장실까지 따라와 재채기를 하고
>
> 바다색을 감추고 있는 호수의 끝 박물관에서
> 누군가 나를 기다리고 있다고 믿는다
> 공룡은 오래 살아왔고
> 고흐는 일주일 후에 온다고 한다
> 바람의 도시에는 같은 이름의 지하철역이
> 두 개가 있다 서울처럼
> 반복되는 유사성, 동일성, 기시감
>
> 나도 재가 된 적이 있다
> 미술관 지하 계단을 돌아가며
> 동양의 작가가 설치한 아홉 개의 기둥 사이에서
> 어두운 현기증으로 과거를 잊은 적이 있다
> 양송이 스프를 육식인양 삼키며
> 게으른 동물이 되려고 한다

침묵만이 바람에게 희망을 준다
겨울에는 왜 햇빛을 태양이라고 부를 수 없는지
그래서 나는 윈디 시티에서
'그리고 시카고'라고
바꿔 쓴다

　　　　　　　　　　　　　—「모든 도시의 빛깔은 서울의 사본 같다」 전문

　벙커는 방공호, 대피소의 기능을 하지만 때로는 최전방에서 적진을 습격하기 위한 전진 기지가 되기도 한다. 한정원은 벙커에 스스로 고립된 채 혼자 누리는 몽상으로 자폐적 쾌락만을 추구하지 않는다. 그녀는 고정된 관념과 확실성과 결정론적 사고가 지배하는 기존의 의미 세계를 전복시키려는 혁명의 열망으로 벙커를 전위에 전진 배치한다. 벙커에서 이 세계를 향해 '모호성'과 '난해성', 그리고 '불확실성'의 총구를 내민다. 그녀는 이미 고대 그리스 회의론자들이 주장한 '에포케(epoche)', 즉 판단 중지를 위해 "지상의 언어는 유보해두었"고, 기성 언어가 부여한 의미에 길들여진 대상들에게 무한한 잠재태를 회복시키고자 "나의 언어로 사물들을 잔혹하게 괴롭히고 있"다.

　시인이 "모호성은 정확"하다고, "난해한 시는 읽을수록 입체적"(「터미널 3」)이라고, "확실한 것은 불확실성뿐"(「미정氏」)이라고 주장하는 것은 모두 확실성에 대한 반발, 즉 의미에 대한 저항이다. 시인이 의미를 불신하는 것은 이 세계가 의미로 이루어진 기표의 세계가 아니라 이미지로 이루어진 사본의 세계, 미메시스와 시뮬라크르의 공간이기 때문이다. 플라톤은 이데아는 오직 진정한 원본이자 순수한 형상인 '신'이며, 자연은 신의 그림자가 어렴풋이 투영된 사본이라고 말했다. 그러므로 자연을 모방하는 예술은 모방의 모방(미메시스), 속임수라고 주장했다.

장 보드리야르는 "현대 자본주의 사회는 실재 사물의 세계가 아니라 자본주의와 인간의 욕망, 물신주의에 의해 만들어진 가상의 세계이며 현대인들은 물질도 실재도 아닌 이 가상성, 즉 시뮬라시옹의 이미지를 소비하며 살아간다"고 말했다. 즉 현대인들은 '이미지'에 둘러싸여 살아간다는 것이다. 우리는 전지현의 이미지만을 소비할 뿐이지 전지현이라는 실체에 대해선 알지 못한다. 자본주의에 의해 만들어진, 드라마와 영화, 광고에서 이미지화된 가상의 전지현만을 소비할 뿐이다. 어떤 사람이 벤츠라는 자동차를 구입한다면, 그는 벤츠의 승차감, 성능, 안전성, 안정감 등 그 차의 '실체'를 구입하는 것이기도 하지만, 실은 '벤츠'라는 이미지, 사람들에게 각인되어 있는 '최고의 자동차'라는 이미지, 벤츠 문을 열고 운전석에 앉아 사람들의 부러워하는 시선을 즐기며 드라이브를 하는 그 이미지를 구입하는 것이다.

고대로부터 오늘날까지, 미메시스부터 시뮬라시옹까지 이 세계는 이미지의 세계, 사본의 세계다. 시인은 "모든 도시의 빛깔은 서울의 사본"이라고 말한다. 이 세계에 작동하는 "반복되는 유사성, 동일성, 기시감"을 그녀는 감지한다. 유사, 동일, 기시성은 이 세계가 '의미'의 세계, 확실하고 분명한 '원본'의 세계가 아니라 '이미지'의 세계, 불확실하고 불분명하고 모호하며 난해한 '사본'의 세계인 데서 연유한다. 집단무의식과 태고유형과 원형의 상징들을 공유하는 우리는 "호수의 끝 박물관"이나 "바람의 도시"나 "미술관 지하 계단"이나 일상의 자리 등에서 아무 풍경, 아무 사건을 마주할 때 어디서 본 것 같은, 경험해본 것 같은 느낌을 받곤 한다. 그것을 본 것 같긴 한데 완전히 기억해낼 수 없는 까닭은 "어두운 현기증으로 과거를 잊"은 탓인데, 이때 '어두운 현기증'이란 인류가 형성한 집단 이성, 근대적 지식의 반어적 표현이다. 우리의 이성과 지식, 의미 지향의 언어로는 이 세계를 재현해낼 수 없다는 것이 한정원의 믿음이다. 이미지의 세계에서 왜 의미에만 구속되어 있느냐고 그녀는 우리에게 질문한다.

어두운 현기증을 극복하기 위한 한정원의 방법론은 메타포, 환유, 난해성, 모호성, 비가시성, 판단 중지 등으로 시도된다. 이 시도는 끊임없이 실패하고 추락할 수밖에 없지만, 그녀는 "구부러진 그림자를 직각으로 세우는"(「린넨으로 흔들리는 기원 전 풀잎」) 무모한 실패를 계속해서 반복할 생각이다. 그 실패를 통해 결국 한정원이 닿고자 하는 곳은 언어로 표현할 수 없는 세계, 아무리 표현하려 해도 항상 충분히 표현되지 못하고 자기 안에 늘 일부 남겨지게 되는 세계, 실재하지만 나타낼 수 없는 세계, 바로 라캉이 말한 실재계다. 욕망하지만 현실에는 없는 그 세계를 향해 언어의 표현 불가능성을 극한으로까지 몰고 가 초현실이라는 일말의 가능성을 끝내 찾아내는 이 시인을 나는 매일 만나고 싶다.

어제 나는 나의 벙커 속을 보았다.
거기 없었던 한 시인이 있었다.
그녀는 오늘도 거기에 있었다.
하아, 제발 그녀가 사라지지 않았으면 좋겠다

두 발로 땅을 디딘 채 무중력 우주로 날아가는 시

조미희 시 읽기

조미희는 2015년 『시인수첩』 신인상으로 등단한 이후 독창적인 개성을 보여 왔다. 등단 당시 "현실과 언어, 감각의 탄착점 형성에 의미 있는 솜씨를 보여준다. 우리가 흔히 마주하는 일상을 날것으로 드러내지 않으면서도 한번쯤은 되돌아보게 만드는 감각의 운용이 돋보인다"(최현식)는 찬사를 받은 바 있다. 2019년에 발간된 시집 『자칭 씨의 오지 입문기』는 조미희의 시 세계가 광대하게, 또 압축적으로 담겨 있는 수작이다. 최현식 평론가가 이미 알아차린 '감각 운용'의 돌올한 솜씨가 "호박 한 덩이를 다 먹으면 한여름을 다 먹은 거라네"(「호박에 관한 명상」)와 같은 해석적 잠언이라든가 "토끼 발자국으로 숲의 불이 켜질 때"(「토끼 발자국으로 숲의 불이 켜질 때」)와 같이 어디로 튈지 모르는 낯선 상상력에 선연히 나타난다. 이 시집에서 그녀의 시선은 핍진한 시대적, 사회적 현실로서의 '광장'과 은밀하고 매혹적인 환상의 세계로서의 '밀실'을 자유롭게 오간다. 이 글에서는 시집을 중심으로 조미희의 시 세계를 조망해 보고자 한다. 시집 이후 문예지에 발표한 몇 편의 근작도 함께 살펴보면 좋을 것이다.

독특한 제목이 호기심을 자극하는 시집 『자칭 씨의 오지 입문기』의 가장 중요한 특징은, 현실과 환상의 끊임없는 교차다. 조미희는 양극화 사회의 그늘에 부려진 가난, 소외, 죽음의 풍경, 소리, 냄새, 촉감, 맛을 생생한 언어로 재현하면서 비극의 실감, 비극의 물성을 빚어내고 있다. 그녀는 '어둠'과 '습기'와 '빈곤'으로 이뤄진 '을'의 세계를 체험하고, 몸으로 직접 겪어낸 그 세계의 '적막'과 '슬픔'을 입체적으로 형상화한다. 그렇게 '현실'에 두 발을 단단히 붙였으면서도 그녀는 계속해서 현실 너머의 어딘가로 날아가려 한다. 시가 지닌 '초월'의 힘을 믿는 까닭일 것이다. 조미희에게 시는 현실의 허무와 고통을 극복하는 동력이자 세계의 비극적 풍경들을 새롭게 전환할 수 있는 대안 우주(alternative universe)다. 현실성이라는 땅에 발을 딛고 서려는 '파수꾼'의 의지와 환상성이라는 공중으로 날아가려는 '마법사'의 몽상이 이 시집을 양쪽에서 견인한다. 시집에는 천체물리학을 포괄한 우주적 상상력이 종종 나타나는데, 조미희는 현실과 환상을 각각 중력과 무중력의 세계로 인식하고 있다.

*

먼지가 쌓이듯 지하가 자란다 가장 어두운 무대, 젊음 위에 노인을 씌운다 유서처럼 쏟아지는 고지서는 죽은 뒤에도 남아 있다 배우의 눈동자 가득 죽음이 스며든다 이제 적절한 적막과 슬픔의 부스러기로 도착했다고, 배우는 읊조린다 외워도 외워지지 않던 한 줄 대사처럼 지하의 어둑함 사이로 채광 한 줄기 스민다 한 번도 이런 조명 받아 본 적 없다 주연인 적 없었던 그는 어쩌면 내일 아니 한 달

뒤 신문의 일면을 장식할지도 모른다 어차피 먼지로 시작해 먼지로
사라진다면 다행이다 조명이 점점 희미해진다

*

시신이 발견된 건 여섯 달 후였다 이웃들은 노인의 파지가 가득
담긴 수레를 언뜻 보고 의심하지 않았다 수레는 노인의 삶을 교묘하
게 포장했다 그의 집은 묻혀 있고 사람들은 지상에서 바빴다 지하는
어디서나 존재했고 어디에도 존재하지 않는 그림자 같았다 막이 내
리면 감쪽같이 사라지는 무대배경처럼 어둠이 내리면 자취를 감추
는 지하, 모든 그림자가 지하 쪽창 근처를 서성거리며 어떤 삶을 살
아야 했나 문득 뒤돌아보다 가는

*

지하의 질량은 어둠, 습기, 빈곤, 세 가지 원소로 되어 있다 지하
는 어둠보다 더 큰 빈곤이 팽창할 때 빅뱅이 일어난다 혼돈의 의미
는 모든 지하에 어떤 악영향을 주는지 상징적 계산이 필요하다 위층
사는 잉여는 지하를 낳았고 지하경제는 깜깜해서 아무것도 끌어올
리지 못했다 간혹 지하를 떠난 나쁜 시절과 좋은 시절의 추억담이
계단을 오르내리고 그사이 찡그린 미간처럼 지하는 기형으로 자란
다 오늘도 지하는, 양자 구도를 관통하는 블랙홀처럼 어디에나 있다

—「그림자의 집」 전문

고독사한 독거노인은 죽은 지 여섯 달 만에 발견됐다. 이미 백골이 되
어 형체를 알아볼 수조차 없었을 것이다. 백골이 되기 전, 그러니까 눈과
코와 입과 살갗을 지닌 산 사람이었을 때도 노인은 형체 없는 허깨비나
마찬가지였으리라. 김현은 기형도 시집 『입 속의 검은 잎』 해설에 "죽은
사람의 육체는 부재하는 현존이며, 현존하는 부재이다. 그러나 그의 육

체를 기억하는 사람들이 다 사라져 없어져버릴 때 죽은 사람은 다시 죽는다"고 썼다. 위 시에서 가장 비극적인 장면은 "적막과 슬픔의 부스러기"도 아니고 "어둠, 습기, 빈곤"도 아니다. "이웃들은 노인의 파지가 가득 담긴 수레를 언뜻 보고 의심하지 않았다"는 대목이다. 생전에도 사후에도 노인의 육체를 기억하는 이웃은 단 한 명도 없었던 것이다. 노인은 살아서도 죽고, 죽어서는 또 죽는, "어디에도 존재하지 않는 그림자"였다. 조미희는 마치 고독사 청소 업체 직원처럼 그 쓸쓸한 지하의 죽음을 수습한다. 소독약품과 집게와 빗자루 대신 구체적이고 핍진한 언어를 통해 "어둠보다 더 큰 빈곤이 팽창"하는 지하에 스민 죽음을 구석구석 쓸고 닦아낸다. 조미희가 우리로 하여금 사회에서 밀려나간 아브젝트적 존재인 '노인'의 처참한 주검을 똑똑히 보게 하는 것은 우리의 마비된 타자 윤리를 일깨워 '그림자들'에게 육체를 입히려는 일종의 부활 제의이다.

> 헬멧을 쓰고 섭씨 40도의 머리로 달리는
> 오토바이들과 공사 현장은 이미 깨진 달걀처럼 흥건하다
> 철근보다 무거운 일상이 비뚤어지며
> 나약한 틈을 공격한다
>
> 뉴스에선 을과 을이 격투 중이다
> 아이는 뜨거운 차 안에서 혼자 싸늘하게 식어 갔다
> 명사들이 전하는 행복의 소소한 조건들을 들으며
> 조건은 조건으로 남을 것 같은 예감
> 올가미와 올가미들 가로수 같다
>
> ―「폭(暴)의 시간」 부분

삭막하고 이기적인 각자도생(各自圖生) 사회의 온도는 아마 "섭씨 40

도"쯤 될 것이다. 혼자만 잘 살려는 욕망이 부글부글 끓는 탐욕의 시대가 '개인화 사회'라는 합리적이고 세련된 가면을 쓴 채 현대인들로 하여금 나눔과 희생, 배려라는 공동체의 미덕들을 무가치한 것으로 여기게끔 현혹하고 있다. 시인이 응시하는 "을과 을의 격투"는 얼마 전 세계적인 인기를 끈 넷플릭스 드라마 <오징어게임>을 연상시킨다. 빈부격차, 양극화 등 세계 공통의 시대적 요소를 담아낸 것이 이 드라마의 인기 요인이었다. 시청자들은 드라마 속 캐릭터들에게 자신을 투영했다. 성기훈, 조상우, 강새벽, 알리, 지영 등 등장인물들은 저마다 생의 벼랑 끝에 몰려 더는 갈 데가 없는 이들이다. 게임에서 탈락하면 죽는다는 걸 알면서도 목숨을 건 데스매치에 참가한다. 현실에서의 삶이 더 지옥이기 때문이다. 이들은 결국 서로 죽고 죽이는 처절한 싸움을 벌인다.

사채업자에게 신체 포기각서를 써주고 어머니의 수술비를 마련하기 위해 게임에 참가한 456번, 공장에서 도망친 외국인 노동자로 고국의 가족들을 먹여 살려야 하는 199번, 북한에 있는 엄마를 데려오고, 보육원에 맡긴 동생과 함께 지낼 방 한 칸을 얻어야 하는 67번…… 현실의 '오징어게임'도 드라마 못지않다. 자동차들이 쌩쌩 달리는 빗길에서, 컨베이어 벨트가 돌아가는 공장에서, 쇳물이 끓는 제철소에서, 거리두기로 파리만 날리는 식당에서 우리들의 오징어게임은 계속 된다. 한국사회의 VIP인 고위 공직자와 정치인들은 저 높은 곳에서 가면을 쓴 채 낮은 데서 벌어지는 비참한 생계의 분투를 웃으며 지켜볼 것이고, 우리끼리 죽고 죽이게 할 것이다.

시청자들은 반드시 살아야 할 이유가 나타난 주인공에 감정을 이입해 그들을 응원하면서, 그들의 생존과 대비되는 탈락자의 죽음에는 무신경해진다. 그동안 자신을 게임 참가자와 동일시하며 세상의 비정함, 돈이 만든 현실의 지옥을 체감해오던 시청자는 정작 자신이 가면을 쓰고 게임을 내려다보는 VIP와 다르지 않다는 사실을 깨닫지 못한다. 우리는 우리도 모르는 사이에 자본주의 사회 '게임의 법칙'에 내면을 잠식당한 것이다.

하지만 조미희의 시선은 끊임없이 소외된 약자들을 향한다. 자신보다 더 약하고 처지가 곤란한 이들을 향해 몸을 기울인다. "비린내 나는 것들이 모여드는 원심력의 외각"(「노량진, 노량진」)과 "이불을 사계절 옷처럼 입고 있는 사람들"(「병동」)과 "굴뚝에 올라선 노동자의 퀭한 목소리"(「광대의 뒷면」)로 기꺼이 다가가 "함께 흐느낀"다. 그들에게 "따뜻한 이불"(「십이월」)이 되어주려 한다. 그들은 제거돼야 할 경쟁자가 아니라고, "이러다 다 죽는다"고, 드라마 속 오일남 노인처럼 시인은 각자도생, 약육강식의 게임판에 던져진 우리를 향해 힘껏 외친다.

조미희가 현실이라는 땅에 발을 붙이고 있는 것은 위로, 포용, 연대라는 공동체적 감각과 타자윤리의 회복을 꿈꾸기 때문이다. 그녀는 "한낮 홀로 먹는 점심"이 보편적 존재 양식이 되어버린 현대인들, 동일성의 원리로 타자성을 배격하며 "등에서 자라는 가시들로 무리 짓는 우리"를 향해 "누구를 안을 수 있나"(「물고기 등엔 가시가 있다」)라고 일갈한다. 그러면서 「벽과 등 사이에서」의 화자를 통해 또 이렇게 말한다. "벽 같은 사람을 만나 상처투성이가 되"고, "나도 누군가의 벽일 수 있"는 세상이지만, "인간은 내가 본 동물 중 가장 단단하고 물렁한 벽"이라고, "나도, 누군가가 항상 그리운 사회적 동물"이라고. 시인은 "밥벌이"라는 벽이 소통과 교류, 연대를 차단한 비정한 자본주의 사회에서 "나에게도 기댈 수 있는/ 기름때 묻은 등이 있"다고 노래하며 모든 사람이 그 '등'을 갖게 되길 소망한다.

시인이자 시민으로서 조미희의 사회의식, 현실인식은 치열한 삶의 현장, 소외되고 어두운 '지하'에 있다. 그러면서도 끊임없이 현실 너머의 세계를 향해 뛰어오르려 한다. 현실이 궁핍할수록 상상은 풍요로운 법이어서, 그녀는 활달한 시적 몽상을 통해 새롭고 낯선 감각의 세계를 건설하려 한다. 그녀가 시로 지으려는 세계는 '게임의 법칙', 즉 자본논리가 강요하는 현실원칙의 어떠한 구속과 간섭도 작용하지 않는 곳으로써, 그곳에는 고독과 불안, 허무, 고통, 비애 등 인간 실존에 대한 억압이 없고, 상투성, 몰개성, 획일화, 기성의 관념 등 언어에 가해지는 폭력도 없다.

> 너는 우주에서 자유로운 여자
> 공 굴리기를 하는 서커스의 단원처럼
> 임시 천막 같은 둥근 지구를 바라보며
> 커다란 막대사탕의 무늬처럼 돈다
>
> 그리운 무중력
> 하이힐도 세탁기도 필요 없는 무중력
> 떠다니는 물방울로 머리를 감고
> 풍경 따윈 필요 없는 창문을 가진
> 너는 우주인
> 너는 기분 좋은 갈매기
>
> 나는 지구의 골목에 있고
> 모든 중력에서 수만 가지의 따가운 간섭이 있는
> 지구에 남겨진 여자
> 너는 무중력의 배란기
> 나도 무중력의 배란기를 가질 수 있었다면
> 중력의 계단에 앉아 지루한
> 헛구역질은 하지 않았겠지
>
> 너의 밤은 지구의 기우뚱거리는 관습을 지우고

관습의 궤도로부터 낭만적이다

너는 빛나는 귀환이 있는 부양(浮揚)이 있고
나는 빛나는 도피도 없는 부양(扶養)이 있다

나의 예민한 귓바퀴는
사랑의 동그라미를 도는 분홍색 맛을 꿀꺽 삼킨다

당신은 중력을 이탈하고 있습니다

중력은 나를 놓치고
나는 중력을 버린다
　　　　　　　－「그리운 무중력－발렌티나 테레시코바에게」 전문

　중력이란 지구 중심이 물체를 끌어당기는 힘이다. 이 중력으로 인해
나무에서 사과가 떨어지고, 인간은 공중을 날지 못한다. 그러므로 중력
은 부자유, 억압, 구속의 은유로서 현실원칙을 상징하는 물리학적 개념
이 된다.
　프로이트에 따르면 꿈은 의식이 활동하는 낮 동안 통제되고 억압되어
있던 무의식이, 의식이 작동하지 않는 수면 활동 중에 '상징'을 통해 나타
나는 심리적 현상이다. 무의식이 활보하는 상징의 세계라는 점에서 꿈과
시는 같다. 시는 언어로 꾸는 꿈이다. 조미희는 현실의 억압, 중력이 작
용하지 않는 몽상의 세계를 그린다. "모든 중력에서 수만 가지의 따가운
간섭이 있는/ 지구"를 벗어나 "하이힐도 세탁기도 없는 무중력"의 우주
에서 "자유로운 여자"가 되고 싶어 한다. "중력을 이탈"해서 "관습의 궤
도로부터 낭만적"이길 소망하면서 "도피도 없는 부양(扶養)" 대신 "귀환

이 있는 부양(浮揚)"을 향해 날아간다.

영화 <인셉션>은 '꿈'을 중력으로 해석하면서 '잠'에 대한 독특한 상상력을 제시한 바 있다. 조미희의 시는 그 영화에서처럼, 3단계의 심연과 같이 깊은 수면에서민 경험할 수 있는 꿈속의 꿈속의 꿈, 가장 매혹적이고 가장 모험적인 꿈의 세계를 우리에게 펼쳐 보여준다. "왜 꿈이 무음인 줄 아세요?"(「귀만 자라는 남자」)라고 물으며 꿈이 지닌 무중력의 비밀을 귀띔해주는 조미희의 시에서는 "잭 없이도 콩나무는 무섭게 자라고 거인은 계속 되살아나"고, "아이는 콩쥐가 되고 어린 왕자가 되"(「동화의 딜레마」)곤 한다. 또 시적 주체는 "구름과 고양이는/ 아랫목이거나/ 식물의 뼈로 사용할 수 있"(「거기에 구름과 고양이가 있다」)는 엉뚱한 지혜들을 마구 떠올리기도 하고, "여보게, 친구 난 죽었다네. 그러나 신이 영원의 시간에 하루를 더 덧붙여서 나를 저주했다네"(「고전」)라고 고백하는 죽은 사람을 만나기도 한다.

조미희는 '밤'과 '꿈'으로 함의된 초월적인 세계로 독자들을 데리고 가려 한다. 현실의 온갖 부자유를 극복하려는 열망이 그녀의 시에서 '무중력'이라는 개념으로 나타난다. 이때 무중력은 의지이자 표상으로서 조미희의 시 세계를 함축하는 단 하나의 암호가 된다.

　　잠자리를 뒤쫓던 명랑이 있다 날개를 퍼덕이며 손가락을 희롱하던 발가락들, 기어코 꼬리에 실을 묶고 풀밭 위에 누우면 잠자리는 날아간다

　　동화의 내륙을 돌아 결국 너의 후미진 창틀로 내려앉는 잠자리, 세상에 없는 길로 동화는 탄생한다 방향을 돌리고 돌리면 미물의 이야기도 사람의 이야기로 둔갑한다 잔혹 동화의 서막, 잠자리는 아이의 입을 틀어막고 어른의 입을 붙인다 비행을 배워 본 적 없는 어른

은 동화를 잃고 잠을 청하지만 가혹한 시간은 이불을 들썩이며 창밖
의 흑수정 같은 밤을 흠모하는 가면이 된다

　　다량의 카페인이 필요하다 목구멍 속에서 꽃처럼 퍼지는 백야

　　밤은 아이의 세계, 깊은 꿈의 배려, 어른은 한낮의 호루라기, 비명
처럼 울리는 고주파의 이명을 따라 달팽이관 밖으로 움츠려진다 낮
은 어른을 호출하고 아이는 밤으로 눕는다 아이와 어른의 발가락 사
이로 해안선이 무너진다 내 손에 발가락이 닿은 최초의 시간, 손금
은 따끔거렸다

　　잠자리 떼 아래서 빨갛게 달린다 달릴 수 있을 때까지 어른이 되
기 시작하면 홀쪽 날아가 버리는

—「잠자리」 전문

　어른의 삶이란 직장, 대출, 부동산, 육아, 사회적 의무와 책임, 정치 이
데올로기 등 저마다의 사정에 붙잡혀 누구도 협소한 현실을 벗어날 수
없는 지독한 중력 세계가 아닌가. 반면 아이들은 "동화" 속에서 마음껏
뛰논다. 어른의 세계와 대비되는 동화에는 "미물의 이야기도 사람의 이
야기로 둔갑하"는 천진난만한 상상력과 "잠자리를 뒤쫓던 명랑"이 있다.
　위 시의 화자가 "밤은 아이의 세계, 깊은 꿈의 배려"라고 했을 때, 조미
희가 지향하는 무중력 세계로서의 '밤'이 더욱 선명해진다. 낮은 현실원
칙과 온갖 초자아가 지배하는 중력의 시간이고, 밤은 무의식과 상징, 상
상으로 가득한 무중력의 시간이다. 어른들은 "한낮의 호루라기"로부터
생각과 감정과 감각을 통제받지만, 아이들은 "깊은 꿈의 배려" 안에서
자유롭고 평화롭다. "낮은 어른을 호출하고 아이는 밤으로 눕는"다. 밤

벌이의 세계인 '낮'에 호출되었던 시인은 시적 몽상의 세계인 '밤'으로 돌아와서야 비로소 "내 손에 발가락이 닿은 최초의 시간"을 만끽한다. 손과 발가락이 닿으면 사람의 몸은 동그란 원형이 된다. 신화에서 자신의 꼬리를 삼켜 무한의 원을 이루는 거대한 뱀, 우로보로스(Ouroboros)는 처음과 끝이 없는, 이쪽과 저쪽이 없는, 영원과 찰나가 없는 순환의 우주를 상징한다. 조미희는 "한낮의 호루라기"로 함의되는 현실의 억압과 구속, 폭력, 부조리로부터 벗어난 '현실 너머', 차별과 경계가 없으므로 소외와 고독도 없는 세상을 꿈꾸는 것이다.

사람들이 커피를 마시는 이유
혀끝에 쓰디쓴 인생이 흐르기 때문일까요
쓴맛 뒤에 오는 수만 가지 쓴맛들의 오묘한 조화
이것이 인생이죠

마치 처음 인생의 맛을 발견한 개척자처럼
컵 안의 커피 속으로 빨려들지요
쓴맛이 단 한 가지가 아니라는 사실에 새삼 웃지요

이상하죠
이렇게 앉아 있으면 외로움이 도망가요
당신의 말소리를 좇다가
문득 창밖으로 슬쩍 뛰어내려도 괜찮으니까요

걱정 마요
당신과 아무 상관없으니까요
끼어들지 않을 거예요
오래 혼자 앉아 있다 보니

언제든 단단해질 수 있어요

고개를 살짝 반대 방향으로 돌리면
우리는 서로 다른 세계에 있지요
 　　　　　　　　　　 ―「혼자 앉아 있는 사람」 부분
 　　　　　　　　　　 (『시산맥』 2021년 여름호)

　소외된 곳, 어두운 곳, 울음소리가 고인 곳으로만 다니며 중심과 주류, 기득권을 거침없이 비판하고, 타자윤리를 잃어가는 대중들을 향해 각성할 것을 촉구하고, 그렇게 두 발로는 치열한 현실의 바닥을 견뎌내면서, 영혼의 날개로는 현실원칙의 중력이 간섭할 수 없는 현실 너머 "다른 세계"로의 비상을 꿈꾸는 시인은 외로울 수밖에 없는 운명이다. 쓴맛은 오직 쓴맛일 뿐이라고 믿는, 감각마저 획일화된 현대인들은 "쓴맛이 단 한 가지가 아니"라고 말하는 시인을 이해할 수 없을 것이다. 세상은 "나뭇가지 끝에서 춤추는 물고기 떼를 보"고, "부드러운 벨벳풍의 일탈 속으로 떠나"(「나는 밤 고양이라오」)는 그녀를 '이상한 사람'으로 부르겠지만, 시인은 "걱정 마요/ 당신과 아무 상관없으니까요"라며 '쿨'하게 웃고 말 것이다.
　"오래 혼자 앉아 있다 보니/ 언제든 단단해질 수 있"는 시인, 조미희의 시를 떠받치는 힘은 예술가로서의 "개척자" 정신이다. 이제 우리는 조미희의 시가 현실의 중력을 견디며 창조해낸 초월적이고 자유로운 몽상의 세계를 향해 "고개를 살짝 반대 방향으로 돌"릴 때가 됐다.

고독의 높이를 향한 지향성

김지명 시 읽기

시는 기존의 의미체계를 새롭고 낯선 것으로 재편한다. 확실성으로부터 벗어나 대상의 본질에 대한 규정을 유보하는 판단유예(epoche)야말로 해석의 다양성을 움트게 하는 전제조건이다. 좋은 시인은 한눈에 파악되는 윤곽이나 상투적 관념으로 섣불리 대상을 정의하지 않는다. 속단하고 예단하는 자는 결코 뛰어난 시인이 될 수 없다. 사물과 현상의 보이지 않는 부분, 육안이 아니라 상상의 영역에 속한 비가시적이고 미시적인 세계를 향해 끊임없이 눈을 돌리는 자가 바로 진정한 시인이다. 김지명의 등단작 「쇼펜하우어 필경사」는 고정관념과 획일성, 일상성의 세계와 결별하여 그 어떤 것도 규정되지 않은 다양성과 불확실성의 세계를 지향하겠다는 출사표로 읽힌다.

안개 낀 풍경이 나를 점령한다

가능한 이성을 다해 착해지려한다
배수진을 친 곳에 젊음은 야생 골짜기라고 쓴다
가시덤불 속에 붉은 볕이 흩어져 있다
산양이 혀를 거두어 절벽을 오른다
숨을 모은 안개가 물방울 탄환을 쏜다
적막을 디딘 새들만이 소음을 경청한다
함부로 과녁을 팔지 않는
숲이 방언을 흘려보낸다
무릎 꿇은 개가 마른 뼈를 깨물어댄다
절벽 한 쪽이 절개되고
창자 같은 도랑이 넓어진다
사마귀 날개가 짙어진다
산봉우리 몇 개가 북쪽으로 옮겨 간다
초록에서 트림 냄새가 난다
밤마다 낮은 거래되고
밤이 낮의 초록을 흥정하는 동안
멀리 안광이 흔들린다
홀레붙은 개가 신음을 흘린다
당신이 자서전에서 외출하고 있다

　　　　　　　　　　　　　ㅡ「쇼펜하우어 필경사」 전문

　안개는 확실성을 불확실성으로, 뚜렷한 윤곽들을 흐릿한 것으로 바꾼다. 경계를 지우고, 익숙한 풍경들을 낯선 정경으로 재창조한다. 육안에 익숙한 인간의 상투성을 뒤흔들며, 사물의 형태를 전혀 새롭게 바꿈으로써 육안 대신 심안으로 세상을 바라보게 하는 은밀한 유혹이다. 그러므로 안개는 그 현상 자체가 은유다. "안개 낀 풍경"은 곧 김지명이 지향하는 상상력의 세계다. '안개'에 깊이 침잠된 시인은 '안개'로부터 이탈해 평범한 세계로 돌아올 것을 강요하는 '이성'과 싸운다. "가능한 이성을 다해 착해지려한"다는 시인의 진술은, 상상력과 낯선 감각을 '나쁜 것'으로 규정하는 '이성'으로부터 착해질 것을 요구받는다는 뜻으로 읽힌다. 그러나 시인은 '배수진'을 치고 스스로를 '야생 골짜기'에 고립시킨다. '안개'에서 벗어나지 않겠다는 강한 의지다. 시인에게 있어 시란 더 물러설 수 없는, 육체와 정신을 다 해 매달려야 하는 가파른 벼랑이다. 그곳은 야생의 골짜기처럼 척박하고 위험하며, 불빛 하나 없는 외로움의 장소다.

모든 예술은 타성과 관습에 젖은 정신을 찢어 거기서 새로운 감수성을 끄집어내는 행위다. 정신에 새살을 돋게 하는 것이 예술이므로 상처는 예술의 전단계다. "가시덤불 속에 붉은 볕"은 정신의 쇄신을 일으키는 충격과 그로 인한 상처를 환기시킨다. '야생 골짜기'에서 '가시덤불'이라는 자극에 의해 '붉은 볕', 즉 상처를 입게 된 시인의 자아정체감은 다양한 이미지로 환원되어 나타난다. "혀를 거두어 절벽을 오르"는 '산양'과 "적막을 디딘 새들", "무릎 꿇은 개" 등인데, 이 이미지들은 모두 예술가의 메타포어로 기능한다. 시는 일상적이고 설명적인 언어 대신 해석과 은유를 디뎌야만 닿을 수 있는 높이인 '절벽'에 있다. '혀'를 거두고 '적막'을 디디는 행위는 모두 함부로 말하여지는 '쉬운 말'들을 버리고 대상의 본질을 관통하는 해석적 언어와 판단유예로써의 침묵을 통해 '절벽'에 닿겠다는 의지의 표현이다. 그때 "숨을 모은 안개가 물방울 탄환을 쏘"고, "과녁을 팔지 않는 숲이 방언을 흘려보낸"다. '안개'로 상징되는 상상력이 확장되고, 거기서 '물방울 탄환' 같은 번뜩이는 영감과 자극들이 발생하는 것이다. 시인은 확실성의 기호인 '과녁' 대신 해독이 어려운 주술적 언어, 곧 시의 언어인 '방언'을 획득한다.

그러나 보편적이고 실용적 목표인 '과녁'을 버린 대가는 만만찮다. 예술의 세계가 풍족할수록 현실 세계의 궁핍은 자라난다. '무릎 꿇은 개'가

된 시인은 살점 하나 없는 "마른 뼈를 깨물어댄"다. 본래 예술가의 생애란 굶주림과 가난을 수용하는 자리에서 출발하는 법이다. 현실의 고난에도 시인은 더 깊은 '골짜기'로만 들어간다. "절벽 한쪽이 절개되고 창자 같은 도랑이 넓어지"는 세계와의 단절은 더욱 심화된다. 그 속에서 시인은 단독생활을 하는 최상위 포식자 '사마귀'처럼, 새로운 언어와 상상력, 은유의 예감들을 포착하는 사냥술에 능숙해진다. 그러자 '산봉우리'처럼 꼼짝하지 않던 장벽들이 제거된다. 현실에 대한 막막한 불안감이 해소된 것이다. 이제 시인은 "초록에서 트림 냄새"를 맡는다. '야생 골짜기'에서도 먹을 것을 구해 포만감을 느낄 수 있게 된 것이다. 낮에 일하고 밤에 쉬는 세속적 삶의 순환방식 대신, 낮에 수집한 세계의 풍경을 무의식과 직관의 시간인 밤에 시로 만들어내는 새로운 생산 활동에 몰두한다. 매일 밤, 시적 대상과 "흘레붙는" 교감이 이뤄진다. 그리고 그 교감과 상응의 자리에서, '자서전'으로 함의되는 익숙하고 평범한 자아가 사라지고 예술가로서의 새로운 바이오그래피가 쓰이기 시작한다.

'쇼펜하우어 필경사'는 쇼펜하우어를 정신적 이상향으로 둔 시인 자신이다. 쇼펜하우어에 따르면 현실세계의 모든 것은 허무로 귀결되는데, 이 허무를 극복하기 위해선 욕망을 없애야 한다. 욕망을 없애는 방법으로 쇼펜하우어가 제안한 것이 바로 예술적 관조다. 예술을 통해 이 세계를 망각하면 허무도 사라진다는 것이다. 김지명은 시가 현실세계의 무던한 욕망들을 무화시킨다고 믿는다. 세속적 욕망으로부터 자유롭기 위해, 예술의 '골짜기'로 더 깊이 걸어 들어가는 것이다.

고고한 정신성을 추구하는 시인으로서의 자존은 김지명의 시 전반에서 두루 나타난다. 특히 「그럼에도 기린」은 등단작과 같은 층위에서 '기린'을 시인, 예술가의 전범으로 제시하며 독특한 상상력의 메타시를 이루고 있다.

그럼에도 귀족입니다

새들이 물고 다니는 고독의 높이에 닿으면
부드러운 공기의 근육이 만져집니다

하늘의 연꽃이 흩날리는 마당을 가진 게 아니지만
해안선을 움켜 쥔 초원을 가진 게 아니지만

온몸으로 차린 식탁은 풍성하지도 모자라지도 않아
뒤축이 가벼운 그이는 이동식 성채입니다

멈추면 보이는 먼 옛날 온쉼표의 발자국들
빛나는 주변을 서성이는 부채를 예감합니다

긴 다리 사이로 흘러가는 식물들의 표정에서
입술을 털어내려 가시를 키우는 아카시아나무에게서

고요도 소요도 우리들의 발성법
관심도 무관심도 위태로워지는 지점

나란히 그이를 들어 보세요

숨을 줄도 모르고 네 편 내 편도 모르는
이웃 같고 건달 같고 구멍 달 같은

은행에 영혼까지 팔아버려 두려울 게 없지만
훈훈한 시선 두려워 뒤만 돌아본 목 길이입니다

책 속에서 튀어나온 긴 목에서 미끄럼을 타는 아이를 보며
몸에 그려진 모나지 않은 네모들의 다정한 환청을 들으며

발끝으로 세상의 끝까지 걸어 간 키다리 그이가
태양의 감전사라고 나대지의 바람이 들려주는 저녁

누가 풀꽃을 엮어 화관을 짜 주었을까

우두커니 높이를 경배하는 시절입니다

—「그럼에도 기린」 전문

"고독의 높이"를 지향하는 존재에게는 고상한 품격이 있다. 아무에게
나 허락되지 않는 높이를 소유하는 이들을 '귀족'이라 부를 만하다. "부
드러운 공기의 근육"은 낮은 땅, 시끄러운 소음의 세계에서는 결코 체험
할 수 없는 것이다. 기린에게는 "연꽃 흩날리는 마당"이나 "해안선을 움
켜쥔 초원"이 없다. 그러나 그 자신 스스로 '성채'이고, 만족스러운 '식탁'
이다. "고독의 높이"를 지녔기 때문이다. 기린은 시인의 은유다. 예술은
물질이 없어도 풍요로운 것, 먹지 않아도 배부른 행위다.

유행이나 경향 등 세상의 흐름에서부터 벗어나 멈추었을 때 비로소
그 가치가 제대로 보이는 것들이 있다. '온쉼표'는 어떤 공백을 의미하는
데, 사회적 기준에서 무용하고 텅 빈 것, 비생산적인 활동이 이에 해당된
다. 시인은 속도와 양을 강조하는 사회에서 쓸모없고 무의미하게 여겨졌
던 느림과 질적 수준이 실은 매우 가치 있는 것임을 각성한다. 중심에서
벗어났기에 "빛나는 주변"에서 '부채'와 같은 청량감을 느끼기 시작한다.

"고독의 높이"와 "빛나는 주변"은 물리적 공간이 아니라 정신적 거처
다. 그곳은 "식물들의 표정" 같은 미시적 풍경이 주로 보이고, "입술을

털어내려 가시를 키우는 아카시아"처럼 쉽게 말하여지는 말들 대신 침묵과 부정을 키우는 장소다. 거기서 시인은 모두가 무관심한 것에 관심을 기울이고, 모두의 관심이 집중된 것을 한발 물러나서 바라본다. 그때 비로소 시가 발생한다.

시인은 당당하여 "숨을 줄도 모르"고, 네 편과 내 편을 가르지도 않는다. 어떤 오해나 편견, 구속과 경계, 이분법으로부터 자유롭다. "다정한 환청"으로 들리는 뮤즈의 속삭임에 귀 기울이며, 우아한 '발끝' 보행으로 "세상의 끝까지 걸어"갈 뿐이다. 시인은 오늘도 "고독의 높이"와 "빛나는 주변"인 극점으로 나아간다. 금으로 만든 왕관 대신 '풀꽃'으로 엮은 '화관'을 흠모하고, 아무나 닿을 수 없는 "높이를 경배하"는 시인의 자존이 '귀족'처럼 고상하다.

언어에 대한 감각이 발달한 시인일수록 표층언어의 폐쇄성을 심층언어의 확장성으로 바꾸는 데 능숙하다. 기표에 구속된 기의를 활달하게 풀어놓음으로써 기표의 가능성까지 확대시키는 것이다. 김지명은 하나의 기표를 두고 그것이 수렴하는 보편적인 기의 대신 지향적 상상력과 체험적 지식으로 전유하는 개인적 기의를 펼쳐놓는다. 지극히 사적인 의미체계이지만 소통이 원활하다는 점에서, 김지명의 방법론은 표층언어를 심층언어로 전환하는 새로운 가능성을 보여준다.

하몽하몽 중얼거리면
북쪽으로 머리를 둔 할머니가 내게로 왔다
연못의 이파리에 비해 초라한 가시연꽃이
아이 생식기 만하게 하늘을 덮고 있다
무덤덤에 갇혀 있던 입이
시간의 내역을 곰곰 소화하던 검은 잇몸이
물고기 시늉으로 가시연꽃을 따 먹고 있다

남의 손으로 아침을 받아먹던
잃어버린 손으로
아이의 그것을 조물딱거리는 손가락 사이
내가 보였다

하 몽하 몽 말끝이 잘려나간 꿈 조각에는
한쪽 귀와 한쪽 코 한쪽 눈썹만으로
반쪽이 된 엄마
비참한 한 조각이었는데 눈을 감아
평온한 정지
종이질로 피어있는 목화 꽃 같아
손끝만 닿아도 찢어질 듯
아스라이 하몽하몽
새끼를 몰고 리어카를 몰고
과일좌판을 나서는
맹목과 맹모 사이
생전에 보던 그림을 다시 그리는
내가 보였다

－「혼자 노는 양」 부분

'하몽하몽'은 1992년에 개봉한 스페인 영화 제목이기도 한데, 스페인의 전통 햄인 '하몽(jamon)'을 반복 사용한 합성어다. 이 '하몽하몽'이라는 중얼거림은 시인에게 시의 영감과 상상력을 촉발시키는 발화법이다. '하몽'은 오랜 발효와 숙성을 거쳐 만들어지는데, 시 역시 긴긴 세월과 외로움, 제련을 견디며 숙성된 것일수록 맛이 좋다.

"하몽하몽 중얼거리면" "북쪽으로 머리를 둔 할머니"가 온다. '하몽'은 '할멈'이나 '할매', '할망' 등 할머니를 지칭하는 여러 단어들과 음가적 유사성이 있다. '하몽'은 숙성과 발효를 통해 맛이 깊어지는 시의 은유인 동시에 '할머니'를 가리키는 독특한 음성 기호가 된다. '북쪽'은 북망산을 환기시키므로 여기서의 할머니는 돌아가신 할머니일 것이다. 한편 '하몽'을 한자로 풀이하면 '여름의 꿈'이 된다. 백일몽을 꾸고 있는 것일까, 화자는 꿈속에서 돌아가신 할머니를 만나고 있다. 할머니가 귀신으로 이승에 나타났다기보다는 꿈속에서 화자가 일종의 타임 슬립을 경험하여 자신의 유년시절, 즉 할머니가 생존하던 시기로 돌아간 것으로 보인다.

화자의 꿈속에서는 "연못의 이파리에 비해 초라한 가시연꽃이 아이 생식기 만하게 하늘을 덮고 있"다. 연못을 온통 뒤덮은 초록 이파리 사이에 작은 가시연꽃 한 송이가 피어있는 장면이 연상된다. 이때 가시연꽃은 이미 아이 생식기로 묘사된바 화자의 리비도라는 유추가 가능하다. 이파리처럼 무성하게 자라나는 초자아에 억압된 유년의 리비도가 조금씩 꽃잎을 펼치는 것이다. "남의 손"으로 상징되는 윤리적 이성에 의해 "잃어버린 손"이었던 무의식적 욕망이 "그것을 조물딱거리자" '나', 즉 리비도에 충실한 자아가 보이기 시작한다.

리비도는 곧 무의식의 발현이므로 시의 에너지가 되기도 한다. 화자의 시선은 억압된 성적 욕구에서 "반쪽이 된 엄마"에게로 옮겨간다. 화자에게 '엄마'는 "비참한 한 조각"이었지만, "눈을 감아"보니 어느새 "평온한 정지", "종이질로 피어 있는 목화 꽃"이다. 시는 자기 생의 상처를 보듬는 일이기도 한데, 개인적 삶의 슬픈 기억마저도 '하몽하몽'이라는 발음이 촉발시키는 무의식과 꿈, 상상력의 세계 안에서 아름다운 시의 이미지로 승화된다. '엄마'에 관한 기억들은 고통스럽고 슬픈 것이어서 내면의 기저 영역에 가두어놓았었는데, 시적 몽상을 통해 정신의 수면 위로 '엄마'가 떠오르자 화자는 "새끼를 몰고 리어카를 몰고 과일좌판을 나서는" 엄마의 모습을 시의 이미지로 "다시 그리"게 되는 것이다.

기표에 얽매인 기의를 풀어주어 의미의 활로를 확장시키는 김지명의 작업은 「모과 생각」에서도 효과적으로 이루어지고 있다. "힘들어 말을 들으면/ 멍하니 앉아 주머니를 뒤적거리다 사라지는 네가 보인다"에서, '힘들어'라는 혼잣말의 기표 너머에 "멍하니 앉아 주머니를 뒤적거리다 사라지는 너"라는 뜻밖의 기의를 배치해놓는다거나 "체념이 두엄에 나 앉으면 고백이 시작될 거야"에서, '체념'과 '두엄'을 양자의 유사 속성, 즉 스스로를 삭히고 희생해서 타자를 이롭게 하는 성질로 묶는 솜씨는 여간 예사롭지 않다. "체념을 흔들어 관능에 녹이면 봄이 온다"는 은유는 또 어떤가. 체념은 내가 상대방을 가질 수 없음을 인정하고 수용하는 일이다. 체념은 곧 짝사랑의 시작인데, 소유할 수 없는 사람에의 욕망은 대개 혼자만의 성적 판타지로 이어지곤 한다. 그렇게 도달한 만족의 상태가 바로 '봄'이다. 이처럼 김지명은 기표가 하나의 기의에 귀속되는 것을 거부하며 언어와 사유의 자유로운 해방을 끊임없이 모색한다.

김지명은 시가 지닌 힘을 믿는다. 그녀에게 시는 현실의 허무와 고통을 초극하는 동력이자 세계의 망가지고 소외된 풍경들을 그러모아 대안 세계(alternative universe)를 도출해내는 장력이다. 시를 하나의 대안적 우주라고 했을 때, 그녀가 추구하는 공간은 관념적 유토피아가 아니라 실재와 비실재 사이에 놓인 제3의 공간, 이데아와 시뮬라크르를 횡단하는 웜홀(worm hole)에 가깝다. 경계와 구획이 없어 서로 다른 두 극점을 자유롭게 오갈 수 있는 세계, 직선과 평면이 아닌 곡률과 입체로 이루어진 세계를 꿈꾸는 것이다. 김지명은 시를 통해 고독과 불안, 허무, 고통, 비애 등 인간의 실존적 한계는 물론 상투성과 관념 같은 현상세계의 부자유를 초월하고자 한다. 언어의 힘을 확신하므로, 도처에 흩어진 말들을 바벨처럼 한 장씩 쌓아 올려 로고스(logos)의 회복을 도모한다.

3부

존재의 불완전함을 극복하는 사랑의 언어

존재의 불완전함을 극복하는 사랑의 언어

안명옥 시 읽기

"밀물과 썰물 속에서 나는 태어난다"는 '시인의 말'을 여러 번 읽고 또 읽는다. 읽을수록 깊고 아득한 문장이다. 이토록 매혹적인 자서를 언제 또 읽어본 적 있던가. 사실 저 문장은 "밀물과 썰물 속에서 나는 (죽었다 가) 태어난다"라는, 괄호 안의 과거완료형 동사가 생략된 형태이다. 조금 과 사리, 썰물과 밀물은 '죽음─부활'이라는 리듬에 속해 있다. 물이 빠져 나간 자리에 다시 물이 밀려들어오고, 야위었던 달이 만월로 차오른다. 여성의 몸도 밀물과 썰물, 그믐과 보름의 리듬 안에서 생명 잉태의 가능 성과 불가능성을 오고 간다.

시인도 죽음과 부활을 반복하는 존재이다. 무한한 우주인 시니피에의 세계에서 완전무결한 최초의 영감을 누리던 몽상적 자아는 관념과 의미 에 의해 자유롭던 기의가 뒤틀리고 잘려나가는 시니피앙의 세계로 추락 한다. 이것을 죽음이라고 부르지 않을 이유는 없다. 왜곡과 굴절이라는 활자의 폭력, 의미의 폭압에 의해 무의식적 몽상과 욕망이 거세된 예술가는 그 캄캄한 죽음에 영원히 잠들거나 끝내 그 장막을 찢고 부활한다. 위대한 예술가들은 다 부활한 사람들이다. 또 다른 완전한 영감, 영도의 에크리튀르[1]를 찾아내 빛나는 해석과 은유를 마침내 문장으로 새긴다. 그렇게 불멸이 된다.

죽었다가 다시 살아나는 것, 또는 죽은 것들을 살려내는 부활의 제의가 예술이라면 '상처'는 예술의 불가결 요소가 된다. 상처의 최종 단계─더는 상처 입지 않는 육체의 종결된 사건─가 죽음임을 떠올리면 더욱 그렇다. 시인이 죽고 태어난다는 밀물과 썰물에도 수많은 상처들이 나타났다 지워진다. 죽은 물고기의 뼈, 텅 빈 조개껍질, 먼 바다에서 표류한 선원의 시체가 밀려오고, 그 슬픈 풍경들이 한 차례 지나가면 수평선을 달리는 은빛 물고기 떼와 괭이갈매기의 날갯짓, 항구의 집집마다 새로 태어난 아이들의 울음소리가 바다를 채운다. 그리고 그 모든 신생(新生)은 다시 소멸을 향해 간다. 이 생명과 죽음의 조수간만 사이 어딘가에 안명옥의 시가 있다.

안명옥의 시에 등장하는 존재들은 하나같이 상처를 품고 있다. 시를 읽으면 움푹 패거나 살이 덧나 불거진 육체의 상처가 만져지고, 정신외상이라 부르는 내면의 트라우마도 짐작된다. 그 모든 상처들은 실존의 한계라는 극복 불가능한 존재론적 비극으로 귀결된다. 산 것들은 살아 있기 때문에 상처 입는다. 태어나는 순간부터 죽음을 짊어진 채 소멸을 향해 걸어가는 우리들은 누구나 불구이다.

"몸속 깊이 상처가 곪은 고래"(「고래」), "달집이 사라진 봉합된 상처"(「울음구멍을 가진 여자」) 등 육체의 부자유부터 "어디에도 속할 수 없

---

1) 롤랑 바르트가 말하는 '영도(零度)'는 어떤 주장도 부정도 없이 순수 언어에 다다른 이상적인 상태, 즉 작가의 주관적 개입이 없는 '에크리튀르(ecriture)'를 의미한다.

고 어디에도 돌아갈 곳이 없는 외로움"(「스펑나무」) 같은 영혼의 결핍, "목매달기 좋은 날들", "끝장나는 세계"(「오래된 우물」)로 함의되는 세계의 불완전성까지 안명옥의 시에는 상처의 온갖 양상들이 나타난다. 개인의 상처, 타인의 상처, 공동의 상처, 세계의 상처까지 모두 품어 안고 있다. 그 상처들은 하나 같이 존재의 유한성에서부터 비롯되는 것이기에, 안명옥은 '상처'를 무엇으로도 채울 수 없는 근원적 결핍으로 인식한다.

> 달집 하나를 얻던 날 다른 달집을 잃었다
> 거꾸로 매달려 머리를 찢는 아이
>
> 이미 있던 구멍은 쓸모가 없게 되었다
> 의사는 인정사정없이 수직으로 칼을 그었다
>
> 칼끝은 둥근 배위에 제 생을 기록하고 싶어했다
> 칼이 부드럽게 지나가고
> 붉은 피가 사루비아처럼 시들어갈 때
> 딸에서 엄마로 다시 태어나고
>
> 구멍은 상처 끝에서 맺히는 열매처럼
> 울음을 길어 올렸다
> 달집이 사라진
> 봉합된 상처가 감당해야 할 흔적
>
> 새들의 비명으로 크는 것이 숲이라면
> 달거리 하는 여자들은 왜 울음이 많은 건지
> 월식인 엄마들은 왜 기원이 많은 건지
>
> 엄마들은 출산 후 더 용감해지고

엄마라는 말만 들어도 눈물 나고

문득문득 달 구멍안 내 울음이 만져졌다
　　　　　　　　　　　　―「울음구멍을 가진 여자」 전문

　출산과 탄생이라는 환희로운 '생명의 축제'마저도 시인에게는 또 하나 새로운 상처가 몸에 새겨지는, 불완전한 존재의 비극일 뿐이다. 이 시에서 여성의 출산은 축복이 아닌 저주이자 상처의 시작으로 묘사된다. 여자로서의 자유로운 삶이 끝나고 '엄마'라는 제한된 역할적 존재로 생이 전환되는 까닭이기도 하지만, 세상에 태어난 아기의 입장에서도 엄마의 양수 속에서 누리던 태아 시절의 완전하고 평화로운 잠이 종료되고, 이제 환한 빛 속에 내던져져 죽음(소멸)을 향해 가는 한계적 실존의 숙명을 살아야만 하기 때문이다. "인정사정없이 수직으로 칼을 그어"버리는 의사의 의료 행위가 화자의 여성으로서의 삶을 종료시키는 순간, 화자는 "딸에서 엄마로 다시 태어나"는데, 이 새롭게 태어남은 '죽음'을 전제로 한다. '딸'로서의 자기존재는 죽고, 이제 '엄마'로만 살게 되는 것이다. 아이 또한 '딸'로 자라 언젠가는 '엄마'가 된다. 그렇게 여성은 두 번 죽는다. 출산으로 인한 자기존재의 비극적 전환이 첫 번째 죽음이고, 육체가 소멸하는 물리적 사망이 두 번째 죽음이다. 이처럼 불완전한 결핍과 한계를 품고 살아야 하는 여성의 몸을 시인은 '울음구멍'이라고 표현했다. 아무리 채우려 해도 채울 수 없는 텅 빈 구멍, 그 안에는 실존의 비극을 미리 예감한 주체의 '울음'이 만져진다.

　　　개구리가 교미하는 계절에 받은 편지 한 통
　　　뜯어보니
　　　봉긋한 쌍 산봉우리 사이로

계곡물이 흐르는 편지지에

( )에 잘 빠지는 당신께
라고 시작되는 편지를 읽는다
살아오는 동안
수많은 ( )를 만들며 산 것 같아

나는 자꾸 ( )를 채우고 싶어
분위기, 열정, 연애, 일중독, 상상, 불행
아무리 넣어 봐도
채워지지 않고 휩쓸려 내려가는 모래알 같아

산바람이 들어와 ( )를 가득 채우고
( ) 안에서 물 흐르는 소리
( ) 안에서 막막해 하다가
초목들이 서로 교미하는 모습 바라보고 서 있다가
문득, 나는 ( ) 속에 나를 디밀어 본다

― 「( )에 대하여」 전문

　우리가 '괄호'라고 부르는 '( )'는 이 시에서 인간 존재의 채울 수 없는 빈 곳, 즉 존재가 지닌 결핍을 형상화하는 상형문자로 기능한다. 시의 화자는 "살아오는 동안 수많은 ( )를 만들며 산 것"을 안타까워한다. 현재의 삶에 존재하는 몇 개의 공백들, 자기존재가 거느린 빈 곳들을 자신의 의지나 노력에 의해 채울 수도 있었으리라고 생각하는 것이다. 그러나 이 ( )는 인과에 의해 발생하는 것이 아니라 모든 존재가 태어나는 순간부터 숙명적으로 지닐 수밖에 없는 근원적 결핍이다. "나는 자꾸 ( )를 채우고 싶어"라며 결핍이 충족되기를 갈구하지만 ( ) 안에 무엇을 채운들 "아무리 넣어 봐도 채워지지 않고 휩쓸려 내려가는 모래알"일 뿐이다.

태어나면 반드시 죽는 존재의 유한성, 이 실존적 한계에 의해 발생하는 근원적 결핍을 해소할 방법론을 찾기 위해 시인은 "살아오는 동안" 내내 '상처의 탐구'─죽음의 한 연구라고 할 수도 있을 것이다─를 멈추지 않았다. 오랜 세월 "막막해 하다가" 마침내 깨달음을 얻었을까. 어느 날 "초목들이 서로 교미하는 모습 바라보고 서 있"던 시인은 자연과의 동화(同化) 체험을 통해 "문득, ( ) 속에 나를 디밀어 본"다. 존재의 근원적 결핍을 해소할 방법을 자연과의 합일에서 강구하는 것이다. 이러한 태도는 전통적인 것으로서 자연을 이상적 세계로 지향하며, 완전한 우주인 자연과의 교감과 상응을 통해 자기존재를 자연의 일부로 편입시켜 인간의 불완전성을 극복하려는 열망을 수반한다.

서두에 언급한 '시인의 말'에서 시인은 이미 자기정체성의 근원이 '바다'로 대표되는 자연임을 밝힌 바 있다. "바다는 나의 전부, 나의 세계/ 안개 낀 날 들려오는 뱃고동 소리처럼/ 나는 출렁이는 바다를 떠날 생각이 없다"(「섬」)고 말할 때도 그렇고, "해변가 갯바위에 앉아 물소리 듣는다/ 어떤 하소연도 다 수용하는 바다/ 파도소리가 심장박동 템포와 같고/ 탁 트인 바다를 보고 있자니/ 답답했던 가슴이 트이면서"(「바다가 아름다운 이유」)의 대목이라든가 "내 몸에선 전복도 자라고 조개껍질도 나오고/ 무성한 해초들이 돋아나요"(「당신의 여백」)라고 고백하는 장면에서도 시인이 지향하는 이상세계가 자연임이, 자연과의 합일을 통해 자기존재의 불완전함을 극복하고자 끊임없이 시도하고 있음이 나타난다. 하지만 시인이 지향하는 이상적 자연은 실낙원(失樂園), 이미 실체는 사라지고 상징으로만 남은 텅 빈 표상에 불과하다. 자연은 존재의 불완전함을 구원할 힘을 상실했다.

현대 사회의 질병들은 왜 발생하는가. 아픔은 분리와 간극에서부터 온다. 오늘날 세계가 병든 것은 인간과 자연이 멀어지면서 이 세계가 태초의 생명력을 잃어버렸기 때문이다. 자연이 사라진 자리를 기계문명이 대체하면서 인간과 자연이 서로 상응하던 우주의 조화가 망가져버린 탓이다. 오늘날 세계는 자연을 상실한 채 자연을 모방하는 인공자연만을 세워두고 있다. 유토피아를 흉내 내는 가짜 유토피아, 내용이 사라진 형식주의, 본질 없는 허상 등 시뮬라크르의 세계는 근본적으로 병들어 있을 수밖에 없다.

> 꽃을 피우기 전
> 나팔관이 닫혀버린 그녀
> 온갖 병원을 다니다가
> 꽃잎에서 소각장 냄새가 나
> 자궁에 공장지대가 들어선 것 같아
> 플라스틱 식기를 닦으며
> 울먹였다
>
> 겨울날
> 공원 길섶에 코스모스가 피었다
> 땅 기온이 얼마나 더 데워진 걸까
> 계절을 잃어버린 꽃의 자궁
> 목이 길고 가늘어서 슬픈 여인
>
> 가만히 꽃 대궁 뒤적여보니
> 산업쓰레기 더미에 뿌리를 내리고
> 환경호르몬을 깊숙이
> 빨아들이고 있었다
>
> ―「코스모스」 전문

여성의 몸을 코스모스로 비유한 이 시에서 시인은 자연이 더 이상 이 상세계가 될 수 없는 '산업쓰레기'와 '환경호르몬'의 현대 사회를 비관적으로 통시하고 있다. 인간과 자연이 조화를 이루는 합일의 아날로지를 이상적 세계로 지향하던 시인은 자연과 동일시된 여성의 몸에서 '소각장 냄새'를 맡는다. '소각장 냄새'라는 자연 파괴의 징후를 '여성'의 몸에서 감지하는 순간, 인간이 비극적으로 위축되고 변형될 것임을 직감하고야 만다. '산업쓰레기'와 '환경호르몬'은 자연만 불모(不毛)로 만드는 것이 아니라 자연과 불가분 관계인 인간마저도 결국에는 황폐하게 할 것이다. "나팔관이 닫혀버린 그녀"는 이제 더 이상 생명을 잉태할 수 없는 불임의 육체가 되었다. "자궁에 공장지대가 들어선 것 같"다는 여성의 독백이 섬뜩하게 들리는 가운데, 울먹이며 한탄하는 그 순간에도 그녀의 손에는 산업화 근대의 상징적 공산물인 '플라스틱 식기'가 들려 있다.

폐비닐, 플라스틱, 중금속 등 온갖 산업쓰레기 더미로 가득한 땅 속에 코스모스 꽃은 뿌리를 내린 채 환경호르몬을 흡수한다. 환경호르몬은 생명체의 내분비계통을 교란시키는 악성 화학 물질이다. 화학 물질에 노출된 코스모스는 돌연변이와 기형을 낳거나 아예 꽃씨를 퍼뜨리지 못하게 될 것이다. '땅'은 곧 자연이다. 자연으로부터 의식주(衣食住)를 해결하는 인간은 오염된 코스모스처럼 불구의 존재로 고통 받으며 살아가야 한다. 자연은 더 이상 완전하지 않고, 인간의 결핍을 채워줄 수도 없다. 자연은 이미 그 자체로 불완전한 세계이며, 수많은 상처와 결핍들로 이루어진 고통의 현장이다.

신앙과도 같던 자연은 인간을 외면했다. 아니, 인간이 먼저 자연을 야멸치게 외면한 결과 인간은 자연으로부터 분리되어 유토피아의 상실이라는 영원한 고통과 마주하게 되었다. 그렇다면 이제 우리는, 인간은 대체 무엇을 통해 근원적 결핍을 해소하고 불완전한 존재의 비극을 위로 받을 수 있단 말인가. 상처 입은 인간은 도대체 어느 곳에서 생명의 회복과 상처의 치유를 도모할 수 있단 말인가. 안명옥은 그 해답을 끝내 우리에게 제시한다. 그것은 진부하게 여겨질지 모를, 이젠 녹슬고 낡아버린, 제 기능을 상실한 것만 같은 오래된 믿음, 바로 '사랑'이다. 시인은 불완전한 인간이 불완전한 인간과 사랑으로 결합할 때, 두 불완전함이 마침내 하나의 완전함으로 다시 태어나게 된다고 역설한다. 앞서 언급한 시인의 말을 한 번 더 인용하자면, 시인이 "밀물과 썰물 속에서 나는 태어난다"고 고백할 때 '밀물'과 '썰물'은 얼핏 바다라는 구체적 기호가 상징하는 자연의 비유인 것 같지만, 실은 '나'의 영혼으로 물밀 듯 밀려들어오고 때로는 썰물처럼 빠져나가 '나'를 존재로써 충만케 하고, 또 부재로써 허전하게 하는 '너'와의 관계, 즉 '사랑'의 강력한 은유에 다름 아니다.

> 나무는 한 번 자리를 정하면 절대로 움직이지 않아
> 차라리 하얗게 말라 죽을지라도
>
> 나무는 한번 사랑을 심으면 좀처럼 옮기지 않아
> 마음 둘 곳 찾으면 간절함으로 뿌리를 내려
>
> 새로운 사랑이 어느 날 새가 되어 오든지
> 구름으로 지나가더라도
>
> 바람으로 마구 흔들어 대더라도
> 나를 뽑아내기 전에는 나는 당신 심장에 심은 나무야
>
> 당신의 물소리 들으며 자라 오르다가
> 당신의 방을 덮히는 쏘시개가 될지라도
>
> —「주산지」전문

이 시에는 자연 대신 나와 다른 인간, 즉 타자와의 사랑이라는 '합일'을 통해 주체의 불완전성을 극복하겠다는 시인의 전향적 자각이 분명하게 나타나고 있다. '나무'에 투사된 화자는 "한 번 자리를 정하면 절대로 움직이지 않"는다고 선언한다. 그것은 나무가 지닌 식물의 속성이다. 땅에 뿌리를 박고 움직이지 않을 때, "하얗게 말라 죽을" 위험이 필연적으로 수반된다. 왜냐하면 자연은 더 이상 나무의 울창한 생장을 보장하지 못하는 불모의 상태가 되어버렸기 때문이다. 자연은 인간을 말라 죽게 한다. 오염된 자연의 폐해만 그런 것이 아니라 인간을 병들고 죽게 하는, 시간이라는 자연 현상까지 포괄하여 그러하다.

위 시의 화자는 인간에게 근원적 결핍과 실존의 한계를 강요하는 자연 앞에서 위축되지 않는다. "바람으로 마구 흔들어 대더라도 나를 뽑아 내기 전에는 나는 당신 심장에 심은 나무"라고 화자가 말하는 순간, '바람'으로 상징된 자연은 '나'를 간섭하나 정작 '나'라는 존재를 좌우할 수 있는 건 '당신'뿐이다. 오직 '당신'만이 나를 어찌할 수 있다. 자기존재를 온전히 사랑의 대상인 타자에게 맡기는 것이다. 그때 '당신'이라는 타자는 훼손되고 오염된 자연을 대체하는 새로운 자연, 대안 우주가 된다. 자연의 물소리 대신 "당신의 물소리"가 '나'의 결핍을 채워주는 '밀물'이 되기 시작한다.

> 우리가 사랑을 나눌 때
> 네 속에 씨앗을 떨구었다
> 네가 아무리 밖으로 떠나봐라
> 네가 모르는 사이에 떨군 씨앗은
> 무성히 자라 올라 넝쿨이 되어서
> 벽을 넘을 것이다

네 몸을 칭칭 감을 것이다

―「담쟁이」전문

사랑의 대상인 타자가 자연을 대체하는 대안 우주로 그 존재성이 확장되는 양상은 「담쟁이」에서도 나타난다. 앞에서 인용한 「주산지」에서 '나'는 타자에 의해 좌우되는 피동적 존재이던 것에 비해 위 시에서는 "네 속에 씨앗을 떨구"고 "네 몸을 칭칭 감"는 등 능동적이고 주체적인 존재가 되어 타자와 관계 맺는다. 「코스모스」에서 '산업쓰레기 더미'에 뿌리를 내리고 '환경호르몬'을 빨아들이던 자연과의 병든 합일 대신 시인은 '너'라는 새로운 자연을 향해 눈을 돌린다. 사랑이라는 '씨앗'이 "무성히 자라 올라 넝쿨이 되어서 벽을 넘을 것"이라는 예언은 얼마나 통쾌한가. 불완전한 인간이 불완전한 타자를 사랑함으로써 자연이라는 우주도 해결해줄 수 없던 존재의 결핍을 비로소 극복하는 순간이다. '벽'으로 함의된 인간의 모든 부자유와 상처, 죽음이라는 실존의 한계마저 뛰어넘을 수 있는 힘, 시인은 오직 사랑뿐이라고 우리에게 말한다.

내 몸에선 전복도 자라고 조개껍질도 나오고
무성한 해초들이 돋아나요

나는 당신의 여백으로 남겨두기로 해요
당신이 날 보면 뭔가를 세우고 싶어 하는 것도
실패하는 것도 마음에 들어요

민물과 바닷물이 만나는 곳 내 생활이 궁금한 당신은
가끔 나의 표정을 살피러 와선 배를 타다 가면 그뿐,

존재의 불완전함을 극복하는 사랑의 언어   261

해풍을 온몸으로 맞으며 출렁이는 내게
칼이 든 센 여자 같지만
천상 여자라고 했지요

가끔은 힘을 빼도 된다고 그래야 힘이 난다고
다랭이마을 두부를 잘라먹으며 말했던가요

잘 있나? 보물 잘 관리해.
누군가 내 안부를 물으면 알았다. 대답하는 것도 알아요

당신은 나에게 투자하는 걸 망설이죠
경험 많은 사람다워요

당신은 내 품에 들면
다른 꿈을 꾸고 다른 세상을 만나는 표정을 지어도

세상에서 하구로 살아오는 동안
점점 빈방을 닮고 싶어지는 나는
당신에게 어떤 존재일까요

— 「당신의 여백」 전문

시인은 "강을 바라보는 건 당신이 내어준 어깨에 기대는 것이다"(「한강」)라고 말한다. 시인이 꿈꾸는 사랑의 세계에서는 자연과 관계 맺는 아날로지에의 시도도 결국은 '당신'이라는 타자와 합일하는 과정의 일부일 뿐이다. 이때 '인간은 소우주고 자연은 대우주'라는 전통적 음양오행(陰陽五行) 역학 관계가 새롭게 재편된다. "내 몸에선 전복도 자라고 조개껍질도 나오고 무성한 해초들이 돋아나"는 순간 오히려 자연이 인간

에 속한 소우주가 되는 것이다.

위의 시는 남녀의 합일을 통해 "다른 꿈을 꾸고 다른 세상을 만나는" 대안 우주를 제시한다. "무성한 해초", "뭔가를 세우고 싶어 하는 것", "민물과 바닷물이 만나는 곳" 등 내밀한 에로티시즘의 언어들이 시를 관능적으로 밝혀든다. 에로스는 금기와 억압, 규범으로부터 자아를 상실하지 않기 위해 작동하는 인간의 가장 기본적인 욕구이며, 타자와의 관계 맺기를 통해 존재의 근원적 결핍을 해소하려는 최소한의 사회화 본능이다. 내가 타자에게로 흡수돼 동화되고, 타자가 나에게로 흘러와 합일되는 사랑의 완성, 이 충만한 에로스의 상태야말로, '나'를 "당신의 여백으로 남겨두"고 "당신은 내 품에 드"는 그 순간이야말로 인간의 근원적 결핍이 해소되고 불치의 상처가 치유되며, 원형의 자아 리비도와 육체성, 생명이 회복되는 낙원이라고 시인은 말하고 있다. 자연으로부터 분리되어 영원히 불완전할 수밖에 없는 한계적 실존인 인간이 '나' 아닌 다른 인간, 그 역시도 불완전한 타자를 통해 비로소 완전한 존재로 새롭게 태어나는 것이다.

안명옥의 시는 '사랑의 언어'다. 얼마 전 자신의 스승인 평론가 김현을 회고한 자전 『김현—따듯하게 타오르는 사랑의 말』을 펴낸 문학평론가 박철화는 책에서 은사의 문학 세계를 한 문장으로 정의했다. 스승의 가르침은 결국 "'문학이란 나는 너를 사랑한다'는 말의 가장 깊고 다양하며 섬세한 변주 양식"이라는 것이다. 그 섬세한 변주를 안명옥의 시에서 읽는다. 안명옥의 시야말로 '사랑'이라는 언어의 가장 깊고 따뜻하며 다채로운 속삭임이다. 그 아름다운 귓속말을 듣는 사이 폭염 저물고 선선한 바람이 분다. 한 계절 동안 목마르고 지쳤던 영혼이 마침내 해갈되어 촉촉이 젖어든다.

정신의 부활제를 집례하는 제사장

박용진 시 읽기

"너희가 어찌하여 떠들며 우느냐. 이 아이가 죽은 것이 아니라 잔다 하시니
그들이 비웃더라. 예수께서 그 아이의 손을 잡고 이르시되 달리다굼 하시니
번역하면 곧 내가 네게 말하노니 소녀야 일어나라 하심이라.
소녀가 곧 일어나서 걸으니 나이가 열두 살이라"

(마가복음 5장)

신약성서에서 예수는 총 세 명의 죽은 사람을 살려냈다. 누가복음에 기록된 바 나인성(城)에 사는 한 여인의 아들을 살렸고, 요한복음에서는 베다니 마을의 나사로를 살렸다. 그리고 위에 인용한 마가복음에서 회당 장 야이로의 딸을 살렸다. 나인성 여인은 과부였고, 베다니 마을은 문둥 병자와 소외된 이들이 사는 곳이었다. 그리고 회당장의 딸은 열두 살 소 녀였다. 예수가 살린 이들은 미혼모의 자녀, 빈민, 어린아이, 그러니까 모두 약하고 힘없는 자들이었다.

박용진의 시를 읽으면 예수가 '달리다굼'을 외치는 장면이 떠오른다. 이 시집에서 시인은 죽은 자를 살리기 위해 부활의 제의를 수행하는 제

사장처럼, "쿠르디"와 "발레리아"(「파랑을 건너온 파란」), "파잔 뒤의 코끼리"(「파란 꽃」), "부모 무덤 앞의 전쟁고아들"(「부모 무덤 앞의 전쟁고아들」), "밭에서 일하는 네 살 꼬마"(「밭에서 일하는 네 살 꼬마」), "시푸르죽죽하게 잠자는 아이"(「화이트홀 하우스」), "얇은 뱃가죽의 아이들"(「도색의 세계」) 등 이 세계의 폭력에 희생된 이들을 극진히 수습해 "아픈 기억을 먼 곳으로 보내는 의례"(「유리 흐림」)를 시도하고 있다.

시인은 "모두의 장례식을 시작할 때"(「파란 꽃」)라고 선언한다. 그것은 어쩌면 한 시대의 종언, 세계의 종말을 함의하는 묵시인지도 모른다. 박용진이 재현해내는 세계는 거대한 장례식장, 시의 행간마다 크고 작은 울음소리가 들린다. 그가 난민과 전쟁고아와 강제 성매매에 동원된 소녀들과 학대당하는 동물들…… 넘을 수 없는 '벽'에 부딪쳐 죽은 이들의 "벽 앞 시신을 수습"(「캄보디아 갯벌」)해 "재까지 태우는 태움 세례"(「비의 방향」)를 집도하면 "죽은 자를 태운 향은 제단을 맴돌고"(「판에게」), "당신의 세계를 불태우는 동안 잔해의 목록은 두 손에 오래 남아"(「닫힌 창을 스치는 바람에」) 우리에게 온다. 그 유해는 활자로 이루어져 있고, 이미지와 리듬과 비의를 지닌다. 바로 시다. 우리는 박용진의 시를 읽으며 애통한다. "슬퍼하는 자는 복이 있나니 저희가 영원히 슬플 것이요."(윤동주, 「팔복」) 이 시집은 검은 바다처럼 출렁이는 슬픔의 레퀴엠이다.

> 갯벌을 거니는데 뼈 한 조각이 말을 건다
> 전장을 건너온 뼈는 살 속에 살던 때가 그립다며,
>
> 참호 옆 개망초 한송이가 손에 닿는다
> 손에서 시신경, 지금이라 불리는 곳까지
> 육식주의자들의 메탄가스와 파도가 내지르는 엽. 엽.
> 아이들 낙서 낭만 엽서 살육의 풍경을 덮으려고

죄를 고백하는 이를 두고 배후 찾기는 날 샌 지 오래
365일 추모하는 우리는
다음으로 밀릴 뿐 언제나

포격 재개로 불기둥과 매캐한 화약, 살을 발라내는 소리
허공에서 대지로 꿰뚫려 죽은 자와 숨 가쁜 패전 소식에 분개
하며
멀어지는 미완성의 스케치

기억은 언청이 소리로 귓등을 헐치고 유언을 남길 사이 없이 뼈
만 남아
수위를 넘어 사라짐에 몸부림치며 떠올리는 태곳적부터 살아온
방식

벽 앞 시신을 수습한다
무너지는 스스로를 설득하면서
모래알에 스민 기억들에 성가를 부를까

물이 밀려온다 다시 돌아오는 아침의 그늘처럼,
산 자들의 슬픔*은 덮인 지 오래
통제에서 자유로울 방송을 준비하지만
입은 여전히 무언증 혹은, 속말의 행로는 측면에 머물고

후일, 기울기가 다른 애먼 해석이 될 뼈는
잠 깬 뒤의 꿈처럼 어디에도 없단 소릴 듣겠지

표백에 대한 질문은 미룬다

비린 갯냄새 아래 부식하는 뼈를 추린다.

*브레톨트 브레히트

―「캄보디아 갯벌」 전문

시인이 이 세계를 거대한 장례식장으로 인식하는 것은 "포격 재개로 불기둥과 매캐한 화약, 살을 발라내는 소리"가 가득한 전장이기 때문이다. 캄보디아, 팔레스타인, 콩고, 미얀마, 이라크 등에서 "살육의 풍경"은 계속 반복되고 있다. 그곳에는 "허공에서 대지로 꿰뚫려 죽은 자"와 "유언을 남길 사이 없이 뼈만 남"은 시신들이 함부로 널브러져 있다.

이 참혹한 "몸부림" 앞에 신은 침묵한다. "여전히 무언증"이며, "행로는 측면에 머물"고, "잠 깬 뒤의 꿈처럼 어디에도 없"다. 신은 세계의 온갖 비극을 그저 방관만 해왔다. 시인은 신을 대신하여 "벽 앞 시신을 수습한"다. "365일 추모하는 우리"에게 "산 자들의 슬픔"을 각성시킨다. 이 때 산 자들의 슬픔이란 타자를 향한 양심, 연민, 책임의식 등 이타적 정신을 뜻한다. 타자에 대한 무한 책임, 레비나스가 말한 비대칭적인 관계의 실천이 더 이상 기능하지 않는 시대에 시인은 '슬픔'을 다시 작동시키고자 "비린 갯냄새 아래 부식하는 뼈를 추린"다.

깨진 알이 엎드려 있다

가볍게 실시간 검색어로 오르기 전 등 떠밀려 생판 몰랐을 곳에

물가에서 발목을 휘감는 게 차라리 수초였다면

#시리아 쿠르디
한 번 더

#엘살바도르 발레리아

넋 나간 쓰레기 꼴과 넘치는 물이 싫어져 피 한 방울을 떨어뜨린다

세계는 언제나 수장되기 바빴지 그림자 같은 전운으로 끝이었다면

머무를 이유를 부여받고 오디세이아를 부를 날은 올 수 있을까

난민 통제는 계속이고 기억은 계속 찔러올 거고

어디 닿을지 모르는 아이들은

—「파랑을 건너온 파란」 전문

시리아 난민 소년 알란 쿠르디와 엘살바도르 난민 소녀 발레리아는 모두 국경을 넘으려다 죽었다. 3살 쿠르디는 터키 남서부 보드룸 해변에서 파도에 떠밀려 온 시신으로 발견됐고, 2살 발레리아는 미국과 멕시코 접경 리오그란데강에서 익사체로 떠올랐다. 발견 당시 발레리아는 함께 죽은 아빠의 등에 업혀 있었다. 그들에게 "세계는 언제나 수장되기 바빴"을 것이다. 그들이 살 수 있는 곳은 어디에도 없고, 심지어 죽음마저 "등 떠밀려 생판 몰랐을 곳"에서 맞이하고 말았다. 쿠르디와 발레리아처럼 이 세계에는 "어디 닿을지 모르는 아이들"이 너무나도 많다.

시인은 쿠르디와 발레리아를 물속에서 끌어올려 부활의 제단에 눕힌다. 그리고 외친다. "달리다굼!" 쿠르디와 발레리아의 육체는 되살릴 수 없지만, "죽은 사람의 육체는 부재하는 현존이며, 현존하는 부재이다. 그러나 그의 육체를 기억하는 사람들이 다 사라져 없어져버릴 때, 죽은 사람은 다시 죽는다. 그의 사진을 보거나, 그의 초상을 보고서도, 그가

누구인지를 기억해 내는 사람이 하나도 없게 될 때, 무서워라, 그때에 그는 정말로 없음의 세계로 들어간다. 그 없음의 세계에서 그는 결코 다시 살아날 수 없다"던 김현의 명문(名文)을 떠올리면, 박용진이 행하는 제의는 '없음의 세계'로 진입하려는 쿠르디와 발레리아 등 폭력의 희생자들을 기어이 건져내 우리로 하여금 그들의 처참한 주검을 똑똑히 보게 하는 '기억과 양심의 부활제', 즉 시인이 정말 살려내려 하는 것은 죽은 자의 육체가 아니라 우리의 마비된 문제의식, 우리의 정신이다.

　　마스크를 사러 갔어
　　줄 서기가 길어도 입을 떼는 사람은 없었지
　　길에 드러눕고 싶어 졌어 방안에 누워 먼 도마 소리 밥 먹으란 노크 흘리며 태우던 전자담배가 생각났거든 어떤 밥상을 차려다 줘도 조리한 음식은 이미 죽은 거
　　끊어질 팬티 고무줄의 소리 같아 기름에 말려 올라간 머리로 칭얼대고
　　수줌음에 대해 오래 강요받은 건 맞아
　　잡음이 늘어진 라디오 주파수의 선택권을 잃은 건 인정해
　　거처를 옮길 시간이 왔어 바람 모퉁이가 커졌거든 아니면 모서리에서 닳지 않은 뼈가 튀어나온대 남은 자재들 같으면 창고에서 재활용이나 기대하지
　　깊은 물속으로 들어가는 꿈을 꾼 다음이면 통발에서 꺼낸 개구리의 명한 눈빛처럼 무력해진 몸에서 지문만 남겨 두통이 오고 카페인이 지나가고
　　누구도 관심 없는 이야기에 대해 질문할 걸 찾았어, 감당할 만큼만
　　　　　　　　　　　　　　　一「작은 연못 오래된 통발 안의 개구리처럼」 전문

박용진은 "오랜 항생제 내성자처럼 스스로의 뇌를 먹어치운 멍게처

럼"(「목적어를 잃어도 이머시브 연극처럼」) 살아가는 현대인들을 "작은 연못 오래된 통발 안의 개구리"로 묘사한다. 전쟁, 테러, 대형 참사, 코로나19 등으로 함의된 이 세계의 부조리 앞에 "기름에 말려 올라간 머리로 칭얼대"고, "수줍음에 대해 오래 강요받"고, "라디오 주파수의 선택권을 잃은" 채 "통발에서 꺼낸 개구리의 멍한 눈빛처럼 무력해진 몸"을 이끌고 그저 "감당할 만큼만" 권태롭게 살아가는 우리에게 반성적 사유를 요청한다. 알베르 카뮈가 『페스트』에서 그려낸 베르나르 리외와 장 타루처럼, 신념과 의지를 가지고 부조리에 항거하는 존엄한 인간을 회복할 것을 우리에게 촉구한다.

폭력과 부조리는 전쟁과 테러, 감염병에만 존재하는 것이 아니다. 박용진은 지구가 앓고 있는 '인간'이라는 질병을 총체적으로 고발한다. "육식주의자들의 메탄가스"(「캄보디아 갯벌」)로 뒤덮인 하늘 아래 인간의 탐욕이 "種의 궤멸에 대해 아무 생각 없"(「전단박화」)이 생명을 훼손하는 참상을 날카롭게 응시한다. 그가 "날것을 좋아하는 식도락가"들이 "날지 못할 날개 대신 삶겨 뜨거운 체액이 쏟아지"는 "곤달걀"(「발룻의 피돌기는 계속입니다」)을 삼키는 돈도가네의 식탁을, 또 인간의 유희를 위해 서커스단 코끼리들이 '파잔(phajaan)'(「파란 꽃」)이라는 매질에 학대당하는 현장을 기록하는 것은 세계의 부조리함 앞에서 "우두커니 섰던 직무유기"(「그냥, 유리였다면」)를 반성하기 위함이다. 세월호, 비정규직 노동자들의 죽음, 미얀마 사태 등 우리로 하여금 당사자성을 감각할 수 없게 하는 타자의 집단적 비극뿐만 아니라 매일 아침 식탁에서, 웃고 떠드는 관광지에서, 평온한 일상에서 벌어지는 폭력들을 목격하고도 "방치자 시점"(「방치자 시점」)으로 일관해 온 우리들 공통의 죄악을 환기하기 위함이다.

네, 라는 말로 얼음이 녹았다

공기를 쥐는 일은 불가능하지만 뜨거운 기운은 금세 퍼지지

바다를 건너와선
땀땡*
이 곳은 공식적으로 매매하기 어려운 미끌거리는 세계

얇은 뱃가죽의 아이들 손엔 희미한 손금

시간마다 바뀌는 낯선 체액은 문지방을 넘지 못하고 문양으로 남아

색이 아무것도 아닐 때가 있다고 한다

그냥 숨을 크게 들이켠다

*유사 성행위의 태국어
―「도색의 세계」 전문

우리의 일상은 어쩌면 겉으로만 평화롭게 보이는 "도색의 세계"인지도 모른다. 주상복합 오피스텔에, 평범한 원룸 빌라에, 무수히 많은 교회들 사이에 성매매업소가 즐비하다는 사실을 아는 사람은 많지 않다. 시인은 "누구도 관심 없는 이야기에 대해 질문"(「작은 연못 오래된 통발 안의 개구리처럼」)한다. 이 탐욕의 세계에 욕망과 욕망이 위계를 형성해서 지배계급과 피지배계급이 폭력을 거래하며 서로의 결핍을 채우는 모순적 메커니즘이 작동한다는 사실을 알고 있느냐고 우리에게 묻는다. 살기 위해 "바다를 건너"온 "얇은 뱃가죽의 아이들"은 손금이 희미해지도록

"땀땡"을 하며 돈을 번다. "공식적으로 매매하기 어려운 미끌거리는" 욕망들이 거래되는 은밀한 현장에서 지배계급인 남성들과 피지배계급인 소녀들은 자본논리에 의해 강제된 성행위라는 폭력을 주고 또 받음으로써 각각 성욕과 경제적 궁핍 해소라는 자신들의 욕망을 달성한다.

가학자는 피학자를 희생시켜 만족을 얻고, 피학자는 폭력을 받아먹으며 생계라는 안정을 꾸려나가는 이 역설적인 탐욕세계가 우리 사회 곳곳에 은폐되어 있다. 시인은 그 "도색의 세계"를 투명하게 벗겨내고자 한다. 도색 세계의 민낯을 우리에게 보여줌으로써 '먹고사니즘'이라는 평범한 욕망을 좇는 우리들의 일상적 삶이 타자들, 특히 소수자와 약자들을 착취할 수 있음을 환기시킨다. "죽은 것이 아니다, 일어나라"라고 시인이 외칠 때, 그렇게 우리의 타자윤리와 양심이 무관심이라는 무덤에서 깨어날 때, '산 자들의 슬픔'이 다시 기능하는 사회에선 자본이 구조화하는 가학과 피학의 위계가 무너진다. 그리고 그때 "플랫 어스까진/ 아니어도 어느 정도 균형"(「관의 미로」)이 잡힌 평등하고 공정한 세계가 참혹한 디스토피아 위에 새롭게 건설되기 시작한다.

참 재미있지 않아 물의 세계는, 미치도록 헤엄쳐 다다른 곳에서 물을 마시고 빈 둥지만 봤으니까 물 밖 무늬로 어룽거린 나는 저기 밀려간 물결무늬도 환영이냐고 물었어 구름 나무 물고기의 부력에도 가라앉는 세상이 우스운 건 내다 버린 오물이 희석한 비밀과 많은 말로 무거워진 물 때문 일거야 여기를 이해할수록 내 세계는 휘청거렸으니

순례를 떠날 것이다 사막을 지나다 보면 바람에 찢긴 경전이 검은 숲으로 날려갈 수 있겠지 누군가 설치한 올가미에 몸부림칠수록 옭아지고 비탈진 언덕 뒷걸음질로 커진 가십의 끝에서 무단으로 넘

어온 어제의 문장을 지워야 다음으로 가는 내 일, 이것은 신기루가
아니다 모래에 서서 훗날을 다독거릴 준비를 한다 읽을 무늬까지
　　　　　　　　　　　　　　　　　　　—「언젠가」 전문

예수에 앞서 복음을 전한 세례 요한은 "나는 너희로 회개케 하기 위하
여 물로 세례를 주거니와"(마태복음 3장 11절)라고 말했다. 시인은 요한
처럼 '물'을 우리에게 내어민다. "어쨌든 미안해, 이상한 세계로 불러들
여서"(「도무지」)라며 그가 우리를 이끌고 결국 당도한 곳은 "물의 세계"
다. 그곳은 인간의 무게에 짓눌리는 대신 "구름 나무 물고기의 부력에도
가라앉는 세상", 새로운 균형과 질서가 작용하는 유토피아다.

　시인은 왜 '물'의 질서를 '플랫 어스'의 필요조건으로 제시한 걸까? 물
은 일시적이고 우연한 것이면서도 영속하며 흐른다. 변화에 유연하고,
이질적인 것들과 융합한다. 물은 위로 오르지 않고 낮은 곳으로 내려간
다. 땅속으로도 스며들고, 아무리 더러운 곳이라도 기꺼이 흘러든다. 비
와 눈과 안개가 되어 만인에게 공평한 선물이 된다. "내가 주는 물을 마
시는 자는 영원히 목마르지 아니하리니 내가 주는 물은 그 속에서 영생
하도록 솟아나는 샘물이 되리라"(요한복음 4장 14절)던 예수처럼, 시인
은 썩은 것들을 쓸어버리고, 오래 고인 것들을 넘치게 하며, 화해하고 화
합하면서 끊임없이 새로운 곳을 향해 흘러, 닿는 곳마다 생명을 키우는
물을 우리에게 주려는 것이다.

　"모두 병들었는데 아무도 아프지 않"(이성복, 「그날」)은 시대, 타인의
아픔이 도처에 가득하지만 그들의 고통이 내 통각으로는 감각되지 않는
무통의 시대에 박용진은 우리에게 외친다. "달리다굼!" 너희의 양심이
죽은 것이 아니라 잔다. 곧 내가 네게 말하노니 일어나라. 일어나서 함께
울어라. 숲을 울창하게 할, 여름을 재촉하는 비가 내린다.

천사, 영웅, 그리고 호랑이

홍성식 시 읽기

"인간의 선함과 진실함을 그려야 한다"던 한 화가의 예술론을 더듬는 것으로 글을 열어야겠다. 홍성식의 시에서 나는 박수근이 그린 것과 같은 '진실함'을 보기 때문이다. 그의 시에는 오늘날 한국시가 잃어버린 고유명의 타자가 있고, 구체적 대상이 있고, 외부세계의 풍경이 있다. 그것들을 나는 진실의 다른 이름, '현실'이라고 부르고 싶다. 요즘 우리 시는 현실과 괴리되어 있지만, 홍성식은 일관되게 현실에 관심을 둔다. 현실 안에 진실이 있기 때문이다. 그는 이 세계에서 일어나는 폭력, 가난, 질병, 소외, 소멸 등 비극적 현실을 겪어내고 발화한다. 홍성식 시의 주체는 삶을 뜨겁게 끌어안은 체험자다. "예술가는 죽는 날까지 자신의 작품을 온몸으로 사는 것"이라고 한 '광부 화가' 황재형의 말을 빌리면, 홍성식은 자신의 시를 온몸으로 사는 시인이다. 독자로 하여금 현실을 생생히 감각하게 하는 그의 시는 이 세계를 핍진하게 그려낸 그림, 아니 그림보다 더 실감 나는 한 편의 로드무비다.

소설을 흔히 '길 위의 이야기'라고 한다. 한편 발레리는 시를 순간에 머무는 '춤'이라고 했다. 그런데 홍성식의 시는 걷기와 춤의 경계를 무화시킨다. "자연의 법칙을 정복하고 날아가려는 듯이 육신을 들어다 어둠 속에 유성처럼 던져 버리고 싶어 안달을 부리는" 조르바처럼 춤추면서 어디론가 가는 것이다. 홍성식은 2021년 오늘에서부터 1871년 여름까지, 포항 죽도시장에서 마다가스카르까지 시공을 넘나드는 광대한 서사를 수축시킨다. 그렇게 시와 소설, 서정과 서사가 하나로 결합할 때, 로드무비의 거친 질감 안에서 각각의 신(scene)과 시퀀스(sequence)에는 무늬와 주름마저 선명한 사람의 얼굴이, 또 "살인자의 눈동자처럼 푸른"(「불혹」) 비애의 아름다움이 있다.

1. 다 사람이다

범선으로 요하네스버그를 떠나 마다가스카르에 도착한 아버지는 목덜미에 나비를 문신한 인도계 아프리카인. 파타고니아에서 태어나 해변으로 밀려온 혹등고래를 치료해준 엄마는 마드리드 뱃사람과 아르헨티나 원주민의 피가 섞인 붉은 얼굴의 메스티소였다.

바나나를 따서 남태평양 폴리네시아 군도를 오가던 아버지는 초록빛 빙산을 타고 보라보라섬 사촌언니를 찾아온 엄마를 에메랄드빛 산호초가 꺼이꺼이 우는 타히티 북부 갈대숲에서 만났다. 1871년 여름이었다.

엄마는 망고스틴 여섯 개를 건네는 아버지의 흙 묻은 손바닥을 얼굴로 가져가 달콤하게 핥았다. 둘이 몸을 섞은 얕은 바다에선 일만 년에 한 번 꽃을 피운다는 맹그로브 사이로 뜨거운 바람이 웅얼거렸다. 원주민들은 뜨지 않는 달을 기다렸다.

　여섯 달 후. 아버지는 이슬람 양식으로 조각된 여신상을 실은 목선을 타고 바그다드로 떠났다. 움직이는 섬에 오른 엄마 역시 북서쪽으로 흘러갔다. 외눈박이 숙부가 야자유 일곱 병을 들고 나와 배웅했다. 동아시아 낯선 항구에 도착한 엄마는 백년 후 사내아이를 낳았다. 나는 1971년 부산에서 첫울음을 터트렸다.

—「출생의 비밀」 전문

　이 시는 '소설처럼 펼쳐지는 시'의 전형이다. 1871년부터 1971년까지 마다가스카르와 파타고니아, 폴리네시아 군도, 보라보라섬, 타히티, 바그다드, 부산으로 이어지는 광대한 시공간을 넘나들면서 시인은 자기 '출생의 비밀'을 고백한다. 그에 따르면 "아버지는 목덜미에 나비를 문신한 인도계 아프리카인"이고, "엄마는 마드리드 뱃사람과 아르헨티나 원주민의 피가 섞인 붉은 얼굴의 메소티스"다. 1871년 여름, "둘이 몸을 섞은 얕은 바다에선 일만 년에 한 번 꽃을 피운다는 맹그로브 사이로 뜨거운 바람이 웅얼거렸"고, 그로부터 백 년 후 시인은 "1971년 부산에서 첫울음을 터트렸"다. 마치 마르케스의 『백 년 동안의 고독』을 연상케 하는 이 백 년의 서사는 낯설고 황홀한 신화적 상상력을 통해 독자를 매혹시킨다.

　시와 소설, 서정과 서사가 결합하며 현재와 과거, 팩트와 픽션 등 서로 이질적인 요소들을 통합하는 이 시는 우주의 구성 원리인 다중성과 다양성, 동시성을 환기시킨다. 이 세계에는 과거와 현재라는 아득한 시간의 격차를 두고 유사한 사건들이 발생하고, 서로 멀리 떨어진 공간에서 같은 일들이, 또 한 공간에서 동시에 다른 일들이 일어나기도 한다. 시집의 다른 시에서 시인은 "그해 興宣이 쓰러졌고/ 쿠바에선 아바나 항구 폭발로 266명이 죽었다 (…) 멀리 필리핀에선 미군 함포에 스페인 머스킷이 박살나고/ 그러거나 말거나 게이샤가 따라주는 사케는 달았다"(「1898년 무술년생 홍종백 씨에게 북조선은」)고 기록한 바 있다.

모래처럼 흩어진 이질세계들, 아득히 먼 시간과 공간, 인과가 잘 잡히지 않는 사건들을 한 데 묶는 줄은 결국 '인간'이라는 동질성이다. 인도계 아프리카인 아버지, 유럽계 인디언 메스티소 어머니 사이에서 태어난 '나'는 여섯 줄기의 피가 섞인 복잡한 혼혈, 어디 시인뿐이겠는가? 우리는 모두 혼혈의 자식들이다. 인류는 서로 다른 인종과 혈통끼리 교류하며 새로운 문명을 창조해왔다. 현생인류의 기원을 유전학적으로 거슬러 올라가면 우리는 약 20만 년 전 아프리카 칼라하리에 살던 공통 조상과 만나게 되므로, 시인이 자기 출생의 비밀이 1871년 여름 타히티의 어느 해표림(海漂林)에서 이뤄진 혼혈인끼리의 정사에 있다고 주장하는 것은 결코 허풍이나 망상이 아니다.

"내게는, 저건 터키 놈, 저건 불가리아 놈, 이건 그리스 놈, 하던 시절이 있었습니다. 두목, 나는 당신이 들으면 머리카락이 쭈뼛할 짓도 조국을 위해서랍시고 태연하게 했습니다. 나는 사람의 멱도 따고 마을에 불도 지르고 강도짓도 하고 강간도 하고 일가족을 몰살하기도 했습니다. 왜요? 불가리아 놈, 아니면 터키 놈이기 때문이지요. (…) 요새 와서는 이 사람은 좋은 사람, 저 사람은 나쁜 놈, 이런 식입니다. 그리스 인이든, 불가리아 인이든 터키 인이든 상관하지 않습니다. 좋은 사람이냐, 나쁜 놈이냐? 요새 내게 문제가 되는 건 이것뿐입니다. 나이를 더 먹으면 이것도 상관하지 않을 겁니다. 좋은 사람이든 나쁜 놈이든 나는 그것들이 불쌍해요. 모두가 한가집니다. 사람만 보면 가슴이 뭉클해요. 오, 여기 또 하나 불쌍한 것이 있구나.

누군지는 모르지만 이자 역시 먹고 마시고 사랑하고 두려워한다. 이
자 속에도 하느님과 악마가 있고, 때가 되면 뻗어 땅 밑에 꼿꼿하게
눕고, 구더기 밥이 된다. 불쌍한 것! 우리는 모두 한 형제 간이지. 모
두가 구더기 밥이니까."

ー니코스 카잔차키스, 『그리스인 조르바』 중에서

"남이건 북이건 다 조선 사람이다"(「1915년 을묘년생 이수덕 씨에게
북조선은」)라는 문장을 "인도계건 아프리칸이건 메소티스건 이누이트
건 마산 토박이건 다 사람이다"라고 바꿔 읽을 때, 그 어떤 이질성과 다
양성이라도 '인간'이라는 가치 안에 수용하는 다문화주의자이자 세계시
민주의자로서의 홍성식이 행간 위로 두껍게 양각된다. 이 시집에는 "신
림동 사람들"(「신림동 사람들」)과 "라오스 사람"(「방비엔, 여름」)과 "소
피아 사람들"(「선로를 베고 잠드는 부랑자ー불가리아 소피아에서」)과
"스페인계단을 채운 이방인들"(「테베레 강, 늑대와 만나다ー이탈리아
로마에서)과 "울란바토르 여자"(「울란바토르, 겨울」)와 "백광숙"(「캄보
디아 사는 조선 처녀」)과 "북부 치앙콩에서 온 시골 소녀들"(「이 도시는
누구의 것인가ー타일랜드 방콕에서」)이 함께 산다. 홍성식은 그 모두를
뜨겁게 끌어안는다. 다 사람이기 때문이다. 다 사람이다.

2. 죽도시장 천사의 시

앞서 홍성식의 시를 한 편의 로드무비라고 칭했다. 그도 그럴 것이 이
번 시집에는 유난히 많은 '길'이 등장한다. '길'은 문장과 문장 사이, 행간
과 행간 사이에서 홍성식의 예술가적 자존과 실존적 고뇌로 독자를 인도
한다. 우리는 홍성식이 펼쳐놓은 길 위에서 시인의 눈을 통해 우리가 몰

랐던, 혹은 애써 외면해왔던 세계의 풍경과 만나게 된다.

　　집이 없는 비둘기는 자정이 넘어도 냇가를 떠나지 못했다. 비둘
기 닮은 아이들 서넛, 자식을 버린 아버지를 욕하며 싸구려 술에 취
해가고. 주황빛 휘황한 가로등은 아무것도 밝히지 않았다. 위로가
사라진 세상, 가난한 연인은 서로를 연민하기엔 지나치게 야위었다.
그녀 무릎에 올린 그의 손은 이미 식어 차갑고. 무서운 속도로 내달
리는 자전거는 무엇을 향해 가고 있나. 저토록 아픈 고성방가는 누
구의 죄를 묻는 것인지. 잠이 사라진 여름밤, 오층 창가에 서서 쓸쓸
한 바깥 지켜보는 나를 얼룩진 달이 내려다보고. 물소리마저 숨을
죽인다.

—「천변풍경」 전문

　　홍성식의 시에는 "홀로 중앙아시아 사막을 내려다보며 돌아오는 길
(「대게잡이배 선원 철구씨」)"이 있고, "발 가졌음에도 발 없이 가는 길"
(「1941년생 그 사내」)이 있다. 시인은 "내내 낯선 길만이 매혹적이었다"
고 말하면서 "길 위에서 길을 찾다 길에 눕"(「불혹」)기도 하고, "길 위에
는 방이 없"(「길 위의 방」)음을 깨닫기도 한다. 그래서 그는 언제나 "어
둑한 길의 끝머리에 선 낯선 사내"(「망자의 명함」), "없는 길을 찾아 떠
돈 건 아닐지"(「초록빛 네온」) 두려워하면서도 어디론가 끊임없이 걸어
간다. 그렇게 "길을 잃은 자들의 당혹"(「전생」)을 기록한다. 그가 주목하
는 길 위의 풍경들은 대개 주류와 중심에서 밀려난 이들, 처음부터 경계
안으로 들어올 수 없는 이방인들, 육체나 정신이 온전치 못한 불구적 존
재들, 비극적 현실을 오체투지로 견디는 사람들의 핍진한 삶이다. "집이
없는 비둘기"와 "서로를 연민하기엔 지나치게 야윈" "가난한 연인"과
"저토록 아픈 고성방가"가 있는 한 "쓸쓸한 바깥"으로 향하는 방랑은 홍

성식의 본능이자 운명일 수밖에 없다.

> 먹은 귀로 걸어가는 어두운 골목
> 한때 휘황하게 생을 밝히던 네온사인 모두 꺼지고
> 어둑한 길의 끝머리에 선 낯선 사내
> 손짓해 그를 불렀다
> 두려움보다 반가움이 먼저 왔다
>
> 사라진다는 것이 마냥 쓸쓸한 일이기만 할까
> 제몫의 즐거움만큼이나 버거웠던 고난의 무게
> 물먹은 솜을 짊어진 당나귀의 그것 마냥 힘겨웠다
> 춤추며 노래하는 장미의 나날들이 저 너머에 있다면
> 어찌 예수의 부활만 아름다울 것인가
>
> 노래가 아무 것도 될 수 없는 지상에서
> 노래가 모든 것이 되는 천상으로
>
> ─「망자의 명함」 부분

시집에 펼쳐진 수많은 길을 마음으로 걸으면서 나는 빔 벤더스 감독의 영화 <베를린 천사의 시>를 떠올렸다. 영화는 베를린에 내려온 두 천사 다미엘과 카시엘이 인간 세계 이곳저곳을 살펴보는 여정을 담고 있다. 천사들은 베를린 거리를 돌며 병들고 가난한 사람들에게 위로의 손길을 뻗는다. 천사의 직분을 다하고 다시 승천하려는 카시엘과 달리 인간이 되고 싶은 천사 다미엘은 어린아이의 천진함을 빌려 질문한다. "왜 나는 나이고 네가 아닐까? 왜 난 여기에 있고 저기엔 없을까? 시간은 언제 시작됐고 우주의 끝은 어디일까? 이 세상에서 사는 건 꿈이 아닐까? 악이 존재하나? 정말 나쁜 사람이 있을까? 내가 지금의 내가 되기 이전에는 대체 무엇이었나?"라고.

홍성식도 우리에게 묻는다. "사라진다는 것이 마냥 쓸쓸한 일이기만 할까", "어찌 예수의 부활만 아름다울 것인가"라고. 홍성식 시의 주체 역시 베를린 천사들처럼 인간 세상의 여러 비극적 양상 속에서 고뇌한다. 다미엘과 홍성식의 질문은 모두 인간의 실존 한계에 관한 것이다. 삶에서 겪는 갖가지 고난과 그 모든 고난의 귀결인 죽음에 대한 두려움으로 "어두운 골목"에 서 있는 인간을 위로하기 위해 시인은 천사 다미엘처럼 지상 세계의 여러 곳을 돌아다닌다. 특히 가난과 슬픔과 노동의 고통이 하수처럼 흐르는 뒷골목으로 가 아브젝트적 존재들이 짊어진 "고난의 무게"를 끌어안는다.

> 아버지, 겨울바람이 찹니다. 어떻게 지내시는지요. 간다간다 하면서도 저 살기가 만만찮아 포항행 버스를 탄지도 오랩니다. 어떻게든 이혼은 피해보려 했으나 민숙이 아비 하는 꼴을 더 이상은 참고 보기 힘들어요. 그러다간 내가 제명에 못갈 것 같아서. 낮밤 가리지 않는 술이야 답답하니 그러려니 한다 해도, 걸핏하면 부엌칼 휘두르고 딸년 학비까지 손을 대는 이 짐승을 어째야 할런지요. 다 전생에 지은 내 죄 탓입니다. 아버지, 말 꺼내기가 두렵고 미안해요. 압니다. 시장 쓰레기 치우며 엄마 없이 두 딸 키운 아버지 고생을. 요새는 새벽길 폐지까지 줍는다는 것도. 압니다. 다 압니다. 일생 용돈 한 번 준 적 없이 때마다 손 벌리는 내가 나쁜 년이에요. 아버지, 어떻게 이십만 원만 보내줄 수 없을까요? 설거지 다니는 기사식당 월급은 삼 주 후에나 나온다는데… 아버지, 아버지, 아버지. 거기도 병든 해가 뜨고 시든 달이 지고 있나요.
>
> ─「죽도시장 2─기나긴 문자메시지」 전문

영화에서 인상적인 장면은 다미엘이 지하철에 탄 인간들의 속마음과 내밀한 사정을 읽어내는 대목이다. '그녀는 의사에게 갈 돈이 없는 거야', '2년 동안 병을 앓았고 못 본지는 4년이 됐어', '이들은 언제쯤 영생을 비는 기도를 그만 두게 될까?'…… 이처럼 실존이라는 한계 앞에 괴로워하는 인간들의 고뇌는 '난 왜 사는 것일까?' '쥐꼬리만 한 연금으로 어떻게 빚을 갚지?', '난 이제 파멸이야. 마누라는 도망갔고 친구들은 등을 돌리고, 자식에겐 손가락질을 받고, 거울 속의 날 때리고 싶어'라는 생생한 고해성사로 천사 다미엘의 귀에 들려온다.

홍성식의 귀에도 불쌍한 이들의 한탄과 신음이 들린다. "아버지, 아버지, 아버지. 거기도 병든 해가 뜨고 시든 달이 지고 있나요" 묻는 절망의 소리가, "아버지, 어떻게 이십만 원만 보내줄 수 없을까요?" 애타는 기도 소리가 들린다. 그 소리를 듣는 사람만이, 그 소리를 듣고 타인과 함께 울 수 있는 사람만이 시인이 될 수 있다. 허연의 말을 빌리자면 홍성식은 "포구의 좌판에서, 소도시 뒷골목에서, 이국의 여행지에서 힘겹게 삶을 꿰매고 있는 사람들"의 "낮은 목소리를 증폭시키기 위해 마이크를 든 자멸의 가수"다. 나는 이 문장에서 '가수'를 '천사'로 바꾸고 싶다.

빔 벤더스 영화에서 '베를린'으로 형상화된 인간 세계가 홍성식 시에서는 '죽도시장'으로 함축된다. 영화에서 두 천사의 눈에 비친 세상은 무채색이다. 홍성식이 죽도시장에서 바라본 인간 세계 역시 온갖 비극의 그림자로 색채를 잃어버린 캄캄한 막장, 하지만 다미엘이 천사를 포기하고 인간이 되어 한 여자를 사랑하는 순간 흑백 화면이 컬러로 바뀌듯, 시인이 "표정 없이 젖은 침대에 드는 사람들"(「길 위의 방」)과 "길을 잃은 자들"(「전생」)을 위한 방 한 칸을 가슴으로 내어줄 때 죽도시장은 인간이 인간의 슬픔을 나누어 짊어지는 뜨거운 인간애의 현장으로 채색된다.

3. 노래가 모든 것이 되는 천상으로 포효하는 호랑이

시집 전체를 관통하는 '길'의 서사적 구조에서 <길가메시 서사시>나 <오디세이아>를 떠올릴 수도 있다. 그때 홍성식은 인간의 슬픔과 고통을 짊어지고 고행하는 영웅이 된다. '영웅'이라는 수사는 주례사 비평의 그것이 결코 아니다. 보들레르는 '거리산보자(flaneur)'를 근대의 영웅이라고 하지 않았던가. 벤야민은 "보들레르는 영웅의 이미지에 입각하여 예술가의 이미지를 빚어냈다"고 말했다. 홍성식은 "노량진 사는 행복한 사내"와 "대게잡이배 선원 철구씨"와 "네 번째 징역을 살러간 아버지"와 "1982년, 열두 살 유정"과 "남서부 도시의 밤을 장악한 열아홉 어린 깡패"로 불리는 길 위의 사람들을 지금 여기에 재현한다. 고통과 절망의 구렁에서부터 작고 불쌍한 '인간'을 끌어올려, 뭍에 오른 그들이 햇살과 바람으로 진흙 묻은 얼굴을 씻고 직접 노래하게 한다. 그때 저마다의 핍진한 사연들 안에서 생이라는 적과 싸우는 영웅이 부각된다. 찰나적인 것에서 영원성을 발견하는 것이 보들레르의 근대성이라면, 홍성식의 시는 전통적이고 보수적인 서정시의 발화법에도 불구하고 가장 세련된 근대적 경향을 획득한다. 한계적 존재인 인간이 아름다움이라는 영원성 안에 편입될 때, 우리는 시라는 방주를 몰고 비극의 하상(河床)으로 향하는 시인에게서 인간을 왜소하게 하는 실존의 한계, 세계의 구조적 폭력, 온갖 현실원칙과 싸우는 영웅을 본다. 마치 니체처럼, 조르바처럼.

한강 건너 당산을 지나 신림동으로 간다. 원자력발전소가 가동을 멈췄다는 뉴스를 검색하면 찜통 속 열기. 끝없이 순환하는 지하철 2호선은 멈추는 방법을 잊었고. 형광등 빛에 찔린 눈알이 아플 때면 옆에 선 살찐 여자를 죽이고 싶었다. 지긋지긋한 수형의 나날이 끝나면 토성으로 가야할까. 신림동에선 죄 없는 사람이 더 아프다.

간헐적 공황장애와 조울증의 다른 이름 신림동. 누구도 대화의 상대를 찾지 않는다. 말수 적어진 계집애들은 침향목처럼 무거워져 살을 섞는 즐거움 따위 잊은 지 오래. 버글거리는 사내들이 만든 시끄러운 침묵에 포위된 신림동은 서울의 무인도다. 외떨어진 성채에는 이끼가 끼지 않고. 두려운 건 홀로코스트만이 아니다.

신림동은 술 마시지 않고도 취하는 동네다. 삐걱대는 침대에 누워 시베리아 호랑이와 만난다. 이토록 아름다운 짐승이 지구 위에 3천 마리밖에 남지 않았다니. 아비 죽었을 때도 나오지 않던 눈물이 찔끔. 다시 생겨난다면 신림동 독신가구주가 아닌 아무르 강변 어슬렁대는 호랑이로 살고 싶다. 포수 총에 맞고도 제 울음만으로 산천을 떨게 하는.

　　　　　　　　　　　　　　　　　　　 ―「신림동 사람들」 전문

지구상에 존재하는 모든 동물 중에서 오직 호랑이만이 영웅의 이미지를 갖는다. 일찍이 보르헤스가 "수마트라나 뱅골을 누비며 사랑과 빈둥거림과 죽음을 일상적으로 행하는 그 치명적인 보석, 그 숙명적인 호랑이"(호르헤 루이스 보르헤스, 「또 다른 호랑이」)를 예찬했듯 홍성식은 "아무르 강변 어슬렁대는 호랑이"를 "이토록 아름다운 짐승"으로 호명한다. 보르헤스는 도서관 서가에서 호랑이를 생각했지만 홍성식은 "시끄러운 침묵에 포위된 신림동"에서 "삐걱대는 침대에 누워 시베리아 호랑이와 만난"다.

『무통문명』의 저자 모리오카 마사히로는 "괴로움과 아픔이 없는 문명은 인류의 이상처럼 보인다. 그러나 괴로움을 멀리 할 방법을 잘 알고 있고 즐거움이 넘치는 사람들은 오히려 기쁨을 잃고, 삶의 의미를 잊고 있다. 쾌락과 자극과 쾌적함을 만들어내는 여러 사회장치가 그물처럼 정비되어 있고, 우리는 그것들에 에워싸여 '생명의 기쁨'을 잃어 왔다. 그리고 우리들의 존재를 마음속에서부터 위협하는 듯한 진짜 고통과 예기치 않았던 듯한 진짜 해프닝은 거의 존재하지 않는다"고 썼다.

강남, 8학군, 천당 아래 분당, 부동산, 재개발 등 "끝없이 순환하는" 부의 축적과 신분 상승에의 욕망이 거대한 무통문명을 이룩한 대한민국에서 "신림동은 서울의 무인도"다. 도시 빈민, 독거노인, 미혼모, 이주노동자, 고시생 등 한국 사회의 아브젝트들이 떠밀려온 일종의 '퇴적공간'인 셈이다. 모두들 괴로움과 아픔이 없는 삶을 살기 위해 자기 탐욕의 성채를 쌓는 동안 "신림동에선 죄 없는 사람이 더 아프"다. 무통문명 시대에 사회로부터 보호 받지 못하고 안전장치 바깥으로 밀려난 이들은 "지긋지긋한 수형의 나날" 가운데 "간헐적 공황장애와 조울증"을 앓으며 고통받는다. 누구도 제 정신으로 살 수 없으니 "신림동은 술 마시지 않고도 취하는 동네"다. 용산 참사, 구룡마을 판자촌 강제 철거, 구의역 스크린도어 사고 등은 모두 사회 안전망 바깥에서 일어난 현대판 "홀로코스트"고, 용산, 구룡마을, 구의역은 모두 '신림동'이다.

홍성식은 시베리아 호랑이를 노래하며 "이토록 아름다운 짐승이 지구 위에 3천 마리밖에 남지 않았"음을 슬퍼한다. 그리고 "다시 생겨난다면 신림동 독신가구주가 아닌 아무르 강변 어슬렁대는 호랑이로 살" 것을 꿈꾼다. 무통문명의 보호를 받는 이들은 모리오카 마사히로의 지적대로 오히려 기쁨을 잃고, 삶의 의미를 잊고, "살을 섞는 즐거움 따위 잊은 지 오래"다. 시인은 "포수 총에 맞고도 제 울음만으로 산천을 떨게 하는" 한 마리 호랑이가 되어 죄 없는 사람들의 아픔을 제 몸에 다 새긴다. 그 모든 고통을 자기 상처로 삼아 대신 피 흘린다. 그러고는 괴로움과 아픔을 모른 채 안전한 울타리 안에서 가축처럼 평온함에 길들여진 현대인들을 업신여기듯 노려본다. 안경 속 푸른 안광이 번뜩일 때 그가 쓰는 시는 산천을 떨게 하는 울음이 되어 무통문명을 할퀴고, 착하고 불쌍한 사람들의 영혼을 지키는 파수(把守)가 된다.

여기, 자기 심장을 시베리아 타이가 숲으로 삼아 피에 젖은 포효를 토성까지 쏘아 올리는 호랑이가 있다. "노래가 아무 것도 될 수 없는 지상에서/ 노래가 모든 것이 되는 천상으로"(「망자의 명함」) 우리를 데려가려는 그 호랑이를 누군가는 천사라고, 또 누군가는 영웅이라고 부르겠지만, 나는 그를 세상에서 가장 아름다운 이름, 지구 위에 3천명도 채 남지 않았을 '시인'이라고 부르고 싶다.

경계를 지우려 가는 시, 지우고 오는 시

이나명 시 읽기

이나명의 시에서 시적주체들은 어디론가 가려하거나 어디선가 오는 것들을 기다린다. 이나명은 시종일관 "나무들은 다 어디로 간답니까?" (「허공에 묻다」), "고양이는 발가벗은 채 어디로 갔을까"(「투명 고양이」), "간밤에 울던 어둠 속 벌레들은 다 어디로 갔는지"(「나무 의자」)를 질문하거나 "생의 끝에 오는 이 단단한 침묵"(「너를 본다는 건」), "내 안에 둥글게 들어와 안기는 소리"(「그러니까 뛰어봤자」), "우주에서 날아온 새 한 마리"(「새 한 마리가」)를 기다린다. 현실 공간 너머로 나아가려는 관성을 원심력으로, 타자의 본질적인 이질성을 끌어오려는 중력을 구심력으로 삼는 이나명의 시는 궁극적으로 "안과 밖의 경계가 보이지 않는"(「경계를 지우다」) 어우러짐의 세계를 지향한다. 옥타비오 파스가 말한 조화와 상응의 우주, 즉 '아날로지(analogy)'를 향해 가는 이 도정에서 이나명은 자연에 대한 활달한 상상력으로 언어가 발을 딛는 자리마다 환한 등

불을 매달아주고 있다.

현실 공간이 협소할 때 주체는 현실 바깥으로의 탈주를 끊임없이 모색한다. 이나명의 시에서 유난히 '가다'라는 동사형 어휘들이 많이 등장하는 것은 주체의 탈주 열망이 언어로 표출된 결과라고 볼 수 있다. "나를 데리고 말이 어디론가 가고 있"(「꿈을 꾸었다」)는 탈주의 꿈은 이나명이 현실 공간을 일종의 디스토피아로 인식하고 있음을, 어딘가에 있을 유토피아를 탐색하고 있음을 증언한다. 이나명에게 '지금, 여기'의 삶은 "자책의 새장 안"(「나는 내가 오래전에 한 일을 알고 있다」)이며, "골치 아픈 생각의 마른 잎들이 떨어져 즐비한 그 나무 아래"(「새」)다. 이나명은 허무와 고통, 온갖 부자유와 한계로 가득한 현실을 벗어나 "어디든 내가 마음 놓고 쉴 수 있는 곳"(「구름낙타」)으로 나아가려 한다. 그곳에는 "저 꿈틀대는 빛들의 생생한 몸짓들"(「나무 의자」)과 "고양이가 와서 맛있게 밥을 먹는 저녁"(「약속—길고양이에게」)이 있기 때문이다.

이나명 시의 주체들이 꿈꾸는 탈주 공간, 유토피아는 과연 어떤 곳일까? 빛들의 생생한 몸짓과 고양이가 맛있게 밥을 먹는 순간이 있는 곳은 인간이 자연과 조화를 이룬 무위자연(無爲自然)의 세계가 아닐까? 그곳은 어쩌면 예술 창작의 장소인지도 모른다. 시는 빛에 의해 시시각각 모습을 바꾸는 사물의 감각적 인상을 언어로 옮겨내는 예술 행위이며, 또 타자의 이질성을 수용함으로써 나와 너, 여기와 저기, 삶과 죽음 등 이분화된 경계를 무화시키는 화해의 방법론이기 때문이다. '가다'의 짝으로 '오다'가 제시될 때, 가는 것과 오는 것이 균형을 이룬 '자연'이라는 질서 안에서 이나명의 시는 환한 빛으로 세계의 모든 경계를 지우고, 시적주체들은 타자와의 교감과 상응을 통해 아날로지의 동질성을 완성한다.

　　　양말을 벗고 계곡물에 두 발을 담갔다

금 새 두 발목에 서늘한 물 금이 그어진다
발가락들이 흰 자갈돌이 되어 물속으로 데굴데굴 굴러간다
발등을 씻던 손가락들도 손가락만 한 물고기가 되어 찰방
찰방 물속에
숨어든다
물속을 들여다보는 내 두 눈도 회고 맑은 물방울이 되어
말똥말똥
흘러간다
전신에 물소리 소리 차오른다
어디에서 흘러온 내가 또 어딘가로 흘러 흘러간다

— 「하산」 전문

위 시에서 양말은 기술문명의 은유다. 양말과 신발을 만들어 신으면서 인류는 흙, 돌, 물과 맨살을 비비던 촉각을 잃어버렸다. 자연과 인간 사이에는 인조피혁, 라텍스, 나일론 등 인공 물질들이 장벽으로 놓인 지 오래다. 위 시의 화자는 "양말을 벗고 계곡물에 두 발을 담"근다. 양말을 벗고 계곡물에 두 발을 담그는 행위는 인간 중심의 기술문명사회에서 원시 자연으로의 회귀를 의미한다. 현대성이라는 갑옷을 벗고 자연 앞에 알몸으로 투항하는 순간 화자는 "발가락들이 흰 자갈돌이 되어 물속으로 데굴데굴 굴러가"는 자기존재의 전환, 자연과의 합일을 체험한다.

결국 이나명의 시에서 주체가 끊임없는 탈주를 통해 도달하려는 곳은 "전신에 물소리 소리 차오르"는 낭만적 자연 세계다. 양말을 신고 있는 동안 화자와 계곡물은 서로에게 그저 타자와 타자일 뿐, 어떤 내밀한 관계도 가질 수 없는 철저한 이질 존재다. 그러나 화자가 양말을 벗고 맨발로 계곡물 안에 들어갈 때, 도무지 좁혀질 것 같지 않던 기술문명시대 인간과 상처 입은 자연의 간극이 극복된다.

타자를 통해서만 '나'라는 존재를 이해할 수 있다고 말한 건 에마뉘엘 레비나스다. 그는 타자와의 만남이 "특별한 초월의 경험과 경이로운 무한 관념의 계시"를 가능하게 한다고 주장했다. 자연과 합일한 화자가 "어디에서 흘러온 내가 또 어딘가로 흘러 흘러간다"고 고백하는 대목은 레비나스의 타자 철학을 환기시킨다. 화자가 "내 두 눈도 희고 맑은 물방울이 되"는 것을 알아차릴 때, 그 특별한 초월의 경험은 화자로 하여금 자기존재의 근원이 '물'로 함의된 시간의 유속 안에 있음을 깨닫게 한다. 그 순간 계곡물은 실존이면서 소멸이고 구원이다. 이나명은 실존과 소멸과 구원이 하나라는, '흐름'이라는 동일성 안에 있다는 깨달음을 서늘한 탁족(濯足)을 통해 설파한다. 물과 시간은 이음동의어나 마찬가지다. 우리는 흐르는 시간에 우리의 현존을 발 담근 채 발가락이 아직 흰 자갈돌이던 옛날, 손가락이 손가락만 한 물고기였던 아득한 시원(始原), 우리가 흘러온 곳을 아스라이 추억하고, 영영 흘러갈 곳을 꿈꾼다. 물과 시간, 흐름이라는 우주적 질서의 한 부분이 되는 것이야말로 인간의 실존적 한계를 극복하는 구원이라고, 이나명은 우리에게 말하고 있다.

한겨울 눈 내린 담비의 숲으로 가자
한 마리 겨울 토끼가 눈 속을 파헤쳐 캐낸 연한 나무뿌리를 오독오독 씹고 있는
눈이 까만 들쥐가 눈 속으로 굴을 파며 도망가는
깊은 눈 속에 발이 빠진 암꿩이 퍼덕이다 퍼덕이다 오도가도 못하는
담비의 숲으로 가자
배와 등에 노란 털이 빼곡하고 얼굴과 엉덩이와 꼬리가 까만 담비와 함께
나도 배가 고프면 눈 위로 힘겹게 토끼를 쫓고

눈 속에 굴을 파고 가다 무서워 숨죽이고 숨어있는 들쥐를 잽싸
게 파 먹고

깊은 눈 속에 발이 빠져 퍼덕이는 암꿩을 단숨에 입으로 물어보자

먹이를 쫓다 눈이 깊어 힘이 들면 나무를 타고 올라 나무와 나무
사이를 건너

뛰고 나뭇가지와 나뭇가지 사이로 내려다보이는 저 희디 흰 잔등,
발자국 하나

없는 저 적막의 잔등 위로 화들짝 뛰어내려 보자

푹푹 발자국을 찍으며 거칠게 거칠게 뛰어가 보자

생채기가 지겠지 찢긴 적막의 생채기를 덮으려 흰 눈이 또 소리
없이 내려와 덮어주겠지

담비의 숲에서 담비가 하는 대로 담비 짓을 하다 보면 나도 담비
에 도가 트겠지

담비의 속 내가 훤히 보이겠지 아, 한생이 꿈처럼 지나가겠지

담비의 똥처럼, 아주 짧게 나의 한 생이 하얀 눈 속에 똑 떨어져
묻히겠지

내가 왔다 간 흔적도 가뭇없이 지워지겠지

　　　　　　　　　　　　　　　　─「담비를 찾아서」 전문

　이나명은 현대 기술문명사회에서 완전한 타자가 되어버린 자연을 향
해 간다. 자연을 통하지 않고서는, 자연과 얼굴을 마주보지 않고서는 자
기존재를 이해할 수 없다는 사실을 알고 있기 때문이다. 위 시에서도 이
나명의 관심은 세속도시와 멀찌감치 떨어진 야생의 자연, "담비의 숲"으
로 향한다.

　담비의 숲이라는 공간이 지닌 고립성은 서로 상반된 두 가지 함의를
갖는다. 첫째는 예술 창작을 위한 자발적 유폐의 공간이다. 이나명은 담
비의 숲에서 시인으로서의 자존을 회복하려 한다. 담비는 족제비과 담비

속의 포유류로 멸종위기종이다. 활엽수림에는 서식하지 않고 사람이나 천적이 드나들기 어려울 만큼 울창한 침엽수림에서 두세 마리씩 드문드문 산다. 집단 사회에서 멀리 떨어져 단독 생활을 영위하는 짐승인 담비는 세속의 경향이나 유행, 집단축제와 결별해 고독과 소외를 견디며 자신만의 예술 세계에 천착하는 시인의 메타포가 된다.

시에 나타난바 담비의 숲은 "한겨울" 추위와 배고픔, 적막이 지배하는 극한의 땅이다. 화자는 자발적으로 이 불모의 숲에 들어선다. 거기서 "담비가 하는 대로 담비 짓을 하"기 시작한다. "배가 고프면 눈 위로 힘겹게 토끼를 쫓"고, "적막의 잔등 위로" "푹푹 발자국을 찍으며 거칠게 거칠게 뛰어가 보"기도 한다. 그럴수록 세계와의 단절은 더욱 심화된다. 사람들에게서 잊히거나 왜곡된 풍문에 얼룩지기 십상이다. 가난과 외로움도 침엽수림만큼 울창하게 자라난다. 그럼에도 화자는 담비의 야생성을 내면화하면서 시적 영감을 "파헤쳐 캐내"고, 대상의 본질을 꿰뚫는 사유를 "단숨에 입으로 물어보"는 사냥술을 익힌다. 예술 창작은 고정관념과 상투성, 학습된 감각을 찢어 새로운 감수성을 돋아나게 하는 행위이므로 예술가의 영혼에는 언제나 "생채기가 지"기 마련인데, 이나명은 시적 계시와 상상력의 싱싱한 살을 뜯어먹을 때 비로소 "찢긴 적막의 생채기를 덮으려 흰 눈이 또 소리 없이 내려오"는 정신의 치유와 재생이 가능하다는 사실을 잘 알고 있다.

둘째, 담비의 숲은 사회 구조에 의해 고립무원(孤立無援)이 되어버린 현대인들의 자폐 공간이다. '수저계급론'과 '헬조선'이 심화된 불평등, 부조리의 사회에서는 든든한 배경 없이 혼자서 아무리 노력해도 기득권의 장벽에 가로막힐 수밖에 없다. 그래서 아예 취업, 연애, 결혼, 내 집 장만을 포기하고 냉소적인 태도로 세상을 살아간다. 패배를 수용하고, 더 나은 삶을 향해 나아가려는 의지 없이 자폐 공간에 머무른다. 타자와의 그 어떤 교류도 원치 않은 채 문을 걸어 잠그고 고독 속에 침잠하는 것이다. 반지하 원룸, 옥탑 등의 삶이 바로 그러하다. 이나명은 척박한 겨울 숲에 서부터 '혼밥', '혼술', '고독사'에 잠식된 외로운 개인들의 시대를 통시한 다. 외부세계와 단절된 겨울 침엽수림은 오늘날 현대인들이 머무는 자폐 공간의 은유가 된다.

날카로운 바늘잎과 폭설로 뒤덮인 침엽수림은 타자와의 교류가 단절 된 현대인들의 삭막한 내면을 암시한다. 오늘날 현대인들은 서로가 서로 에게 가시바늘 돋친 침엽수림이다. 평생 바늘을 세운 채 사는 이도 있고, 바늘에 찔려 계속 피 흘리는 이도 있다. 그러나 바늘에 찔리면서도 고통 을 기꺼이 감수하며 침엽수림의 깊은 안쪽까지 들어가고자 할 때, 비로 소 우리는 타자를 이해하며 연대의 가능성을 확인할 수 있게 된다. 가시 덤불에 찔리기를 각오하지 않으면 숲 속으로 들어가는 오솔길도 찾을 수 없는 법이다.

"생채기"에도 아랑곳하지 않고 숲에 들어선 화자는 그곳에서 단독생 활을 하는 예민하고 공격적인 성향의 타자 '담비'와 마주한다. 화자는 '나'를 내려놓고 담비와의 동화(同化)를 시도한다. "담비가 하는 대로 담 비 짓을 하다 보면 나도 모르게 담비에 도가 트"는 완전한 이해를 할 수 있으리라 믿으면서, "늦게 와도 괜찮아, 내가 기다리고 있을게. 나는 다 만 그대를 따뜻이 녹여 가며 천천히 천천히 아껴 먹고 싶을 뿐"(「늦게 와 도 괜찮아, 내가 기다리고 있을게—천사에게」)이라고 차분히 설득하고 또 기다리면서 말이다. 마틴 부버는 "나는 너와의 만남을 통해 성숙한 인격 이 된다"고 말했다. 타자와의 관계가 이상적 자아를 완성한다는 것이다. 그러므로 '홀로 서기'란 심각한 오류일 수밖에 없다. 개인과 개인 사이 침 엽수림이 견고해 갈수록 교류와 연대가 힘겨워지는 시대이지만, 상처를 기꺼이 감내하면서까지 무관심과 개인주의의 숲으로 들어가 새소리 물소리를 내고 오솔길을 열어 간극을 좁힐 때 세상이 보다 아름다워진다고, 이나명은 믿고 있다. 그렇기에 그녀는 끊임없이 타자에게로 나아간다.

> 아파트 출입문을 열자 문 앞에 새가 한 마리 떨어져 있다
> 어쩌다가……
> 조심스레 손으로 집어 드니 머리를 툭 떨군다
> 아직 몸에 온기가 남아있다
> 아 방금 숨이 멎었나 보다
> 안과 밖의 경계가 보이지 않는 출입문 유리에 머리가 심하게 부
> 딪쳤나? 보다
> 벌써 새의 영혼이 어디론가 날아갔는지 두 눈이 꼭 닫혀있다
> 이제 안과 밖이 필요 없어졌나 보다
> 저 날렵한 몸과 깃털들을 벗어버린 새는 어떤 모습일까
> 저 허공중 어디서 나를 내려다보고 있을까
> 보이지 않는다고 없는 건 아니라고 누군가 말했다
> 보이지 않는 새 한 마리 내 안으로 날아 들어온 날 아침
> 새가 버린 새의 뻣뻣해진 몸을 나무 밑에 묻어준다
> 토닥토닥 흙을 덮어준다
> 새와 나의 경계가 없어졌다
>
> —「경계를 지우다」 전문

이나명은 '나'에서 '타자'로 옮겨가는 주체의 이동과 새로운 관계 맺기를 통해 기성 세계의 재편을 도모한다. 낡은 세계의 재편은 기존 법칙들이 설정해둔 구획과 경계를 허무는 것에서부터 출발한다. 이 세계가 자아와 일대 일 대응하는 모든 관계들의 총체라면, 나와 타자 사이의 관계를 새롭게 설정하는 시 쓰기 행위는 고착화된 의미와 견고한 현실법칙들의 지배를 받는 나와 타자 모두를 자유롭게 풀어주는 연대 해방의 방법

론이 된다. 앞에 인용한 「하산」에서 양말을 벗음으로 '나'와 계곡물 사이, 즉 기술문명과 원시 자연의 경계를 허물었던 것처럼, 「담비를 찾아서」에서 담비와의 동화를 통해 '나'와 이질적 타자 사이, 특히 자기폐쇄적인 현대인들 간의 구획을 무화시켰던 것처럼 이나명은 이제 개인과 개인 사이, 집단과 집단 사이, 개인과 집단 사이에 존재하는 차별과 불평등의 경계를 지우려 한다.

위 시에서 새는 "안과 밖의 경계가 보이지 않는 출입문 유리에 머리가 심하게 부딪쳐" "방금 숨이 멎었"다. 우리 사회에는 '유리 천장'으로 상징되는 차별과 혐오, 온갖 계층 구조의 경계가 견고하게 세워져 있다. 그것들은 너무나 오래되고 일상적이어서 눈에 보이지 않는 투명한 유리벽이나 마찬가지다. 유리를 허공으로 착각해 머리 부딪쳐 죽은 새처럼, 사회적 약자들은 화려한 경제 성장과 안전한 사회 시스템이 방탄유리처럼 세워놓은 단단한 진입장벽을 미처 파악하지 못하고 거기 부딪쳐 상처 입고 주저앉는다. 이나명은 그들의 절망과 낙담을 "나무 밑에 묻어준"다. "토닥토닥 흙을 덮어" 함께 슬퍼해준다. 이 위로와 공감은 결국 "새와 나의 경계가 없어지"는 연대를 가능케 한다.

아니다. 장벽이 세워져 있는 걸 알면서도 온몸을 부딪쳐 그 경계를 무너뜨리려는 이들이 있다. '계란으로 바위 치기' 같지만 사회의 불합리와 불평등, 차별과 폭력이라는 유리 장벽을 향해 끊임없이 도전하는 움직임들이 있다. "보이지 않는다고 없는 건 아니라고" 외치는 그 용감한 몸짓들이 "내 안으로 날아 들어온 날" 시인은 "이제 그만 내 속의 새장을 깨부수고 새들을, 아니 나를/ 저 허공 속으로 훨훨 날려 보내고 싶다/ 내 속의 나를 꺼내 놓아주고 싶다"(「나는 내가 오래전에 한 일을 알고 있다」)는 전향적 자각을 한다.

"저 꿈틀대는 빛들의 생생한 몸짓들"(「나무 의자」)이 기어이 유리문을 관통해 쏟아질 때, "너는 내게로 오고 나는 네게로 가"(「사이가 좋다」)는 인간과 인간의 활달한 교류는 물론 "고양이가 와서 맛있게 밥을 먹는"(「약속—길고양이에게」) 자연과의 평화로운 공생까지 이루어진다. 이나명의 시가 마침내 치유와 회복의 언어, 아날로지의 구체적 방법론으로 완성되는 순간이다. 그리고 그 때, 이나명의 시는 자연에게로, 타자에게로 나아가려는 관성과 지향성을 통해 끝내 독자의 심장에까지 가 닿으며 우리들 "안에 둥글게 들어와 안기는 소리"(「그러니까 뛰어봤자」)가 된다. 나는 이 "단단한 평안"(「너를 본다는 건」)을 "따뜻이 녹여 가며 천천히 천천히 아껴 먹고 싶을 뿐"(「늦게 와도 괜찮아, 내가 기다리고 있을게—천사에게」)이다.

뒤란에서 벌어지는 매혹적인 제의(祭儀)

김순애 시 읽기

시를 읽는 게 요즘은 꽤나 피곤하다. 자기감정의 절대화가 우리 시의 한 경향이 되면서 언어들이 읽는 사람에게 건너오지 않고 갈수록 시인의 내면으로만 침잠하는 까닭이다. 물론 그것은 그것대로 읽는 재미가 있다. 독자가 시인에게서 익숙한 감정선을 찾아내는 순간, 암호가 해독되는 듯한 쾌감이 발생한다. 하지만 그 과정은 지난하기만 하다. 외부의 풍경과 타자가 나타나지 않는 대신 미묘한 감정의 무늬들이 강조되어, 독자는 낯선 사람의 비밀 일기를 열어보듯 은밀한 내면의 지도를 읽어내야만 하는데, 감정은 사유의 바깥에 있어 이해로는 닿을 수 없고, 감각과도 거리가 멀어 좀처럼 만지거나 맛볼 수 없다. 간혹 자폐적 경향의 시들마저 보인다. 마스크 안에 가둔 숨이 갑갑한 만큼 시의 자폐공간에 갇힌 언어들도 호흡이 가쁠 것이다. 나는 어두운 지하실이 아니라 탁 트인 옥상의 시를 읽고 싶다. 비를 대신하여 울어주고, 얼음을 빌려 별의 음계를 노래하는 높은 산정의 시를 듣고 싶다.

그런데, 반가워라. 안으로만 우물거리던 숨을 바깥으로 탁 틔워주는 시를 만났다. 솔직히 말해 김순애라는 시인을 알지 못했다. 큰 기대 없이 심드렁하게 시집 원고를 펼쳤다가 깜짝 놀랐다. 초반부 몇 편의 시만 읽었는데도 자연 깊은 곳에서 길어 올린 차고 맑은 문장들이 마음의 더께를 씻어주었기 때문이다. 자세를 고쳐 앉고 단숨에 시집을 읽어나갔다. 눈을 뗄 수 없었다. 이것은 즐거운 식사가 아닌가? 푸르고 싱싱한 식물성의 언어, 마블링 선명한 동물의 울음, 물과 햇살과 바람과 별이 버무려진 자연의 이미지들, 그러면서도 보편적 인간과 괴리되지 않은 구체적 체험의 진정성까지…… 「회전」, 「날개의 밤」, 「조약돌은 주름을 업어내고」, 「출산」, 「철새는 집을 짓지 않는다」, 「가려운 흔적」, 「순장」 등의 시편들을 앞에 두고 나는 어느 것부터 음미해야 할지 몰라 고민에 빠진 행복한 미식가가 되었다. 귀퉁이를 곱게 접어두어 아껴 읽고 싶은 시가 서너 편만 있어도 좋은 시집이라는데, 접어둔 페이지가 하도 많아 내 머리맡의 이 시집은 지금 두 배 두꺼워졌다.

김순애 시의 특징은 육안으로 볼 수 없는 미시자연 세계를 섬세한 언어로 재현하면서 도시문명의 일상성이 가닿을 수 없는 신비로운 풍경들을 펼쳐낸다는 점이다. 시인의 시선은 창공에서 지상의 작은 들쥐를 겨누는 매의 눈처럼, 사각지대 없이 사방을 자유로이 조망할 수 있는 잠자리 눈처럼 정교하고도 폭이 넓다. 김순애의 시가 지닌 비범한 능력은 바로 그 눈이다. 대상을 새롭게 보는 발견의 힘 말이다.

어릴 때 물에 빠져서 허우적거렸던 곳들이
가끔 귓속에서 여전히 허우적거린다.
그 때 그 소용돌이가 귓속에 들어서 나가질 않는다.

납작한 돌을 따뜻하게 데워서 귀에 대고 공기 돌로 두드리면
돌을 적시며 흘러나오던 소리
그 젖은 무늬가 귓속에서 나가질 않는다.

―「소용돌이」 부분

시인은 "얼어붙은 저수지는/ 수십 마리 짐승들의 발자국을 돌보는/ 보모 같이 바쁘고/ 뒤뜰에 찍힌 고양이 발자국마다에도/ 햇살 반나절 그늘 반나절이 들었다 가"(「발자국은 춥다」)는 광경을 목격한다. "부엉이 몸에서 어둠이 서서히 풀어져 나오고/ 제가 갈아놓은 그 어둠을 밟고 날아가"(「날개의 밤」)는 것도, "양파를 벗기다 보면/ 남쪽지방의 흩날리는 눈발과/ 고양이 발자국이 찍힌/ 얇은 적설량이 하얗게 드러나"(「양파」)는 것도 놓치지 않는다. 보통 사람들이 볼 수 없는 세계를 보는 시인은 어쩌면 샤먼(shaman)인지도 모른다. 옥타비오 파스는 "샤먼들은 만물에 깃들어 있는 정령 신앙을 믿는다. 그들은 환상 속에서 사물에 깃든 정령들로부터 지혜를 얻는다. 시인들이 사물을 깊이 들여다보고 사물 안의 지혜의 소식과 감정이입의 깊은 공감에 잠길 때 그는 자신 내부에 솟구치는 특별한 노래와 이미지를 듣고 본다"고 했는데, 샤먼이 신내림을 받듯이 시인은 "어릴 때 물에 빠져서 허우적거렸던" 유사죽음의 체험을 통해 "소용돌이가 귓속에 들어서 나가질 않는" 자연과의 합일을 이루게 되었다. 낯선 세계의 풍경들이 그녀에게 말을 걸어오기 시작한 것은 아마 그때부터였으리라.

뒤란은 뒤란의 햇볕이 있단다

엄마 어렸을 적엔 그곳에서 참 많이도 훌쩍거렸단다 겨우내 내렸
던 눈물이 가장 늦게 녹는 곳도 뒤란이란다 수군거리는 발효가 있고

매운 연기들이 천천히 풀어지는 곳, 몇 그루 음지의 나무들이 앙상한 곳 그곳에도 가장 일찍 피는 꽃이 있었고 주변에 풍경을 두지 않고 꽃이 피는 곳이란다 뒤란은 한 집안의 가장 어두운 곳이라 그 어둠을 밝히려고 수선화 알뿌리 여러 개 묻어두었단다 봄날, 환한 불 켜지듯 수선화 필 때는 그 좋던 친정나들이도 미루었었단다

　　노란 등 몇 개 켜고 어둑한 조도照度로 견디고 있는 수선화

　　수선화 등불이 환하게 켜지면 장독대가 비어가고 농기구들은 들판으로 달려 나갈 기세였지 그 분주한 철이면 여린 이파리 행여 누가 밟을까 이 엄마 걱정은 다 뒤란에 있었지 해마다 봄이면 은밀하게 만나던 꽃, 어디서 그렇게 노란색만 불러들여 꽃피는 것인지 참 용했지 뒤란은 엄마의 비밀 정원이었단다

　　　　　　　　　　　　　　　　　　　　── 「뒤란 꽃, 수선화」 전문

　나는 김순애의 시를 '뒤란의 햇볕'이라고 부르고 싶다. 눈 밝은 시인에게는 누구나 들여다보는 앞뜰 대신 관심과 주목을 받지 못한 채 그늘을 키우는 뒤란이야말로 시적 상상력의 무한한 보고다. 뒤란은 "겨우내 내렸던 눈물이 가장 늦게 녹는 곳"이자 "몇 그루 음지의 나무들이 앙상한 곳", "한 집안의 가장 어두운 곳"이다. 사람 발길이 드문 뒤란은 어둠과 추위에 점령당한 불모의 공간처럼 보이지만 실은 "수군거리는 발효가 있고 매운 연기들이 천천히 풀어지는 곳"이다. 뒤란 장독대 안의 메주는 썩은 것처럼 보이나 온몸으로 곰팡이 포자를 뿜어내며 새로운 물질로 거듭난다. 발효는 생명의 징후와 예감으로 우글거리는 소행성이다. 메주가 장이 되어가는 겨울 뒤란에서는 부러진 솔가지나 낙엽 따위를 긁어모아 태우기도 했으리라. 그것들의 "매운 연기들이 천천히 풀어지"면서 대기

의 일부가 되거나 수증기가 되어 눈비로 다시 지상에 내릴 때, 뒤란은 윤회와 영원회귀의 신성한 제단이 된다.

김순애는 뒤란을 "비밀 정원"이라고 부른다. '비밀'이란 시적 상상력의 다른 이름일 것이다. 뒤란이 풍요로운 시의 정원이 될 때, 시인이 쓰는 시는 "가장 일찍 피는 꽃"이자 "주변에 풍경을 두지 않는 꽃"이 된다. 일찍 피는 꽃은 홀로 피어 외롭다. 바람도 찬비도 고스란히 혼자 다 맞아야 한다. 그 꽃은 앞뜰의 화사한 풍경에 속할 수 없고 오직 방치와 폐기, 소외의 그늘 속에서 외따로 피어야 한다. 위의 시를 한 편의 메타시로 읽는 순간, 이렇게 좋은 시를 쓰는 시인도 중심과 주목에서 밀려난 변방의 소외에 오래 외로웠을 것을 생각하니 애틋해진다.

하지만 어쩌겠는가. 시인은 선택받은 자이자 저주받은 자인 것을. 평범한 사람들이 볼 수 없고 들을 수 없는 세계의 비밀을 이미 알아버린 그녀는 "풀숲에 모여 있는 나뭇가지가 키우는 소리들/ 아무도 없는 뒤란 앵두나무 열매로 속닥거리"(「참새는 집을 짓지 않는다」)는 미시자연의 소리를 우리에게 들려준다. 이때 주목해야 할 것은 시인이 그 낯선 세계에의 미메시스(mimesis)를 통해 인간 보편의 정서, 울고 웃고 절망하고 이악무는 우리들의 생생한 맨 얼굴을 시에 그려낸다는 점이다. 미시세계가 보편적 인간을 환기시키는 이 특별한 상상력에는 자연의 의인화가 필수적으로 수반된다. 김순애는 단순히 자연 대상물에 인격을 부여해 교훈을 자아내는 우화적 방법론을 사용하는 게 아니라 풀과 벌레와 돌과 인간이 모두 평등한 주체이자 한 몸이라는 물아일체 세계관을 내면화하여 인간의 눈물이 자연의 눈물이고, 자연의 주름이 인간의 주름인 상생 우주를 노래한다. 그래야만 자연에서 분리되어 피폐하고 삭막해진 인간을 회복시킬 수 있다고 믿기 때문이다.

캐나다 애서배스카 빙원氷原은
인디언들의 감옥으로 불린다.
그 감옥에서 삼일을 얼어 죽지 않고 견디면
죽을 죄인도 살려 주었다고 한다.
빙원에서 살아남은 사람, 또는 죽어간 사람
몇 억 년의 빙하 속에 움츠린 울음으로 묻혀 있을 것이다
설상차를 타야 들어갈 수 있는 곳
지금도 크레바스 속으로 구름이 흘러들어가는 곳
그 극한에도 삼일의 용서 기간이 있다.
면죄의 기간이 있다.

갈수록 용서를 구해야 하는 사람들이 사라진다.
같이 살아있어야 죄를 지을 수 있고
서로 용서를 구할 수 있는 것이다.
근래엔 죄도 외롭고 용서도 외롭다.

　　　　　　　　　　　　　　　　　　　　　　　－「용서의 기간」 부분

　"극한에도 삼일의 용서 기간이 있"다는데 현대인들의 마음 안에는 용
서가 채 삼분도 머물 자리가 없다. 용서를 구하지도 않고, 용서하지도 않
는다. 오늘날 인간의 마음은 몇 억 년 빙하보다 더 단단하게 얼어붙었고,
크레바스보다도 깊은 구렁을 그 속에 감추고 있다. 그래서 "근래엔 죄도
외롭고 용서도 외롭"다. "같이 살아있어야 죄를 지을 수 있"고, "서로 용
서를 구할 수 있"는데, 같이 살려 하지 않는다. 각자도생만이 살 길이라
고, 개인주의를 가장한 극단의 이기주의가 갈수록 팽배해진다. 자기존재
의 주체성이란 타자와의 관계를 통해서 확립된다. 그러므로 '홀로 서기'
라는 말은 심각한 오류다. 하지만 현대 사회는 타인과의 관계를 필요로
하지 않은 채 홀로 고립된 삶을 사는 것이 미덕인양 권장한다. 용서는 구

하는 이에게나 베푸는 이에게나 모두 타인의 마음을 헤아리는 가장 어려운 기술인데, 자기중심적 사고와 자기감정의 절대화는 연대와 교류의 감각을 마비시켜버린다. 김순애는 현대인들의 얼음 심장에 "한 번도 서서 제 목소리를 낸 적 없고/ 한 번도 소리를 끈 적 없는 여울"(「조약돌은 주름을 업어내고」)을 흐르게 하려 한다. 어디로든 흐르고, 무엇과도 어우러지는 물이야말로 용서의 기술자다. 자연의 유동성과 수용성을 내면화한 그녀의 시에서는 자연물이 인간이 되는 의인화와 인간이 자연물이 되는 인간의 자연화가 동시에 일어난다. 샤먼이 신과 인간을 매개하는 것처럼, 시인은 인간에게 자연과의 협화음을 회복시켜주려 하는 것이다.

> 민들레가 만삭이다
> 마당에 지나가던 바람이 지켜본다
> 햇빛이 출산을 돕는다
> 대궁으로 힘을 밀어 넣는다
> 얼굴이 노란 아이가 고개를 내민다
> 엉덩이는 몽고반점처럼 파랗다
> 마당 여기저기
> 아이들 웃음소리가 노랗게 번진다
>
> ─「출산」 전문

꽃망울을 터뜨리려는 민들레꽃을 만삭의 임부로 의인화한 위 시에서 꽃의 출산, 즉 개화는 꽃 혼자만의 노력으로 이루어지지 않는다. "지나가던 바람"은 자신이 꽃을 흔들어 방해가 될까봐 잠시 멈춰 서서 지켜본다. 그러는 사이 햇빛이 산파처럼 출산의 과정을 돕는다. 바람의 배려, 햇빛의 도움을 받은 민들레가 "대궁으로 힘을 밀어 넣"자 마침내 "얼굴이 노란 아이가 고개를 내민"다. 이 최초의 개화는 마중물이 되어서 "마당 여기저기" 꽃망울이 터지게 한다. "아이들 웃음소리가 노랗게 번지"는 생명의 축제가 그렇게 완성된다.

이 여덟 줄짜리 시는 자연의 의인화를 통해 인간 사회가 회복해야 할 더불어 삶의 미덕을 제시한다. 이질대상인 꽃과 바람과 햇빛이 서로 협력하여 새로운 생명을 탄생시키는 장면은 상생을 망각한 현대인들에게 교훈을 준다. 그런데 김순애의 시적 의도는 단순한 계몽에만 있지 않다. 시에는 주술적 힘이 있고, 그녀는 샤먼의 기질을 가진 시인이다. 조지 프레이저는 『황금가지』에서 "유사(類似)는 유사를 낳는다"는 말로 주술의 기초 원리를 설명했는데, 시인이 민들레를 산모로, 새롭게 피어난 꽃을 신생아로 비유할 때 자연과 인간 사이에 성립된 등가는 유사 작용을 일으킨다. 김순애는 꽃의 개화에 작동하는 자연의 유기적 질서를 인간 세계에도 적용시키기 위해 서로 단절된 자연과 인간을 의인화라는 주술적 언어로 연결하고 있다.

> 사람도 식물이 될 수 있다
> 창문을 열어 놓으면 바람이 들어와 머리카락을 흔들었고
> 햇볕은 따스한 온기로 무형의 이부자리가 되었었다.
> 등 쪽엔 진물 흐르는 상처도 있었다.
> 사람의 말을 알아듣지 못한 몇 년
> 눈을 움직여 얼마나 많은 식물들과 이야기 했을까
> 봄이 오면 파릇한 잎으로 나른한 나날이었고
> 통나무처럼 굳은 몸은 누군가를 기다리는 듯 떠나지 못했다
> 손을 쓸어주면 반응하던 식물의 눈
> 몇 개의 계절을 제철로 삼아 식물의 이름으로 살았다.
> 가끔 바람의 소리로 창문을 닫았고
> 눈에는 글썽이는 눈물을 키우기도 했다

식물이 들어와 몇 계절을 살았다
가는 호스를 달고 공기를 얻어 마시며 살았다
가을이면 붉은 잎이 번져 온몸이 붉어지고
된서리 맞은 몸에 흰 눈의 머리카락이 자랐다.
바람보다 약한 수족은 천천히 굳어갔다.
식물은 눈을 뜨고 죽는다.

발인發靷
식물이었던 몸이, 육신이었던 몸이
시신屍身이 되어 불속 계절로 들었다.
문득, 마른 잎 타는 냄새가 나는 것 같았다.
식물의 장례식에 다녀왔다.

　　　　　　　　　　　—「식물의 장례식에 다녀왔다」 전문

　위 시에서는 식물의 의인화가 아닌 인간의 식물화가 이루어진다. 서로 이질적인 두 대상의 성질을 호환하는 김순애의 시적 시도는 "오소리 멧돼지 고라니가 몸을 비빌 때/ 나무들의 목질 속으로/ 짐승의 피가 한동안 흘렀을 것 같다 (…) 나무들은 때론 도망도 못가는 짐승이 될 때가 있다"(「가려운 흔적」)는, 산짐승의 영역표시 행위에 대한 독창적인 은유에서도 잘 나타난 바 있다. 동물에서 식물성을, 식물에서 동물성을 발견하는 시인의 눈은 늘 현상 이면의 세계를 향해 있다. "사람도 식물이 될 수 있다"는 날카로운 잠언으로 시작하는 이 시는 죽음이라는 인간의 실존적 한계, 그리고 한계 너머의 초월에 관한 기록이다.
　'식물인간'은 전신이 마비된 환자를 가리키는 말이다. 그런데 시인은 식물인간이 되어버린 어느 병자의 '인간성' 대신 '식물성'을 들여다본다. 김순애는 대상의 본성은 유지한 채 외양만 바꾸는 '비유'가 아니라 아예 본성까지 바꿔버리는 '전환'을 시도한다. 시인은 식물처럼 움직이지 못하는 저 불쌍한 '인간'을 바라보지 않고, 장기와 팔다리와 피부가 각각 물관과 뿌리와 잎맥으로 변해 "많은 식물들과 이야기 했을" 한 '식물'을 바라본다. 그러자 비극적 장소였던 병상이 "창문을 열어 놓으면 바람이 들어와 머리카락을 흔들"고, "햇볕은 따스한 온기로 무형의 이부자리가 되"는 상응 자연의 공간으로 변화한다.

"식물은 눈을 뜨고 죽는"다. "식물이었던 몸이, 육신이었던 몸이/ 시신이 되어 불속 계절로 들었"다. 인간의 육체로도 식물의 몸으로도 죽음은 피할 수 없다. 그러나 식물이 된 인간은 죽음이 완전한 소멸이 아닌 자연으로의 회귀임을 알았으리라. "문득, 마른 잎 타는 냄새가 나는" "식물의 장례식"은 인간이 자연에 편입되어 새로운 탄생을 예비하는 생명 윤회의 전단계가 되고, 그 과정을 이미지화하는 시인은 망자를 자연이라는 영원으로 인도하는 샤먼이 된다.

> 내 평생이란
> 하루 하루를 지나 새벽과 어느 나라의
> 석양과 정오를 지나친 일이었다.
> 그러니 나는 회전한다
> 어지럽게 살아서 과거와 현재가
> 삶과 죽음이 끊임없이 돌고
> 생의 마지막은 어느 경도에서 이탈할 것인가
> 나는 또 어떤 우주의 차원 속을
> 영원히 회전할 것인가
>
> —「회전」 부분

김순애의 시에서 "죽은 사람과 산 사람은 꿈으로 소통하"(「혈육」)고,

"산 자와 죽은 자가 엇갈린 길에서 마주치"(「죽음의 관람」)는 영통(靈通)과 혼교(魂交)가 나타날 때, 샤먼과 시인은 계속해서 하나가 된다. 죽음이 영원자연으로의 회귀라는 샤머니즘적 내세관은 "땅속에서도 애면글면 일손 놓지 않고 있을/ 내 어머니의 삭은 뼈 같은 호미 (⋯) 꺼냈던 호미를 다시 묻어 놓는다/ 호미를 닮은 새로운 곡식이/ 싹 틀지도 모르니까"(「순장」)라는 시에 더욱 극적으로 나타난다. 시인이 돌아가신 어머니의 환유인 '호미'를 땅 속에 묻으며 어머니가 "새로운 곡식"으로 싹 트는 부활을 꾀하는 장면은 어느 독자에게나 뭉클한 감동을 준다.

위의 시 「회전」에는 영원회귀 사상이 매우 직접적으로 나타나 있다. 시인은 자기존재의 죽음에 관해서도 성숙하고 의연하다. 시인에 따르면 인간의 생멸이란 "과거와 현재가/ 삶과 죽음이 끊임없이 돌"아가는 "우주의 차원 속"을 "영원히 회전하"는 일이다. "내 평생이란/ 하루 하루를 지나 새벽과 어느 나라의/ 석양과 정오를 지나친 일"이라고, "그러니 나는 회전한다"고 담담하게 말하는 이 시인을 아껴 읽지 않을 도리가 없다.

김순애는 아득한 옛날 시가 주술이었을 때 지녔던 리듬과 상응, 교감의 에너지를 복원시켜 세계의 비밀을 응시하고, 원형적 시간을 재현하면서 우주와의 조화를 꿈꾼다. 선택받은 자인 동시에 저주받은 자로서의 시인은 찾아보기 힘들고, 누구라도 쉽게 시인이 될 수 있는 이 시대에 우리는 이 한 권의 시집을 통해 인간과 우주 사이 단절된 리듬을 다시금 이어줄 수 있는 샤먼 시인을 만났다. 그가 뒤란에서 벌이는 한 판 제의(祭儀)에 정신과 감각을 내맡긴 채, 오직 마음의 눈으로만 볼 수 있는 세계의 풍경들을 계속해서 들여다보고 싶다.

순정한 로맨티스트의 사랑 노래

김유석 시 읽기

　　우리나라에서 제주도만큼 독특한 지역은 또 없을 것이다. 국토의 최남단에 위치한 광활한 화산섬으로 온대와 아열대 중간쯤 되는 사철 따뜻한 기후가 종려나무를 곳곳에 키워 이국정취를 발산한다. 육지에서부터 남쪽으로 가장 멀리 떨어진 섬이지만 비행기로 40분이면 닿을 수 있어서 우리나라 사람들이 제일 선호하는 여행지로 꼽힌다. 우리 국민들뿐만 아니라 중국, 일본 등 동아시아 국가의 여행자들에게도 '환상의 섬'으로 일컬어지며, 에메랄드빛 바다와 한라산, 울창한 자연림, 용암동굴 등 다채로운 자연환경이 한 데 어우러져 그런 걸 좀처럼 보기 힘든 서양 관광객들에게도 매우 개성 있는 여행지로 각광 받고 있다. 북한 주민들이 가장 가보고 싶어 하는 곳도 제주도라고 하니 이 섬의 매력에 대해서는 더 길게 말하지 않아도 될 것 같다.

　　여행이라는 측면에서 피상적으로만 말할 게 아니다. 제주도는 정낭,

테우, 돌하르방 등 3세기 탐라국 시절부터 이어 온 전통 문화가 근대화된 삶 양식 안에 아직 남아 있으며, 특히 제주어로 불리는 지역방언의 경우 중세 한국어의 고형(古形)을 유지한 채 제주도만의 고유한 문법적 특성을 지녀 아예 한국어와는 다른 언어로 여겨질 정도다. 한편 제주 해녀 문화는 인류무형문화유산에 등재되어 있고, 제주도 전역은 그 신비한 지질학적 특성으로 유네스코가 지정한 세계지질공원이기도 하다. 문화와 언어, 환경적 특징에 4.3 사건이라는 비극적 역사까지 더해져 제주도는 현지인이나 외지인 모두에게 각별한 의미로 새겨진 섬이다.

나 역시 제주도를 좋아한다. 해질 무렵 애월 해안도로에서 석양이 자맥질하는 걸 바라보고 있노라면 콧등이 시큰해진다. 한라산 1100고지와 윗세오름, 산굼부리를 걸으면 온갖 상념이 다 사라진다. 배를 타고 관탈도나 사수도, 가파도, 마라도 인근 해역으로 나가 방어, 부시리, 참돔, 대삼치, 한치, 무늬오징어, 긴꼬리벵에돔, 벤자리 등을 낚시로 잡는 것은 내가 가장 사랑하는 취미다. 멜조림, 각재기국, 몸국, 돔베고기, 고기국수, 고사리해장국, 오메기떡, 방어회, 자리돔물회, 갈치국, 전복뚝배기, 말고기 등 향토 음식들은 또 어떤가. 낚시 좋아하고 술 좋아하고 바람과 별과 물 좋아하는 나 같은 낭만주의자(다른 말로는 한량)에게 제주도는 꼭 한 번 살아보고 싶은 섬이다.

내가 아직 꿈으로만 간직하고 있는 제주살이를 김유석 시인은 이미 몇 해 전 이뤘다. 나는 사석에서 그를 유석이형이라고 부른다. 꽤 잘 안다고 할 수 있다. 그래서 "짱짱한 두 다리로 에깅을 던졌다 (…) 물결무늬 갑오징어가 물살을 갈랐다"(「밀물 무렵」)라든가 "농어떼가 모래 위에 그림자로 떠다닌다/ 낚시꾼은 한낮에도 눈이 부시지 않는다"(「섬의 북쪽」)와 같은 대목에 나타난 그의 낚시꾼 면모가 얼마나 엉터리인지 잘 증언할 수 있다. 그는 배를 타고 30분만 나가면 멀미를 호소하며 바다에 속을 게워내고는 선실에 가 죽은 듯 뻗어버리기 일쑤다. 북촌 방파제에서 하루 종일 꽝치다가 동네 아주머니의 조언을 듣고 간신히 학공치 한 마리를 잡아내 덩실덩실 춤춘 일도 여기 밝히고 싶다. 낚시에는 서툴지만 물질은 탁월하다. 바다에 잠수해서는 전복, 소라, 문어 등을 주워 나와 술안주를 마련하곤 한다. 뛰어난 폐활량과 지구력으로 산도 잘 탄다. 백록담까지 쉬지 않고 한 달음에 오를 만큼 체력이 좋다. 순수하고, 선하고, 맑은 사람이다. 대화중에 고사를 인용하거나 공자 장자를 읊는 등 옛 선비 같은 엄숙함과 꼬장꼬장함도 지녔다.

각설하고, 그의 제주살이는 여러 해 전 종료된 것으로 알고 있다. 하지만 고향인 전북 오수 근처 전주 삼산고등학교에서 교편을 잡고 있는 지금도 그는 틈만 나면 제주도로 향한다. 그의 제주도에는 대체 무엇이 있기에, 숨겨둔 애인이라도 있어서 그렇게 자주 드나드는 것일까? 나는 오래 궁금했으나 시집 『이주여행자』를 읽고 나니 그 사정을 알 것 같다. 그에게 제주도는 섬 전체가 이룰 수 없는 아름다움이요, 닿을 수 없는 그리움이요 또 살 수 없는 삶이다. 아름다워서 그리워하고, 그리워하다 결국 살게 된 섬이지만 제주도에서 김유석의 자의식은 이주민이 아닌 '이주여행자'다. 이주해서도 '여행'하게 하는 섬, 도착했지만 끝내 도착할 수 없는 이 제주도를 김유석은 미적 원형이자 낭만과 평화의 이상공간, 일률적이고 획일화된 가공(加工)의 도시문명을 벗어나 흙과 물에 비벼낸 "사람의 일"(「오름 아리랑」)을 회복하는 생명의 터전으로 노래하고 싶어한다. 그는 이번 시집에서 '집'에 집착하는 현대인들에게 유목주의의 아름다움을 설파하고, '이주'와 '여행'을 통해 온갖 다양성들이 한 데 모인 제주도를 유토피아적 디아스포라 공간으로 제시한다.

　　너무 멀어 말 막힌 데는 아니게

콘크리트 성곽 에워싼 동네도 아니고
한 번 가면 쉬이 돌아올 수 없는 곳이게
막혀 갈 수 없는 게
하늘마냥 높지 않고
수평으로 푸르게 만져질 듯
배 갑판 오르면 건널 듯
더 간절히 막힌 듯

우리는 풀밭 옆 돌집을 빌려
모퉁이만 돌아가면 바다가 나오는
억새밭에 불을 놓아 남새밭을 일궜다
비 온 뒤 뿌린 씨가 물기에 젖어
이끼 같던 채소가 무성히 오르면
지난 일은 옛일처럼 금세 묻어버릴 듯

피란처럼
귀향처럼
육지를 떠나왔다
사랑했던 이들을 떠나왔다

─「이주자들」 전문

　김유석이 제주로의 이주를 '피란'이며 '귀향'이라고 명명하는 것은 그에게 도시가 전쟁터이자 영원한 타향이기 때문이다. 도시는 "말 막힌 데"이자 "콘트리트 성곽 에워싼 동네"이며, 인간의 탐욕이 고층 아파트와 타워크레인, 계층의 사다리를 "하늘마냥 높"게 수직으로 세워둔 곳이다. 전라북도 오수의 목가적 전원에서 나고 자란 시인에게 도시 생활은 고향 상실의 상태였을 것이다. 고향 상실의 기억은 그의 시에서 '이주자'

주체가 느끼는 불안과 결핍으로 형상화된다. 물론 내륙의 농촌에서 태어난 이주자에게는 대도시나 제주도나 모두 고향이 될 수 없지만, 위 시의 화자가 제주도를 귀향지로 인식하는 것은 일종의 '본향 의식'으로 볼 수 있다. 제주도로의 이주는 곧 '생명'으로의 귀환인 셈이다.

"하늘마냥 높"은 "말 막힌 데"는 인간의 오만한 욕심이 세운 바벨탑을, "콘크리트 성곽"은 오늘날 도시문명처럼 결코 무너지지 않을 것처럼 보이던 여리고성을 각각 연상시킬 때, "억새밭에 불을 놓아 남새밭을 일구"는 제주도는 묵은 것을 갈아엎어 새 것을 창조해내는 부활과 회복의 장소로서 그리스도가 약속한 '천국'과도 같은 지위를 부여받는다. 이 천국에 이주하기 위한 조건은 "육지를 떠나오"는 것이다. 베드로가 그물을 버리고 예수를 따라나섰듯 이주자 역시 도시문명의 자본과 편리한 인프라와 사회적 관계망을 내려놓고 바다를 건넜다. "사랑했던 이들을 떠나왔다"는 고백은 가족과 친구, 동료 등을 도시에 둔 채 홀로 이주했다는 의미인 동시에 도시적 취향과 삶의 방식을 벗어던졌다는 의미이기도 하다.

눈 아래가 검어졌고 머리카락이 빠졌다
일처리가 능숙해질수록
시간이 왜 이리 빨리 가는가?
거대한 톱니바퀴 속에서
내가 빠지면 기계가 멈출까?
하는 식상한 질문이 코끝을 울렸다
얻는 것보다 잃어가는 게 확연했고
열정은 조용히 사그라들고 있었다
어느새 팔 년이 지나 있었다

승용차 들어갈 만큼만 짐을 싣고 섬으로 왔다

책 몇 권, 옷가지 계절마다 서너 벌
게스트하우스에서 만난 사람들과
농장의 귤을 따서 팔았다
일당 칠만 원에 당근 양파를 뽑았다
일하기 싫으면 나가지 않았고
하루 내내 음악을 듣고 여행자들과 놀았다
누군가 "이렇게 사는 게 재밌니?" 물었지만
웃어넘길 여유는 잃지 않았다
그런 날은 혼자서 무섭기도 했지만
창을 열면 마중 나온 바다가 옆을 지켜 주었다

상추밭과 동백나무가 있는 조그만 돌집을 얻었다
마늘과 양파를 심었고 여전히 귤을 땄다
동네 청년들과 해변 쓰레기를 치웠다
어르신들을 모아놓고 환경 영화제를 열었다
서울 생활이 생각날 때면
하루 한두 쪽씩 영국 소설을 숙제처럼 번역했다
가끔 글을 썼으며
외로운 여행자의 보루 삼아 책을 엮었다

—「사랑, 사랑, 사랑」 부분

    도시화의 핵심과제는 전근대와의 단절과 분리라고 할 수 있다. 오늘날 도시는 농경사회의 공동체 문화를 산업 발전을 저해하는 구시대의 유산으로, 전통 풍속들을 도시 미관을 해치는 야만적인 문화로 치부하면서 그것들을 멸실시킨 폐허 위에 세워졌다. 물질적 번영을 약속하는 가까운 미래만이 의미와 가치를 지니는 시간으로 상정되면서, 오직 '미래'를 지향한 산업화시대는 한국사회의 욕망 구조를 바벨탑처럼 수직으로 세워

놓았다. 이러한 수직적 욕망은 21세기 신자유주의시대에 더욱 심화되어, 계층 간의 간극을 벌리고는 계층이동의 사다리를 아예 없애버렸다. 한국사회의 극심한 양극화 현상은 낮은 곳에서 더불어 잘 사는 대신 높은 곳에서 혼자 잘 살기만을 추구하는 '상승−단절'이 사람들에게 내면화된 결과다.

위 시의 화자는 '전쟁터'로서의 도시를 더욱 자세히 증언한다. 도시에서 그는 "눈 아래가 검어졌고 머리카락이 빠졌"다. 영화 <모던타임즈>에 묘사된 것처럼 "거대한 톱니바퀴 속"에서 인간이 한낱 소모품으로 전락하는 상품주의에 몸과 마음을 다친 것이다. "얻는 것보다 잃어가는 게 확연"한 생활 속에서 화자는 마치 더듬이 잘린 곤충처럼 인생의 방향감각을 상실했다. 도대체 무엇을 위해 매일 아침마다 '지옥철'에 끼여 출근을 해야 하는지, 누구를 위해 매일 밤마다 폭탄주에 스트레스와 분노를 섞어 삼켜야 하는지, 성공에 대한 강박과 실패에 대한 불안으로 왜 밤잠을 설쳐야 하는지, 입만 열면 불평불만을 토해내는 직장 생활을 계속 하는 이유가 무엇인지, 사는 게 왜 즐겁지가 않은지…… 8년 동안 지속된 지리멸렬한 삶은 결국 자발적 유배로 이어져 그는 "승용차 들어갈 만큼만 짐을 싣고 섬으로 왔"다. 도시의 속도와 미친 경쟁과 자본 논리가 작동하지 않는 제주도에서 "책 몇 권, 옷가지 계절마다 서너 벌"로 자족하면서 "일당 칠만 원에 당근 양파를 뽑"고 "일하기 싫으면" "하루 내내 음악을 듣고 여행자들과 노"는 삶을 시작했다. "게스트하우스에서 만난 사람들과/ 농장의 귤을 따서 파"는 공동체 생활을 회복하면서 마침내 평화를 얻었다.

앞서 인용한 「이주자들」에서 '이주자'는 "풀밭 옆 돌집"을 빌렸는데, 「사랑, 사랑. 사랑」의 이주자 역시 "상추밭과 동백나무가 있는 조그만 돌집을 얻었"다. '돌집'은 돌로 쌓아 만든 친환경주택이다. 높이가 낮고 투박한 '돌집'에서의 생활을 구체적으로 보여줌으로써 김유석은 타자와의 교류 가능성을 제거한 채 계층과 등급을 나누어 타인 위에 군림하려는 현대인들의 '높이' 집착에 경종을 울린다. 브랜드 아파트에 사는 아이들이 공공임대아파트에 사는 아이들을 '거지'라고 부르는 도시 사회의 수직적 욕망을 부끄럽게 만든다.

한편 김유석이 시적 공간으로 제시하는 '돌집'에는 또 다른 함의가 있다. 바로 '무용함의 유용함'이라는 역설적 진실이다. 함부로 나뒹굴던 돌들이 틈새를 메꾸며 튼튼한 벽을 이루는 것이 돌집의 건축 원리다. 존재하는 모든 것에는 반드시 존재의 이유와 가치가 있다는 것을 시인은 말하고 싶은 게 아닐까? 좀처럼 열리지 않는 취업의 문 앞에서, 수저계급론의 카타콤 안에서 도시의 청년들은 사회구조와 기득권을 원망하고, 희망과 의지를 스스로 꺾는다. 끊임없이 인정투쟁을 시도하지만 투쟁의 대상이 아예 사라진 현실 앞에 학습된 무기력과 자기모멸, 냉소로 치달으며 급기야 목숨마저 내 버린다. 시인은 무용해 보이는 돌멩이가 틈새를 찾아 집을 이룬 '돌집'을 노래하면서 청년 세대에게 위로와 용기를 건넨다. 자본주의가 강요하는 쓸모에 집착하며 자기존재를 소모하지 말라고, 도망치듯 도시를 떠나온 이주도 결코 패배가 아니라고 그가 말할 때, 돌집들이 나란한 제주도는 "동네 청년들과 해변 쓰레기를 치우"고, "어르신들을 모아놓고 환경영화제를 여"는 더불어 삶의 아름다운 기점이 된다. 조르주 아감벤은 "영리함이 일정한 한계를 넘어서면 어리석음을 필요로 한다"고 했는데, 도시적 욕망이 임계점을 넘어선 시대에 우리는 어리석게 보일 만큼 단조로운 삶으로 회귀할 필요가 있다. 김유석은 그 사실을 우리에게 일깨워준다.

조금은 가난한
조금은 외로운
조금은 넘치는
조금은 숨고 싶은
바닷가 게스트하우스

저녁에 우린
조금 수줍은 듯이
파티를 열었지
술을 나눠 마시고
아무렇지도 않게
비밀을 털어놓았어
어두운 동굴 이야기를
세상 끝 벼랑 위 바람맞이를
그래, 멀리 와 있다고 생각했어

날이 새면
딱딱한 의자에 앉아
벽 유리 너머 섬을 두른 바다를 보며
각자 모닝커피를 마셨지
조금 낯선 듯이
흰 모래가 밀어내는 썰물을
천천히 보았지

아직 조금 어지러운 채
각자 짐을 꾸렸어
우리는 어쩌면 인사도 못했지만
짧은 웃음

허술한 약속
비슷한 점도 많지만
각자 자기의 길을 나섰어
어딘가로 떠나겠다며
갈 곳은 마땅히 없었지만
먼 바다로 난 길로 걸어 나갔지

　　　　　　　　　　　　　　　　　　ー「바닷가 게스트하우스」 전문

　단조로운 삶이 주는 평화를 찾아 제주도로 온 사람들은 "바닷가 게스트하우스"에 모여든다. '손님의 집'이라는 역설적 공간에 모인 이들은 하나같이 "조금은 가난한/ 조금은 외로운/ 조금은 넘치는/ 조금은 숨고 싶은" 상태다. '바다'의 무한한 수용성이 이들의 내면을 부드럽게 만들었을까? 여행지에서는 누구나 쉽게 마음을 열고, 금방 타자와 가까워지게 된다지만, "파티를 열"어 "술을 나눠 마시고" "비밀을 털어놓"기는 사실 쉽지 않은 일이다. 하지만 낮은 수평의 세계인 제주도에서는 타자와의 깊은 교류와 연대가 가능해진다. 도시에서 타자를 차단하고, 배척하고, 경계 밖으로 밀어내야 했던 이들이, 결국 차단당하고, 배척되고, 경계 밖으로 밀려나서 오게 된 바닷가 게스트하우스에서 화해와 통합을 이룬다. 이때 게스트하우스는 여행자들이 저마다 "세상 끝 벼랑"을 짊어지고 온 디아스포라 공간이자 그 다양한 개별성들이 총체성으로 수렴돼 마침내 평화에 이르는 시온이다.

　여행자들이 "흰 모래가 밀어내는 썰물을/ 천천히 보"면서 마음의 평화를 회복할 때, 제주도는 물리적 장소가 아니라 영혼의 한 기착지가 된다. 도시 생활과의 단절, 표준화된 삶과의 결별을 감행한 데서 연유한 불안감이 잦아들고 나면 생의 새로운 서사를 써 나갈 용기가 생겨난다. 이제 여행자들은 "각자 자기의 길을 나선"다. "어딘가로 떠나겠다며" "먼 바다로 난 길로 걸어 나간"다. 그 자신 이주여행자인 시인은 게스트하우스를 떠나는 여행자들에게 "뿌리 같은 거/ 터전 같은 거/ 타고 난 거 없다며" "오래된 마을도/ 조상 같은 것도 없이" "새로 시작한 시조가 되어볼"(「고라니 연인」) 것을 제안한다. 뿌리, 터전, 조상으로 함의되는 기성 세계로부터 떠나갈 것을 요청하는 것이다. "떨어져서 비로소 꽃"(「동백숲길 피다」)이라는 사실을, 현실원칙의 구속과 억압에서부터 벗어나는 순간 주체적 삶이 시작된다는 사실을 시인이 환기시킬 때, 제주도는 여행자를 개척자로 만들어주는 섬, 노마디즘(nomadism)의 전진기지가 된다.

> 검은 사내들이 웃통을 벗은 채
> 돌을 쌓는 일보다 오래된 인종으로
> 컨테이너 박스 안에 둘러앉았다
> 땀도 흘리지 않고 라면을 끓이며
> 근육질 팔뚝으로 나무젓가락을 젓는다
> 알 만한 길을 물으면
> 몰라요 몰라요 나 몰라요
> 우리는 만났던 듯 수줍게 웃었다.
>
> 허물어진 돌담 너머 바닷가에서
> 검은 사내들이 고등어를 키운다
> 고등어가 자라서 갈 곳은 어항이지만
> 고향을 떠나 떠도는 자들은
> 어디서나 반갑다
>
> ─「컨테이너 아프리카」 부분

시집 한 권 전체로 오롯이 제주도를 노래하는 김유석의 시도는 백석의 기행시편을 떠올리게 한다. 백석이 콩가루차떡, 무이징계국, 국수, 명

태조림 등 음식 이미지를 통해 고향을 상실한 주체들로 하여금 유토피아로서의 고향을 기억하게 했던 것처럼 김유석도 "갈칫국"(「갈칫국」), "멜국"(「봄날」), "몸국", "톳무침"(「대평리에서」) 등 제주에 온 사람이라면 누구나 한번쯤 먹는 향토 음식을 내세워 디아스포라적 존재들로 하여금 공동체의 해체 또는 공동체로부터 분리된 상황에서도 과거 총체성의 완전한 세계에 대한 기억을 감각하게 한다. 한 지역의 음식 문화는, 같은 음식을 먹음으로써 특정한 외부 세계의 물질을 똑같이 몸속으로 들인다는 유대와 결속의 의미를 지니기 때문이다.

음식 이미지뿐만 아니라 김유석은 또 백석처럼 다문화 커뮤니티의 풍경을 그려내면서 타자의 본질적인 이질성들을 결국 '인간'으로 통합한다. 위의 시 「컨테이너 아프리카」는 "서로 나라가 다른 사람인데/ 다들 쪽 발가벗고 같이 물에 몸을 녹히고 있는 것은/ 대대로 조상도 서로 모르고 말도 제가끔 틀리고 먹고 입는 것도 모도 다른데/ 이렇게 발가들 벗고 한물에 몸을 씻는 것은/ 생각하면 쓸쓸한 일이다"라던 백석의 「조당에서」를 연상시킨다. 최근 우리나라 어촌에는 이주노동자들이 급증하고 있다. 젊은 인력들은 전부 대도시로 나가고, 힘들고 험한 육체노동인 원양어선 조업이나 양식장 관리 등은 동남아시아나 중동, 아프리카계 외국인들이 적은 임금을 받으며 한다. 위의 시에서 아프리카계 흑인 사내들은 "컨테이너 박스 안에 둘러앉아" 라면을 끓여 먹는다. 시인이 보기엔 이주노동하는 그들이나 자신이나 비슷한 처지다. 인종은 다르지만 결국 같은 인간이며, 상황은 다르지만 어쨌든 양쪽 다 이주자이기 때문이다.

제주도는 낭만과 평화의 섬이지만 외지인들에게 고향이나 터전이 될수는 없다. 앞서 시인의 '본향의식'에 대해 말하면서 제주도를 "생명으로의 귀향지"라고 했지만, 그것은 결국 인식의 차원이지 실상은 아니다. 제주도는 여행자에게는 끝내 여행지일 뿐이고, 이주자에게도 정착보다는 유목과 여행의 방식으로 삶을 꾸려나가야 하는 곳이다. 제주도에서 여행자와 이주자는 "어디도 고향일 수 없다"(「표류기」)는 이방인 자의식을 공통적으로 지닌다. 그것은 제주도가 그들에게 있어 디아스포라와 유목주의의 비정주공간인 까닭이지만, 아직 미완의 유토피아이기 때문이기도 하다. 평화로워 보이는 제주도에도 불화와 갈등이 있다. 열린 교류와 타자수용의 커뮤니티인 것 같아도 토착적 배타와 차별, 소외가 존재한다. 생명과 자연이 건강한 숨을 쉬는 듯해도 위락시설을 짓는 대규모 공사와 도로 확장을 위한 벌목으로 온 섬이 신음하고 있다. 쉴 새 없이 밀려오는 중국 자본에 의해 고유의 전통과 문화가 침범당하는 중이다.

　여러 갈등 가운데서도 특히 몇 해 전 예멘 난민을 받아들이는 과정에서 일어난 혐오와 적대심은 예멘 난민은 물론 제주도민, 그리고 제주도를 사랑하는 모든 이들에게 상처와 숙제를 남겼다. 바로 타자에 대한 무한한 사랑과 연대다. 자기중심적 배타주의를 버리고 타자를 수용하는 것, 그 타자윤리의 실천을 위해 김유석은 제주도 시편에 온갖 이방인들을 등장시킨다. 그러고는 그 모든 "길 지나는 사람"(「바닷가 악사」)들과 "떠나온 사람들"(「다시 봄날」)을, "사람의 일"(「한치잡이 전짓불」)과 "사람의 손길"(「목초지로 난 길」)을 연민한다. 백석이 떠돌던 북관과 만주처럼 김유석에게 제주도는 방랑지다. 그는 여행, 이주, 이주노동, 난민 등 다양한 형식으로 제주도에 온 이방인들을 자신과 동일시하며 끌어안는다. 그 순간 "고향을 떠나 떠도는 자들은/ 어디서나 반갑"다. 김유석이 꿈꾸는 제주도는 누구의 고향도 아닌 곳, '고향'으로 함의되는 중심이 해체되어 그 누구라도 회유하는 물고기 떼처럼 자유롭게 들고 날 수 있는 섬, 사람들이 서로의 차이를 존중하며 다양한 생각들이 막힘없이 흘러 큰 바다를 이루고, 그 바다에서 생명과 평화가 탄생하는 행복의 나라다.

억새로 엮은 길 따라
오름에 올랐습니다
화구를 두른 길은 끝이 없습니다
어디가 시작인지 끝인지
어디서 멈춰야 할지 알지 못하고
온종일 정처 없이 돌았습니다
화구는 풀로 덮인 지 오래
한여름 마른 채
봄부터 자란 억새가 무성합니다
바람에 두서없이 뒤척입니다
한 사람을 생각하는 것이
화산이 폭발하고
용암이 흘렀다가
얌전히 풀이 덮인 오름을
도는 일인 줄을 알 것도 같습니다
흰 구름이 떠갑니다
바다가 멀리서 밀려갑니다
한 사람을 생각하는 것이
그 사람에 닿는 것보다
순전히 나의 일인 줄 알면서도
사람의 일에는 아무 관심도 없는
화성암과 풀과 바다와 구름 앞에서
한 계절의 뜨거움일 줄 모르는 채로
숨 가쁘 걸었습니다

－「오름 아리랑」 전문

김유석이 타자를 뜨겁게 끌어안을 수 있는 것은 그가 본래 로맨티스
트이기 때문이다. 성실한 사랑의 습관이 마음 근육에 잔뜩 박혀 있는 사

랑꾼이기 때문이다. 그는 한 사람을 사랑해서 "너에게 갈 때/ 나는 눈귀를 잃고/ 육지를 잊어버린"(「너에게 간다」) 무모한 순정주의자다. "한 사람을 생각하는 것이/ 화산이 폭발하고 용암이 흐"르는 것 같은 정열의 화신이다. "사람의 일에는 아무 관심도 없는/ 화성암과 풀과 바다와 구름 앞에서" 그는 "한 계절의 뜨거움"일 지라도 "그 사람에 닿는 것"만을 생각하며 "숨 가삐 걸어"간다. "어디가 시작인지 끝인지/ 어디서 멈춰야 할지 알지 못하"면서 "끝이 없"이, "정처 없이", "두서없이" 한 사람을 최선 다해 사랑한다.

그가 "바닷가 지하 노래방에서 철 지난 이별 노래 춤추며 부르던/ 처음 당신"을 그리워하면서 "당신이 처음 부른 노래 혼자 부르며 춤추며"(「이젠 잊기로 해요」) "늙은 사내의 첫사랑 얘기"(「봄밤」)를 써나갈 수 있는 것은 제주도가 사랑하기 딱 좋은 섬인 까닭이다. 현실원칙의 온갖 방해와 억압, 구속으로 가득한 도시를 멀리 떠나 사람의 일에 간섭하지 않는 제주도의 대자연 안에서 시인은 역설적으로 사람의 일, 즉 사랑에 온전히 자기 생을 다 기울일 수 있게 되었다.

여러분은 지금까지 한 시인이 쓴 순정한 사랑의 기록을 읽었다. 이 시집을 읽은 독자라면 누구나 마지막 책장을 덮자마자 제주도 항공권을 검색하게 될 것이다. 그러므로 이 시집은 평화를 찾아서, 주체적 삶을 찾아서, 인생의 새로운 서사를 찾아서, 그리고 사랑을 찾아서 제주도를 여행하는 모든 이들을 위한 아름다운 안내서다. 해설의 마지막 문장을 쓰는 내 마음도 벌써 한치잡이배 불빛이 환하게 수놓인 서귀포 황우지 해안에 가 있다. 유석이형 때문이다.

4부

멸종하지 않는 푸른 정신

나는 살기 위해 죽으리라

이경교 시 읽기

1. 모래폭풍 너머 옻나무 한 그루

"역사란 과거와 현재의 끊임없는 대화"라는 에드워드 카의 말을 새삼 떠올려본다. 우리는 모두 역사 위에 서서 과거의 기억들로부터 끝없이 부름 받는다. 아득히 먼 옛날의 귀신고래 음파 소리가 문득 이명으로 들린다. 어느 가을 저녁 석양을 보며 불현듯 사진으로도 본 적 없는 마로스 동굴 벽화를 상상한다. 우리는 어제에 비추어 내일을 읽고, 사라진 사람들의 숨결을 바람과 햇살과 빗방울에서 감각한다. 이처럼 과거와 현재의 대화는 때로 감각의 영역에서, 또 때로는 집단무의식과 선험의 방식으로 이뤄지지만, 우리가 '역사'라고 부르는 사건은 보다 복잡한 층위에서 과거와 현재를 마주보게 한다. 역사란 시간의 퇴적인 동시에 그 지층의 무늬를 옮겨 적은 기록이기 때문이다. 오늘을 사는 우리가 과거의 어떤 위대한 정신이나 영원한 아름다움과 만날 수 있는 것은 그것이 기록된 사건인 까닭이다.

모든 시간이 다 역사가 되지는 않는다. 어떤 시간들은 너무나 사소하고 미시적이어서 기록되지 못하고, 또 어떤 시간들은 고의적으로 누락되거나 은폐되는 방식으로 기록되지 않는다. 이처럼 역사가 현재를 구성하는 데 유리한 방식으로 과거를 취사선택할 때, 이경교의 문제의식은 거기서 시작된다. 역사란 승자의 기록, 살아남은 자들의 증언이라는 점에서 객관적 진실이 아닌 주관적 해석이 아닌가? 기록된 역사에 대한 그의 불신은 이미 오래 전 깊어졌다. 한 때는 "믿을 만한 사서"나 "오래된 수메르 문헌"을 뒤적이기도 했지만, 그 "낡은 사본" 때문에 청춘을 흘려보내고, "시력을 잃"고서야 "내 고향이 바닷가 모감주숲이라거나 사막여우에게/ 양육되었다는 건 모두 부풀려진 전설"(「소설처럼1」, 제6시집 『목련을 읽는 순서』, 2016)임을 깨달아 안 것이다.

> 화랑세기에 의하면 내 출생지가 사막이라고 기재되었으나
> 앞뒤 문장은 사나운 모래폭풍에 유실되었고, 바다 저쪽
> 잎사귀 몇 개 숨겨두었다고 적혀있지요 파도에 밑을 씻는
> 모래섬이 남 몰래 받아놓은 사생아였을까요
>
> 화랑과 낭도들 이름 속에서, 내 이력이 뜯겨진 낱장처럼
> 모래 속에 처박히는 동안 잎새들은 귀를 막고 모래알들은
> 서둘러 거푸집을 지었지요 떠돌이중이었던 아비는
> 어떻게 습곡을 지나왔을까요 족보 겉자에 얼룩진 소금쩍을
> 한미한 가족사의 훈장이라 한다면, 풍화로 결을 이룬
> 저 중세의 모래언덕은 언제 넘을까요
>
> 안개는 배를 밀며 언덕을 가로지르고 신기루처럼 떠있는
> 아파트숲 사이 물방울들이 버리고 떠난 구릉들
> 우리는 또 무얼 유실할 차례일까요

아비의 관 속에 들어있던 짚신 한 짝, 이 돌연한
기록을 다시 뒤덮는 모래폭풍

보이지 않는 벽 너머로 수 세기 저편의 바다에 닿을 때
내 출생신고서 앞뒤로 무수한 공란이 이어지고
누락과 여백의 통로를 더듬어 나가면, 숨겨둔 잎새들
몰래 시들고

—「모래의 시」 전문(제5시집『모래의 시』, 2011)

"화랑세기에 의하면 내 출생지가 사막이라고 기재되었으나/ 앞뒤 문장은 사나운 모래폭풍에 유실되었고, 바다 저쪽/ 잎사귀 몇 개 숨겨두었다고 적혀있"을 때, 이경교는 "기재"된 기록이 아닌 사나운 모래폭풍에 유실되거나 바다 저쪽 숨겨진 이야기를 향해 눈을 돌린다. 그곳에 기록되지 않은, 기록될 수 없던 진실들이 있기 때문이다. 그 진실들은 우리가 분명히 살아냈으나 잃어버린 시간들로 깊은 물속에 잠겨 있고, 캄캄한 흙속에 묻혀 있다. 그 진실들을 끄집어내 "무수한 공란"을 채우지 않는 한, 우리가 발 딛고 선 오늘은 고작 "신기루"에 불과하다고 시인은 말한다. 그는 우리에게 "또 무얼 유실할 차례"냐고 물으면서, "누락과 여백의 통로"를 더듬어 "보이지 않는 벽 너머"로 함께 갈 것을 촉구한다.

그 벽 너머에는 무엇이 있을까? "파뿌리 같이 늙은 할머니와 대추꽃이 한 주 서 있을 뿐이었다"(서정주,「자화상」)던 100년 전 미당의 노래가 들려오는 듯하다. "돌연한 기록을 다시 뒤덮는 모래폭풍"이 지나가자 그곳엔 "등 굽어 발 밑 푹푹 꺼지는 아버지"(「어둠, 길, 화석」, 제4시집『수상하다, 모퉁이』)와 옻나무가 한 그루 서 있을 뿐이다. 2003년 시집『수상하다, 모퉁이』에서 사십대 중반의 시인은 "역사에 등재될 수 없는 이름 없는 농부" 이우목(李愚穆, 1925~1998)을 호명한 바 있다.

시인의 아버지 이우묵은 일제 강점기 조선에서 태어나 해방과 전쟁, 혁명, 유신독재, 산업화와 민주화를 온몸으로 살아냈다. 그러나 해방이나 전쟁, 혁명은 기록된 역사이므로 거기 그의 이름은 없다. 역사가 되지 못해 버려진 시간들과 함께 폐기 처분된 수많은 아무개 중 한 사람일 뿐이다. 40년 가까운 시력(詩歷) 동안 변방의 비주류를 자처하며 지내온 이경교에게 주류가 독점하는 역사란 프로파간다 소설이나 마찬가지다. 원래 진실은 말하여지지 않는 법이다. 그는 폐기된 시간들, 함께 버려진 아무개들, 파묻힌 아버지를 진짜 역사의 무대로 끌어올리려 한다. 아니다. 역사는 결국 낡은 사본이 되어 모래와 함께 유실될 따름이다. 역사가 감히 말할 수 없는 이야기를 우리는 전설이라고 부르던가? 이경교의 시는 역사가 아니라 신화다. 너무 비극적이어서 역사에 편입되기보다 차라리 신화가 되어 잊혀지기를 택한 이름 없는 농부의 삶과 죽음이 여기, 한 그루의 옻나무로 서 있다.

이경교는 이제 옻나무와의 대화를 시작한다. 문장마다 단어마다, 치명적으로 뜨겁고 가려운 피가 시인의 입으로 번질 때, 시를 읽는 우리의 내면에도 옻독이 흐른다. 흐르는 독으로 우리는 어둠을 씻고, 파묻힌 이들의 얼굴을 씻는다. 그들의 끈적거리는 한을 씻는다. 이경교의 시에는 화해와 씻김의 요령 소리가 행간마다 울린다. 소리가 점점 커질수록 우리는 민족이라는 집단과 한 몸이 되는 한 개인의 생애를, 마치 주술처럼 읊조리는 비천한 신화를 듣게 된다. 그리고 그때, 한 세기 전 잊혀졌던 어느 이름 없는 농부의 삶과 죽음이 바로 지금, 여기에서 시적 진실로 현재화된다. 그렇게 민족의 거시적 역사 위에서 개인의 미시적 신화가 일어선다.

아비는 그때 죽은 사람이다 아버지는 입버릇처럼 말하곤 했다 징

용에 차출되어 탈출할 때, 죽을 고비를 제대로 넘겼지 이제 나는 식
민지인이 아니다! 기쁜 눈물이 마르기도 전 다시 6. 25가 터진 거야
이번엔 인민군에 끌려가게 되었지 산기슭에서 단체 용변을 보고 있
었지 상상이 되니? 숲 그늘마다 빼곡히 앉아 용을 쓰는 청년들……
내장까지 다 버리고 싶었지 외로움의 빛깔은 어스름 빛이란 걸 알았
지 문득 눈앞에 옻나무가 환하게 서 있더구나 어스름이 등불로 바뀔
때도 있지 그게 뭘 의미하겠니? 마지막이라고 생각했지 옻나무 순
을 꺾어 천천히 밑을 씻었단다 밑이 뜨거워진 건 옴이 내장을 적셨
기 때문이지 내장인들 얼마나 놀랐겠니? 온몸이 불덩이였지 좁쌀
같은 발진이 혀와 동공을 뒤덮었을 때, 죽은 나를 버리고 그들은 떠
났단다 그때 아비는 죽음과 내기를 한 거야 아비는 부활을 모르지
만, 죽은 뒤 누가 내 이름을 부르는 소리는 들었지 마른 등불, 혹은
끈끈한 옻나무 진, 그 사이로 흐르는 하얀 목소리, 그 흰빛에 싸여 부
활은 천천히 걸어왔단다

　　죽음에게 시비를 걸다가 호되게 당했지 불경스럽게 말하자면 나
는 우리 고을에서 최초로 부활한 농부였으니까

　　　　　　　　　　　　　　　　　　　　—「나는 그때 죽은 사람이다」 전문

　　이 믿어지지 않는 이야기를 역사라고 부를 수 있을까? 역사는 이런 식
으로 기록되지 않는다. 보편다수를 설득할 수 없기 때문이다. 이것은 차
라리 신화다. 역사는 설득하지만 신화는 매혹하는 법이다. 이 신비하고
매혹적인 신화, 처절한 부활의 수기는 시인이 "흰빛에 싸"인 "하얀 목소
리"를 받아 적은 기록이다. 아무나 들을 수 없는 음성이며 죽음의 문턱에
간 사람에게만 들리는 노래다. 시인은 기꺼이 영매가 되어 "그때 죽은 사
람"인 아버지의 목소리를 대언한다. 아니, 아예 아버지가 되어 저승과 이
승을, 역사와 신화를 잇는다. 그는 이미 "나는 아버지보다 더 아버지가

되겠다"(「에게해」)고 선언하지 않았던가.

이경교의 시가 역사와 개인의 간극을 메우는 방식은, 역사라는 두터운 무덤 아래서부터 개인을 끌어올려, 겉땅에 오른 그가 비와 바람과 햇살로 흙에 파묻힌 얼굴을 씻고 직접 말하게 하는 것이다. 그 순간 역사라는 거시적 담론에 가려 보이지 않던 개인의 미시적 삶이 한 편의 영화처럼 선명한 색을 입고 입체적으로 재생된다. 그것은 '부활'과 다름없다. 「나는 그때 죽은 사람이다」에서는 그 부활의 양상이 극적으로 나타난다. 시인의 아버지는 옻나무로 밑을 닦아 스스로를 죽음 직전에 이르게 함으로써 인민군에서 탈출했다고 한다. 이 드라마틱한 사건에서는 죽음과 삶, 독과 약, 어스름과 흰빛, 인간과 신이라는 양극의 거리가 좁혀지고 경계가 지워진다. 옻나무 독을 구원의 약으로 삼아, 마치 대출처럼 죽음을 잠시 빌려 와 삶을 얻은 아버지는 "우리 고을에서 최초로 부활한 농부"가 되는데, "좁쌀 같은 발진이 혀와 동공을 뒤덮었을 때" "죽은 뒤 누가 내 이름을 부르는 소리"는 신의 음성이었을지 모르나 수십 년 후 그가 정말로 죽음을 맞이한 후에 들은 부활의 호명은 신이 아니라 그의 아들, 시인이 외친 것이다.

> 그는 농부였을까 작가였을까 평생 농부였으나 생의 마지막 몇 해를 작가로 산 사내 징용에서 살아남고 인민군에서 도망친 남자, 징용으로 아내를 잃고 새 아내를 남겨두고 인민군에 끌려갔던 남편

> 옻나무를 사이에 두고, 사건을 반전으로 뒤집은 그의 드라마, 그가 사랑했던 옻나무 새순의 싱싱한 그 맛

> 생의 마지막엔 언어마저 잃고 스스로 침묵 속으로 걸어 들어간 사내, 살아남은 게 부끄러웠다고 그는 썼지 마치 브레히트를 읽은

사람처럼 그렇게 썼지 브레히트야말로 도피의 달인이었으니까 유
태인 친구들이 차례로 죽어갈 때 신출귀몰, 동서반구를 떠돌며 끝내
살아남아 <살아남은 자의 슬픔>을 썼으니까

　일천 매의 수기가 끝났을 때, 더는 버틸 힘을 잃고 그는 원고지 위
에 고개를 묻었지 길고 긴 한 시대가 저물고 있었지 그렇게 모든 게
끝이 났는가? 아아니, 비로소 이야기는 거기서 다시 시작되고 있었지
　　　　　　　　　　　　　　　　　　　―「아버지1925∼1998」전문

　시인의 아버지, "역사에 등재될 수 없는 이름 없는 농부"는 "그냥 조센
징이란 보통명사로 불렸"(「1925년생 1」)고, "징용에 차출되어 탈출할
때, 죽을 고비를 제대로 넘겼"으며, "기쁜 눈물이 마르기도 전 다시 6. 25
가 터진"(「나는 그때 죽은 사람이다」) 시대의 비극을 온몸으로 겪어냈
다. "징용에서 살아남고 인민군에서 도망친 남자, 징용으로 아내를 잃고
새 아내를 남겨두고 인민군에 끌려갔던 남편"인 그는 자신의 전 생애를
통해 끌려가고, 잃고, 도망치고, 살아남고, 다시 끌려가고, 잃고, 또 다시
도망쳐야만 했다. 그것을 그저 탈출이라고만 명명할 수 있을까. 제국주
의 식민지에서부터, 징용으로부터, 동족상잔으로부터 벗어나려 할 때마
다 "눈병"(「눈병」)이거나 "옻독"(「붉은 강」)이라는 이름의 죽음이 개입
했다. 역설적이게도 죽음 직전에 죽음이 그를 도와 삶으로 인도했다. 죽
음을 반드시 전제로 한다는 점에서 "탈출의 다른 이름은 부활"(「1925년
생 1」)인 셈이다.
　그러나 생애 동안 수차례 부활을 해낸 육체가 마침내 완전히 멈추었
을 때, "더는 버틸 힘을 잃고 아버지는 원고지 위에 고개를 묻었"다. "그
렇게 모든 게 끝이 났"을 무렵, 아버지는 육체가 아니라 이야기로, 역사
를 초월한 신화로 또 다시 부활에 성공한다. "비로소 이야기는 거기서 시

작되고 있"던 것이다. 혼자 부활하지 않고 "1945년 8월 12일, 징용 간 남편 따라 강물에 몸을 던진 큰어머니"(「아기나리」), "소화昭和 14년 봄, 열여섯 그 처녀 하고 싶은 것도 많았지 그때 끌려간 그 처녀"(「소녀상」), "그와 나, 우리들 각자"(「1925년생 2」)와 함께 되살아났다. 니코스 카잔차키스는 이렇게 말했다. "신이 만든 인간은 죽지만 내가 창조한 인간은 영원히 살 것"이라고.

나는 몰래몰래 곁길만 걸었네, 내가 지나온 건 아무도 살지 않는 세상의 오지였네, 부대는 떠나고 옻독에 취해 혼자 남았던 아비는 그렇게 내게 변방을 물려주었네

나는 늘 저쪽이었네, 빈방에 내 몸을 가두고 유배를 떠나곤 했네 아무도 모르는 외로운 감옥은 정겨운 집이었네 떼지어 몰려드는 사람들을 보네 패거리는 전쟁과 전염병을 불러온다고 경고한 이도 있지, 무리에서 이탈한 사자는 아무도 없는 산모롱이에서 쓸쓸한 죽음을 맞이하지

혼자 있으면 비로소 무리가 보이지 여러 가락의 바람결도 손에 잡히지, 나는 무리에 섞이지 못하네, 옻독에 취한 피가 자꾸만 곁길을 부르네

옻독이 내 피였네, 곁길이 내 집이었네
—「곁길로 빠지다」 전문

이름 없는 농부는 이제 창조하는 피조물인 그의 아들에 의해 영원히 산다. 아버지는 죽음의식과 탈주 본능, 변방에 대한 편애라는 붉은 독이 되어 아들의 혈관 속을 무한히 흐른다. 이는 유전보다 더 지독한 감염이

아닌가? 감염은 타자의 본질적인 이질성에 동화되어 자기존재의 본성을 새롭게 전환하는 '치명적 도약'(옥타비오 파스)이므로 예술 행위의 은유가 된다. 시인의 평생은 어쩌면 예술을 모르는 아버지가 물려준 문학적 피, 그 붉은 독의 근원을 탐구하기 위해 모래폭풍 속을 헤매 온 방랑이었는지도 모른다. 시는 죽음에 이르는 병이며, 죽음은 끝이 아니라 또 다른 시작이다. 그가 기웃거린 곁길은 죽음으로 이어지는 길 같아 보여도 실은 새로운 세계로 향하는 통로였던 것이다. 그의 아버지가 옻독을 이용해 인민군이라는 전체주의에서 탈출한 것처럼 시인은 반골의 피를 동력으로 중심과 주류에서 끊임없이 이탈해 왔다.

중심에서의 이탈은 곧 그늘을 향한 편애로 이어졌다. 이경교는 평생토록 소외되고 폐기된 것들에 가치를 부여해 온 시인이다. 아버지로부터 물려받은 반골의 피는 그에게 "모든 이야기의 뒤안으로 돌아가 보면 늘 쇠잔한 햇살과 하오에 관한 풍문이 숨어있"(「햇살 환한 오후」)음을 알려주었다. 그는 본능적으로 "수줍음을 온몸에 감싸고 있어 사람 눈에 들키지 않"는 것들, "숲 그늘에 몸을 숨기고 밤낮없이 두근거리"는 것들, "미세한 바람결에도 경련을 일으키"면서 "두려워 자꾸만 두리번거리"는 것들을 향해서 기울어진다. 그리고 그 소외된 것들, 폐기된 것들, 그늘에 방치된 것들에서부터 "눈을 찌르는 낯선 초록"(「아기나리」)을 기어코 발견해낸다. 그의 산문집 제목을 빌리자면, '낯선 느낌들'이야말로 예술이 창조할 수 있는 최고의 가치가 아니던가? 소외되고 폐기된 것들이 돌연 "눈을 찌르는 낯선 초록"이 될 때, 시인은 그 미세하고 수줍고 두근거리고 두려워하는 것들을 향해 외친다. "내가 바로 너였구나"(「새알꽃」)라고.

젊은 날 시인은 이미 "아버지와 나는 정말 옻나무로 이어진 걸까, 뜨거운 핏속에 붉은 독을 숨긴 사이일까/ 나는 왜 피가 뜨거워 헐떡이는 걸까, 밤마다 서성여야 할 운명에 처한 채"(「붉은 독」) "옻독은 언제까지

내 안을 흘러 다닐까"(「붉은 강」) 질문했다. 그리고 그 답으로, 옻나무 독이라는 운명은 그에게도 죽음과의 내기를 제안했다.

    그가 겨울 무인도에서 구조된 건 폭설이 시작되던 밤이었다 밤
파도가 으르렁거리고 있었다 눈발이 무채색 꽃송이처럼 검은 바탕
에 점을 찍고 있었다 은박지 가루 같은 눈발을 헤치고 통통배 한 척
지나갔다 그가 구조신호를 보냈지만 못 본 것 같았다 그래서 그도
그 배가 하얀 환영이라고 생각했다 온몸이 젖어있었다 아픈 맨발은
칡 빛으로 물들었다 펜을 조각칼처럼 쥐고 곱은 손으로 젖은 수첩
위에 그는 썼다 나는 자살이 아니다

    낯선 새가 다가오고 있었다 큰 깃을 가진 은빛 새, 새는 그를 향해
다가왔지만, 거리가 조금도 좁혀지지 않았다 언 입술을 움직여 그가
뱉아낸 마지막 말은 아, 저승 새!

    너무 춥다고 느낀 순간, 따스함이 몰려왔다 따스함은 몸의 안쪽으
로부터 증기처럼 피어올랐다 그는 그 따스함이 잠이란 걸 알지 못했
다 어부들이 그의 따스한 잠을 흔들었을 때, 그는 몸을 공처럼 말고
잠들어 있었다고 했다 그 아비의 아들, 그도 그때 죽은 사람이었다

    그래, 나는 내 아버지였고 내 아들이었다

                                                        —「따스한 잠」 전문

    스무 살 무렵 시인은 무인도 탐사 중 조난당했다가 극적으로 구조된
바 있다. 위의 시는 바로 그 "폭설이 시작되던 밤"의 기록이다. 저체온증
과 탈진으로 의식이 희미해지자 수첩에 "나는 자살이 아니다"라는 유서
를 적은 그는 이내 "따스한 잠"에 빠졌다. 유사 죽음의 형식으로 잠에 든

"그도 그때 죽은 사람이었"다. "몸을 공처럼 말고 잠들어 있었"기에 체온을 유지할 수 있었을까? 저승이 그를 징용해가려 할 때 "어떻게든 이곳을 벗어나야 해! 지워진 몸의 다른 부위들이 사진 밖에서 외치는 소리"(「가족사진」)를 들었는지도 모른다. 어부들에 의해 구조됐을 때 그는 죽었다가 살아난 사람, 시체의 체위를 빌려 와 부활에 성공한 "내 아버지였고 내 아들이었"다.

"『티벳 사자의 서』에 따르면, 우리가 사후에 보게 되는 모든 것은 우리의 마음에서 투영된 환영에 불과하다. 죽음이라고 하면 육체적인 몰락, 호흡의 정지를 대뜸 떠올리지만, 사실 죽음이란 영혼이 급박하게 변화된 어떤 경지다. 이런 상징적 죽음의 중간상태를 바르도Bardo라 부르는데, 이것은 마치 빙의 상태처럼 은유와 상징, 그리고 환상이 지배하는 차원"[1]이라는 사실을 그때 알았기 때문일까? 무인도에서 구조된 시인은 바르도와 마찬가지인 은유와 상징, 환상의 차원인 시 쓰기의 세계, 죽음과도 같은 예술 창작의 고독 속으로 걸어 들어가 스스로 조난당하는 삶을 택했다.

시인 또한 자신의 생애에서 혁명과 유신, 세기말을 겪었으나 그에게 있어 진짜 비극은 중심과 주류라는 획일화된 욕망, 기성의 상투성, 편협한 대중추수주의였으리라. 거기서부터 이탈하는 것이 누군가에게는 죽음이겠지만, 중심에서 이탈한 예술가에게 내려지는 사망선고는 곧 부활의 나팔소리다. 시인의 아버지는 "옻나무를 생명 나무라고 불렀"(「옻나무」)다.

　　좁교란 이름은 종교와 비슷하지만, 경교와도 같은 돌림자다 물론
　　좁교는 내 동생이 아니다 네팔 산간 오지 야크와 물소의 트기가 좁

---

1) 이경교, 『푸르른 정원』, 두남, 2004, 7쪽.

교다 좁교는 평생 일만 하도록 만들어진 노동기계다 노동기계? 그
럼 좁교는 정말 나를 닮았나? 좁교는 번식을 할 수 없는 돌연변이다
짐을 산처럼 잔뜩 싣고 저기 좁교가 간다 좁교는 사랑을 위해 사는
게 아니다 순한 눈망울 굴리며 거친 숨 내뿜으며 좁교는 일만 하다
가 죽는다

　　왜 좁교는 하필 나와 같은 돌림자인가 그런데 그게 무슨 상관인
가 하지만 어느 땐 내가 짐을 잔뜩 지고 산비탈을 오른다 나는 좁교
가 아닌데 어깨가 무겁다 짐도 지지 않았는데 숨이 차다 좁교는 핏
줄처럼 내 곁에 붙어있다 좁교는 꿈길까지 나를 따라다닌다 좁교는
들리지 않는 내 울음이다

　　저기 내가 울면서 비탈길을 오른다 무게에 짓눌려 어깨가 휘었다
눈물 그렁그렁, 좁교의 슬픈 눈이 나를 바라본다 내가 좁교를 보며
눈물을 흘리듯 좁교는 나만 보면 운다 우리의 눈물은 투명하게 번져
서로의 볼을 적신다

—「좁교가 간다」 전문

농부 아버지로부터 '죽음—부활—탈주—변방'을 물려받은 시인 아들
은 활자 중독자, 은유 중독자, 상징 중독자가 되었다. 그리고 그 여러 이
름의 운명을 '나무 중독자'로 통합했다. "내 몸속에선 옻나무가 자란다
아비가 흘려놓은 옻독이 핏속을 흘러다닌다, 내가 나무속에서 빠져나오
지 못하는 연유"(「나무 중독자」)임을 일찍이 알아차린 그는 평생 나무가
좋아 산에 오르고, 나무로 만든 연필과 종이를 쥐고 시를 쓰고, 나무들의
수런거림을 쫓아 이국의 오지를 헤매기도 했다.
　　위 시에서 시인은 "네팔 산간 오지 야크와 물소의 트기"인 "좁교"에게
서 그 자신 예술가의 숙명을 발견한다. "경교와도 같은 돌림자"인 "좁교"

를 "꿈길까지 나를 따라다니"는, "들리지 않는 내 울음"이라고 시인이 말할 때, "평생 일만 하도록 만들어진 노동기계"이자 "일만 하다가 죽는" 좁교는 곧 평생토록 글을 써야 하는 문장노동자, 그것이 역사이든 신화이든, 삶이든 죽음이든, 희망이든 절망이든 간에 세계의 모든 풍경과 인간의 실존 양상을 기록하고 재현해야 할 예술가의 메타포가 된다.

좁교처럼, 시인도 평생 동안 시의 산비탈을 올랐다. 상징과 은유, 관념들을 짊어지고, 아무리 올라도 닿을 수 없는 언어의 산정(山頂)을 향해, "무게에 짓눌려 어깨가 휘었"지만 "순한 눈망울 굴리며 거친 숨 내뿜으며" 기어이 몇 개의 능선을 넘어 왔다. 그리고 그는 이제 저 까마득한 높이에서 우리에게 '겹시'를 외친다. 이 시집은 겹시의 메아리다.

2. 겹시를 위하여

코로나19 바이러스는 인류로부터 많은 것을 앗아갔다. 전 세계에서 수많은 사람들이 목숨을 잃었다. 이탈리아에서는 시신을 안치할 시설이 부족해 성당들마저 주검으로 가득 찼다. 에콰도르는 상황이 더 심각해서 최대도시인 과야킬 길거리에 사망자들이 누운 관이 마치 쓰레기처럼 여기저기 널브러졌다. 국가 간 입국과 출국이 금지되고, 사회적 격리로 인해 인간과 인간의 교류가 단절됐다. 각 국가와 민족, 서로 다른 문화권의 개별성이 코로나라는 비극적 동일성으로 통합되면서 인류는 다원주의(pluralism)시대에 잠시 잊었던 '동시성'을 기억해냈다.

그러나 이 '팬데믹(pandemic)' 사태에도 미국 플로리다 해변에서는 파티가 벌어지고, 대만에서는 프로 스포츠가 개막했으며, 대한민국은 국회의원 선거를 안전하게 치렀다. 코로나라는 동시성 속에 다발적으로 나타나는 삶과 죽음, 비극과 희극, 절망과 희망의 양상을 바라보면서 인류는 세계주의(cosmopolitanism)시대에 망각했던 '다중성' 또한 떠올려냈다.

인도 바라나시 갠지스 강가의 화장터에서 개들이 사람 손발을 물고 다니는 동안 LA 유니버설 스튜디오의 손발 전문 모델은 광고 한 편에 수억 원을 번다. 두 손발은 같은 손발이면서 다른 손발이다. 서로 멀리 떨어진 장소들에서 동시에 똑같은 일들이 일어나고, 또 한 공간에서 동시에 다른 사건들이 발생한다. 인간은, 세계는 이처럼 동일한 시간 안에 복잡하고 다단하다. 이는 우주의 구성 원리이자 디지털 문명의 속성이고, 현대인들은 이 동시성과 다중성을 이미 삶 안으로 불러들였다. 우리는 스마트폰으로 우크라이나 키예프에 몇 명의 전사자가 발생했는지 확인하면서 광화문 교보문고의 도서 재고를 파악한다. 그러면서 동시에 국세청 어플리케이션에 접속해 근로장려금을 신청하고, 경남 진해의 어부에게서 자연산 회를 주문하고, 할리우드 스타의 SNS에 댓글을 단다.

이경교는 이 동시성과 다중성을 21세기의 특징이자 새로운 시대를 주도하는 인식소로 보았다. 그러면서 이 시대적 특성을 담아낼 시적 담론으로 우리에게 '겹시'를 제시한다. 겹시의 핵심은 시와 소설, 서정과 서사, 현재와 과거, 역사적 사실과 신화, 삶과 죽음, 찰나적 현현과 항존하는 풍경들, 아우라와 재현 등 서로 반대되는 국면들을 하나로 결합하는 것이다. 동시성과 다중성을 내포한 겹시가 새로운 시의 양식이 될 때 서정시, 모더니즘 시, 참여시 등 장르로 규정된 기존의 시들은 '홑시'가 된다. 이경교는 이 홑시를 경계하며 장르 간의 장벽, 나아가 현실과 환상의 간극을 무화시키고자 한다.

이러한 시도는 일찍이 서정주가 『질마재 신화』에서 전근대적 농경사회 공동체의 범속하고 일상적인 풍경을 신화화(神話化)한 작업과는 결이 다르다. 지역사회에서 오랫동안 구전되어 온 속설과 민담을 각색한

미당과 달리 이경교는 아예 새로운 이야기를 창조해내기 때문이다. 그 과정에서 역사에 등재될 수 없는 평범한 개인의 삶이 시간과 공간을 넘어 역사와 전설, 신화에 편입되어 독자적 이야기를 구축하는 것이 겹시의 특징이다. 한편 복잡다단한 이미지들의 유기성을 통해 중층적 은유를 구사하며 '이미지의 겹'을 층층이 쌓는 데 천착해 온 송재학의 시 세계와 비교했을 때, 이경교의 겹시는 '시간과 공간의 겹'을 두껍게 하여 상상력의 볼륨감을 최대한 확장시킨다는 점에서 다르다. 전자를 '입체적 감각의 시'라고 한다면 후자를 '입체적 상상력의 시'라고 부를 수 있을 것이다. 하지만 겹시는 이러한 규정마저 거부한다. 겹시는 기존의 관념이 쉽게 판단하거나 분류할 수 없는, 시가 거느린 모든 경계의 바깥을 거처로 삼는 까닭이다.

"묻지 마라, 나는 아우를 죽였다"고 선포한 「소설처럼1」(제6시집 『목련을 읽는 순서』)에서, 시인의 상상력이 구약성서의 형제 살인 모티프와 수메르 문헌, 메소포타미아 신화, 중국 고대문명, 신라 삼국유사를 종횡하며 '에덴의 동쪽'과 티그리스강, 타클라마칸 사막, 산둥반도, 충남 태안 안면도로 연계되는 수천 년 시공을 단 스무 줄의 시 안에 펼쳐놓았을 때, 시인은 "마치 음속을 돌파하는 전투기처럼 그 먼 시공을 단숨에 돌파하는 그 놀이는 나를 매료시켰다"고 고백한 바 있다. 이경교는 겹시의 초월적 이동성을 초음속 전투기에 비유했지만, 서로 다른 시공간을 잇거나 혹은 동일한 시공간의 여러 국면들을 연결한다는 점에서 겹시는 웜홀(worm hole)의 원리를 이용한다. 아직 그 존재가 증명된 바는 없지만, 수학적 이론에 따르면 웜홀은 블랙홀과 화이트홀을 연결하는 우주 시공간의 통로로 성간 여행과 시간 여행을 가능하게 한다. 이 수학적 가설에서 웜홀의 입구는 블랙홀인데, 블랙홀은 극단적 수축으로 밀도와 중력이 무한 증폭해 빛을 포함한 모든 것을 빨아들인다. 반면 웜홀의 출구인 화이트홀은 모든 것을 내어놓는다. 블랙홀의 극단적 수축과 고밀도, 흡인력이 시의 특성이라면 화이트홀의 이완과 배출(카타르시스), '출구'라는 목적성은 소설의 특성이라 할 수 있다. 블랙홀과 화이트홀을 잇는 웜홀처럼, 이경교는 시와 소설을 연결하는 통로로의 겹시를 꿈꾼다.

그는 "소설처럼 펼쳐지는 새로운 시의 행로, 가장 압축되고 세련된 형태의 서사"(「겹시를 위하여」, 계간 『문파』, 2020년 여름호)를 선보이고 있다. 그것을 압축된 소설이자 이완된 시라고 부를 수 있겠지만, 설명을 걷어낸 겹시라는 명명은 얼마나 매혹적인가. 시공을 넘나드는 광대한 서사를 시적 수축으로 짧은 행간 안에 흡입하고, 소설적 이완을 통해 관념이나 아포리즘 대신 이야기성을 극대화하는 겹시는 걸으면서 춤추기, 순간에 머물면서 이동하기를 동시에 달성한다. 발레리는 시를 춤으로, 산문을 보행으로 비유하면서 춤은 그 행위 자체가 목적이고, 보행은 대상(메시지)으로의 도달을 목적으로 한다고 말했는데, 이번 시집에서 각 시행의 문장들은 따로 독립해도 개별적 시편들이 될 수 있을 만큼 팽팽한 시적 긴장을 유지한 채 이미지화되고, 그 이미지들의 유기적 연결은 여러 시공을 넘나드는 이야기를 발생시키며 낯설고 황홀한 신화적 상상력, 어느 하나로 규정되지 않는 다중의 메시지를 향해 나아간다.

> 내가 모래밭을 지나가는 걸 본 사람이 있다고 했다 등이 굽어 낙타인 줄 알았다고 했다 한 점으로 소실될 때까지 내 뒷모습을 쫓았다고 했다 벌써 수 세기 전의 이야기다 모래 산은 흘러내리다 멈추는 찰나의 기록이다 그 찰나는 영원하지 않다 현재와 과거도 없다 모래 산에서 형태를 찾는 건 부질없는 짓이다 모래 산은 변화하는 운명에 관한 이야기다 그건 생사의 고랑을 기록한 책, 모래 산은 언덕 너머로 모든 게 숨어버린 순간, 이야기를 시작한 책이다

모래 산은 알 수 없는 문자들로 쓰여졌다 많은 이들이 해석에 도전했지만 허사였다 누군가는 해독에 이르기도 전 시력을 먼저 잃었다 페이지를 넘길 때마다 글자들은 지워졌다 누군가 섬광처럼 한 행을 붙잡는 순간, 글자들은 모두 불타버렸다 신비로운 내용을 발설한 이들은 모두 죽고 없으며 그들의 말도 남아있지 않다 모래 산엔 새들의 언어나 전갈의 속삭임이 기록되었다는 것만 알려졌을 뿐이다

모래가 빛과 그늘을 나누는 동안, 모래 산엔 긴긴 빗금이 그어진다 빗금 사이로 모래의 고저장단이 새겨진다 모래 산은 낯선 노래가 된다 햇살을 한 짐 끌고 와 그늘 쪽에 부려놓으면 사막은 울음으로 그슬린다 모래 산은 말이 없다 어둠은 무거운 침묵 속으로 스며든다 스며들어 스스로 깊어진다

―「모래 산」 전문

「모래 산」에서 시인은 사물의 형태를 지우고, 삶과 죽음을 지우고, 현재와 과거를 무화시켜 시간을 지우고, 그 모든 소멸의 양상을 기록하려는 인간 언어마저 지워버리는 모래에 대한 다층적 상상력을 펼쳐 보인다. 액체처럼 유동하며 공간과 시간에 붙들리지 않는 '모래 산'은 시인에게 일찍이 "알 수 없는 문자들로 쓰여"진 책이 되었다. 앞에 언급한 제5 시집 표제작 「모래의 시」에서 "앞뒤 문장은 사나운 모래폭풍에 유실"된 그 책의 "누락과 여백의 통로를 더듬어 나가"는 것을 시업의 과제로 삼겠다고 이미 예고한 바 있지 않은가?

"언덕 너머로 모든 게 숨어버린 순간, 이야기를 시작한 책"은 말라르메가 꿈꾼 '절대의 책'이 아니다. 말라르메는 언어의 절대성을 믿었지만, 이경교는 상대성과 일회성, 기화성이라는 언어의 한계에 '눈멂'과도 같은 좌절을 겪으며 그 불가능성을 일찍이 수용했다. 그러나 다행히도 시

인은 눈멂의 순간 새로운 세계가 열리는 것을, 기존의 인식과 관념이 불타거나 죽어 없어져 더 이상 남아 있지 않게 될 때 비로소 "모래 산엔 긴 긴 빗금이 그어지"는 것을 "벌써 수 세기 전" "모래밭을 지나가"며 체험했다. 이는 전생이나 선험적 체험이 아니다. 모래밭은 타클라마칸이나 고비 사막 또는 사하라, 태안 신두리 사구일 수도 있고 이 세상에 존재하지 않는 곳일 수도 있다. 겹시는 시간과 공간이 마구 뒤섞인 5차원 상상력을 모태로 삼기 때문이다.

2연에 펼쳐진 이야기들을 따라가다 보면 이슬람 세밀화가들의 '눈멂'―『내 이름은 빨강』(오르한 파묵)에서 화원장 오스만이 "모든 장인 세밀화가들에게 신의 은총처럼 다가오는 벨벳 장막 같은 어둠"이라고 말한― 전설이라든가 수수께끼를 맞히지 못한 이들을 잡아먹는 스핑크스 신화, 읽는 이에게 우주의 원리를 깨우쳐주나 책을 펼친 이마다 결국 죽음에 이르게 하는 이집트 신 '토트'의 '에메랄드 책' 기담(奇談), 3세기경 로마 군대에 의해 70만권의 파피루스 두루마리 책이 불타버린 고대 알렉산드리아 도서관의 역사적 사실 등 온갖 신화와 전설, 역사의 은유적 장면들과 만나게 된다. 시인은 신화와 역사의 모티프들을 고밀도로 수축시켜 독자를 빨아들이고, 독자들이 시공을 넘나드는 여행 끝에 화이트홀에서 배출되듯 입체적 서사의 출구로 빠져나오는 순간, 현상 세계의 모든 상(像)을 지우고 오직 "새들의 언어나 전갈의 속삭임"만을 남겨두는 책의 정체에 대해 슬며시 귀띔해준다, 해독 불가능성으로 오히려 무한한 해석의 가능성을 부려놓는 "모래 산은 낯선 노래가 된"다는 것을, 시는 의미가 아니라 노래라는 사실을 말이다. 모래 산이 결국 '모래의 시'임이 밝혀질 때 우리는 한 편의 메타시가 얼마나 여러 겹의 입체적 담론이 될 수 있는지 목격하게 된다.

이경교는 의미가 대상을 구속하는 횡포에 오랜 세월 저항해왔다. '모래'는 기표의 폭력에 대한 시인의 미학적 응전을 함축하는 상징이다. 일정한 형태를 유지하는 일이 없이 지속적으로 변화한다는 점에서, 모래와 물은 모두 유체이다. 언어 역시 유체의 속성을 지녀야 한다. 대상을 붙잡아두는 확정형의 언어, 고착된 하나의 전형성과 형식은 빠르고 유연한 유동적 인식소를 요구하는 동시다중성의 시대에서 녹슨 고철덩어리일 뿐이다. 지그문트 바우만은 이 시대를 '액체 근대'라고 부르지 않았던가? 제5시집 『모래의 시』에서 시인은 "보았다고 말하지 마, 네가 본 건 내가 아니야 알려고도 하지 마 나는 이름을 잊었어 내 이름은 머물지 않아, 나는 그냥 은주발에 담은 눈이야"(「숨은 폭포」)라고, 폭포의 입을 빌려 '이름'이 결코 대상의 본질을 규정할 수 없음을 주장했다. '이름'에 대한 시인의 불신과 부정은 「이름을 묻다」에서 새와의 대화라는 흥미로운 사건을 통해 다시 한 번 나타난다.

새가 나에게 말을 걸어왔을 때, 처음엔 알아듣지 못했다 그냥 울음을 운다고 생각했다 중국 창저우 외국인 아파트 202호에 거주한 후, 두 번째 학기를 맞이하던 어느 봄날 새벽이었다 낯선 새 한 마리가 창틀에 앉아 울었다 새는 날마다 그 시간이면 날아와 울었다

그래그래, 잘 잤니? 또 왔구나 나도 반가운 인사로 새를 맞이했다 새는 한참을 뭐라 이야기했다 그때 문득 저 새도 나처럼 혼자가 아닐까 생각했다 나는 보았다 전에 없이 호기심으로 빛나는 새의 작은 눈을, 새는 우는 게 아니라 묻고 있었다 이, 이름이, 뭐야? 그렇게 울고 있었다 내 이름은 어떻게 답해야 하나? 나는 이경교야, 아니 리칭자오야! 새는 따지듯 더 극성스럽게 울어댔다 이름이 나를 대신할 수 있을까? 나는 이름이 없어! 나는 그냥, 아무도 아닌 자야 이젠 네가 부르고 싶은 대로 부르렴

새는 거르지 않고 새벽 창가로 날아왔다 대화도 점점 깊어갔다
우리는 함께 이국의 계절을 건넜다 한 학기 동안 이어진 우리의 대
화는 내가 새의 책이라 이름 붙인 어느 노트에 빼곡하게 적혀있다
먼 훗날, 누군가 그 노트를 펼쳤을 때 그곳엔 조곡鳥曲이란 장정만
남아 있을까 얼굴 없는 새 한 마리 나래를 치고 날아오를까

가을이 저문 날, 그날은 달랐다 나는 새가 작별을 고하러 왔다는
걸 알았다 새가 그늘진 표정으로 연신 고개를 주억이고 있었으므로,
울지 않았으므로! 그래 어디로 가니? 가만히 듣고 있던 새가 이방의
언어로 대답했다 짧고 희미한 울음이었다 그래? 남쪽으로 간다고?
바다를 건너야 한다고? 새가 쓸쓸히 고개를 끄덕였다 새의 작은 눈
에 그늘이 스쳐갔다 그후 새는 다시 오지 않았다

—「이름을 묻다」 전문

한 편의 아름다운 우화로 읽히는 이 시에서 "이름이 나를 대신할 수 있
을까? 그럴 수 없다는 생각이 들었다. 나는 이름이 없어! 나는 그냥 아무
도 아닌 자야 이젠 네가 부르고 싶은 대로 부르렴/ 새는 거르지 않고 새
벽 창가로 날아왔다 대화도 점점 깊어졌다"는 대목은 신이 미물의 모습
으로 수도자에게 나타나 진리를 깨우쳐주는 신화 속 이야기를 연상케 한
다. 평범한 새 한 마리가 평범함이라는 외피를 벗고 진리의 얼굴을 보여
주는 현현(顯現), 시인은 한 계절 동안 새와 대화한 에피파니(epiphany)
의 순간들을 "새의 책이라 이름 붙인 어느 노트에 빼곡하게 적"어두지만
"먼 훗날, 누군가 그 노트를 펼쳤을 때 그곳엔 조곡이란 장정만 남아 있
을" 거라고, "얼굴 없는 새 한 마리 나래를 치고 날아오를" 거라고 예언
하면서 '새의 책' 명명과 노트 필사로 시도된 언어적 복제가 새와의 대화
라는 원본의 아우라(aura)를 결코 재현해낼 수 없음을 강조한다.

외팔이 아저씨는 말처럼 빨랐다 항상 뛰어다녔다 문필봉 산꼭대
기를 깨금발로 뛰어올랐다 동에 번쩍 서에 번쩍했다 방앗간 앞에서
봤는데 금세 학교 앞에 서 있었다 그가 축지법을 쓴다고 말하는 이
도 있었다 그러나 아저씨가 우리의 우상인 게 그 때문은 아니었다

아저씨는 6. 25 때 한쪽 팔을 잃었다 그쪽 옷소매가 항상 바람에
나부꼈다 영어 선생님보다 영어를 더 잘했지만 산수 실력이 최고였
다 숙제 걱정은 없었다 아저씨 집 마루는 우리의 공부방이었다 아저
씨는 우리가 숨겨놓은 보물이었다

아저씨는 전쟁 없는 세계를 노래했다 그의 호소는 우리의 심금을
울렸다 학교가 파하면 우리는 그의 수업을 들으러 갔다 학교보다 더
좋았다 아저씨가 말했다 사랑은 사랑을 낳고, 미움은 미움을 낳는단
다 남을 미워하면 자기가 먼저 미워진단다 산과 바다가 아름다운 건
마음이 예쁘기 때문이지 그들이 남 탓하는 거 보았니? 나는 이 사상
을 얻기 위해, 한쪽 팔을 바쳤단다 스승 앞에 팔뚝을 끊어 바친 혜가
慧可처럼!

내가 고향을 떠난 뒤, 흰 눈 위에 피를 토하고 아저씨는 죽었다고
했다 마침내 붉은 눈雪을 내리게 했던 혜가의 팔뚝처럼! 아저씨는
눈 위에 붉은 문자를 남겼다고 했다

— 「외팔이 아저씨 1」 전문

"의미와 이야기의 공존"은 이경교가 선언한 겹시의 요체다. 그는 「시
인의 말—겹시를 위한 변명」에서 밝힌 것처럼 "현실과 환상의 벽을 허물
고, 역사와 개인의 틈을 메우며, 의미와 이야기가 함께 공존하는" 새로운
시의 양식을 보여주고 있다. 「외팔이 아저씨 1」에서 '외팔이 아저씨'에

대한 화자의 개인적 기억은 한국전쟁이라는 비극적 역사와 서로 껴안는데, 화자의 회고는 짧은 한 편의 시를 V.S 나이폴의 『미겔 스트리트』와 같은 자전적 소설처럼 읽히게 한다. "동에 번쩍 서에 번쩍" 외팔이 아저씨는 유년의 화자에게 홍콩 무협영화 '의리의 사나이 외팔이'나 북유럽 신화의 외팔이 신 '티르'처럼 보였을 것이다. "전쟁 없는 세계를 노래"할 때면 존 레논이나 밥 딜런이 되고, "사랑은 사랑을 낳고, 미움은 미움을 낳는다"고 가르칠 땐 산상수훈을 전파하는 예수가 되었으리라. 1960∼70년대 산업화시대에 비천한 아브젝트(abject)적 존재인 상이용사 외팔이 아저씨는 "흰 눈 위에 피를 토하고" 죽음으로써 "팔뚝을 끊어 (…) 붉은 눈을 내리게 했던 혜가"로 성화(聖化)된다. 혜가와 외팔이 아저씨는 모두 시인의 사상적 스승이다. 한 사람을 성인(聖人)으로, 다른 한 사람을 비참한 불구로 확정해버린 역사와 개인의 불공정한 간극을 시인은 두 사람의 동일시를 통해 화해시킨다.

의미와 이야기의 공존을 통해 역사와 개인의 간극이 좁혀질 때, 외팔이 아저씨가 "우리의 우상"이자 "우리가 숨겨놓은 보물"이 되는 것처럼, 망각과 패배라는 이름으로 떠도는 온갖 것들의 돌연한 부활이 이경교의 시에서 이루어진다. "세 살 때, 전쟁 같은 홍역을 앓고 말을 잃"(「진로眞露 2」)은 "벙어리 진로"(「진로眞露 1」)는 "순한 눈빛"과 "침묵의 언어"로 "날개를 다친 새를 거두어 새와 대화를 나누"는 "시인"이 되고, 말더듬이인 "더더쟁이 아저씨"는 "허공을 나는 새들까지 뒤를 돌아보게 만드"는 "저승의 소리꾼"(「더더쟁이 소리꾼」)이 된다. 패자이자 소수자, 불구적 존재인 벙어리와 말더듬이가 각각 사물의 본질을 꿰뚫어 보는 시인, 저승까지 상두가 소리를 뻗치는 초월적 샤먼이 될 때, "울음이 노래였"던 "곡비"(「곡비哭婢 여자」), "강물 위에 몸을 던진" "큰어머니"(「큰어머니」), "젊은 날 남편을 떠나보내고 한창때인 아들딸도 앞세웠"던 "당숙모"(「여치 당숙모」) 등 지상에서 지워진 이들이 "유령들의 잔칫날"(「순사와 유령」)처럼 함께 되살아난다. 바로 이때 이경교의 시는 "선창을 뒤이어 어이어이어이어하! 느릿느릿 후렴으로 이어지는 합창, 그 코러스"(「출렁출렁」)가 된다. 부활의 노래다.

꿈속에서 빠져나오자, 우리 집 거실이다 햇빛이 쏟아져 앞이 보이지 않는다 너무 환하다 누가 나를 불렀던가 뒤돌아보니 아버지의 실루엣이 나무처럼 서 있다 아니 비스듬했다 아버지는 이십 년 전에 돌아가셨다

서 계신 모습 오랜만에 뵙네요, 그래 쓰러지기 전의 모습이지, 아버지가 아니라 그림자가 말하는 것 같아요, 누구나 그림자를 데리고 다니지, 구름 속에 있는 기분이라니까요, 얘야 산다는 건 구름 속을 걷는 일이란다, 그런데 어떻게 오셨어요? 아니 근처를 지나는 중이었지 나도 꿈을 꾸고 있었나 봐, 하실 말씀이라도 있으세요? 그때 징용이 내 아내를 앗아갔어, 그건 제발 잊으세요 아버지, 아니야 죽어도 못 잊는다는 말도 있잖니? 인민군에 끌려간 얘기는 오늘도 남겨 둬야겠구나, 그래요 아버지, 아무래도 다시 오긴 어렵겠지 요샌 꿈도 안 꿔지니 말이야, 살펴 가세요 아버지, 오냐 구름을 잘 골라 디디렴 슬픔이 구름을 부풀리니까 구름은 모든 걸 덮으니까

환한 햇살 속으로 아버지가 돌아선다 아버지가 먼 길을 간다 그림자를 남기고 아버지가 햇빛 속으로 스민다 그림자가 증발한다
—「이상한 대화」 전문

"죽은 사람의 육체는 부재하는 현존이며, 현존하는 부재이다"라던 김현의 말을 떠올려본다. 20여 년 전에 세상을 떠난 시인의 아버지는 부재

하는 현존이자 현존하는 부재로 시인 앞에 나타난다. 돌아가신 아버지와의 대화를 기록한 「이상한 대화」는 마르케스의 『백 년 동안의 고독』에서 산 사람인 호세 아르카디오 부엔디아와 죽은 자인 푸르덴시오 아길라의 대화를 연상케 한다. 마르케스의 기법은 마술적 사실주의라고 불리지만, 이경교의 기법은 마술적 사실이다. 초현실적 픽션을 팩트처럼 보이게 하는 것이 아니라 팩트를 환상적 픽션의 구름 속으로 집어넣기 때문이다. 구름 속에서는 현실과 환상의 윤곽이 흐릿해지고, 경직된 팩트에 습윤한 낭만적 서사가 스며든다. 그때 이야기가 거느린 호기심과 상상력은 뭉게뭉게 부풀어 오르고, 낯선 해석의 가능성들이 수만 개 물방울로 맺혀 금방이라도 떨어져 내릴 듯 무거워진다.

"언젠가 번개에 불을 켜야 할 사람은 오랫동안 구름으로 살아야 한다"던 니체처럼, 시인은 오늘도 "구름 속에 있"다. "구름 속을 걷는"다. 그러나 이제껏 숱한 미학적 갱신에 의해 여러 번 다시 태어나 온 시인은 "구름을 잘 골라 디디렴, 슬픔이 구름을 부풀리니까, 구름은 모든 걸 덮으니까"라는 아버지의 말씀을 빌려 구름 속의 자신에게 한 번 더 당부한다. 대중들의 오독과 오해의 소지를 철저히 배제해야 한다고, '겹시'는 종착지가 아닌 기착지가 돼야 한다고. 겹시의 완성과 겹시 너머 또 새로운 시적 담론에의 시도를 기다리면서, 우리는 잘 고른 구름 위로 발을 내딛는다. 겹겹이 층을 이룬 적란운, 구름인 줄 알았는데 블랙홀이다. 모래바람과 함께 우리는 빨려 들어간다. 지금은 어제인가 내일인가. 여기는 어디인가. 시공이 혼재된 차원 안에서 세계는 더없이 매혹적이어서, 시인처럼 우리도 집단축제가 벌어지는 저 땅으로는 다시 추락하지 않을 것이다.

"그와 나, 우리들 각자"(「1925년생 2」)는 모두 그때 죽은 사람들이다. 기성의 관념과 유행, 주류와 중심의 획일화된 욕망에서 이탈하는 것을 세상은 낙오나 실패라고 부른다. 누군가는 그것을 죽음이라고 부르기도

하겠지만, 아니, 변방이야말로 영원히 사는 길이다. 말러 2번 교향곡 <부활> 5악장의 합창 소리가 들려오는 듯하다. "나는 살기 위해 죽으리라, 나는 부활하리라!(Sterben werd' ich, um zu leben! Aufersteh'n, ja aufersteh'n!)"

빛이라는 신앙에 관하여

이병일 시 읽기

이병일은 두 번째 시집 『아흔아홉 개의 빛을 가진』에서 생명과 자연의 이미지를 통해 다채로운 빛의 상상력을 이미 보여준 바 있다. 첫 시집 『옆구리의 발견』에서도 그의 관심은 빛과 색, 그것들이 만들어내는 자연의 이미지를 향해 기울어져 있었다. 첫 시집에서 보여준 빛과 색에 대한 호기심이 하나의 징후였을까. 두 번째 시집을 경유하여 이번에 발표한 신작 시편들에서 이병일은 빛과 색으로 이루어진 이 세계, 즉 자연이 일상으로 침투해 스스로 이미지가 되는 진경을 포착해 기록하고 있다. 빛에 의해 거시적 자연과 미시적 일상이 변화하는 양상을 집요하게 추적하고 있다.

　　찰수수 대가리마다 양파망이 씌워져있다
　　가을이 이렇게 가까이 와 있지만

눈 밝은 새들만이 빛이 눕고 저녁이 눕는 자리를 안다

고추잠자리 많은 동네엔 모기가 들끓었으므로
하늘에 없던 별자리가 외진 몸의 광휘가 되었다

흘러가는 것들이 잘 보이는 수수밭엔
정신없이 돌 속으로 들어가 죽는 뱀도 있고
울음이란 뼈를 안고 잠드는 벌레들도 있다

환하지 않아도 물소리 깊은 밤이 마른침을 삼킨다
으레 깨져서 붙여놓은 새끼발가락은 아직도 보랏빛이다

독니 가진 것들이 매일 바퀴에 깔려 죽었지만
붉은빛은 끝도 없이 목 가진 것들을 비틀어 꺾는다

― 「붉은빛의 거처」 전문

이 시에서 이병일은 '붉은빛의 거처'를 질문한다. '눈 밝은' 시인의 관찰에 따르면 붉은빛의 거처는 '찰수수 대가리', '양파망', '고추잠자리', '수수밭', "독니 가진 것들이 매일 바퀴에 깔려 죽"는 압사의 현장 등이다. 이처럼 붉은빛은 여러 사물과 현상을 옮겨 가며 머문다. 이 시에서 붉은빛은 가을이라는 계절의 은유이자 목숨의 상징으로 나타나고 있다.

빛은 상을 거느리고, 모든 상은 색을 지닌다. 빛이 변하면 상도 변하고 색도 변한다. 세계가 모습을 바꾼다. 태양광이 지구 표면에 반사되는 기울기가 줄어들면 밤이 길어지고 복사에너지가 감소한다. 가을이 오고 단풍의 시기를 지나 겨울이 당도한다. 계절의 변화는 빛과 밀접한 관계가 있다. '붉은빛의 거처'가 늘어날수록 가을이 가까이 온다. 이병일은 그 미묘한 자연의 변화를 스스로 감지하면서도 "눈 밝은 새들만이 빛이 눕고 저녁이 눕는 자리를 안다"며 슬며시 능청을 부린다. "빛이 눕고 저녁이 눕는"다는 진술은 태양광의 반사각도가 줄어들어 해가 짧아지는 계절 변화를 암시한다.

이병일은 붉은빛이 여기저기 출몰하는 가을 풍경을 바라보면서 빛이 구현한 이 세계가 "흘러가는 것들"과 "울음이라는 뼈", "정신없이 돌 속으로 들어가 죽는" 소멸로 이루어져 있음을 자각한다. 흘러가는 것들은 울음이라는 뼈를 안고 돌 속으로 들어가 죽는 법이다. 빛은 곧 시간이므로, 시간 안에서 모든 존재는 소멸을 향해 간다. 목숨을 가장 현현하게 나타내는 색채인 붉은빛이 도처에 가득하지만, 그 붉디붉은 목숨들이 곧 스러져버린다는 걸 시인은 이미 알고 있다.

거시적 자연에서 현재 진행 중인 소멸의 양상을 시인은 자신의 미시적 일상에서도 발견한다. "으레 깨져서 붙여놓은 새끼발가락은 아직도 보랏빛"인 것을 확인하는 순간, 상처의 회복이 점점 더디어지는 육체 또한 흘러가는 것임을, "붉은빛은 끊임없이 목 가진 것들을 비틀어 꺾는" 소멸의 질서에 속해 있음을 스스로 환기한다.

　　　나는 푸른 밤의 공기를 훔쳐 먹고 살아가는 구렁이
　　　달은 씹어도 씹히지 않으니까 삼켜야 한다고 믿는다

　　　달은 높거나 낮고 깊거나 넓은 환상의 빛을 지녔지만
　　　여전히 빨강과 노랑 사이에서 짐승 냄새를 풍긴다

　　　저 달을 먹고 아랫배를 돌에 문지르면 불이 났고
　　　그 힘으로 허물을 벗었다 그 순간이 가장 캄캄했다

　　　성냥불 눈동자로 나는 몸 밖으로 나간 영혼을

기화된 용의 기억을 피 없이도 꺼내 읽는다

재앙조차 갖지 못하고 나는 또 푸르러질까봐
수박과 함께 썩는다 달이 물질이 아닐까봐 두렵다

기도하는 손이 삐져나왔지만 상처가 아름답지 않았다
울긋불긋 물든 달과 수박이 내 옆으로 나란히 누웠나보다

내 몸에 난 물결무늬가 꿈틀거린다 나는 아직 살아있다
파국으로 치닫는 달과 뱀과 수박은 붉은색에 젖어있다

—「개기월식」 전문

　빛에 대한 이병일의 상상력은 「개기월식」에서 또 한 번 매혹적으로 펼쳐진다. 목가적 전원에서의 구체적 체험을 활달한 상상력으로 변모시켜 자연 현상을 새롭게 해석해내는 미덕은 이미 첫 시집에서 보여준 바 있다. "능구렁이 아가리에 꽃뱀 대가리가 한 송이 꽃으로 벙글고 있었다 능구렁이가 잡아먹은 꽃뱀 뱃속의 참개구리가 X−ray 사진을 찍은 듯 훤히 보였다"(「월식」)던 감각적 이미지 묘사는 이병일의 장기이다. 첫 시집에 수록된 시 「월식」에서는 꽃뱀을 잡아먹은 능구렁이를 술병에 넣어 뱀술을 담그던 유년의 체험을 바탕으로 월식 현상을 해석했다면, 위의 시 「개기월식」에서는 구렁이를 화자로 내세워 신화적 상상력을 보여주고 있다.

　개기월식은 달이 지구의 그림자에 완전히 가려지는 현상이다. 지구가 달과 태양 사이에 위치할 때 일어나는데, 만월일 때에만 가능하다. 개기월식 상태에서는 지구의 대기를 통과한 빛이 굴절, 달에 반사된다. 그 빛은 붉은 색을 띠어서 묘한 신비로움을 자아낸다. 옛 사람들은 개기월식

의 붉은 달빛을 저주스러운 흉조로 여기기도 했다. 우리 고전 설화에는 불개가 달을 삼킨 것으로 묘사되기도 하는데, 그리스 신화에도 여신 헤카테가 붉은 달이 뜨는 날 저승의 개를 끌고 나타나 저주 주술을 읊는 장면이 나온다.

이병일은 이 개기월식을 구렁이가 달을 삼키는 것으로 해석하고 있다. 여기서도 빛에 대한 호기심이 낯선 해석의 근간을 이루고 있다. "달은 높거나 낮고 깊거나 넓은 환상의 빛"이라든가 "성냥불 눈동자로 나는 몸 밖으로 나간 영혼을 기화된 용의 기억을 피 없이도 꺼내 읽는다"와 같은 대목이 그렇다.

이병일의 상상력을 들여다보면, 달은 구렁이에게 일종의 신앙인 듯하다. "푸른 밤의 공기를 훔쳐 먹고 살아가는 구렁이"는 "해와 하늘빛이 서러워 보리밭에 달 뜨면 애기 하나 먹"던 미당의 '문둥이'를 연상시킨다. 갓난아기를 잡아먹으면 병을 고칠 수 있다고 믿었던 문둥이처럼 구렁이는 달을 "삼켜야 한다고 믿는"다. 달을 삼켜야만 "그 힘으로 허물을 벗"을 수 있다고 믿는 것이다. 허물을 벗는 것은 신앙에서 일컫는 '죄사함'이라든가 '거듭남'과 맞닿아 있다. 구렁이에게 달이 신앙인 것은 "기도하는 손이 삐져나왔지만 상처가 아름답지 않았다"는 진술에서 더욱 명백해진다.

"달이 물질이 아닐까봐 두렵다"는 고백은 신이 실재하지 않는 허상일 것을 두려워하는, '의심 많은 도마'들의 연약한 믿음에 다름 아니다. 이 대목에서 이병일은 시인이라는 자기 존재를 구렁이에게 대입시킨다. 시인은 빛이 만들어내는 물상, 즉 오브제를 삼켜서 시로 토해내야만 자기 존재를 유지할 수 있다. 시란 감각의 새로운 갱신이므로, 한 편의 시가 탄생되기까지의 과정은 뱀이 허물을 벗는 환골탈태와도 같은 법이다. 그러나 시인은 육체로 보고 만지고 감각하는 저 사물이 빛에 의해 잠시 나타났다가 사라지는, 복제된 시뮬라크르라는 의심을 떨쳐낼 수가 없다. 자신이 쓰는 시가 물질이 아닌 허상일까봐 두려워한다. 그럼에도 그 불안과 의심을 잠재우는 것은 결국 빛에 대한 믿음이다. "몸에 난 물결무늬가 꿈틀거린다 나는 아직 살아있다"는 확신은, 개기월식이 세상을 캄캄하게 덮어도 한 줄기의 붉은 빛이 물상을 비추고 세계의 윤곽을 희미하게 나타내는 한 그것을 끝까지 시로 써내겠다는 의지의 표현이다.

빗줄기를 써레질하는 논물 속의 하늘이 찢어진다
사방이 깨진 물거울이다
파랗게 혹은 흙탕으로 부서진 물의 초침들도 있다

땅을 딛지 않는 바람새에게
공중에 떠서 잠드는 법을 가르치는 미루나무 그림자가
깊게 내려와 있다 흔들리는 물결과 함께 바람을 잘 탄다
그때마다 더운 공기들이 진흙에서 퐁퐁 올라오고
물은 미라가 될 수 없으니까 자꾸 아래로만 흘러간다
흐르는 사람들과 함께 나날이 엷어지기도 했다

그러나 아름다운 계단식 논의 水力學 속에서
물수제비 비행으로 두근두근 날아가는 잠자리와
물갈퀴도 울음 주머니도 퉁퉁 불어있는 개구리가 쏟아진다

흙 묻은 발이 저리지만
계단식 논이야말로 비를 모시는 신전이고
물의 법만이 있다고 믿는 사람들
정작 흙과 하늘과 나무는 수맥에 숨어있지만
아무도 모른다

영원히 죽지 않는 시계,
계단식 논은 시방 시끄러운 물로 가득 차 있으니
물꼬가 터질 때
온갖 것들은 몸을 더듬는 물빛이고 물소리로 흐른다
　　　　　　　　　　　　　　　－「계단식 논의 수력학」 전문

　빛과 물질에 대한 이병일의 믿음은 "사방이 깨진 물거울"로 가득한 '계단식 논'으로 향한다. '계단식 논의 수력학'에 와서 빛은 물상을 현현하게 하는 이미지적 작용이 아닌 "자꾸 아래로만 흘러가는" 중력 작용이 된다. 상대성이론에 따르면 빛은 중력에 의해 휘어진다. 이병일은 빛을 잡아당겨 휘어지게 만드는 중력에 주목해 "영원히 죽지 않는 시계"라고 표현한 우주적 시간에 대해 이야기한다.

　"논물 속의 하늘이 찢어지"고, "부서진 물의 초침들"이 빛나는 계단식 논은 "미루나무 그림자"와 "물수제비 비행으로 두근두근 날아가는 잠자리", "물칼퀴도 울음주머니도 퉁퉁 불어있는 개구리", "흙과 하늘과 나무" 등 "온갖 것들"이 물소리로 흐르는 작은 우주다. 이병일은 계단식 논을 온갖 생명들이 공생하는 유기체적 우주로 해석하고 있다. 이 유기체의 세계는 수력학이라는 일정한 질서에 의해 유지된다. 이 수력학을 가능하게 하는 것은 물이 아래로 흐르는 성질, 즉 중력이다. 중력은 빛과 마찬가지로 만물에게 공통으로 작용한다. 수력학에 속한 생물들은 서로 공생하며 조화를 이룬다. 그 조화로움을 통해 계단식 논은 "영원히 죽지 않는 시계"를 획득한다. 이병일은 계단식 논을 현대인이 회복해야 할 삶터의 원형, 일종의 대안 우주로 제시한다.

　　조약돌로 눌러죽일 거머리가 보이지 않는다 이제 조약돌 외엔 거

의 다 죽은 듯하다 흐르는 것이 없으니, 떼죽음 당한 것들이 불신과
부패를 삼키려고 입을 크게 벌린다 그렇다고 텅 빈 늑골에 쉬파리가
날아오는 것도 아니다

　　물소리를 딛고 일어서지만 살아갈 묘책이 없는 거머리, 의연하게
도 시퍼렇다 벼락과 천둥이 물을 찢는 오후이지만 거머리는 찢어지
지 않는다 도살장의 피가 흐르던 하천인데 수렁도 없이 허연 거품만
이 끓어오른다

　　컴컴한 데로 와서 차고 비린 것을 좇는 거머리, 아무 것도 아닌 물
질로 변해간다 이제는 개흙처럼 내일의 맑음이 없다 거머리의 피로
제 낯을 씻는 하천은 까맣게 아름다운 거머리의 입이 어느 쪽인지
모른다

　　보석처럼 죽은 거머리이지만 나는 거머리 생각에 젖는다 아직도
피 빨리고 있을 종아리가 몹시 가려워진다 그때 나는 거머리 속으로
들어가서 피 흘림도 없이 거머리가 된 소년을 생각한다
　　　　　　　　　　　　　　　　　　　　　　 ―「거머리 소년」 전문

　　이병일은 빛과 중력이라는 우주적 작용 아래 유기체적 관계를 맺고
있는 인간과 자연의 공생을 꿈꾼다. 위의 시 「거머리 소년」은 「계단식
논의 수력학」의 연장선에 놓여 있다. 시인은 인간의 "불신과 부패"에 의
해 "거머리가 보이지 않는" "떼죽음"의 시대를 안타깝게 바라본다. 웬만
큼 더러운 물에서도 끄떡없이 살 수 있는 거머리지만 독성이 강한 농약
에는 버티지 못해 이제는 "살아갈 묘책이 없"다. 거머리마저 살 수 없는
하천은 "아무 것도 아닌 물질로 변해간"다.
　　거머리는 인간의 피를 빠는 동물이다. 시인은 농사일을 돕던 유년기

를 떠올리면 "아직도 피 빨리고 있을 종아리가 몹시 가려워진다"고 한다. 성가시고 불쾌한 존재이지만 막상 보이지 않으니 마음 한구석이 허전하다. 거머리의 부재는 "흐르는 것"과 "수렁"과 "내일의 맑음"의 실종을 의미한다. 정직하게 땅을 일구며 자연과 더불어 살던 유기적 삶의 상실을 뜻한다. 이병일이 거머리를 추억하며 스스로를 "그때 나는 거머리 속으로 들어가서 피 흘림도 없이 거머리가 된 소년"으로 호명하는 것은 그가 이 세계를 '아날로지(analogy)'로 인식하고 있기 때문이다. 이 세계가 "흐르는" 리듬을 가지고 "내일의 맑음"을 반복하는 음악이라면 모든 생명과 사물들은 저마다 고유한 음색을 지닌 각각의 소리들이다. 이병일은 이 소리들이 조화로운 음악이 되기를 꿈꾼다. 그 화응이 회복되는 세계야말로 빛과 중력이라는 우주적 질서 아래 인간이 자연과 화해하는 자리가 될 것이라고 믿기 때문이다.

이병일은 빛을 통해, 자연에의 구체적 체험을 통해 인간이 잃어버린 한 믿음을 기억해낸다. 그가 기억해내는 믿음은 빛이라는 현현에 의해 시시각각 모습을 달리하는 이 세계의 물상들, 즉 이미지와 관련된 것이다. 그는 구체적이고 명징한 묘사와 다채로운 색채 구사를 이용해 물상을 존재케 하는 빛의 충만한 에너지를 시에 복원시킨다. 빛이라는 신앙을 회복할수록 시의 본령이자 기율인 이미지가 생명력을 가지게 된다. 이병일의 빛 이미지는 시니피에의 어둠과 혼돈을 환하게 밝히면서 낯선 기표, 해석적 은유로 발화된다. 그래서 이병일의 시를 읽는 것은 마치 최초의 인간들이 동굴에 그린 암각화를 바라보는 것처럼 신비롭다.

그 이미지의 매혹을 들여다보는 사이 붉은빛들의 수런거림 잠잠해지고, 겨울이다. 빛이 또 모습을 바꾸는 중이다.

시를 향해 나아가는 견자

손창기 시 읽기

파블로 네루다는 "어느 날 시가 내게로 왔다"고 고백했다. 네루다의 고백이 아니더라도 우리는 보통 시가 '온다'고 알고 있다. 시인들은 시가 오기를 기다리고, 마침내 번개처럼 빗방울처럼 시가 올 때 그것을 받아 적는다. 로르카가 이야기한 '두엔데'(duende)는 시를 배달해주는 귀신, 불현듯 번뜩이는 시적영감을 로르카는 두엔데라고 불렀고, 또 다른 누군가는 '뮤즈'라고 호명했다. 두엔데와 뮤즈의 시대에 시는 마치 신의 계시와도 같아서, 거룩한 땅에 신발을 벗고 정결한 마음으로 무릎 꿇은 이에게 오는 것이었다. 자기 영혼과 육신을 캄캄한 심연 속에 불꽃처럼 던져 놓은 이에게 문이 열리는 구원이었다.

그러나 이제는 시가 오지 않는다. 아니, 정확히 말하자면 시가 너무 많이 와서 시는 오지 않는다. 시가 함부로 오고 마구 와서 시는 오지 않는다. 시가 언제나 어디에나 와서 시는 언제나 없고 어디에도 없다. 시인공

화국의 시인들은 해변으로 밀려오는 얕은 파도에 발 담근 채 바다의 깊이를 노래한다. 오름직한 산 중턱에 소풍 가듯 올라 산꼭대기의 높이를 다 안다고 젠체한다. 서점에도, 방송에도, 인터넷과 SNS에도 시가 넘쳐난다. 그러나 시가 우글거리는 곳에 번개 같은 시, 느닷없는 빗방울 같은 시는 찾아볼 수 없다.

그러므로 이제 시는 오는 것이 아니라 '가는 것'이다. 시를 찾아서 시인이 가야하는 것이다. 그런데 시를 향해 "온몸으로 밀고 가는"(김수영) 시인은 드물다. 방구석에서, 대학 강의실에서, 문예창작 아카데미에서, 카페와 도서관에서 시를 기다린다. 그러면 오긴 온다. 고만고만한 시들이, 낚시로 치자면 피라미 따위 잡기기 같은 시들이 온다. 가장 크고 아름다운 물고기는 저 깊은 물속에서 움직이지 않는다. 그 깊이까지 숨을 참고 내려간 이에게만 붉은 아가미를 열어 자기 숨을 나눠준다. 그러니까 시는, 여전히 오는 것이다. 다만 멀고 험한 길을 헤치고 와 마침내 감추어진 신전을 찾아내 그 앞에 선 이에게만 온다. 누구에게나 오는 것은 시(時) 뿐이다. 시(詩)는 오직 두엔데와 뮤즈로부터 선택 받은 사람에게만 온다.

손창기의 새 시집이 반가운 이유는, 그가 시를 향해 묵묵히 나아가는 시인이기 때문이다. 마라토너처럼, 탐험가처럼, 북극제비갈매기처럼, 대양을 누비다 모천으로 회귀하는 연어처럼 손창기는 멈추지 않고 간다. 시에게 간다. 아무 시나 함부로 오지 않는 높은 벼랑으로 간다. 아무나 내려갈 수 없는 깊은 해저로 간다. 그리고 그곳에서 시가 오기를 기다린다. 그에게 시는 절벽에 붙은 석청이거나 심해 속 대왕조개가 품은 진주 같은 것이다. 어둠속에서 피에 젖은 두 눈의 인광만 보여주는 호랑이 또는 너무 높이 날아 지상에서는 그림자밖에 볼 수 없는 새 같은 것이다. 그는 호랑이와 새가 오는 길목을 지키는 사냥꾼, 시집을 읽는 내내 시인을 수식할 여러 말들이 떠올랐다. '자연의 몽상가', '색채의 수집가', '리듬의 조율사' 같은 말들은 모두 손창기에게 어울린다. 그러다 이내 가장 단순하고 평범해서 아름다운 수사 하나를 생각해냈다. 발견자. 그는 온갖 의미와 상투적 관념으로 뒤덮인 이 세계에서 아직 누구도 찾아내지 못한 최초의 빛과 색과 소리와 냄새를 발견해내는 사람이다. 일상적 경험과 감수성으로는 볼 수 없는 '다른 세계의 풍경'을 그가 언어로 그려낼 때, 우리는 랭보가 말한 '견자(voyant)'의 현현을 마주하게 된다.

그러나 손창기의 시집을 읽으면서 느낀 반가움은 이내 슬픔으로 바뀐다. 사실 그는 잘 알려지지 않은 시인이다. 2003년에 등단해 포항에서 주로 활동하고 있는 이른바 '지방 시인'이다. 중심과 주목에서 벗어난 변방의 소외와 외로움을 오래 견뎌왔고, 앞으로도 그래야만 할 것이다. 독자들이여, 부디 이름을 가리고 시를 읽으라. 이름만큼 본질을 속이기에 쉬운 장치도 없다. 대형 출판사와 문학상과 평론가와 미디어를 믿지 말라. 시인에 대한 애호마저 유행가 또는 전염병처럼 도는 시대에서 분별없는 열광과 추종은 가짜 꿀과 모조 진주를 양산해낸다. 가짜와 모조가 열렬히 소비되는 동안 석청의 시, 천연진주의 시는 궤멸한다. 하지만 어쩌겠는가. 도리가 없다. 그저 눈 밝은 독자들에게 좋은 시들이 발견되어 읽히기를 바랄 뿐이다. '절대의 시'는 시인에게나 독자에게나 똑같이 이렇게 말한다. "구하라, 그리하면 찾을 것이다"라고. 손창기의 시도 언젠가는 반드시 그 진가를 알아보는 이들에 의해 합당한 주목과 인정을 받게 될 것이다.

이번 시집에 나타난 손창기의 시 세계에는 몇 가지 특징이 있다. 첫째, 낯설고 새로운 자연의 상상력이다. 자연을 깊이 보고 또 널리 보는 미시와 거시의 시야가 활달한 상상력 속에 펼쳐진다. 그러므로 그를 자연의 몽상가라 부르는 것은 전혀 생경하지 않다. 둘째, 색채에 대한 유난한 감각과 호기심이다. 그는 색채의 수집가다. 빛의 변화에 따라 색을 바꾸는 자연과 사물을 묘사하며 그 내부의 주관과 상징, 감각의 구체성까지 그려내는 솜씨가 남다르다. 색채에 대한 예민한 감각은 후각과 청각, 촉각과도 상호작용하는데 손창기의 시에는 다양한 냄새와 소리의 양상이 나타나며 특히 끈끈한 '점성'에의 탐구가 눈길을 끈다. 이 '점성'은 그의 시를 압축하는 핵심 단어로 기능한다. 셋째, 순환과 상응의 세계를 그려내며 삶과 죽음의 경계가 우주적 시간 안에 무화되는 '영원회귀'를 지향한다는 점이다. 그의 시에서는 삶과 죽음이 살갑게 이웃하고, 인간과 자연이 조화를 이룬다. 손창기가 제시하는 세계에서 죽음은 우주의 질서로 편입되어 새로운 탄생을 예비하는 과정, 즉 자연과 우주의 일부가 되는 통과의례일 뿐이다.

1. 자연의 몽상가: 동식물의 새로운 상상력과 교감의 시학

> 미끈한 목질 덕분에 헤엄쳐 가는 흰 근육들
> 본다, 해질녘 격렬히 산란하는 나무를
> 떼를 지어 몰려와 여남 바다 끝자락에서
> 전어와 동시에 방사하는 이팝나무를
> 나무에서 물고기를 찾는 늙은 어부는
> 어스름 정겹게 핀 꽃차례가 뿌연 정액처럼 보인다
> 가슴 짜릿해지는 꽃구경이다
> 배 안에다 물을 채워 둔다
> 노인이 몸에 가득 채우고 싶은 건
> 오래 전에 피어난 꽃 냄새란다
> 십 남매도 모자라 늦둥이 줄줄이 낳고 싶은 거란다
> 전어와 나무, 몸이 잇닿아 있는 동안은 출항이다

힘 다 쏟아내는 분분낙화, 회유하는 때가 온 거란다
노을빛 등지느러미 지닌 전어 떼,
어둠을 잠시 밀어 낸다
나무에서 보랏빛 도는 알이 부화한다
태어나는 순간
생生 이전의 냄새를 등에 지고 다닌다

―「전어 떼」 전문

자연은 너무나도 오래된 원전(原典)이다. 무수히 복제되고 모방되어 이제 더는 새로울 것이 없는 불모나 마찬가지다. 그러나 이는 어디까지나 상투성과 획일화의 세계가 지닌 필연적 한계일 뿐이다. 어느 시인은 "나는 문이 다른 것이 될 때까지 바라본다"(유계영, 「횡단」)고 고백한 바 있는데, 나무가 다른 것이 될 때까지 바라보는 이에게, 물고기가 다른 것이 될 때까지 응시를 멈추지 않는 이에게 자연은 '뜻밖의 정경'을 슬며시 보여준다. 손창기의 눈은 언제나 그 뜻밖의 풍경을 향해 기울어져 있다. 그의 시선은 좀처럼 자연에서 멀어지지 않는다. 그에게 자연은 시의 숨이자 불꽃이다. 자연 대상물은 그의 꿈이며, 호기심과 미지의 세계, 수십 억 개의 메타포로 이뤄진 우주다. 자연에 대한 손창기의 천착은 단순한 애호를 뛰어넘어 그는 자연을 통해 양분을 흡수하고, 배설하며 구토한다. 자연과 적나라한 애무를 나누며 관계한다.

자연에 대한 손창기의 탁월한 상상력을 확인할 수 있는 지점이 바로 동식물의 새로운 해석이다. 그는 동물에게서 식물성을 발견하고, 식물에게서 동물성을 찾아낸다. 이러한 작업은 곧 옥타비오 파스가 말한 '치명적 도약'으로 이어진다. 손창기가 '전어 떼'에서 "해질녘 격렬히 산란하는 나무"를 목격하고, '이팝나무'에서 "미끈한 목질 덕분에 헤엄쳐 가는 흰 근육"을 감지해내는 순간 동물과 식물이라는 두 이질 존재가 서로의

시를 향해 나아가는 견자　369

타자성을 포용하며 본성이 전혀 뜻밖의 것으로 새로워진다. 위 시에서 '전어'와 '이팝나무' 사이의 결코 좁혀질 수 없는 이질성의 간극은 '산란'과 '꽃차례'라는 '흰색'의 공통성질을 통해 좁혀지고, 두 대상은 마침내 "동시에 방사하는" 동일화를 이룬다. 그때 시인은 이 세계와 함께 자기 존재가 낯설게 전환되는 경험을 한다. "나무에서 물고기를 찾는 늙은 어부"는 곧 시인의 자화상이다. 시인의 페르소나인 '노인'은 "뿌연 정액처럼 보이는" "가슴 짜릿해지는 꽃구경"에서부터 번식을 향한 욕망과 생명의 에너지를 획득한다. 노인을 달아오르게 하는 산란의 '꽃 냄새'는 곧 죽음의 예감이 되는데, 이 역설은 죽음을 통해 '생 이전'의 상태로 '회유'하려는 순환의 열망을 나타낸다.

"수탉들이 다리에 칼을 찬다/ 목을 빼고 볏을 세우는 순간/ 닭들이 칼집을 벗어 던진다/ 허공을 향한 난도질, 피가 마구 튄다"(「자목련」)며 수탉들의 격렬한 혈투에서 자목련을 연상해낸 상상력 역시 주목할 만한 것이다. 이 대목에서 손창기는 수탉과 자목련을 "붉은 피를 봐야 자신이 살아 있음을 느끼는 사냥꾼"으로 묘사했는데, 출혈은 심각한 부상의 결과이므로 죽음의 전조가 되는 동시에 강렬한 생명력의 증거가 된다. 이러한 삶과 죽음의 상응 양상은 다음의 시에서도 나타난다.

주물 끼얹은 듯
불타오르는 단풍들
너희는 죽음에 이르는 고빗사위에
가을 호랑이를 빚어내려는가

잘게 썬 빛깔과 짙은 어두움을 우려낸
단풍들이 포효하려는가
익돌근이 만들어 놓은 큰 입처럼

발갛게 타는 노을, 불씨 한줌 넣어 반죽하려는가
몸을 옴나위할 수가 없다
널룽널룽 벗어버린 호랑이 가죽이 땅에
군데군데 늘어져 있다

　　　　　　　　　　　　　　　　　　―「호랑이」 전문

　이 시에서도 손창기는 식물에서부터 동물성을 찾아낸다. "주물 끼얹은 듯 불타오르는 단풍들"이라는 감각적 묘사에서 이미 정지된 식물성에 역동적인 고온과 색채를 입히더니 마침내 "단풍들의 포효"를 통해 '가을 호랑이'를 불러내는 데 성공하고 있다. 동물과 식물의 구분이 무화되는 순간 세계는 상투성과 익숙함을 벗는다. 새로운 방식의 관계 맺기를 통해 오래 묵은 관념과 의미가 쇄신되는 것이다. 이분화된 것들 사이의 경계를 지워야 비로소 자유로운 교감과 상응이 이루어진다. 경계를 지우려면 경계에 가야 한다는 사실은 아름다운 역설이다. 사실 경계는 '중립'의 장소이기 때문이다. 주체가 나와 너, 삶과 죽음, 빛과 어둠, 동물과 식물 등의 양극 어느 쪽으로도 기울어지지 않은 가운데 지점에 서는 순간 경계는 무화된다. 위의 시에서 화자는 "잘게 썬 빛깔과 짙은 어둠을 우려낸 단풍들"이 있는 숲 속에 있다. 단풍에서부터 호랑이를 발견해낸 상상력은 동물과 식물 사이 경계를 허물어뜨리지만, 손창기의 눈은 보다 깊은 곳을 응시한다. 단풍잎이 붉게 물드는 것은 가을이라는 계절의 현상이므로 이는 중립이 아니라 일방적 질서에 가깝다. 그러나 붉은 빛으로 타오르며 가을을 정열적 낭만으로 장식하는 단풍이 실은 낙엽이 되기 전 쇠잔한 생명을 겨우 유지하는 중이라는 사실을 기억할 필요가 있다. 단풍의 매혹적인 붉은 빛깔 안에는 생명과 죽음이 경계 없이 공존하는 셈이다. 손창기는 단풍에서부터 생명은 생명이나 죽음에 가까운,

그러나 아직 죽음은 아닌 어떤 중립의 세계를 확인한다. 이러한 시선 역시 삶과 죽음을 이분화된 대립쌍이 아니라 상호 유기적 관계로 여기는 '순환의 세계관'에서부터 비롯된 것이다.

2. 색채의 수집가: 색채와 점성으로 이뤄진 세계

> "손가락 끝으로 만져보면 그 느낌이 철과 동의 중간쯤 되지. 손바닥에 올려놓으면 뜨거울 테고, 손으로 쥐어보면 소금기가 아직 남아 있는 물고기처럼 느껴지겠지. 입에 넣으면 입 안이 꽉 찰 테고, 냄새를 맡으면 말 냄새가 나겠지. 꽃의 향기로 치면 붉은 장미보다는 국화 향기와 비슷할 걸세." (오르한 파묵, 『내 이름은 빨강』에서)

위에 인용한 문장은 빨강이라는 색채에 대한 매혹적인 은유이며 잠언이다. 오르한 파묵에 따르면 "색은 눈길의 스침, 귀머거리의 음악, 어둠 속의 한 개 단어"다. 손창기의 시에는 이슬람 세밀화를 소재로 한 파묵의 소설 못지않게 다채로운 색(色) 이미지들이 펼쳐져 있다. 시인 역시 소설가와 마찬가지로 색이 '어둠 속의 한 개 단어'임을 잘 알고 있는 것이다. "지상에서 검었던 연기가 허공에선 저렇게 붉은 것을"(「저 연기들」), "손가락에서 뽑아져 나오는 하얀 말"(「혀」), "나무에서 보랏빛 도는 알이 부화한다"(「전어 떼」), "붉은 등대가 흰 등대로 던지는 불빛은 무당거미가 불 밝히는 거미줄 같다는 생각"(「첫줄」), "어미는 군대 가는 아들에게 파란 천, 목도리를 감아준다/ 미리 향기를 불러오는 색깔, 파랑이다"(「하닥」)와 같은 색채에의 탐구는 시인이 이 현상세계를 빛과 색으로 감지하고 해석한다는 증거다.

사냥꾼에게 동굴이란 그림사원寺院인지도 몰라
빛과 어둠이 만나는 순간,
바위벽에 손바닥을 대고
하늘의 노을빛을 끌어다가 찍었을 거야

동굴 떠나기 전, 손의 둘레를 그려
그대에게 보여주고 싶었는지 몰라
그대를 만져보고 싶어 손바닥만 남았는지 몰라

4만 년 전, 마로스 동굴은
바위벽이 편지였는지도 몰라
노을과 어스름이 만나는 순간, 파랑이 몰려올 때
박쥐가 동굴을 떠나 이 소식 전했을 거야

새벽녘 박쥐가 돌아올 때, 사냥꾼은
세상 밖으로 나아갔을 거야, 여전히 손바닥은
빨강색의 윤곽 안에 있으니,
전하고 싶은 말들 가두고 있었을 거야

누구든 기다리고 있을지 몰라
빨강 뒤에 오는 파랑을,
그대가 내 손바닥에 포개질 때
말들과 온기가 고스란히 합쳐지듯

—「빨강 뒤에 오는 파랑을」 전문

　손창기는 빛과 색을 통해 이 세계의 사물과 현상을 파악한다. 육안으로 보이는 대상만 파악하는 것이 아니라 빛과 색 안에 비가시적으로 존재하는 무형의 세계까지 가늠한다. 먼 과거의 시간이라든가 인류 보편의 정서인 그리움이라든가 하는 것들이 그러하다. 감각의 촉수가 예민하지 않으면 불가능한 일이다. 시인은 "소 콧등을 만지면 웃음과 울음의 색깔이 만져지"(「콧등」)는 사람이다. 범인(凡人)들은 무지개에서 빨주노초파남보 일곱 색깔만을 확인할 뿐이지만 시인은 다르다. '일곱 색깔 무지개'라는 상투적 인식을 거부하고, 무지개가 무수한 빛의 파장으로 이루어진 스펙트럼임을 기어코 확인한다. 24색의 단조로운 팔레트를 던져버리고 아직 색상표에 기재되거나 명명된 바조차 없는 온갖 조혼색과 총천연색, 중간색조들에 주목한다. 손창기에게 색채는 곧 감각이다. 그는 익숙한 감각, 학습된 감각을 벗고 늘 새로운 감각을 추구한다. "아무것도 감각되지 않았다면, 아무것도 배우거나 이해할 수 없다"던 아리스토텔레스의 주장을 떠올리면, 감각은 사유와 밀접하게 연결되며, 새롭고 낯선 감각은 곧 정신의 쇄신으로 이어지는 법이다.

표제작이기도 한 위 시에서 화자는 "4만 년 전 마로스 동굴"을 상상하며 '빨강'과 '파랑'이라는 두 색채에 대해 고찰하고 있다. 인도네시아의 마로스 동굴에서는 4만 년 전 인간이 동굴 벽에 찍어 새긴 손바닥 벽화가 발견되었는데, 시인은 그것을 당시 동굴 속에 살던 '호모 사피엔스 사피엔스'가 "하늘의 노을빛을 끌어다가 찍"은 '편지'로 보았다. 편지의 수신자는 '그대'라고 호명된 불특정 대상이다. 손바닥 벽화는 '뜨거운 체온'과 '말들의 온기'를 담은 '빨강'색을 띤 채 '어스름'의 색인 파랑을 기다린다. 이때 빨강과 파랑의 어우러짐은 단순한 색채의 혼합을 넘어 지금과 나중이라는 두 시간성, 삶과 죽음이라는 실존과 부재 양상, 양과 음이라는 두 물질성 등 서로 닿을 수 없거나 대립하는 세계의 화해로까지 확장된다. 빨강을 '생'의 색채로, 파랑을 '죽음'의 색채로 상정할 경우 "빨강 뒤에 오는 파랑"이 "손바닥에 포개져" "고스란히 합쳐지"는 순간은 죽음을 통해 한 존재가 '나'라는 개인이 아닌 '인류'라는 유구한 시간에 편입되는 사건이 된다. 개인이 아닌 인류로서 소멸과 신생을 반복하는 것이 곧 우주의 순환에 참여하는 일이라고, 시인은 말하고 있는 것이다.

색채를 시의 주요한 재료로 다뤄온 시인들은 무수히 많다. 그러나 손창기의 색채에는 그들과 구별되는 지점이 있다. 바로 '점성'이다. 손창기가 부려놓는 색채 이미지들에서는 끈적끈적한 점성이 만져진다. 손창기의 시에서 색채가 감각적 이미지와 수사에 해당한다면, 점성은 세계와 깊은 '관계 맺기'의 산물이며, 페이소스 내지는 감동, 즉 '진정성'이라고 할 수 있을 것이다.

시집에는 "소와 사내 사이를 가로막는 격막膈膜은 없다/ 그 사이, 홍건한 점액질이 흘러내릴 뿐"(「콧등」), "사랑한다는 건 벌새처럼 거미줄을 훔치는 것/ 점액질 그물에 걸려드는지도 모른 채/ 그리움의 한 줄을 찾으러 가는 것"(「사랑」), "죽음 불러들이는 애무를 함부로 해서는 안 되겠다"(「밤비 신드롬」), "수컷이 옆집 마누라에게 마음껏 정자를 뿌린다"(「청갈 바람 불기 전에」), "나의 얼굴은 독을 품고 있다"(「중독」) 등 끈끈한 점액질에 대한 묘사가 여럿 나타난다. 시인 스스로도 자신의 시가 "근거리에서 보면 끈끈한 점성"(「첫줄」)을 지녔다고 고백하는 바, 손창기의 시를 '점성의 시'라고 부르는 것은 꽤나 자연스럽다. 점액질과 점성에의 유난한 관심은 시인이 대상과의 깊은 교감을 통해 시를 빚어낸다는 방증이다. 그는 세계의 온갖 사물과 풍경, 현상들과 성관계를 맺듯 '애무'를 하고 "정자를 뿌리"며 "독을 품"는다. 대상과의 교감이 완성되는 순간 성적 결합이 그러하듯 "홍건한 점액질이 흘러내"리고, 이때 나와 너, 나와 세계, 주체와 타자 사이를 "가로막는 격막은 없"어지게 된다.

또 다른 측면에서 관찰하면 '점성'이 페이소스와 감동으로 이뤄져 있음을 알 수 있다. 손창기의 시에서 점액질을 지닌 대상들은 대개 '개복치', '꽃게', '숭어' 등 어판장의 보잘 것 없는 해산물 또는 '족발', '밥알',

'고사용 돼지머리' 등 핍진한 삶을 견디는 이들의 음식 같은 것들이다. 눈물, 땀, 피 같은 점액이 주로 흘러드는 낮고 어두운 생의 자리에는 "먼저 간 아들의 죽음"(「하얀 괄호」)이 있고, "바보끼리 보는 눈동자"(「개복치 1」)가 있고, "여전히 고달프고 쓸쓸한" "그녀의 숨구멍"에 "둥글게 모여드는 울음"(「얼음이 운다」)이 있다. 끈적끈적한 점성은 그 모든 비극적 풍경들을 끌어안아 위로한다. 시를 읽는 독자의 눈길이 쉬이 떨어지지 않도록 끈끈하게 붙잡는다. 단 한번 읽어도, 손창기의 시는 기억에 오래 접착된다.

3. 영원을 꿈꾸는 로맨티스트

옥타비오 파스는 『활과 리라』에서 "우리 자신이 무이기 때문에 우리는 우리 자신에 대해서, 세계에 대해서 아무것도 말할 수 없다. 그러나 만일 우리가 무에 이름을 붙인다면—실제로 우리가 그렇게 하는 것처럼—무는 존재의 빛으로 반짝일 것이다. 존재는 무의 전제 조건이기 때문에, 그리고 죽음은 삶으로부터 태어나기 때문에, 우리는 무에 이름을 붙일 수 있으며 죽음과 삶을 재통합할 수 있다"고 말했다. 인간은 현존하는 부재, 부재하는 현존으로서 '무(無)'야말로 우리 존재의 본질이며, 그 본질은 '빛'으로 이뤄져 있다는 것이다. 일정한 리듬으로 나아가는 빛은 우리를 어디론가 데리고 간다. 끊임없이 우리 앞에 놓이는 오늘을 지나 마지막 오늘인 죽음에까지 우리를 데리고 간다. 그렇게 한시도 머무르지 않고 나아가는 것이 빛이고, 빛은 곧 시간이다.

로버트 란자가 주장한 바이오센트리즘에 따르면, 사람이 육체적 죽음을 맞이한 후에도 두뇌에는 20와트의 에너지가 남게 되는데, 그 에너지가 다른 우주로 이동할 수 있다고 한다. 아인슈타인이 친구의 부고를 듣고는 "나보다 조금 앞서 이 이상한 세계에서 떠났다"고 말한 것도 같은 맥락이다. 이러한 관점에서 보면, "죽음은 삶으로부터 태어난다"는 파스의 잠언은 빛(시간)으로 이뤄진 인간의 삶이 종료되는 순간 '죽음'이라고 명명된 낯선 차원의 문이 열린다는 의미로 해석할 수 있다. 앞에 인용한 시들에서도 나타나듯이 손창기의 시집에서 죽음은 존재의 완전한 소멸이나 끝이 아닌 새로운 차원으로의 이동 과정, 영원성으로의 통과의례로 상정된다. 그때 삶과 죽음은 서로 순환하며 인간 존재를 우주의 일부가 되게 한다.

> 남도의 어느 섬에는
> 영원을 싣고 멈춘 자전거가 있다
>
> 섬을 중심에 두고 공전하다가
> 스스로 궁굴어 가는
> 뼈 같고 가죽 같고 이빨 같은 것이
> 썩지 않고 뒹구는, 낯익은 족속들
>
> 바퀴살에는 이슬이 스며있는 것 같고
> 공차는 아이들의 함성소리가 굴러가는 것 같고
> 말라가는 다시마와 돌미역의 짠내도 묻어있는 것 같고
> 회유하는 늙은 숭어의 비늘 하나쯤 감겨들었을 것 같고
>
> —「자전거」 부분

'자전거'가 '영원'을 실을 수 있는 것은 그가 "멈췄"기 때문이다. '죽음'은 완벽한 멈춤이며, 그 멈춤의 상태에서 존재는 비로소 현실원칙의

모든 구속으로부터 자유로워진다. 그 어떤 인정투쟁도, 타인이라는 지옥도, 실존적 한계도 존재를 간섭할 수 없다. "영원을 싣고 멈춘 자전거"의 "바퀴살에는 이슬이 스며있"고, "공차는 아이들의 함성소리가 굴러가"고, "다시마와 돌미역의 짠내도 묻어있"고, "회유하는 늙은 숭어의 비늘 하나쯤 감겨들었"다. 이것들의 다른 이름이 바로 '영원'이다. 이것들은 모두 사라지지 않고 무한히 반복될 추억이다. "나에게 놋주발보다도 더 쨍쨍 울리는 추억이 있는 한 인간은 영원하고 사랑도 그렇다"(김수영, 「거대한 뿌리」)는 아름다운 진실을, 죽음은 삶의 끝이 아니라 영원의 시작이라는 사실을 남도의 어느 섬, '멈춘 자전거'가 우리에게 귀띔해준다.

> 구름 한 뭉치를 어머니는 절구통에 넣었다. 절구질에 구름이 가끔 튀어 오르기도 했다. 시간이 갈수록 구름은 곱게 **빻**아져, 자기끼리 뭉치고 헤어지곤 했다. 흙담을 드나드는 안개처럼 몸속에서 물기가 맴돌았다. 잘 **빻**아진 구름은 햇살과 함께 어머니의 물기를 빨아들였다. 구름이 허파를 점점 조여들게 하더니 어머니를 삼켰다. 부지깽이 두드리며 장작불을 지피자 굴뚝이 연기를 마구 뿜어냈다. 연기 품은 구름이 점점 부풀어 올라 어머니를 내놓았다. 깨를 볶듯 마당에서 물방울이 춤을 추었다. 몸속에 물기 맺힌 어머니가 식솔들에게 슬픔의 구간區間을 줄였다.
>
> ─「구름의 구간」 전문

어머니가 절구통에 넣어 **빻**는 것은 쌀이나 밀 같은 곡식이 아닌 '구름'이다. 구름은 세월의 메타포다. 자식들을 먹여 키우는 동안 어머니는 세월을, 세월과 자기 자신을 함께 절구질로 **빻**는 희생을 감수했다. 처음에는 미약했던 구름이지만 갈수록 힘이 세져 마침내 "어머니의 물기를 빨아들"이고, "허파를 점점 조여들게 하더니 어머니를 삼켰"다. 모든 인간은 구름 너머로 사라져 간다. 구름이 어머니를 삼킨 것은 곧 어머니의 죽음을 뜻한다. 그러나 이 죽음은 완전한 이별이 아니다. 위 시의 화자는 "연기 품은 구름이 점점 부풀어 올라 어머니를 내놓"는 특별한 순간을 만나게 된다. "깨를 볶듯 마당에서 물방울이 춤을 추"는 시원한 소나기로 어머니가 이 땅에 다시 오신 것이다.

위 시는 우주 자연의 질서인 순환 법칙을 불교적 윤회론에 담아낸 수작이다. '어머니'는 인간의 몸이었다가 구름이 되어 세상을 떠나고, 다시 빗방울이 되어 세상으로 돌아온다. 이 '환생'의 과정에는 죽음이 반드시 선행되는데, 이때 죽음은 존재의 소멸이나 현상세계의 끝이 아닌 새로운 탄생을 예비하는 윤회의 전단계이다. "몸속에 물기 맺힌 어머니가 식솔들에게 슬픔의 구간을 줄였다"는 화자의 진술에는 죽음을 포괄한 삶 전체를 아름다운 것으로 여기는 태도, 우주 자연의 질서가 내면화된 성숙한 세계 인식이 있다. '빗방울'로 내리는 어머니가 식솔들에게 가르침을 준 것이다.

"장독들은 죽음을 이겨낸 가족묘처럼 천 년 뒤에 발굴될 것이다"(「장독」)라든가 "돌멩이 사이에 알을 낳은 연어는 죽어서도 아름다운 퇴행을 한다/ 제 살 찢어발기며 나무로 가는 마지막 길,/ 어미는 죽어서 나뭇가지가 된다"(「켈트」)와 같은 빛나는 문장들을 통해 손창기는 이 땅에서의 주어진 삶을 최선을 다해 살고, 죽음의 외적 현상일 뿐인 부재와 소멸에 겁먹지 않는 의연함에 대해 노래한다. 그 의연함이 내면화될 때 존재는 비로소 "나는 바랐지/ 누군가 고소한 죽음의 냄새를 맡아주길"이라고 고백할 수 있는 '고독의 면역력'과 '슬픔의 면역력'(「이맘때 나는」)을 갖게 된다.

4. 다시, 시를 향하여

잠깐 짚고 넘어가야 할 것이 있다. 자연을 다룬다고 해서 손창기의 시가 구투이거나 낡은 관습에 매여 있다고 생각하는 것은 큰 오해라는 점이다. 특히 3부의 시들은 세련되고 모던한 감각으로 서정시의 새로운 작법을 보여주고 있다. "자살본능은 흘려버린 추억을 담는 것, 잃어버린 길에서 선율을 찾아보는 것, 마지막 울음소리로 달에 숨구멍을 내는 것, 늑대는 달밤을 이빨에 끼우고 들판을 내질렀다 얼굴에 드리운 죽음은 뼈 없는 달밤에 가한 혁명, 암호의 해독기"(「단백질14-3-3」)와 같은 문장은 어떠한가? 손창기는 이미 독자적인 미적 세계를 이루었다. 그러나 그는 거기 머무르지 않고 또 다시 척박한 시의 벼랑으로 나아간다.

누구에게나 그렇듯 손창기의 시간도 크로노스와 카이로스로 나뉜다. 학교에서 학생들을 가르치고, 가장으로서 가정을 꾸리는 일상의 시간이 그의 크로노스일 것이다. 크로노스는 수평의 시간, 항상성으로 유지되는 선(線)의 시간이다. 그러나 그 평범하고 단조로운 크로노스 속에서 손창기는 늘 벼락처럼 내리꽂히는 섬광의 시를 기다린다. 그 점(點)의 시간, 수직의 순간을 향해 스스로를 끊임없이 극지로 내몰아 간다. 시가 오는 찰나의 번뜩거림만이 오직 그의 삶에 유의미한 점을 찍는다. 오직 그에게만 아름답고 그에게만 관대하며 또 그에게만 폭력적인 그 시간은 중심이 아닌 변방에, 광장이 아닌 첨탑에 있다.

손창기의 시를 떠받치는 힘은 시인으로서의 자의식과 그 자의식이 지향하는 정신성이다. 그는 더없이 순정한 시인이다. 시와 언어, 예술의 가능성을 충직하게 신뢰한다. 손창기는 중심과 주류로부터 스스로를 유배시켜 변방의 외로움을 견딜 때 비로소 시인이라는 존재가 완성된다고 믿는다. 그의 시에는 닿을 수 없는 높이를 향해 오르려는 무모한 영혼, 척박한 골짜기에 자기 자신을 유폐시킨 고독한 영혼이 있다. 고귀한 것은 함부로 닿을 수 없는 높이에 있는 법이다. 이제 우리는 손창기의 시가 지향하는 활달한 상상력과 색채의 세계, 삶과 죽음이 무화되어 영원 속에서 순환하는 우주를 향해 눈을 돌려야 할 때다.

사막에 내리는 천 개의 달빛

김말화 시 읽기

결핍이 있어야만 욕망도 존재할 수 있다는 사실은 아름다운 역설이다. 우리는 끊임없이 결핍에서 벗어나고자 몸부림치면서도 또 다른 욕망에의 질주를 위해 다시 결핍 상태로 돌아가는 짓을 도무지 멈추지 않는다. 결핍이 해소되면 새로운 결핍이 생기고, 욕망하던 것을 이루면 엉뚱한 곳에서 다른 욕망이 똬리를 트는 것을 어쩌란 말인가? 결핍은 욕망을 낳고, 욕망은 다시 결핍에 잡아먹힌다. 우리는 모두 제 꼬리를 먹어 몸을 키우는 우로보로스다. 다만, 결핍이 해소되는 순간 그동안 욕망하던 것은 더 이상 욕망의 대상이 될 수 없는데, 이 잠깐의 무욕(無慾) 상태를 우리는 행복이라고 부른다. 이내 다시 결핍이 찾아오더라도, 그 찰나의 행복을 누리기 위해 투쟁하며 사는 것이다.

시도 마찬가지다. 시인은 결핍을 통해서만 자기존재의 내면을 들여다보고 거기 굶주려 아우성치는 영혼의 절규를 옮겨 적을 수 있다. 대상과의 동화와 합일, 대상으로의 존재 전이는 시인의 존재 양식이며 그것은 곧 시의 구성 원리이기도 하다. 시적 오브제와 교감하며 마침내 한 편의 시를 완성시켰을 때의 충만감은 이루 말할 수 없다. 그러나 그 한 편 시의 충만감에 오래 도취될수록 시인으로서의 수명은 단축된다. "많은 꽃과 향기들이 담겼다가 비여진 항아리"(서정주, 「기도 1」)의 상태가 되어야만 새롭게 채울 수 있다. 채우고 비워내고 또 채우고 비워내는 반복 운동, 프로이트는 "모든 반복은 배출의 한 형태"라고 말했다. 에로스는 결국 죽음의 본능인 타나토스로 수렴된다는 것인데, 그러고 보면 삶도 섹스도 시도 모두 결핍과 결핍 해소, 욕망과 무욕끼리의 끝없는 이항대립이다. 우리는 죽음이 우리를 깨뜨려 흙으로 흩어놓는 순간까지 채워졌다 비워지기를 반복하는 항아리들이다.

그런데 여기, 한순간도 채워지지 않는 밑 빠진 항아리가 있다. 무엇으로도 그 결핍이 해소되지 않는, 도무지 스스로에게 충만감을 허락하지 않는 사막 같은 시인을 본다. 그녀의 시에는 오직 결핍만이 무수한 눈을 뜬 채 모래폭풍처럼 또 안개처럼 몸을 불리는 세상의 온갖 욕망들을 예사롭게 바라보고 있다. 시인은 이렇게 고백한다. "오래 가둔 것들 밖으로 내보내느라" "안으로 안으로만 눈을 반짝거리는 습관 여적 버리지 못했다"(「시인의 말」)고. '오래 가둔 것들'은 이루지 못한 꿈들, 다시 만날 수 없는 인연, 돌아갈 수 없는 과거의 시간 등 후회와 미련, 그리움들이다. 이것들을 버려야 한다는 것을, 버려야만 새로운 꿈과 인연과 시간을 욕망할 수 있음을 시인은 알고 있다. 시인은 자기 내면을 채운 그 모든 '쓸쓸함'들을 내보내고자 안으로 눈을 반짝거린다.

그런데 정작 시인이 자기 안에서 끄집어 밖으로 내보내는 것은 쓸쓸함이 아니라 기쁨과 만족감들이다. 국지성 호우가 물웅덩이를 만들어 사막을 습윤하게 적시는 것처럼, 순간의 기쁨들이 영혼을 해갈시켜줄 수 있을 텐데도 시인은 철저하게 메마른 사막이기만을 희망한다. 김말화는 오직 결핍을 욕망하는 시인이다. 이때 결핍을 욕망한다는 말은 역설인데, 그녀는 아무리 마셔도 금방 다시 갈증을 일으키는 물을 거부하고, 한 번 마시면 영원히 목마르지 않는 물을 애타게 찾는다. "내가 주는 물을 마시는 자는 영원히 목마르지 아니하리"라던, 예수가 말한 것과 같은 영속적이고 완전한 물, 마르지 않는 샘을 갈망하는 것이다. 잠깐 내린 비가 마른 땅에 강을 흐르게 하지도, 숲을 이루지도 못하는 것처럼 김말화는 일시적이고 불완전한 타자와의 만남이 자기존재의 근원적 결핍을 해결해주지 못한다는 사실을 잘 알고 있다. 그래서 그녀는 순간을 초월하고 타나토스를 극복할 완전한 만남을 기다린다. 그 만남을 통해 이상적 타자를 받아들이고자 외로움과 쓸쓸함 외에는 모두 밖으로 떼밀어내며 스스로를 끊임없이 결핍의 상태로 만든다. 바닥까지 다 비워내야만 어떤 불순물도 이질요소도 섞이지 않은 온전함을 가득 채울 수 있기 때문이다. 그러나 완전한 만남과 이상적 타자란 결코 쉽게 허락되지 않는 불가능의 가능성이라는 데서부터 김말화의 고민은 깊어진다.

김말화의 시를 이해하기 위해서 우리는 그녀의 시에 나타나는 시간과 공간의 특성을 먼저 살펴보아야 한다. 그녀의 시에서 시간과 공간은 모두 쇠락과 소멸과 관련이 있다. "하루 중 가장 쓸쓸한 오후 2시"(「우포늪」)는 "마른 몸이 마른 몸을 위로하는 시간"(「드라이플라워」)이며, "수많은 계절이 당신의 낡은 소매 속으로 들어가"(「월소月梳」)는 순간 "시간의 시소는 소멸 쪽으로 자꾸 기울"(「등燈」)고, "저녁이 불콰하게 풍장 된"(「드라이플라워」)다. 과거지향적인 시간은 '추억', '슬픔', '상실', '아픔', '쓸쓸함', '우울', '적막', '죽음'을 향해 흘러간다. 그리고 이 시간이 흘러가 머무는 공간은 "반쯤 무너진 흙담"(「스스와타리가 사는 집」), "마른 울음을 가"진 '허공'과 '사막'과 '늪'(「우포늪」), "수천의 슬픔을 품은 주머

니가 지붕을 덮고 있는 집", "모두 있으면서 텅 빈 집"(「빈집」) 같은 쇠락
과 부재의 장소들이다. 이 쓸쓸한 시공간에서 김말화 시의 주체들은 "녹
슨 추억을 닦아 허공에 내걸"(「등燈」)고, "국지성 우울이 계속 되"(「우울
주의보」)고, "쓸쓸하게 행복하"(「접시를 닦으며」)고, "장미처럼 붉다가
가시처럼 아프다가"(「우리 옆집에는 앨리스가 살았어요」) "더 깊이 가라
앉아 혼자"(「겨울나무」) "그 집에 오래 갇히고 싶"(「벚나무 집에 갇히다」)
어 한다. 그리고 그 모든 과거 지향의 우울과 고독, 자발적 유폐는 "달콤
한 상실"(「보름달 증후군」)과 "달콤한 슬픔"(「밤의 카페」)으로 귀결된
다. 상실과 슬픔이 달콤할 수 있는 것은 김말화가 결핍을 자기존재 항존
성의 동력으로 삼고 있기 때문이다.

　　　새벽마다 낡은 꿈을 닦아 창문에 걸었다

　　　시간을 갉아먹는 벌레가 찍찍 소리를 냈다
　　　아침 새와 비 온 뒤의 안개와 작은 연못과
　　　몇 가닥 목소리가 처마 끝에서
　　　깜부기불 심지처럼 피어났다 스러지곤 했다

　　　아카시 꽃잎처럼 흔들리던 일이며
　　　들길 끝까지 걸어갔다 돌아오던 일이며
　　　열리지 않던 문 앞에서 주저앉던 일이며

　　　목련도 흩어지고 철쭉도 시들고
　　　시간의 시소는 소멸 쪽으로 자꾸 기우는데
　　　잊히지 않으려고 날마다
　　　녹슨 추억을 닦아 허공에 내걸었다

　　　　　　　　　　　　　　　　　　　　　－「등燈」 전문

위의 시에서 화자가 일관되게 바라보는 것은 현재가 아닌 과거의 장면들이다. 화자는 "새벽마다 낡은 꿈을 닦아 창문에 걸어" 놓는데, '새벽'이 신생(新生) 그리고 다가올 아침, 즉 미래에 대한 예감으로 충만한 시간이라는 점을 떠올리면 화자는 미래를 지향하거나 현재에 충실한 대신 어제를 끊임없이 오늘로 데려와 과거에 머무는 쪽을 택한다. 화자 스스로도 그러한 태도가 "시간을 갉아먹는" 일이라는 것을 알고 있지만, 그럼에도 지나간 어제에 머물고자 하는 것은 과거를 회상하는 때에만 "처마 끝에서 깜부기불 심지처럼 피어났다 스러지곤" 하는 "몇 가닥 목소리"를 들을 수 있기 때문이다. 그 목소리는 아마도 이별한 '당신', 즉 지금은 부재하는 이의 음성일 것이다. 화자는 현재 부재하는, 과거에는 자기 존재를 충만하게 채웠던 '당신'과의 완전한 동화의 충만감을 잊지 못한다. '당신'의 익숙한 목소리를 듣는 순간 "아카시 꽃잎처럼 흔들리던 일"과 "들길 끝까지 걸어갔다가 돌아오던 일"과 "열리지 않던 문 앞에서 주저앉던 일"이 생생하게 재생된다. 이 과거의 장면들에는 '당신'과 함께했던 날들의 기쁨, 그리고 '당신'을 상실했을 때의 슬픔이 혼재한다.

화자가 '낡은 꿈'에서 벗어나지 못하는 동안 시간은 자꾸만 흘러 "목련도 흩어지고 철쭉도 시들고 시간의 시소는 소멸 쪽으로 자꾸 기우는데" 그녀는 "잊히지 않으려고 날마다 녹슨 추억을 닦아 허공에 내"건다. 이 망각과 상실에의 거부는 시간의 순리를 받아들이면 과거에만 존재하는 완전한 사랑의 대상으로부터 화자 자신이 잊힐 것이라는 인식에서 비롯된다. 김말화는 시간과 존재를 동일시한다. 시간과 사람이 동일화된 세계에서 과거는 잊을 수 없는 유일한 '당신'이 되며, 미래는 낯설기만 한 '모르는 타인'이 된다. 사람은 사람에게서 잊히는 순간 진정한 죽음을 맞게 된다. 김말화는 과거에 살고 있는 '당신'에게 잊히지 않기 위해, 시간이라는 낯선 타자에 의해 소중한 '당신'이 지워지는 것을 막아내기 위해 끊임없이 '낡은 꿈'과 '녹슨 추억'을 현재로 소환한다. "출발했으나 언제나 출발한 지점으로 되돌아와 있는 오늘"(「우로보로스」)에 계속 머물고자 하는 것이다.

> 언니가 떠난 후 집에는 소리가 살지 않았다 아버지가 있었지만 없었고 엄마가 있었지만 없었다 수천의 슬픔을 품은 주머니가 지붕을 덮고 있는 집, 모두 있으면서 텅 빈 집, 고함과 몽둥이가 지나간 다음날은 더 아무도 살지 않았다 슬픈 허리를 쓸어주던 바람 같은 집, 들짐승들이 낙엽처럼 끌어 덮던 집, 네 귀퉁이가 낡은 집, 고생대 화석처럼 시간의 흔적만 남아 삼엽충 같은 집, 개망초 무성한 집, 부평처럼 흘러가는 빗방울의 쓸쓸한 어제가 되어버린 집, 추억이 이사 간 집, 그 집에 오래 살았다
>
> ―「빈집」 전문

「빈집」은 김말화가 '부재'를 어떻게 인식하는지 잘 드러내주는 작품이다. 그녀의 시에서 '당신'은 여러 모습으로 나타나는데, 이 시에서는 '언니'가 호명된다. 시인 자신의 구체적 삶의 체험을 시로 형상화한 것이라면, 시 전반을 관통하는 비감(悲感)은 더 절절하고 애틋해진다.

'언니'가 없는 '집'은 다시는 원래대로 회복될 수 없는 실낙원이다. 화자는 '언니'의 부재 이후 '집'에는 "아버지가 있었지만 없었고 엄마가 있었지만 없었다"고 고백한다. '집'이라는 완전한 공동체에서 '언니'가 사라진 순간부터 가족들은 무엇으로도 영원히 채울 수 없는 상실감 가운데 살아야만 했을 것이다. "수천의 슬픔을 품은 주머니가 지붕을 덮고 있"는 이 상실감은 '언니'의 부재에서 비롯된 것이지만, '언니'와 가족관계를 맺으며 동화를 이루던 구성원 각 개인의 자아 일부가 소멸한 데 대한 트라우마이기도 하다. '언니'의 부재로 불완전해진 '집'에서 구성원들은 개

인으로는 존재하나 가족이라는 전체를 이루는 구성 요소로는 그 존재 의미를 잃고 만다.

그러므로 김말화에게 '당신'의 부재란 곧 자기존재의 상실이다. 타자와의 관계 맺기를 통해 완전한 충만감을 누리던 자아는 타자의 상실과 함께 영영 유토피아로 회귀할 수 없게 된다. 시간은 과거를 "씁쓸한 어제"로 만들며 '언니'와의 추억을 빠르게 흩어 없애는데, 김말화는 낙원으로의 회귀가 불가능하다는 것을 알면서도 "추억이 이사 간 집"에 "오래 살았"다. '추억'이라는 비물질로 바뀌어버린 '언니'를 기억하기 위해서다. '언니'를 기억에서마저 유실하는 순간 그녀의 세상은 "고생대 화석처럼 시간의 흔적만 남아" "더 아무도 살지 않"는 폐허가 되어버리기 때문이다.

　　배란기 때마다 촉촉해지는 아랫도리처럼
　　대지가 뽀얀 분비물을 내 놓는다

　　열린 숨구멍마다 안개가 스며들고
　　퉁퉁 불은 어둠이 몸을 누이려는 저녁

　　세상은 다 젖는데
　　홀로 젖지 못하는 저 버즘나무 한 그루
　　오래 손 흔들었던 일들은 쉬 지워내지 못하는 걸까

　　살아도 죽은 나무처럼 싹을 내지 못하는 게 있단 걸
　　사랑을 잃고 난 후에 알았다

　　　　　　　　　　　　　　　　　　　－「모애暮靄」 전문

저녁 안개가 세상을 뒤덮은 풍경을 감각적으로 그려낸 이 시에서도 김말화는 부재와 상실의 고통을 노래한다. "퉁퉁 불은 어둠이 몸을 누이려는 저녁"은 '아침'이라는 부활과 쇄신을 준비하는 시간이다. 그러나 '당신'을 잃은 화자는 "세상은 다 젖는데 홀로 젖지 못하는 저 버즘나무"처럼 '안개'에 포섭되는 것을 거부한다. 안개는 뚜렷한 윤곽들을 흐릿한 것으로 바꾼다. 경계를 지우고, 익숙한 풍경들을 낯선 정경으로 재창조한다. 동서양 미술사에서 안개가 풍경화의 소재로 오랫동안 사랑 받은 것도 바로 안개가 지닌 '낯설게 하기'의 능력 덕분이다. 태초에 여호와가 천지를 창조할 때 "혼돈하고 공허하며 흑암이 깊음 위에 있었"는데 그 혼돈과 공허, 흑암이 바로 안개다. 안개는 오래된 세계의 불변성과 고정성을 우연과 혼돈으로 바꾸어놓으며 새로운 세상의 출현을 예고한다. 그러나 화자는 안개에 의해 "오래 손 흔들었던 일들"이 지워지는 것을 원하지 않는다. 새로운 인연은 안개처럼 옛사랑의 기억들을 지우며 오기 마련인데, 화자는 익숙한 세계, 즉 '당신'이 선명하게 존재하고 있는 과거만을 계속 바라보고 싶어 하는 것이다.

하지만 "살아도 죽은 나무처럼 싹을 내지 못하는" 자신의 피폐한 삶을 돌아보는 순간, 뜻밖의 전향적 자각이 일어나기 시작한다. "울던 귀에서 사막이 쏟아져 나오고 그날 이후로 나는 더 이상 자라지 않았"(「비 없는 나라」)다는 화자는 "그럴수록 더 깊이 가라앉아 혼자"(「겨울나무」)가 되기만을 고집해왔다. 그런데 이 자발적 유폐와 침잠으로 인해 자기존재가 타자와 관계 맺기가 거의 불가능해진, 불모(不毛)의 상태가 되었다는 사실을 엄중하게 받아들이자 그 '사막'에서부터 벗어나겠다는 의지가 생겨난다. 마틴 부버는 "나는 너와의 만남을 통해 성숙한 인격이 된다"고 말했는데, "싹을 내지 못하는" 것은 더 이상 성숙할 수 없음을 뜻한다. 화자는 그 사실을 "사랑을 잃고 난 후에 알았"다고 고백한다. "잃고 난 후"가 아니라 "앓고 난 후"라고 의식하는 점이 중요하다. 한번 되게 앓고 나면 눈에 보이는 모든 풍경이 새로워진다. 오랜 아픔에서 벗어난 사람은 다시는 고통의 시간으로 돌아가려 하지 않는 법이다.

> 립스틱이 부러지는 건
> 결국 두 가지 이유에서이다
> 너무 오래 방치해두었거나 너무 진부해졌거나
>
> ―「립스틱에 대하여」 부분

'립스틱'은 여성의 외모를 아름답게 치장하는 화장품의 일종이다. 입술을 붉고 생기 있게 보이도록 해 이성을 매혹시킨다. 립스틱 바른 입술은 여성의 관능미를 상징하는 가장 고전적이고 또 항구적인 이미지임이 분명하다. 화자는 이 '립스틱'이 부러졌다고 이야기한다. 그런데 "너무 오래 방치해두었거나 너무 진부해졌"기 때문이라고 부연하는 순간, 김말화 시의 주체는 결핍만을 욕망하며 과거에만 머물러 있던 스스로를 객관적으로 또 반성적으로 고찰하게 된다. 립스틱은 여성이 자신의 매력을 높임으로써 사교 집단에 속하거나 이성과 친밀한 관계를 맺게 하는 사회화의 도구이다. 그러므로 화자가 그동안 방치해둔 것은 립스틱만이 아니라 립스틱으로 함의되는 여성의 성적 매력과 사회화에의 욕망까지였던 것이다. 타자와 관계 맺기를 포기하며 여성성과 사회성을 모두 버려두는 사이 그녀에게는 황폐한 고독만이 남고 말았다. 각성은 뼈아픈 자기 진단에서부터 시작되는데, 립스틱이 부러진 이유를 스스로 확인함으로써 화자는 이제 입술에 '새 립스틱'을 바를 때가 되었다는 사실에 대한 심리적 당위성을 획득한다.

한 여자
오월의 붉은 입술 속으로 들어가고 있네

꽃잎에 몸이 닿는 순간
탐스런 엉덩이가 부풀어 오르네
설레는 뒤태 위로 현기증이 걸리네
닫힌 꽃잎이 열리네
깊숙이 빨려 들어가는 달콤함
향긋한 와인으로 와전되네
그 여자 지나간 길, 노을이 차곡차곡 접어
그리움 응고된 심장 속으로 밀어 넣네
그녀는 없고 몇 장의 심장만 남네
세상이 서로 경계를 허물고
제 살 속으로 스며드는 마법의 시간

붉은 그녀
내 속으로 들어와 번지네

―「로즈 앱솔뤼」 전문

    이 시는 「립스틱에 대하여」와 조응관계를 이룬다. '로즈 앱솔뤼'가 유명 화장품 브랜드의 립스틱 제품명이라는 사실은 두 시의 관련성을 더욱 확고하게 한다. "오월의 붉은 입술 속으로 들어가고 있"는 '한 여자'는 누구일까? 혹시 화자가 자기존재를 타자화 및 객관화시켜 3인칭적 관점에서 바라보고 있는 것은 아닐까? 그렇다면 '한 여자'는 곧 시인인 화자 자신일 것이다.

    화자는 가장 화려하고 생명력이 충만한 계절인 '오월'과 상응한다. "꽃잎에 몸이 닿는 순간 탐스런 엉덩이가 부풀어 오르"는 감각 반응은 김말화 시의 주체가 오랜 자발적 불감증에서 벗어나 외부 세계와 교류하며 '자연'이라는 타자를 받아들이기 시작했다는 신호이다. 이 관계 맺기의 과정에는 '달콤함'과 '향긋한'이라는 미각·후각적 쾌감이 동반되며, "닫힌 꽃잎이 열리"는 에로스의 고조도 함께 이루어진다. 그리고 마침내 화자는 "그녀는 없고 몇 장의 심장만 남"는 무아지경의 상태, 자기존재의 무화(無化)를 경험한다. '나'는 너가 되고 '너'는 내가 되는 완전한 합일이 이루어진 것이다.

시인은 그 순간을 "세상이 서로 경계를 허물고 제 살 속으로 스며드는 마법의 시간"이라고 말한다. 그제야 비로소 화자는 타자화시켜 자기존재로부터 잠시 분리했던 '한 여자'를 다시 자아로 수용한다. 그때 "붉은 그녀 내 속에 들어와 번지"는 낯선 자아정체감의 이식과 전이, 자기존재의 쇄신이 생생하게 감각된다. 화자의 내부에 들어와 붉게 번지는 '그녀'는 과거에 대한 집착에서부터 벗어나 새로운 만남을 향해 모든 가능성을 활짝 열어젖힌 전향적 자아인 셈이다.

달빛이 얇은 귓불을 간질여요 나방의 날갯짓처럼 파르르 떨리는 밤의 입구 애벌레처럼 구겨져 있던 몸을 조금씩 일으켜 세워요 당신이에요? 돌아오지 않는 대답을 기다리며

텃세 심한 토박이들 무리에선 친구하나 만들지 못했죠. 아무도 내 이름을 불러주지 않았어요 밤마다 등에 별을 박고 짐승처럼 울었어요 들길모퉁이를 배회하다 더 깊은 모퉁이가 되어

내가 나를 우는 동안, 내 안으론 강물이 흘러가고 뻐꾹새가 울음을 탁란해놓고 가기도 했어요 한바탕 비바람이 지나가고 어느 날 문 앞에 서성이던, 이젠 그를 받아들이기로 했어요

나는 천개의 달을 잉태할거예요

— 「달맞이꽃」 전문

    마침내 김말화는 쇠락과 소멸이 아닌 충만함과 탄생에 대하여 노래한다. 유폐의 고독 대신 상응과 조화의 아름다움을 이야기한다. 새로운 타자와 관계 맺기를 거부한 채 이미 부재하는 '당신'에 집착하며 시간에 의한 소멸로부터 과거를 지켜내고자 분투하던 김말화 시의 주체는 이제 "달빛이 얇은 귓불을 간질이"는 미세한 떨림에도 "구겨져 있던 몸을 조금씩 일으켜 세워" '당신'의 기척을 확인한다. 이러한 화자의 능동적 행위는 과거의 '당신'을 떠나보내고 "어느 날 문 앞에 서성이던 그"를 받아들이려는 자기변화의 적극적 모색이자 과거를 향해 보내는 가장 아름답고 곡진한 작별 인사다. 화자는 "당신이에요?" 물으면서도 그것이 "돌아오지 않는 대답을 기다리"는 일임을 잘 알고 있다. '당신'의 부재를 인정하고 그를 잘 떠나보내는 것이 순리임을, 이별이 곧 사랑의 완성임을 깨달은 것이다.

    화자는 부재하는 '당신'에게 그를 잃고서 고통스러웠던 날들의 기억을 덤덤히 고백한다. "친구 하나 만들지 못했"던 외로움, "아무도 내 이름을 불러주지 않았"던 소외, "밤마다 등에 별을 박고 짐승처럼 울었"던 일, "들길모퉁이를 배회하다 더 깊은 모퉁이가 되어"버리던 소통의 단절과 자기 유폐…… 그러나 그 슬픔의 세월 동안 그녀에게 아무도 손을 내밀지 않은 것은 아니다. 그녀의 닫힌 마음 앞에서 서성이던 이가 있다. 그녀는 그를 외면했다. 때로는 무시하고 때로는 야멸치게 거절하고 또 때로는 '당신'과 비교하며 평가절하하기도 했을 것이다. 그런 그녀의 마음을 연 것은 그의 한결같은 진심이었을까? 그의 진심이 그녀에게 스며들기 전, "내가 나를 우는 동안, 내 안으론 강물이 흘러가고 뻐꾸기가 울음을 탁란해놓고 가기도 하"는 자연과의 교류가 선행되었다. 이 세상은 그런 곳이다. 한 사람이 슬퍼서 울면 누군가는 반드시 그를 위해 함께 울어주기 마련이다. 사람이 아니라면 해와 달, 강물과 새가 대신 울어준다. 이 세계가 관계의 총체임을, 우리의 삶이 '홀로서기'가 아니라 자연, 사물, 사람과 관계 맺으며 더 나은 인간으로 성숙해가는 과정임을 기억해낸 화자는 이제 "문 앞에 서성이던 그를 받아들이기로" 한다. 그리고 그러한 변화와 전향의 결심을 과거의 '당신'에게 전한다. 이제 '당신'도 편안히 쉴 수 있을 것이다.

자기존재를 거세게 뒤흔드는 "한바탕 비바람이 지나가고" 나면 세상이 다르게 보인다. 김말화는 끝내 "문 앞에 서성이던 그"와 함께 "천 개의 달을 잉태할 거"라고 선언한다. 한 사람의 독자로서 김말화의 이 선언을 마주하자 가슴이 뭉클하며 속에서부터 뜨거운 것이 올라온다. 그녀가 오직 결핍만을 욕망하며 부재하는 '당신'들을 품에 안고 울던 시간들이 무성영화처럼 눈앞에 떠오른 까닭이다. "문 앞에 서성이던 그"는 새로운 사랑인 동시에 이름 모를 수많은 이웃들, 또 세상의 모든 사물이자 앞으로 살아내야 할 내일의 시간들이다. 그리고 아직 쓰이지 않은 시이기도 하다. 너무도 다정해서, 그 마음이 너무도 섬려해서 소멸하는 것에 대한 연민과 안타까움으로 다시 돌아갈 수 없는 저쪽 과거를 보며 오래 눈물 흘리던 시인은 이제 그 다정함과 섬려함으로 이 세계를 품어 안고자 한다. 김말화의 품 안에서 잉태되어 자라날 천 개의 달, 천 편의 시가 사막처럼 마음 캄캄한 모든 이에게 은빛 사랑의 세례로 쏟아질 것을 나는 믿는다.

안개로부터 탈주하는 소녀

김영미 시 읽기

1. 안개 속을 달리는 소녀

김영미의 시를 읽으면 안개에 점령당한 겨울 숲에서 빠져나가기 위해 가시덤불 길을 헤치고 달리는 한 소녀가 떠오른다. 옷은 엉망으로 찢어지고, 살갗에는 피가 흐르고, 머리는 헝클어져 산발이다. 추위에 얼어붙은 맨발로 습기 머금은 낙엽들을 밟아나가는 동안 안개는 점점 몸을 불리고, 산짐승 우는 소리와 함께 단단한 밤이 숲을 장벽처럼 에워싼다. 그래도 그녀는 멈추지 않고 달린다. 겨울나무 앙상한 우듬지가 안개에 작은 구멍을 낼 때마다 언뜻 비치는 별빛이 그녀를 인도하기 때문이다. 별빛을 따라 마침내 캄캄한 숲을 빠져나온 순간, 회색 안개가 걷힌 세상에는 "풀잎들이 부드러운 아침"(「봄이라고 써버렸다」)이 풍경의 윤곽을 회복하고, 소녀는 그 윤곽 안에 총천연색, 조혼색, 중간색을 다채롭게 채워나간다.

무채색 세계에 빛과 색을 회복시키는 사람, 단조로운 권태와 우울에서부터 대중을 구해내는 사람, 그가 바로 예술가다. 기형도가 "아침 저녁으로 샛강에 자욱이 안개가 낀다 (…) 이 읍에 와본 사람은 누구나 거대한 안개의 강을 거쳐야 한다"(「안개」)고 소개한 안개는 산업화시대의 음울한 유령이지만, 김영미의 시에서 안개는 사물의 윤곽을 지워 풍경을 제대로 볼 수 없게 만드는 점령군이다. 대상의 색채를 지우고 무채색을 주입하는 난폭한 성형외과 의사다. 김영미는 안개로 표상되는 몰개성과 획일화의 현실원칙에서부터 탈주하기를 꿈꾼다.

> 먼지와 안개가 건물을 삼켰다. 대낮에도 불신을 낳는 미세먼지 마스크 쓰고 뿔뿔이 흩어졌다. 줄줄이 들어가던 집은 밀폐된 동굴, 감옥, 무덤들 하얗게 얼어붙어 덩어리들 어두컴컴한 부름 속에 기대 있었다.

> 사라진 밀어들의 푸른 흔적 차갑게 죽은 나뭇가지로 정오가 채워졌다. 바다, 모래, 태양 그리고 물의 중첩된 정적 속, 주위가 잠긴 것처럼 움직이지 않았다. 결핍과 훼손의 길 끝에 집은 늘 가까웠다.

> 안개가 나를 지웠다. 나는 어디에서도 발견되지 않았다. 그 순간 있으나 마나 한 사람, 안개와 나는 한 몸이 되었다. 안개 속에 자라는 집 몸집이 커지고 나는 안개 발에 짓밟혔다.
> ─「안개 속에 집이 자라났다」 전문

"안개가 건물을 삼켰다"고 시인이 진술할 때, 안개는 기성의 관념들과 권태로운 일상성의 메타포가 된다. 안개는 아름다운 밀어들을 사라지게 하고, "바다, 모래, 태양, 그리고 물"의 "푸른 흔적"을 차갑게 죽게 만든다. 안개 속에서 예술가는 상상력을 훼손당하고, 늘 결핍 상태가 된다.

그래서 시인은 "안개가 나를 지웠다"고 토로한다. 상품성과 효용의 논리가 지배하는 세상에서 그녀는 "어디에서도 발견되지 않"고, "있으나 마나 한 사람"으로 소외되기 때문이다. "안개 발에 짓밟히"는 이 폭력은 감각을 마비시키고, 사유를 중지시킨다. 새로움에 대한 욕망을 거세시켜서 오직 익숙한 것만을 받아들이게 한다.

이번 시집에는 주로 상투적인 일상성의 기호들이 곳곳에 배치되고, 그것들에 진력을 느껴 몸부림치는 한 개성적 주체가 등장한다. "한 달에 한 번 달거리 하듯 빼먹지 않는/ 작은 세상을 더 작게 만드는 친목계"(「거미집」)라든가 "공판장 약속된 생산 시스템"(「누가 청어의 유통기한을 결정하나」), "'Starry Night Starry Night' 노래가 흩날리는 가로수길"(「숲속에 사람이 있다」), "어리둥절한 동부로 16, 정체성 없이 몇 동 몇 호"(「동부로 16 하늘빛아파트」) 따위 따분한 풍경들은 모두 '안개'의 다른 이름들이다.

거기, 하나같이 귀먹은 사람들

불량한 핏줄이 도시를 헤매며 푸른 종이를 찾았다

흑백이 분명한 큰 눈을 길게 그렸다

도시가 곁눈질로 흰자위에 핏줄을 보았다

제 목에 무거운 돌을 달았던 얼굴에 핏줄이란 핏줄 다 터졌다

흑과 백이 귀를 막았다

여명이 뜨기 전

귀먹은 불구 공범자가 되었다

듣고 싶은 것만 들었던 밤

깍지 낀 손을 아직 풀지 못하고 있다.

같은 핏줄을 가진 상속자

세상의 봉분에서 도망가지 못했다

— 「거기, 안개도시」 전문

　안개 속에서 대중은 "하나같이 귀먹은 사람들"이 된다. 시인은 안개의 무채색에 저항하는 "불량한 핏줄"로서 "도시를 헤매며 푸른 종이를 찾"지만, "흑과 백이 귀를 막"아 그 자신 역시 "귀먹은 불구 공범자"가 되고 만다. '흑과 백'이 함의하는 보편적 뉘앙스를 상기하면 위의 시적 진술을 정치적 올바름에 대한 각성의 촉구로 읽을 수도 있지만, 위 시에서 "귀먹은 불구 공범자"와 "듣고 싶은 것만 들었던 밤"은 진영논리에의 극단적 함몰을 나타내기보다는 대중성, 상품성과의 손쉬운 결탁 또는 독자를 기만하는 시에 대한 묵인과 동조 등 예술가로서의 직무유기를 함의하는 비유로 사용되고 있다. 그렇게 읽는 편이 김영미의 시 세계를 관통하는 예술가적 자존을 이해하는 데 도움을 준다.

2. 비주류, 검은 날개를 펴다

김영미는 상투성과 획일화, 경향과 유행, 제도로서의 문학이 지배하는 시대에 끝내 저항하지 못하고 '불구 공범자'가 되어버리는 실패를 아프게 받아들인다. 이 무력감은 "오래전 끊긴 탯줄에 묶여 있는 꿈을 자주 꾸"(「청구서」)게도 하지만, 그녀는 패배에 무기력하게 주저앉아 있지만은 않는다. "저항할 수 없이 이끌려질 때"(「저녁은 밥이다, 아니다」) 시인은 탈주 시도가 "항거할 수 없는 투쟁"임을 알면서도 "발밑에 엎드린 위험한 그림자를 포기하지 않"(「하얀 신을 신고 어디로 갈까요?」)는다. 그리고 이러한 반골기질은 필연적으로 그녀에게 고독과 허기, 결핍을 선사한다.

비주류, A급에 못 미치는

그저 그런 아웃사이더의 거리
적당히 게으르게 참여
손가락질 받지 않을 만큼 타락하자
호기심을 즐기는 무덤덤함이 상책

밤길에서 듣는 래퍼의 프리스타일 랩
길 한가운데로 쏠리듯 들어와 있는 멜랑콜리
여유 있는 박자로 흐르는 비, B 주류
설레지도 위로도 되지 않는 짧은 시간

눈물이 번져 하지 못한 말
세상에 착불로 도착해
소설처럼 쓰여진,

빈 탁자를 오래 바라보는 이 저녁
누군가의 배경이 되어야 하는
그런 생각,
그만두길 잘한 서투른 짓

— 「B급」 전문

포즈가 없다
그냥 생긴 대로 밀고 나갈 뿐
누가 알아주기를, 중심에 있기를 바라지 않는다
중심으로 향하는 순간 변방이 수직을 발견한다
날밤을 까는 날이 수북하다
때때로 어둠에 갇혀도 어딘가의 대열에 서지 않는다
가물거리는 의식이 눈을 부릅뜬다
이성의 차가운 칼날에 베인 육신을 안고 뒹구는 밤
지적으로 무력해진 나를 새벽이 위로했다
금 간 의식을 지키는 건 어둠
세상은 저마다의 어지러운 꿈을 불사른다
고독 안에서 나는 존재가 된다

— 「내 스타일」 전문

시인은 스스로를 "비주류, A급에 못 미치는 그저 그런 아웃사이더"로 인식한다. 방송에 출연하거나 근사한 무대에 설 수 없는 프리스타일 래퍼에게서 자신의 자화상을 본다. 주인공이 되지 못하고 "누군가의 배경이 되어야 하는" 무명, 변방, 지역의 설움을 토로하지만 그녀는 "여유 있는 박자로 흐르는 비, B 주류"가 결국 세상을 바꾼다는 사실을 알고 있다. 주류는 세상이 바뀌는 것을 원치 않는다. 세상이 바뀌려는 징후가 보이면 그들은 두려워한다. 손에 쥔 부와 명예, 기득권을 잃을까봐 벌벌 떤다. 하지만 비주류는 목숨까지 던져가며 세상을 바꾸려 한다. 윌리엄 월레스, 체 게바라, 로자 룩셈부르크는 모두 경계 밖으로 밀려난 아웃사이더들이었다. 비주류들은 "때때로 어둠에 갇혀도 어딘가의 대열에 서지 않"으며 "저마다의 어지러운 꿈을 불사른"다. 그 어지러운 꿈이 혁명이 될 때까지, 그들은 "고독 안에서" '변방'이자 '차가운 칼날'로서의 자기정체성을 날카롭게 벼린다.

주류가 지배하는 세상에 대한 전복과 모반의 열망, 다수와 전체라는 획일화의 굴레에서 벗어나려는 김영미의 탈주 본능은 「사막의 검은 새」에서 "탈출을 꿈꾸는 어린 소녀"의 이미지로 형상화된다. '사막'으로 함의된 척박하고 폭력적인 현실원칙 안에서 어린 소녀는 "아름답고 성실하게 죽음의 재료들을 모은"다. '죽음의 재료'란 세상의 온갖 소외된 풍경들, 비극적 양상들, 소수적 삶의 모습들일 것이다. 주류에 의해 경계 밖으로 밀려난 아브젝트(abject)들일 것이다. 기존의 자기존재를 불살라 새 날개를 얻는 불새처럼 소녀는 죽음의 재료를 그러모아 불을 붙이고, 그 불속에서부터 "검은 날개를 펴" 현실을 초월하는 시간과 공간, 즉 기성의 어떠한 관습과 유행도 다다를 수 없는 자신만의 왕국으로 날아오른다.

3. 실재계를 향한 불가능성의 탈주

눈이 내린다
종일 누구를 먹여 살리기 위해
검은 머리 잠재우고 천천히 내리는가

나는 들었다
뽀드득 눈 밟는 소리

맨손으로 눈 뭉치는 소리
눈이 오면
저 소리를 안주로
술을 실컷 마실 수 있다

몸속 깊은 곳
아름다운 병이 되어
누구도 알 수 없는 발자국 남기며
바다에 누운 달조차 알지 못하는

눈이 오면
술에 취해
그 왕국이 이 세상에 내려온다

　　　　　　　　　　　　　　　－「누구의 집인가」 전문

　"눈이 오면 저 소리를 안주로 술을 실컷 마실 수 있다"는 진술에서 '눈'
은 현실의 시련을 상징하는 은유로 읽힌다. 고난에서 오히려 쾌감을 느
낀다는 이 역설은 "육신이 흐느적흐느적 하도록 피로했을 때만 정신이
은화처럼 맑"던 이상(李箱)의 고백을 떠올리게 한다. 현실에서의 가난
과 소외가 예술가에게 질병과 굶주림이라는 육체적 절망을 가져다 줄 때
오히려 정신은 또렷하게 빛난다는 이상의 잠언은 김영미에게로 와 "몸
속 싶은 곳 아름다운 병이 되어 누구도 알 수 없는 발자국 남기"는 한 예
술가의 고독한 숙명을 환기시킨다. '육체'로 상징되는 상품성, 대중성, 자
본주의 논리와 결별하여 정신적 공간인 "그 왕국"에 스스로 고립되고자
할 때 시인은 마침내 '천재'를 회복하며 "유쾌하오"라는 자각에 이르게
되는 것이다.

이때 김영미가 도달하려는 '왕국'은 "눈이 오면 술에 취해" "이 세상에 내려오"는 곳이다. '눈'으로 함의된 현실원칙의 구속을 '술'이라는 환각을 통해 벗어버리는 순간, 시인에게 내려오는 왕국은 라캉이 말한 실재계가 아닐까? 라캉에 따르면 실재계는 상상계와 상징계 어디에도 속하지 않는 세계다. 상상이 '이미지'고 상징이 '언어'라면, 상상과 상징을 초월하는 어느 곳에 분명히 존재하지만 이미지와 언어로는 표현할 수 없는 세계가 바로 실재계다. 내 마음에 어떤 고통이 있는데 그것을 말과 그림으로 표현하고자 아무리 노력해도 그 고통은 항상 충분히 표현되지 못하고 마음 안에 일부 남겨질 수밖에 없다. 그렇게 남겨져 늘 존재하는 잉여를 라캉은 '실재'라고 명명했다.

김영미가 "나의 가장 아픈 곳을 모질게 더듬는/ 안과 밖의 감각들/ 그 속에서 나는 늘 고립된다"(「대상포진」)고 쓸 때, "나의 가장 아픈 곳"이란 실재계에 해당하고, "안과 밖의 감각들"은 실재계를 표현하려는 상상과 상징의 현실태가 된다. "그 속에서 나는 늘 고립된다"는 고백은 언어화, 이미지화될 수 없는 세계, 어딘가에 분명히 존재해 욕망하게 하지만 현실에는 나타나지 않는 세계를 향한 탈주가 애초에 불가능한 것임을 표명한다. 하지만 그녀는 "내밀한 통로에서 스스로 촉을 세운 무늬들이/ 살갗에 뜨거운 띠를 몰아붙이며/ 상처를 밀고 나가"는 '대상포진'의 방식으로, 때로는 술에 취하는 환각과 때로는 자기 안에 고립되는 혼란감과 또 때로는 고통을 수반하는 극한의 쾌락, 즉 '주이상스(jouissance)'적 시 쓰기의 방식으로 실재계를 향한 불가능한 탈주, 표현할 수 없는 세계를 표현하려는 도전을 멈추지 않는다.

4. 자기부정, 자기갱신, 감각의 쇄신

허기진 도시가 입을 크게 벌렸다

슬픔은 무쇠 방울을 울리며

언덕 넘어

꽃잎을 흔들며 걸어간다

고흐의 귀를 닮은 별이

접시 위에 놓일 때

아무도 그 핏속을 들여다보지 않았다

— 「스테이크」 전문

머리를 묶는다. 머리칼에 매여 있는 나를 본다 달아날수록 머리
숱을 부여잡는 길가 내 손바닥의 감각을 자른다. 바닥에 잘린 수많
은 감각의 목록이 수북하다

— 「머리칼은 촉수다」 부분

도대체 김영미는 왜 불가능한 탈주를 계속 시도하는 걸까? 아무리 달
아나려 해도 현실의 중력에 결국 붙잡혀 올 수밖에 없으면서, 무엇이 그
녀를 자꾸 '이탈한 자'가 되게 하는 걸까? 답은 간단하다. 시인은 늘 새로
움을 추구하는 존재이기 때문이다. 단조로운 일상은 그런대로 견디지만
정신의 권태는 견딜 수 없다. 매일 흰 밥에 된장국은 먹어도 어제와 같은

눈으로 대상을 바라보는 짓은 할 수 없다. 시 쓰기란 세계 재편의 열망에 서부터 비롯되기 마련이다. 세계가 재편될 때 시인 내면에도 큰 변화가 일어나 결국 자기존재의 운명마저 전환하는 혁명이 바로 시 쓰기다. 시 는 낭만적 혁명과 모반의 가장 아름다운 총칼이다. 익숙하고 상투적인 것을 거부하면서, 고정된 의미들과 불변처럼 보이는 대상의 본질을 전혀 뜻밖의 것으로 바꿔내는 일이 혁명가로서 시인의 의무다.

「스테이크」에서 '허기'와 '슬픔'은 예술가의 숙명이다. 시인의 눈에는 밤하늘 풍경이 "고흐의 귀를 닮은 별"들로 보인다. 고흐가 자화상을 그 리면서 자기 귀를 자른 것은 정신분열증의 심각한 증세인 동시에 자화상 의 모델인 자신에게 스스로 가한 '오브제 변형'이다. 자기 신체 일부를 훼 손하면서까지 새로운 오브제와 대면하기를 원했던 고흐는 살아서는 불 행했지만, 세상을 떠난 후 마침내 색채의 마술사로 부활했다.

김영미 또한 고흐처럼 자기부정과 자기갱신을 통한 감각의 쇄신을 꾀 한다. 「머리칼은 촉수다」에서 상투성, 일상성의 세계가 "달아날수록 머 리숱을 부여잡"을 때 시인은 "내 손바닥의 감각을 자르"면서 끝끝내 탈 주한다. "바닥에 잘린 수많은 감각의 목록이 수북하"게 쌓일수록 그녀는 그 낡은 감각의 주검들을 밟고 뛰어올라 안개 너머 색채의 세계로 날아 갈 것이다.

시인은 매일 반복되는 일상을 매일 변화하는 감각과 사유로 살아야 한다. 보편다수에 의해 확정된 의미를 그대로 수용하는 대신 격렬히 그 것을 거부하며 새로운 의미를 발견해내야 한다. 나뭇잎은 초록색, 바다 는 파란색, 일곱 색깔 무지개라고 하는 상투성과 확실성의 세계를 향해 주먹을 뻗으며 끊임없이 싸워야 한다. 평범한 것, 사소한 것, 소외된 것 을 특별한 대상으로 격상시켜야 한다. 남이 보지 못한 것을 봐야 하고, 붉은 장미꽃잎에서 창백한 푸른빛을 읽어내야 한다.

김영미는 권태로운 일상을 살아가는 수많은 중년 여성들 중 한 사람인지도 모른다. 지극히 평범한 보편 시민일 수도 있다. 그러나 시인 김영미는 다르다. 상투성과 획일화에 대한 모반의 피가 뜨거운 사람이다. 시로 세계를 재편하려는 열망이 들끓는 혁명가다. 항상 새롭고 낯선 것을 향해 정신과 감각이 기울어지는 어린 소녀다. 우리는 김영미의 시를 읽으며 무채색으로 뒤덮인 현실의 권태와 우울을 빠져나와, 한 번도 본 적 없는 낯선 세계의 풍경과 마주할 수 있으리라. 이번 겨울은 왠지 환할 것만 같다.

멸종하지 않는 푸른 정신의 무게

이건청 시인의 『실라캔스를 찾아서』에 부쳐

책은 가볍다. 보통 200~500그램 내외다. 두꺼운 철학서나 양장본 장편소설의 경우 1킬로그램이 넘는 것도 있지만 대개는 부채처럼 흔들 수 있을 만큼 가볍다. 하지만 그램이나 온스, 근 등 무게 단위로는 계량되지 않는 장중한 책도 있다. 이건청 시인의 근작 시집 『실라캔스를 찾아서』가 그렇다. 이 시집은 240그램의 무게를 지녔지만, 손 위에 올려두면 240개의 계절이 만져진다. 시인이 목월 선생의 문하에서 시를 배우기 시작한 1959년 이후 60여년 시력(詩歷)이 함축된 시집이니, 240번 계절이 바뀔 동안 피고 진 매화, 모란, 작약의 무게, 쩡쩡 얼어붙었다가 흐르기를 반복한 강물의 무게, 수많은 탄생과 죽음의 무게, 때론 가라앉고 또 때론 떠오르던 기쁨과 슬픔의 무게들이 행간에 담겨 두 손을 가득 채운다. 3억 6천만 년 전 고생대 물고기인 실라캔스를 다시 헤엄치게 한 이 시집은, 시인 개인 삶의 무게를 넘어 인간의 자연 파괴로 지구 환경체계가 급격히 변화된 인류세(人類世) 죄악의 무게와 38억 년 전 지구 암반지층의 무게와 세상 떠난 시인들이 지상에 남긴 영혼의 무게까지를 담고 있다. 깃털처럼 가벼운 문장들이 부유하는 시대에 이 무거운 시집은 우리를 어떤 심연으로 데려가줄까?

> 2020년 12월 13일, 나 오늘
> 차고 딱딱한 이 바위 틈 비집고 누워
> 누억 년 풍상에 기대면
> 인간세의 플라스틱 쓰레기 곁
> 구겨지고 찌그러진
> 화석으로 남으리
> 억 년 후에도 썩지 않은 플라스틱 쓰레기 더미 곁
> 두 개나 세 개쯤 골편 화석으로 남으리
> 겨우 남으리.
>
> ─「한탄강 지질공원에서」 부분

　시집은 총 6부로 구성되어 있다. 1부 '귀향시편'을 여는 시집의 첫 문장은 "이제 나/ 돌아가고 싶네"(「오스트랄로 피테쿠스 아파란시스」)다. 1부에서 시인은 300만 년 전 초기 영장류와 "5억4천만 년 전,/ 몸의 반쯤이 입이었던,/ 입이 배설구이기도 했던,/ 1밀리 원시 동물"(「시코리투스 코로나리우스」)과 "25억 년, 원생대/ 스트로마톨라이트가 뿜어낸 분비물이 굳은 화석/ 물질 속에서/ 생명의 시작을 풀어내는/ 그리운 점액질"(「스트로마톨라이트」)을 경유해 "제각기 다른 빛깔로 켜켜이 쌓인/ 지층 38억년"(「한탄강 지질공원에서」) 전으로 돌아가고 싶어 한다.

　시인이 태초의 원시 지구를 고향으로 명명하며 귀향을 시도하는 것은 "세렝게티의 하이에나,/ 보아구렁이,/ 정의기억연대 윤미향,/ 대한민국

법무부장관 추미애, 그리고, 시인 이건청 모두,/ 한 조상의 자식"(「시코리투스 코로나리우스」)이기 때문이다. 모든 생명이 한 조상의 자식인데도 인간은 다른 종들은 물론 인간까지 타자화(他者化·othering)해 동물과 식물을 멸종시키고, 전쟁을 일으켜 인간끼리 죽이고, 조화롭던 자연을 파헤친 폐허에 혐오와 갈등, 전염병과 집단학살, 그리고 "플라스틱 쓰레기"만을 남겨두었다. 인간이 지구를 지배하면서 시작된 지구의 여섯 번째 대멸종 '인간세'에 대한 책임의식을 시인은 그 자신 "억 년 후에도 썩지 않은 플라스틱 쓰레기 더미 곁/ 두 개나 세 개 쯤 골편 화석으로 남으리"라는 반성적 자기예언으로 고백하고 있다. "이제 나 돌아가고 싶다"는 귀향에의 의지는 결국 인간이 만들어놓은 거대한 쓰레기장에서 "생명의 시작을 풀어내는 그리운 점액질"로 돌아가는 것이 불가능함을, 길어봐야 불과 수천 년에 불과한 인간세가 지구 38억년의 지층을 구기고 찌그러뜨릴 것을 이미 예감한 시인의 쓸쓸한 묵도(默禱)인 셈이다. 그리고 이 묵도는 훗날 우리 모두의 임종게(臨終偈)가 될 것이다.

2부 '지하철을 타고 가며'에서 시인은 도시문명의 상징인 지하철에서 바라본 "전멸의 풍경"을 언어로 재현해내며 현대인들에게 무거운 경고를 던진다. "세상 플라스틱 알갱이들이 쌓이고 쌓여" "한반도의 14배나 되는 죽음의 섬이" "번쩍이며/ 다가오고 있"(「전멸의 풍경」)는 자연의 백래시(backlash)를 두려워하고, "멈출 곳에서 멈추지 못한 것들이/ 돌아서야 할 곳에 돌아서지 못한 것들이/ 앞선 것들의 뒤만 쫓아가다가/ 풍덩풍덩 벼랑으로/ 밀려 떨어져 내리"는(「레밍의 날들」) 자본주의시대 현대인들의 맹목적 탐욕을 경고한다. 또 "같은 칸에 실려/ 같은 쪽으로 가고 있지만/ 저들 중 누군가가 자리를 박차고/ 일어설 것 같다/ 너는 어느 편이냐/ 소리치며 달려와/ 멱살을 잡을 것 같"(「지하철을 타고 가며」)은 타자 혐오와 편 가르기, 양극화 갈등, 사회에 만연한 분리와 혐오의 감각, 이기주의를 심각하게 우려한다.

> 굴피집에 가고 싶네.
> 굴피 껍질 덮고
> 지붕 낮은 집에 살고 싶네.
> 저녁 굴뚝 되고 싶네
> 저문 연기되어 흐르고 싶네
>
> 허릴 굽혀 방문 열고
> 담벼락 한컨
> 아주까리 등잔불 가물거리는
> 아랫목에 눕고 싶네
>
> 뒷산 두견이
> 삼경을 흠씬 적시다 가고 난 후
> 문풍지 혼자 우는
> 굴피집에 눕고 싶네
>
> 나 굴피집에 가고 싶네.
>
> ─「먼 집」전문

전염병 시대는 사람들의 이동과 모임을 제한시켰다. 고향을 떠나온 이들은 명절에도 고향에 갈 수 없게 되었고, 늙은 부모를 요양병원에 모신 자녀들은 불효자가 되어버렸다. 불과 1년여 전만 하더라도 전염병에 의한 격리로 이산가족이 생겨날 거라곤 누구도 생각하지 못했다. 사회적 거리두기와 자가격리는 사람들을 집에 머물게 했지만, 역설적으로 사람들은 집에 있으면서 집을 잃었다. 물질적인 집이 아니라 마음이 기대 쉴 수 있는 관계의 집을 상실한 것이다.

"굴피집"은 두꺼운 나무껍질로 지붕을 이은 친환경주택이다. 태백산맥과 소백산맥 등 산간지방 화전민들이 주로 이 집을 지어 살았다. 굴피집은 "낮은 집"이다. 낮은 집을 노래하는 이 시는 타자와의 교류 가능성을 제거한 채 계층과 등급을 나누어 타인 위에 군림하려는 '높이' 집착 사회에 경종을 울린다. 브랜드 아파트에 사는 아이들이 공공임대아파트에 사는 아이들을 '거지'라고 부르는 이 사회의 수직적 욕망을 부끄럽게 만든다.

1970년대 산업화시대의 핵심과제는 전근대와의 단절과 분리였다. 농경사회의 공동체 문화는 산업 발전을 저해하는 구시대의 유산이며, 전통 풍속들은 도시 미관을 해치는 야만적인 문화로 치부되었다. 우리도 한번 잘살아보자는 기치를 내세워 과거와의 단절을 감행한 '새마을운동'은 당대와 자식 세대의 풍요를 염원하는 근시안적 미래 지향의 성격을 나타낸다. 가난에서의 탈출과 물질적 번영을 약속하는 가까운 미래만이 의미와 가치를 지니는 시간으로 상정되었다. 끊임없이 '미래'를 지향한 산업화시대는 한국사회의 욕망 구조를 바벨탑처럼 수직으로 세워놓았다. 이러한 수직적 욕망은 21세기 신자유주의시대에 더욱 심화되어, 계층 간의 간극을 벌리고는 계층이동의 사다리를 아예 없애버렸다. 한국사회의 극심한 양극화 현상은 낮은 곳에서 더불어 잘 사는 대신 높은 곳에서 혼자 잘 살기만을 추구하는 '상승―단절'이 사람들에게 내면화된 결과다.

시인은 팬데믹으로 인한 관계 상실의 시대, 아파트와 오피스텔 등 타자를 차단하는 주거 생활이 표준적 방식이 되어버린 교류 상실의 시대에 굴피집을 우리 삶의 원형적 공간으로 제시한다. 그 집은 "먼 집"이므로 가닿을 수 없는 실낙원이자 현대인들이 회복해야 할 이상공간이 된다. "굴피 껍질 덮고/ 낮은 집에 살고 싶"다고 노래할 줄 아는 이는 "저녁 굴뚝 되고" "저문 연기되어" 집집마다 피워 올린 밥 짓는 연기들과 뒤섞이기도 하고, "허릴 굽혀 방문 여"는 겸손함을 기억해내기도 할 것이며, "문풍지 혼자 우는" 타자의 외로움을 껴안아 달래줄 수도 있을 것이다. 시인은 공동체 문화로의 회귀가 곧 이상공간으로의 귀환이라고 말하고 있는 것이다.

3부 '그레고르 잠자에게'와 4부 '선묘', 5부 '말들이 돌아오는 바다'를 통과하면서 시인은 "치매전문 요양병원에서 누질러진" "그레고르 잠자"(「그레고르 잠자에게」)와 "형편없이 작아진 사람들"(「난장이 화가 뚜루즈 로뜨렉 전시장에서」)과 "남루에 가려진 채 버려져 죽은" "안토니오 가우디"(「남루」)를 호명하며 자연으로부터 스스로 분리되어 병들고 뒤틀린, 한없이 왜소해진 기형과 불구의 인간을 연민한다. 산업화 도시문명에 길들여져 자연의 리듬으로 호흡하는 심장을 잃어버린, 각자도생을 내면화해 타인의 비극은 물론 세계의 부조리함과 맞서 싸우는 법을 잊어버린 인간의 남루가 위대한 예술가들의 정신마저 우리들 영혼의 지층에서 퇴색시키는 인간세를 슬퍼한다.

그러면서 시인은 "목월 선생 연둣빛 목소리"(「박목월 선생」)와 "시인 조정권 필생의 시편들"(「산이 왜 산이고 물이 왜 물인지」)과 "71년을 살고 간, 남향의 시인" 권명옥(「종속도」)과 "무진장 말들을 캐러 멀리 간 시인 신현정"(「말들이 돌아오는 바다」)과 "빙하기 광막한 지평을 걸어오고 있는 이가림 시인"(「시인들의 성산포」)을 그리워한다. 세상 떠난 시인들의 정신이 잊히지 않도록 그들의 이름을 암각화처럼 우리들 기억에 눌러 새긴다. 이생진, 김종해, 오세영, 오탁번, 조창환 등 평생 시를 일군 동료 원로시인들과 손에 손 잡고 "숨어서 자신을 지킨" 실라캔스처럼 현대문명의 이기 앞에 "부정과 저항"으로 "푸른 정신"을 지킬 것을, 몇 억 년의 장구한 세월 동안 끝끝내 멸종하지 않고 다시 출현한 저 화석 물고기처럼 먼 훗날 "말 되어 돌아올" 것을 다짐한다.

> 진화의 대세를 따라
> 모든 동물들이 떠나갔는데도
> 육지에서의 삶을 포기하고
> 물속을 찾아 간
> 육지척추동물의 조상
> 진화를 거부하고
> 지질 속에 화석만 남긴 채 사라진
> 숨어버린
> 진화를 거부한,
>
> 짐승의 이빨과 네 다리, 폐肺의 흔적까지 지닌 채
> 6천5백만 년을 물속에서 숨어 견딘
> 살아서 그물 속에서 잡혀 올라온 물고기
>
> 숨어서 자신을 지킨
> 부정과 저항,
> 푸드기는 푸른 정신…
>
> —「실라캔스를 찾아서」 부분

시인은 "3억 6천만 년에서 6천5백만 년 전, 퇴적암에서 발견되던 화석 물고기 실라캔스는 육지 척추동물의 특징들을 거의 그대로 지닌 채 1938년 어부의 그불에 잡혀 올라왔다. 몇 억 년의 시간을 물속에 살았으면서도 물속 환경을 따라가 동화되기를 거부한 채, 애초의 자신을 지켜온 실라캔스의 자존의지 앞에서 나는, 시는 무엇이고 시인은 무엇이어야하는가를 되뇌어 보는 것이다"('시인의 말')라고 말했다. 덧붙여 "현대사회는 대세에 쉽게 휩쓸리곤 하는 순응사회이다. 이런 때일수록 '부정'의 정신으로 현실과 사물을 보고, 대세에 휩쓸리는 대중추수주의에 저항에서 올곧은 자신을 찾는 일이 중요한 것이며, 이것이 시대의 지성들에게 주어진 소명일 것이라 생각하게 되었다. 이런 생각의 계기를 나는 실라캔스의 경우에서 찾았다"(산문 「실라캔스를 찾아서」)고 고백했다.

시인이 실라캔스 연작을 쓴 것은 "깊은 수심, 6천5백만 년 어둠을 견디고도/ 진화되지 않은 채/ 애초의 몸으로 살아"(「진화, 반진화」) 돌아온 실라캔스로부터 예술가의 한 이미지를 섬광처럼 보았기 때문이다. 현대 사회에 적응하기 위한 일률적 진화를 거부한 채 물질문명, 대중추수주의가 만연한 도시로부터 도망쳐, 깊고 어둡고 고독한 변방으로 "숨어서 자신을 지킨" 시인의 자화상을 실라캔스에게서 발견했기 때문이다.

진화는 언제나 생존을 위해 무용함을 버리고 유용함만을 택해왔다. 그러나 이건청 시인은 실라캔스를 통해 유용함 대신 무용함, 물질 대신 비물질, 육체 대신 정신으로 기울어지는 정반대의 진화론을 제시하고 있다. 아니, 진화를 아예 멈추고 최초의 자기존재성, 그 어떤 부정함과 삿됨도 섞이지 않은 완전한 순수 정신을 지키는 반진화의 미학을 보여주고 있다. 집단축제가 벌어지는 저 땅으로 다시는 기어 올라가지 않겠다고, 차라리 암흑 같은 심해 속에서 수압과 어둠과 외로움을 견디며 시인으로서의 정체성, 예술가의 정신성을 지키겠다고 선언하는 청동빛 언어의 무게는 얼마나 무거운가. 이제 우리는 깊은 곳으로 가라앉는다. 실라캔스를 찾아서, 아니 가장 고귀하고 아름다운 예술혼을 찾아서 지상의 소음이 들리지 않는 심연으로 내려간다. 거기 실라캔스가 있으므로. 시인이 있으므로.

발표지면

1부 – 혐오와 분리의 감각 그리고 타자윤리

너 신 할래? – 오늘날 우리 시가 신을 부르는 방식 ∥『문학선』 2020년 여름호
혐오와 분리의 감각 그리고 타자윤리 – 코로나 시대의 시 읽기 ∥『포항문학』
제47호(2020년)
'선한 대상화'와 '대상화하지 않기' – 이산하 시집『악의 평범성』에 부쳐 ∥『시
로 여는 세상』 2022년 봄호
코로나 펜데믹에 대한 미학적 응전 – 이수익, 나희덕, 안희연의 시 ∥『한국문학』
2021년 상반기호
빛과 기표와 기성품 슬픔과 도시가스를 의심하라 – 송재학, 홍일표, 서윤후, 이
수명의 시 ∥『한국문학』 2021년 하반기호, 2022년 상반기호에서 발췌 및 편집
빛보다 빛나는 어둠을 향한 망명의 기록들 – 이영주의 시 세계 ∥『포지션』
2021년 가을호
죽어가는 것들을 버리지 않는 저항의 마음 – 김승일 시 읽기 ∥ 김승일 시집『나
는 미로와 미로의 키스』(시인의 일요일, 2022) 해설
뼈가 되어 돌아온 사람들 – 신용목, 송승언, 황인숙의 시 ∥『딩아돌하』 2017년

2부 ― 빛나는 의심, 눈부신 균열

3부 ― 존재의 불완전함을 극복하는 사랑의 언어

4부 – 멸종하지 않는 푸른 정신

빛보다 빛나는 어둠을 밀며

초판 1쇄 인쇄일	2022년 11월 23일
초판 1쇄 발행일	2022년 11월 30일

지은이	이병철
펴낸이	한선희
편집/디자인	우정민 김보선
마케팅	정찬용 정구형
영업관리	한선희
책임편집	김보선
인쇄처	으뜸사
펴낸곳	국학자료원 새미(주)
	등록일 2005 03 15 제25100－2005－000008호
	경기도 고양시 일산동구 중앙로 1261번길 79 하이베라스 405호
	Tel 442－4623 Fax 6499－3082
	www.kookhak.co.kr
	kookhak2001@hanmail.net

ISBN	979-11-6797-088-6 *93800
가격	29,000원

* 저자와의 협의하에 인지는 생략합니다.
  잘못된 책은 구입하신 곳에서 교환하여 드립니다.
  국학자료원·새미·북치는마을·LIE는 국학자료원 새미(주)의 브랜드입니다.
* 후원: 서울문화재단 서울특별시